LUISA VON KAMECKE

Die Frauen von Gut Falkensee

Über die Autorin

Luisa von Kamecke arbeitete nach ihrem Philologiestudium als Redakteurin, bis sie ihren Traum vom Schreiben wahr machte und gleich ihren ersten Roman an einen Verlag verkaufte. Sie lebt und arbeitet in einer beschaulichen Kleinstadt im Nordwesten Deutschlands. Luisa von Kameckes Familie musste 1944 ihren Landbesitz in Westpreußen aufgeben und floh nach Niedersachsen.

Luisa von Kamecke

Die Frauen von Gut Falkensee

Westpreußen
Saga

lübbe

Dieser Titel ist auch als E-Book erschienen.

MIX
Papier aus verantwortungsvollen Quellen
FSC® C014496

Originalausgabe

Dieser Titel wurde vermittelt durch die Literarische Agentur Kossack

Umschlaggestaltung: Birgit Gitschier, Augsburg
Unter Verwendung von Motiven von
© RICHARD JENKINS/PHOTOGRAPHY, © Drunaa/Trevillion Images,
© yanikap/shutterstock, © Here/shutterstock
und © Steve Collender/shutterstock
Satz: hanseatenSatz-bremen, Bremen
Gesetzt aus der Arno Pro
Druck und Verarbeitung: GGP Media GmbH, Pößneck
Printed in Germany
ISBN 978-3-404-18058-5

4 5 3

Sie finden uns im Internet unter
www.luebbe.de
Bitte beachten Sie auch: www.lesejury.de

Für meine Mutter, in Liebe.

Du musstest mit neun Jahren die Heimat deiner Kindheit verlassen und hast mir trotz dieses Verlustes gezeigt, dass wir eine Heimat immer auch im eigenen Herzen finden können – und bei den Menschen, die wir lieben.

1. Kapitel

Veronika
Gut Falkensee, Westpreußen, 2. Juni 1904

»Ich bestehe darauf, dass du mir die Wahrheit sagst. Die ganze Wahrheit. Unbeschönigt.« Veronika von Bargelow schob das Kinn vor und sah ihrem Mann über den breiten Eichenholzschreibtisch hinweg entschlossen in die Augen.

Adalbert hob den Kopf, und sie erkannte deutlich das leichte Flackern in seinem Blick. Auf seinen Schläfen schimmerten Schweißtröpfchen. Veronika war nicht sicher, ob sie die feinen Perlen durch ihre Worte hervorgerufen hatte oder ob sie der Hitze geschuldet waren.

Seit Mai ächzte Westpreußen unter einer Hitzewelle. Angeblich waren in Danzig am 24. Mai beim feierlichen Einzug der Hauptwache in das Hohe Tor mehr als zwanzig Zuschauer ohnmächtig geworden, nachdem sie stundenlang in der Sonne ausgeharrt hatten, um die prunkvolle Zeremonie mitzuerleben.

Auch mehr als eine Woche später war noch kein Regen gefallen. Bereits am frühen Vormittag tauchte die Sonne das Herrenhaus und die Nebengebäude von Gut Falkensee in gleißendes Licht und ließ den nahegelegenen See silbern schimmern.

»Wir brauchen einfach nur Regen«, murmelte Adalbert, nachdem seine Frau längere Zeit vergeblich auf eine Antwort gewartet hatte. Sein Blick wanderte zum Fenster, als hoffte er, am klaren Himmel endlich eine Wolke zu entdecken.

Veronika fragte sich, ob er wirklich glaubte, ihre Bitte mit einer vagen Bemerkung vom Tisch wischen zu können. Sie besuchte ihren Mann nicht oft in seinem Arbeitszimmer mit den Aktenschränken aus dunklem Holz, in denen die Unterlagen der vergangenen hundert Jahre aufbewahrt wurden. Hier fanden Adalberts tägliche Besprechungen mit Emil Gabrowski, dem neuen Verwalter, und Adam, dem langjährigen Stallmeister, statt. Hier besuchten ihn Lieferanten für Düngemittel und landwirtschaftliche Geräte und gelegentlich Kaufinteressenten für ein Pferd aus der bargelowschen Zucht, die Adalbert seit einigen Jahren aufzubauen versuchte.

Dies war sein Arbeitsbereich, während die Wäschekammer, der große Geschirrschrank mit dem Meißner Porzellan und den Schatullen voller Silberbesteck sowie ihr kleines Büro im Gartenzimmer ihr Zuständigkeitsbereich waren. Adalbert kümmerte sich um den Gutsbetrieb, sie um Haushalt und Hauspersonal.

Vom Beginn ihrer Ehe an hatten sie ihre jeweiligen Verantwortlichkeiten akzeptiert und sich in die Angelegenheiten des anderen nicht eingemischt. Doch heute musste sie ihrem Ehemann gegenüber gewisse Dinge zur Sprache bringen, auch wenn Adalbert möglicherweise peinlich berührt reagieren würde.

»Ich gehe davon aus, dass wir ...« Nun zögerte sie doch, fuhr aber nach kurzem Durchatmen entschlossen fort: »... in Geldschwierigkeiten sind.«

»Wenn es nicht bald regnet, müssen wir beim Weizen Notreife befürchten«, zog er sich erneut auf die Wetterfrage zurück. »Aber ...«

Veronika unterdrückte einen Seufzer. »Es geht nicht nur um die diesjährige Ernte. Im vergangenen Jahr sind fünf wertvolle Zuchtstuten an der ...« Sie räusperte sich und sprach es dann doch aus: »... an der Beschälseuche eingegangen. Nun steht der neue Stall halb leer.«

Ihr Blick wanderte durch das Fenster hinaus zu den Wirtschaftsgebäuden hinter dem Herrenhaus. Dort befanden sich das Gerätehaus, das Gesindehaus für diejenigen Dienstboten, die nicht zum Hauspersonal zählten, die Remise und vor allem die zweigeschossige Scheune mit ihren zwei großen Einfahrten für die Erntewagen.

Ein geübtes Auge konnte an den Gebäuden erste Verfallserscheinungen entdecken. Hier ein verzogener Fensterrahmen, dort ein feuchter Fleck an einer Außenmauer. Der Sonnenschein brachte auf den Dächern unbarmherzig ein Flickwerk an den Tag, denn man hatte immer wieder einzelne Dachziegel, aber auch ganze Reihen ersetzt. Es war höchste Zeit, die Dächer vollständig neu decken zu lassen.

Den Abschluss der Reihe bildete der Pferdestall, der auf den ersten Blick als Neubau zu erkennen war. Von makellosem Weiß, mit dunkelbraunem Fachwerk, großen Fenstern für viel Licht und Luft und einem glänzenden Ziegeldach war er der Ersatz für den alten Stall, dessen Dach so undicht gewesen war, dass einige Boxen unbenutzbar geworden waren. Kalter Luftzug und Feuchtigkeit waren Gift für die neugeborenen Fohlen, aber auch für die erwachsenen Pferde. Aus diesem Grund hatte Adalbert von Bargelow sich zur Aufnahme einer Hypothek durchringen müssen, um den neuen Stall bauen zu können. Zu jener Hypothek, die nun eine Gefahr für das Gut darstellte – eine unter mehreren.

»In der Zeitung habe ich gelesen, dass sich durch die Verbilligung der Seefracht stetig die Einfuhr von Getreide aus Amerika und den Balkanstaaten erhöht. Diesen Herbst wird wahrscheinlich noch mehr preisgünstiger Weizen aus dem Ausland ins Deutsche Reich geliefert werden als im vergangenen Jahr. Das bedeutet für die deutschen Landwirte fallende Preise. Und das bei der zu erwartenden schlechten Ernte.«

Adalbert schwieg, und seinem Gesichtsausdruck war deutlich zu entnehmen, wie wenig es ihm gefiel, dass seine Frau über solche Dinge sprach. Doch darauf konnte Veronika keine Rücksicht mehr nehmen.

»Ich mache mir Sorgen um das Gut. Es ist unsere Lebensgrundlage und Fredericks Erbe. Falls wir Falkensee verlieren, bleibt uns nichts. Alice ist versorgt, wenn sie in wenigen Monaten heiratet, aber unser Sohn und unsere ältere Tochter würden dann einer dunklen Zukunft entgegensehen. Zudem verursachen Fredericks häufige Erkrankungen hohe Kosten. All die Besuche durch Doktor Kramer, und die vielen Medikamente sind teuer. Ich darf gar nicht daran denken, was wäre, wenn wir diese Rechnungen nicht mehr bezahlen könnten. Und wir müssten vielleicht unseren Dienstboten kündigen. Manche von ihnen sind schon seit über zwanzig Jahren bei uns. Wir haben Verantwortung für all diese Menschen.«

»Wer redet denn davon, dass wir vor dem Ruin stehen? Ich bin dein Ehemann. Es ist meine Aufgabe, dich und unsere Familie zu versorgen. Als wir vor den Traualtar getreten sind, hast du mir dein Leben anvertraut, und ich habe versprochen, dass du dich stets auf mich verlassen kannst. Der Verantwortung für unsere Bediensteten bin ich mir ebenfalls bewusst. *Meiner Verantwortung, nicht unserer.*«

»Ich weiß, dass ich mich auf dich verlassen kann«, sagte Veronika in besänftigendem Tonfall. »Dennoch bitte ich dich inständig, mir die Wahrheit zu sagen. Wie steht es wirklich um Gut Falkensee?«

Adalbert öffnete den Mund, und sie konnte sehen, dass er erneut versuchen würde, die Situation zu beschönigen. Er würde ihr sagen, dass sie sich um nichts sorgen musste und ganz beruhigt alles ihm überlassen konnte.

»Bitte!«, fügte sie deshalb in energischem Ton hinzu. »Es gibt etwas, das ich tun kann. Etwas, das definitiv zu meinen Aufgaben gehört.«

Damit meinte sie keine Einsparungen im Haushalt. Sie hatte schon immer sparsam gewirtschaftet und sich seit der Aufnahme der Hypothek noch mehr Mühe gegeben, möglichst wenig auszugeben, ohne auf Qualität und allzu viel Komfort zu verzichten. Aber auf diese Weise konnte sie keine nennenswerten Summen einsparen.

Veronika richtete sich auf dem lederbezogenen Stuhl vor dem Schreibtisch auf. Ihr helles Seidenkleid raschelte leise, als sie ihren Rock ordnete und den Spitzenbesatz der Ärmel zurechtzupfte. Sie hörte, wie Adalbert tief einatmete, und wusste, dass er in diesem Moment ihr Lavendel-Zitrone-Duftwasser wahrnahm. Schon vor vielen Jahren hatte ihr Mann ihr gesagt, wie sehr er es liebte, dass dieser Duft das Letzte war, was er abends vor dem Einschlafen wahrnahm, und das Erste, was ihm morgens in die Nase stieg.

Wie es in ihren Kreisen üblich war, hatten sie getrennte Schlafzimmer. Dennoch verbrachten sie fast jede Nacht gemeinsam in dem breiten Bett in Veronikas Zimmer. Nicht weil das körperliche Verlangen sie Nacht für Nacht überwältigte, sondern weil sie es beide genossen, nebeneinanderzuliegen, die Wärme des anderen zu spüren, seine Atemzüge in der Dunkelheit zu hören, sich nicht allein zu fühlen.

Unter Adalberts rechtem Auge zuckte ein Muskel, und sie konnte erkennen, wie ihr Mann mit sich kämpfte. Dann nickte er langsam. »Es steht schlecht.« Seine Stimme war so leise, dass sie ihn kaum verstand. »Dabei mussten wir uns hier im Drei-Werder-Gebiet früher niemals Sorgen machen. Ebenso wie das Kulmerland nannte man unseren Teil von Westpreußen stets die Kornkammer des Deutschen Reichs.«

»Es ist nicht deine Schuld«, versuchte sie, ihn zu trösten, und tastete sich entschlossen weiter vor. »Wird das Geld, das Ronald von Bernsdorffs Familie nach seiner Hochzeit mit Alice in unser Gut investieren will, ausreichen, um das Schlimmste zu verhindern?«

»Alice bekommt über den Hausrat hinaus kaum eine Mitgift. Der Verdacht, wir könnten das Gut verlieren, hätte die von Bernsdorffs eventuell veranlasst, die Verlobung abzusagen. Schließlich müssten sie in diesem Fall befürchten, dass wir von ihnen dauerhaft finanzielle Unterstützung erwarten. Deshalb durfte ich auf keinen Fall mehr verlangen. Ihr Angebot ist ohnehin großzügig.«

Veronika nickte. Adalberts sichtliche Erleichterung über die bevorstehende Verlobung der jüngsten Tochter war schon bald neuen Sorgenfalten gewichen.

»Ich konnte der Bank mitteilen, dass wir demnächst Geld zu erwarten haben. Daraufhin hat man mir die fällige Rate der Hypothek gestundet. Aber einige Reparaturen an den Gebäuden und den Maschinen lassen sich nicht länger aufschieben. Und es müssen dringend neue Zuchtstuten angeschafft werden. Angesichts der preisgünstigen Getreideeinfuhren ist es wichtiger denn je, neben dem Weizen eine weitere Einnahmequelle zu haben.«

»Wie viel Zeit bleibt uns noch, um Geld zu beschaffen?«

Erneut zögerte Adalbert, um sich dann mühsam zu einer Antwort durchzuringen. »Vielleicht bekomme ich noch eine Hypothek. Obwohl die Rückzahlung schwierig werden dürfte. Aber …«

»Charlotte«, unterbrach Veronika ihn sanft, obwohl sie ihren Mann sonst immer ausreden ließ. »Sie muss ebenfalls einen wohlhabenden Mann heiraten. Das ist die beste und die einfachste Lösung. Sich noch höher zu verschulden wäre furchtbar riskant. Wie lange können wir ohne weitere Hypothek oder eine andere Geldquelle noch durchhalten?«

Adalbert senkte den Kopf und schob den Füllfederhalter über die Schreibtischplatte, bis er parallel zum Kassenbuch lag. »Bis zum Ende des nächsten Jahres.«

Veronika runzelte nachdenklich die Stirn. »So lange sollten wir nicht warten, zumal Charlotte ihren zwanzigsten Geburtstag bereits hinter sich hat und ihre jüngere Schwester vor ihr heiraten wird. Es dürfte nicht allzu schwierig sein, einen Mann zu finden, der ihr einen angemessenen Lebensstil bietet und sich dafür begeistern lässt, in Falkensee zu investieren. Wir müssen nur dafür sorgen, dass kein Argwohn bezüglich der wahren finanziellen Situation des Guts entsteht. Sobald die Zucht wieder läuft, wären wir in der Lage, das investierte Geld an unsere Schwiegersöhne zurückzuzahlen.«

Erneut blickte Adalbert unglücklich drein. Dass seine Gattin über Dinge wie Hypotheken und Investitionen sprach, gefiel ihm gar nicht, aber die Zeiten waren schwierig und manche Dinge änderten sich.

Als es an der Tür klopfte, sah Veronika von Bargelow ihren Mann fragend an. »Erwartest du jemanden?«

Er schüttelte den Kopf. »Gabrowski war bereits da.«

Nachdem er zum Eintreten aufgefordert hatte, dauerte es eine Weile, bis Emma Schubbke, seit vielen Jahren Köchin auf Gut Falkensee, zögernd den Kopf durch den Türspalt steckte.

»Entschuldigung.« Sie knickste ungelenk und strich sich nervös über das fest um den Kopf gebundene Tuch.

»Wenn es nich so eilen tät, würd ich nich stören wollen. Aber wo es doch Zeit wird sein, mit dem Kochen anzufangen ...«

Veronika erschrak. Sie hatte so intensiv über das geplante Gespräch mit Adalbert nachgedacht, dass sie versäumt hatte, hinunter in die Küche zu gehen, um mit Emma Schubbke das Menü zu besprechen.

»Es ist gut, dass Sie gekommen sind«, beruhigte sie die Köchin. »Wir sind heute unter uns. Bereiten Sie aus den Resten von gestern etwas zu und servieren dazu einen Salat. Vorher eine Suppe.«

Emma Schubbke knickste und knetete mit beiden Händen nervös ihre Schürze. So resolut die Köchin im Souterrain das Regiment führte, so unsicher war sie außerhalb ihres Arbeitsbereichs. Im Gegensatz zu den Hausmädchen und Dienern kam das Küchenpersonal nur selten in die oberen Räumlichkeiten.

»Ich tät auch gern wissen, was wir sollen servieren an dem Abend, wenn das gnädige Fräulein Charlotte wird zurück nach Hause kehren. Wenn nachher wird kommen der Lieferant, tät ich gern wollen die Bestellungen für die nächsten zwei Wochen aufgeben.«

»Wahrscheinlich würden Sie gern Nudeln mit dem Schleier zubereiten«, sagte Veronika freundlich. Charlotte liebte die Kombination von Bandnudeln und Apfelmus, auch wenn diese schlichte Speise eher in ärmeren Haushalten auf den Tisch kam.

Die Köchin nickte begeistert. »Damit kann man bei dem gnädigen Fräulein Charlotte nuscht falsch machen.«

»Wir erwarten Gäste zum Essen, und Charlotte wird in Begleitung ihrer Tante anreisen«, erklärte Veronika. Damit war das süße Lieblingsgericht ihrer ältesten Tochter automatisch vom Speiseplan gestrichen.

»Königsberger Klopse?«, fragte Emma Schubbke hoffnungsvoll.

Nach kurzem Zögern nickte Veronika. Noch vor einigen Monaten hätte sie eine Hackfleischspeise als Begrüßungsessen für ihre Tochter abgelehnt. Zwar wirtschaftete sie von jeher sparsam, wie es auch unter den wohlhabenden Familien im Drei-Werder-Gebiet üblich war. Wenn Gäste kamen, wurden jedoch auf Gut Falkensee stets besondere Speisen serviert. In Zukunft musste sie auch bei solchen Gelegenheiten versuchen zu sparen – und zwar so unauffällig, dass es den Gästen nicht auffiel. Da es sich bei Königsberger Klopsen um eine von Charlottes Lieblingsspeisen handelte und die Köchin das Gericht selbst vorgeschlagen hatte, würde es als offizielles Begrüßungsessen gehen.

Emma Schubbke durfte auf keinen Fall bemerken, dass Veronika künftig bei der Planung der Mahlzeiten noch stärker auf die Kosten achten würde. Dem Personal gegenüber musste unbedingt der Schein aufrechterhalten werden, sonst würden die Dienstboten sich nach neuen Stellungen umsehen, besonders die guten unter ihnen. Und Gerede, das früher oder später den Nachbarn zu Ohren kam, durfte es auch nicht geben.

»Die Lieblingssuppe und den Lieblingsnachtisch meiner Tochter kennen Sie ja. Oder war Charlotte zu lange in Paris?« Sie lächelte Emma Schubbke freundlich an.

»I wo nein doch! Unsere Marjell war furchtbar lang weg, aber deshalb werd ich doch nie nich ihre Lieblingsspeisen vergessen.« Die Köchin knickste erneut und verschwand zufrieden.

»Wenn Charlotte zurück ist, wird es wieder sehr lebendig bei uns zugehen.« Über Adalberts Gesicht glitt ein Lächeln. »Erinnerst du dich an die endlosen Diskussionen, bevor wir ihr erlaubten, für einige Zeit bei Eveline in Paris zu leben, um dort zu studieren?« Das letzte Wort sprach er aus, als hätte seine Tochter den Wunsch geäußert, als Großwildjägerin in den Dschungel aufzubrechen oder allein den Mount Everest zu besteigen.

»Fragst du mich allen Ernstes, ob ich mich erinnere?« Veronika pustete Luft durch die gespitzten Lippen.

»Es steht zu befürchten, dass unsere Älteste ihre eigenen Pläne für die Zukunft hat«, erklärte Adalbert. »Daher scheint es mir nicht ratsam, sie gegen ihren Willen zu verheiraten. Womöglich mit einem Mann, den sie nicht will. Ich wünsche mir für Charlotte das, was ihre Schwester auch hat: einen Mann, in den sie bis über beide Ohren verliebt ist.«

»Ich weiß nicht, Adalbert. Das sehe ich etwas anders. Diese Liebe könnte es Alice unnötig schwermachen, in ihre neue Rolle hineinzufinden. Sie ist wie geschaffen zur Gutsherrin. Zwar muss sie ein wenig ernsthafter werden und vorausschauender handeln, doch das kommt mit der Zeit von ganz allein – schließlich ist sie gerade erst achtzehn geworden. Doch wenn Alice sich ständig Gedanken darüber macht, ob ihr Tun und Lassen Ronald gefällt, steht sie sich selbst im Weg.«

»Aber du bist doch auch eine wunderbare Gutsherrin.« Über den breiten Schreibtisch hinweg sah er ihr in die Augen.

Sie erwiderte seinen Blick, sagte aber nichts. Nach einer Weile nickte er langsam. Er hatte verstanden.

Veronikas Ehe mit Adalbert von Bargelow war von ihren Eltern arrangiert worden. Falls sie ihm zu Beginn ihrer Ehe überhaupt ein Gefühl entgegengebracht hatte, dann lediglich Respekt. Sie hatte sein Haus geführt, seine Gäste bewirtet und die Dienstboten beaufsichtigt, wie sie es von ihrer Mutter gelernt hatte. Schwierig war für sie gewesen, mit einem praktisch Fremden das Bett zu teilen. Doch schon im ersten Jahr ihres gemeinsamen Lebens hatte sie begonnen, Adalbert herzliche Sympathie entgegenzubringen. Sie verkrampfte sich nicht mehr, wenn er sie berührte, und begann irgendwann sogar, seine Nähe zu genießen.

Und während sie im zweiten Ehejahr glücklich und angstvoll zugleich auf Charlottes Geburt gewartet hatten, war aus freundschaftlicher Zuneigung nach und nach Liebe geworden. Eine Liebe, die nicht wild und leidenschaftlich war, wie kitschige Romane sie beschrieben, sondern warm, zuverlässig und ausdauernd.

Eine solche Liebe wünschte Veronika auch Charlotte und Alice. Allerdings fragte sie sich manchmal, ob die Wesensart ihrer beiden Töchter günstige Voraussetzungen dafür bot. Doch das würde sich zeigen. Bei Alice schon in naher Zukunft, bei Charlotte hoffentlich im Verlauf des Jahres.

»Ich denke, du stimmst mir zu, dass arrangierte Ehen höchst erfolgreich sein können.« Veronika hob am Satzende die Stimme, doch es war keine Frage. »Wir beide sind das beste Beispiel. Eine Liebesheirat bringt dagegen allzu oft Probleme mit sich.«

Adalbert wiegte zweifelnd den Kopf. »Charlotte wird zurück nach Paris wollen, um weiterzustudieren. Ich werde einen anderen Weg finden, das Gut zu retten.«

»Wir dürfen kein Risiko eingehen«, wiederholte Veronika und richtete sich auf ihrem Stuhl noch etwas gerader auf.

Man hatte ihr schon als kleines Mädchen Haltung beigebracht. Disziplin und Pflichterfüllung waren für die Frauen ihrer Familie, die von Breitensuhlbergs, selbstverständlich. Und diese Tugend hatte sie an ihre Töchter weitergegeben. Zumindest ging sie davon aus, dass sowohl Charlotte als auch Alice sich entsprechend verhalten würden, wenn es nötig war.

»Charlotte ist ein Dickkopf.« Adalbert schien immer noch nicht überzeugt. »Und wenn sie mit einundzwanzig erst einmal volljährig ist, können wir sie nicht zwingen, einen uns genehmen Mann zu heiraten. Vorher im Grunde auch nicht.«

»Es könnte tatsächlich besser sein, wenn wir Charlotte vorerst nicht sagen, dass die finanzielle Situation des Guts eine wohlhabende Verbindung notwendig macht. Damit können wir ihren Trotz hervorrufen«, sagte Veronika nachdenklich. Sie kannte ihre

Älteste gut genug, um sich Charlottes Wutanfall vorzustellen, wenn sie sich in die Idee hineinsteigerte, sie solle »verkauft« werden. »Am besten wäre es, wenn sie von selbst einsieht, dass es an der Zeit ist zu heiraten. Einfach weil sie alt genug ist und Alice vor ihr einen Mann gefunden hat. Meinetwegen soll Charlotte sich auch verlieben. Die Zeiten ändern sich. Wir laden zu Alices Verlobungsfeier einige passende Junggesellen ein, und dann sehen wir weiter. Hast du entsprechende Vorschläge für die Gästeliste, Adalbert? Ich hätte schon einige Ideen.«

2. Kapitel

Charlotte
Hauptbahnhof Danzig, Westpreußen, 8. Juni 1904

Prüfend betrachtete Charlotte von Bargelow das höchstens siebzehnjährige Mädchen, das neben ihr in der Kutsche saß. Ottilie weinte seit einer geschlagenen Viertelstunde und hatte offenbar nicht die Absicht, in absehbarer Zeit damit aufzuhören. Nur gelegentlich machte sie eine kurze Pause, um sich mit erstickter Stimme für ihren Gefühlsausbruch zu entschuldigen, bevor sie erneut in Tränen ausbrach.

Charlotte seufzte und fächelte sich in der stickigen Hitze, die in der geschlossenen Kutsche herrschte, Luft zu. Das Mädchen tat ihr leid. Seit sie vor dem Haus ihrer Großmutter losgefahren waren, hatte Charlotte versucht, den Grund für Ottilies Kummer herauszufinden. Bisher vergeblich.

Ungeduldig tippte Charlotte mit dem Fingernagel gegen die Scheibe des Fensters, durch das sie in der strahlenden Vormittagssonne bereits den Danziger Bahnhof sah. Sie hatte Großmama mehrmals gesagt, dass sie den Rest des Weges nach Falkensee problemlos ohne Begleitung bewältigen konnte. Von Paris nach Danzig, wo sie, wie geplant, bei ihrer Großmutter übernachtet hatte, war sie schließlich auch allein gelangt.

Eigentlich hätte sie zusammen mit Tante Eveline von Paris heim nach Westpreußen reisen sollen. Doch ihre Tante war am Abreisetag mit hohem Fieber erwacht und nicht in der Lage gewesen, das Bett zu verlassen. Nach kurzem Zögern hatte Charlotte vorgeschlagen, die Fahrt allein anzutreten. Und in ihrer Benommenheit hatte die

Tante zugestimmt – auch wenn es normalerweise als unschicklich galt, dass eine junge Dame der Gesellschaft sich unbegleitet auf Reisen begab.

Aber Charlotte wollte dringend nach Hause. Sie hatte ihrer Mutter mehrmals brieflich versprochen, sie bei den Vorbereitungen für Alices Verlobungsfeier zu unterstützen. Was offenbar dringend nötig war. Alices Pläne wurden von Woche zu Woche grandioser und unübersichtlicher, während Mama sich an der Gästeliste die Zähne ausbiss.

Also hatte Charlotte sich von ihrer fiebernden Tante verabschiedet und sich von Evelines Kutscher mit ihren zwei kleinen Koffern und dem Hutköfferchen zum Bahnhof fahren lassen. Den Schrankkoffer konnte die Tante mitbringen, wenn sie später zusammen mit ihrer Zofe und mindestens einem Diener nach Gut Falkensee reiste. Bis zu Alices Verlobung würde sie sicher wieder gesund sein.

Im Nord-Express, dem Luxuszug, der täglich von Paris nach Ostende fuhr, hatte Tante Eveline für sich und ihre Nichte ein Schlafwagenabteil bis Berlin reservieren lassen, das Charlotte nun allein zur Verfügung stand. Nachdem sie sich in ihrem Abteil eingerichtet hatte, schlenderte sie in den Speisewagen, um dort zu Abend zu essen.

Der Zufall wollte, dass sie ihren Tisch mit einer ebenfalls allein reisenden Dame teilte, die gut zwanzig Jahre älter war als sie und schon nach fünf Minuten ungefragt erklärte, sie sei Reiseschriftstellerin. Sie schenkte Charlotte eines ihrer Bücher, in dem es um eine Schiffsreise von London nach New York ging. In gewichtigem Ton empfahl sie Charlotte, diese interessante Fahrt ebenfalls zu unternehmen. Offenbar hatte sie nicht die geringste Ahnung, dass es für die Tochter eines westpreußischen Gutsbesitzers eher ungewöhnlich war, allein durch die Weltgeschichte zu reisen. Charlotte klärte sie über diesen Irrtum nicht auf und kam sich sehr unabhängig vor, als sie gegen neun Uhr in ihr Abteil zurückkehrte und sich mit dem Reisebuch als Bettlektüre zur Ruhe begab.

Das Umsteigen in Berlin und die Fahrt nach Danzig, wo sie wie geplant bei ihrer Großmutter übernachten würde, verliefen ebenfalls problemlos. Im Zug nach Danzig warf ihr der ältere Herr schräg gegenüber irritierte Blicke zu.

»Sie reisen allein?« Mit gerunzelter Stirn sah er sich um, als würde er ihre Chaperone unter einer Sitzbank oder in einer Ecke versteckt vermuten.

»Ich bin Reiseschriftstellerin«, erklärte sie ernsthaft und hatte ein schlechtes Gewissen, weil sie schwindelte, ohne auch nur in einer Notlage zu sein. Andererseits ging es ihren Mitreisenden nichts an, ob sie mit oder ohne Begleitung reiste. Er sagte kein Wort mehr. Entweder hat er Angst vor einer Erwähnung in ihrem imaginären Buch, oder er redete grundsätzlich nicht mit berufstätigen Frauen.

Zum Glück war Großmama in manchen Dingen moderner als ihre Mutter. Nachdem Charlotte sich in der Abenddämmerung am Danziger Bahnhof eine Droschke gesucht hatte, war sie allein vor der Stadtwohnung ihrer Großmutter aufgetaucht. Die alte Dame war kurz erschrocken, als sie ihre Enkelin ohne jede Begleitung erblickt hatte. Doch dann hatte sie amüsiert Charlottes Bericht über die bisherige Reise gelauscht. Allerdings verkündete sie noch vor dem Schlafengehen entschieden, dass Charlotte am nächsten Morgen in Begleitung ihrer Zofe Ottilie weiterreisen würde.

»Deine Mutter verzeiht mir nie, wenn ich dich wieder allein in den Zug steigen lasse.«

»Ich bin auf diese Weise bis Danzig gekommen, da schaffe ich die restliche Strecke bis Bischofswerder auch noch«, hatte Charlotte ohne größere Hoffnung protestiert.

»Sicher tust du das. Aber es gehört sich nicht, wie du zweifellos weißt.«

An dieser Stelle hatte Charlotte eingelenkt. Tatsächlich war es in ihrer Situation nicht klug, ihre Mutter zu verärgern. Schließlich wollte sie ihre Eltern überreden, ihr mindestens ein weiteres

Studienjahr in Paris zuzubilligen. Es gab noch eine Menge über Landwirtschaft, Chemie und andere Wissenschaften zu lernen, die wichtig sein konnten, wenn es darum ging, erfolgreich ein Gut zu führen. Natürlich wusste sie, dass es für sie als Frau ein nahezu unerfüllbarer Traum war, selbstständig auch nur einen kleinen Bereich zu leiten. Dennoch wollte sie alles wissen, was es auf diesem Gebiet zu wissen gab. Das ging am einfachsten in einem weiteren Jahr an der Sorbonne, während ihre Eltern und selbst Tante Eveline glaubten, sie würde dort Kunst studieren. Um die Erlaubnis für noch mehr Zeit im Ausland zu bekommen, würde es hilfreich sein, während der Zeit auf Gut Falkensee die brave Tochter zu spielen.

Ihre Ankunft in Begleitung der Zofe würde einen beruhigenden Eindruck auf Mama machen. Vielleicht dachte ihre Mutter dann gar nicht weiter darüber nach, dass Charlotte den Großteil der Reise allein gemacht hatte. Schließlich war Mama durch Alices Verlobungsfeier und die Gästeliste samt Sitzordnung abgelenkt.

Und nun saß Charlotte mit der schluchzenden Ottilie in der Kutsche und fragte sich, was sie mit dem verzweifelten Mädchen anfangen sollte. Um ihre Eltern nicht zu verärgern, hätte sie standhaft bleiben und darauf bestehen sollen, dass Ottilie mitkam. Doch das kam ihr schrecklich herzlos vor.

Mit einem Ruck hielt der Wagen vor dem Eingang zum Bahnhof. Großmamas Kutscher sprang vom Bock und öffnete die Tür. Ratlos wandte sich Charlotte der immer lauter schluchzenden Zofe zu.

»Meinetwegen müsstest du nicht mitfahren. Deine Herrin hat es so bestimmt, wie du weißt. In ein paar Tagen bist du wieder zu Hause.«

»Aber …« Ein heftiger Schluckauf löste das Schluchzen ab. »Ich kann die Gnädige nicht allein lassen. Hick. Wie soll sie ohne mich zurechtkommen? Hick. Sie hat doch nur Frau Wiesner, und die ist Haushälterin und Köchin und kann ihr mit den Haken an ihrem Korsett und mit den vielen Knöpfen an ihren Kleidern überhaupt nicht helfen. Mit den Haaren auch nicht. Hick. Rolf ist natürlich gar keine Hilfe.« Rolf war der Diener ihrer Großmutter.

»Und deshalb weinst du so?« Charlotte war fast gerührt, obwohl sie Ottilies Kummer übertrieben fand. Großmama war zwar schon über sechzig, aber für ihr Alter recht beweglich und keinesfalls hilflos. Sie würde zurechtkommen oder sich Unterstützung besorgen.

»Und ich war noch nie woanders. Ich kenn doch keinen, wo wir hinfahren. Sie kenn ich eigentlich auch nicht. Dann wär ich ganz allein.« Die Tränen flossen wieder reichlicher.

So ging das wirklich nicht! Am Ende gab Mama ihr die Schuld am desolaten Zustand der Frau.

Entschlossen raffte Charlotte ihren Rock, um endlich auszusteigen. »Bleib sitzen, Ottilie. Du fährst wieder zurück und richtest deiner gnädigen Frau von mir aus, dass ich viel besser ohne dich zurechtkomme als sie.«

Schlagartig hörte der Schluckauf der Zofe auf. Sie wischte sich mit der Hand die Wangen trocken und verzog den Mund zu einem breiten Lächeln. »Danke! Vielen Dank!«

Charlotte nickte dem Mädchen zu, das sie aus verquollenen Augen ansah. Wahrscheinlich hätte sie auf dem Gut so lange weitergeschluchzt, bis sie endlich wieder auf dem Rückweg nach Danzig gewesen wäre. Es war wirklich besser so.

Anton trug ihre Koffer auf den Bahnsteig, übergab sie einem Gepäckträger und bezahlte ihn im Voraus dafür, die Koffer später in den Zug zu schaffen. Dann erkundigte er sich bei Charlotte, ob er noch etwas für sie tun könne.

Sie verneinte und bedankte sich. Nachdem Anton verschwunden war, trug Charlotte dem Gepäckträger, einem vierschrötigen älteren Mann in einer abgetragenen blauen Uniform, auf, genau an dieser Stelle auf sie zu warten. Er nickte stumm, und sie eilte die Treppe hinunter und weiter durch die Halle in Richtung Ausgang. Sie hatte noch etwas Dringendes zu erledigen.

Das Danziger Bahnhofsgebäude im Stil der Neurenaissance war erst vor vier Jahren fertiggestellt worden. Alle Zeitungen in Westpreußen hatten über die feierliche Eröffnung berichtet. Bei ihrer Ankunft am Vorabend hatte Charlotte sich nicht die Zeit genommen, das Bauwerk genauer zu betrachten. Ohnehin war es schon dämmerig gewesen. Und vorhin bei ihrer Ankunft hatte sie auch andere Sorgen gehabt.

Nun trat sie durch einen der hohen, bogenförmigen Ausgänge nach draußen und stand einen Augenblick wie benommen in der Hitze, die sie erneut mit voller Wucht traf.

In der Mitte der breiten Straße fuhren mit lautem Klingeln Straßenbahnwagen vorbei, auf der anderen Seite der Gleise bewegte sich, ebenso wie auf der Bahnhofsseite, ein nicht abreißender Strom von Fuhrwerken, Kutschen und vereinzelten Automobilen.

Erstaunt stellte Charlotte fest, dass Danzig es an Lebendigkeit und Eleganz durchaus mit Paris aufnehmen konnte. Auch das palastartige Bahnhofsgebäude hätte hervorragend in die französische Hauptstadt gepasst.

Der große Bau besaß ein Satteldach und einen reich verzierten Staffelgiebel, auf dessen höchstem Punkt mit weit ausgebreiteten Schwingen der preußische Adler in Bronze saß. An der linken Seite des Gebäudes reckte sich ein imposanter Turm in die Höhe.

Endlich entdeckte Charlotte, was sie gesucht hatte: einen Ansichtskartenverkäufer, wie es sie in größeren Städten in der Nähe der meisten Sehenswürdigkeiten gab. Sie winkte den barfüßigen Knaben, der eine abgeschabte Leinentasche um den Hals trug, zu sich.

»Ist da der Hauptbahnhof drauf?« Sie deutete auf den Kartenstapel in seiner Hand.

»Das is ein wunderbar-prachtvolles Bild von unserem neuen Bahnhof. Farbige Lithokratie. Zwei Pfennige bitte.« Der Junge mit den wässrig blauen Augen streckte ihr eine Karte hin.

»Lithographie«, verbesserte sie ihn lächelnd, gab ihm statt der geforderten zwei Pfennig fünf und nahm die Karte entgegen. Frederick würde sich freuen. Er hatte ihr geschrieben, dass er wegen der vielen schönen Ansichtskarten, die sie ihm aus Paris geschickt hatte, ein Kartenalbum angelegt hatte. Besagtes Album böte Platz für 500 Exemplare.

Charlotte erreichte den Bahnsteig gerade rechtzeitig, um den Bahnbediensteten zu hören, der ein Glöckchen schwang und die Abfahrt ihres Zuges von Gleis 4 anstelle von Gleis 1 verkündete. Ihr Gepäckträger lehnte mit geschlossenen Augen neben ihren Koffern an einer Säule. Sie trat an ihn heran und räusperte sich vernehmlich. Als er nicht reagierte, tippte sie ihm auf die Schulter. Daraufhin schrak er zusammen und fuhr herum.

»Ich bin wieder da. Und ich hörte soeben, dass der Zug nach Bischofswerder von Gleis 4 fährt.«

Der Gepäckträger murmelte etwas Unverständliches, klemmte sich ihr Hutköfferchen unter den Arm und nahm die beiden größeren Koffer vom Bahnsteig auf. Charlotte trat zur Seite und wandte sich halb um, damit er an ihr vorbeigehen konnte.

»Saperlipopette!«, rief sie im nächsten Moment so laut, dass es den ganzen Bahnsteig entlangschallte. Ein definitiv nicht damenhaftes Verhalten, weder in Bezug auf die Lautstärke noch auf den Inhalt ihrer Äußerung. Aber es gab Situationen, in denen sie sich nicht darum scherte, was eine Dame tat oder besser nicht tat. Außerdem fluchte sie seit einigen Monaten auf Französisch. Was viele der Umstehenden sicher gar nicht als Fluch erkannten.

Sie schob ihren Hut nach hinten, der trotz der langen Hutnadel gefährlich ins Rutschen geraten war.

Der Gepäckträger starrte sie an, sie starrte zurück. Im Vorbeigehen hatte er ihr einen ihrer Koffer in die Kniekehlen gerammt, sodass sie ins Stolpern geraten war und, wild mit den Armen rudernd, nur mühsam das Gleichgewicht gehalten hatte. Dabei war ihr das Handtäschchen aus den Fingern geglitten und in hohem Bogen durch die Luft geflogen.

Als sie sich umschaute, entdeckte sie ihre kleine schwarze Ledertasche zwischen den Schienen, nur wenige Meter von den vorderen Rädern der Lokomotive entfernt, die abfahrtbereit am Bahnsteig stand.

Mit einem Ruck wandte sie sich wieder dem uniformierten Träger zu. »In der Tasche ist meine Fahrkarte. Ich brauche sie unbedingt. Der Zug da fährt erst in fünf Minuten weiter.« Sie deutete auf den Fahrplan. »Könnten Sie …« Die Ansichtskarte für Frederick war ebenfalls in dem Täschchen. Und ihr Geld.

Charlotte stockte, als sie feststellte, dass sie mit dem Rücken des Mannes sprach. Er hatte sie und ihre Koffer im Stich gelassen und verschwand soeben im Gedränge.

»Bigre!«, setzte sie aus tiefster Seele hinzu und fragte sich, ob Mama ihr auf Falkensee französische Flüche durchgehen lassen würde. Wahrscheinlich nicht. Ganz sicher nicht.

Die Herrin von Falkensee hob nicht einmal die Stimme, wenn sie Grete ausschalt, weil das ungeschickte Hausmädchen beim Anzünden des Kamins mal wieder einen Rußfleck auf dem Teppich hinterlassen hatte.

Charlotte würde versuchen müssen, ohne französische oder gar deutsche Flüche auszukommen. Mama und Papa sollten sehen, dass Paris einen hervorragenden Einfluss auf sie gehabt hatte, sodass ein weiteres Jahr dort nur von Vorteil sein konnte.

Doch was sollte sie nun tun? Ihre Fahrkarte war weg. In Paris wäre in einem Moment wie diesem ein halbes Dutzend freundlicher junger Herren zur Stelle gewesen. Französische Männer waren schrecklich charmant.

Jetzt aber war sie zurück im Deutschen Reich. Um sie herum liefen einige kräftige junge Herren den Bahnsteig entlang, aber keiner von ihnen schien ihr Missgeschick bemerkt zu haben. Lediglich eine ältere Dame im dunklen Kostüm sah sie strafend an. Ob sie des Französischen mächtig war?

Charlotte erwiderte ihren Blick ungerührt. Dann fixierte sie entschlossen ihr Handtäschchen und zog den langen Rock ihres Reisekostüms vorne hoch, sodass sie hinunter aufs Gleis springen konnte, ohne über den dunkelblauen Samt zu stolpern.

Am liebsten hätte sie bei der Hitze die Jacke abgelegt, doch das war nicht möglich, weil sie darunter nur ein tief ausgeschnittenes Leibchen und ihr Korsett trug. Wer hätte ahnen können, dass es vor Sommeranfang so heiß sein würde? Als Tante Eveline gegen Ende April das Reisekostüm in Auftrag gegeben hatte, war es kühl und regnerisch gewesen.

Die Lokomotive pfiff schrill und stieß eine Dampfwolke aus. Charlotte warf einen Blick auf die Uhr über dem Bahnsteig. Anderthalb Minuten bis zur Abfahrt. Der Schaffner, der etwa zehn Meter entfernt vor einer offenen Abteiltür stand, hatte seine Trillerpfeife noch nicht im Mund. Und selbst wenn der Lokomotivführer in diesem Moment beschlossen hätte, loszufahren – innerhalb von Sekunden kam so ein riesiges Ding nicht in Schwung. Das Täschchen lag mindestens fünf Meter von der vorderen Kupplung der Lok entfernt. Ihr blieb definitiv genug Zeit hinunterzuspringen, die Tasche zu greifen und wieder auf den Bahnsteig zu klettern.

Charlotte holte tief Luft und machte einen weiteren Schritt vorwärts, sodass sie direkt an der Bahnsteigkante stand. Im selben Augenblick wurde sie bei den Schultern gepackt und zurückgezerrt.

Wütend wandte sie sich um und sah erstaunt in das Gesicht eines Fremden. Zwischen seinen dichten, dunklen Brauen über den nebelgrauen Augen stand eine senkrechte Falte.

»Das werden Sie nicht tun!« Am leichten Akzent der tiefen Stimme erkannte sie, dass Deutsch nicht seine Muttersprache war. »Ich war in meinem Leben oft in üblen Situationen, aber das ist nicht die richtige Lösung, glauben Sie mir.«

»Loslassen!«, fauchte sie und entriss ihm mit einem Ruck ihren Arm. Sie war erstaunt, dass sie bei seiner Berührung keine Panik empfand.

Seit jener Sommernacht waren fast fünf Jahre vergangen. Trotzdem empfand sie immer noch Unbehagen, wenn ihr ein männliches Wesen beim Tanzen oder bei der Begrüßung zu nahe kam. Seltsamerweise war das jetzt nicht der Fall. Auch wenn dieser Mann natürlich überhaupt kein Recht hatte, sie einfach am Arm festzuhalten. Vielleicht war sie einfach zu wütend oder zu neugierig, was das hier sollte, um sich zu ängstigen.

»Ganz gleich, wie schwierig die Lage ist, es gibt immer einen besseren Ausweg!«, stellte der Fremde fest und fügte streng hinzu: »Außerdem ist es eine Sünde.«

Irritiert sah Charlotte den Mann an. Sie hatte keine Ahnung, was er von ihr wollte. Und ihre Tasche lag immer noch auf den Gleisen.

3. Kapitel

Frederick
Gut Falkensee, Westpreußen, 8. Juni 1904

An mehrere dicke Kissen gelehnt saß Frederick von Bargelow aufrecht im Bett. Trotz der Hitze im Zimmer hatte er die Decke bis zur Brust hochgezogen. Den Roman in seiner Hand hatte er sinken lassen. Über sein Gesicht rollte eine Träne, die er hastig wegwischte, als es klopfte.

Während die Tür aufflog und seine Schwester ins Zimmer stürmte, schob er hastig das Buch unter die Decke.

»Ich hätte nackt sein können«, sagte er anklagend zu Alice. Er konnte es nicht leiden, dass sie nie die Aufforderung zum Eintreten abwartete.

»Nicht um diese Zeit«, erwiderte sie ungerührt. »Außerdem bin ich Hedi unten begegnet, und sie hat mir gesagt, dass du weiter das Bett hüten musst. Also ziehst du dich nur zum Waschen aus. Und das wird morgens und abends erledigt.«

»Ich hoffe, Hedi war nicht auf dem Weg in die Küche, um mir schon wieder etwas zu essen zu holen.«

Alice kniff die Augen zusammen und betrachtete ihn prüfend. »Du hast geweint. Liest du schon wieder *Ruf der Wildnis*?«

Solange Frederick denken konnte, hatten seine beiden älteren Schwestern ihn mühelos durchschaut. Es war sinnlos, ihnen etwas verheimlichen zu wollen. Zumindest wenn es um Kleinigkeiten ging. Die wirklich bedrohlichen Dinge jedoch vergrub er so tief in seinem Inneren, dass auch sie nichts bemerkten. Er verbarg den Kummer so gut, dass er selbst ihn manchmal vergaß – jedenfalls für ein paar Stunden. Leider hatte Alice ihn an diesem Vormittag in einem Moment ertappt, in dem Angst und Sorge ihn hinterrücks überfallen hatten und er nicht hart genug darum gekämpft hatte, sie zu unterdrücken.

»Das ist ganz allein meine Sache«, murmelte er als Antwort auf Alices Frage. Warum er wirklich geweint hatte, würde er ihr auf keinen Fall verraten.

»Ich könnte wetten, du bist wieder mal an der Stelle, wo der arme Buck entführt und nach Alaska verschleppt wird.« Sie sah sich suchend nach dem Roman um, den sie allerdings nicht entdecken konnte.

»Die Geschichte ist furchtbar traurig«, verteidigte er sich. Seit er im vergangenen Jahr von seinen Schwestern zum fünfzehnten Geburtstag die deutsche Übersetzung des neuesten Werks von Jack London bekommen hatte, liebte er die Geschichte um den Hund Buck. Er hatte sie mindestens schon ein Dutzend Mal gelesen. Herr Schliemeier, sein Hauslehrer, drohte regelmäßig, ihm die ›Schundliteratur‹ wegzunehmen. Deshalb ließ Frederick das Buch vorsichtshalber nicht mehr offen herumliegen.

»Eigentlich habe ich Aufgaben zu erledigen«, lenkte er vom Thema ab. »Aber die sind schrecklich öde. Und wenn ich zum Aufstehen zu krank bin, sollte ich auch zum Lernen zu schwach sein, oder etwa nicht?«

»Was hat der Schliemeier dir denn aufgebrummt?«

Frederick deutete auf das Lehrbuch, das aufgeschlagen auf seinem Nachttisch lag.

Alice verzog den Mund. »Die Familie der Korbblütler. Herrjemine!«

»Schliemeier hat mir eine ganze Liste Fragen dazu gegeben. Hilfst du mir?«, erkundigte er sich ohne große Hoffnung.

Natürlich schüttelte seine Schwester energisch den Kopf. »Ist mir zu langweilig. Außerdem habe ich keine Zeit. Ich werde mich schon bald um einen riesigen Haushalt zu kümmern haben. Da kann ich nicht irgendwelche unwichtigen Schulaufgaben für meinen kleinen Bruder erledigen.«

Schade, dass Charlotte noch nicht da war. Sie hätte ihm innerhalb von wenigen Minuten erklärt, was Schliemeier von ihm wissen wollte. Es war schön gewesen, als sie vor zwei Jahren noch einmal mit ihm gemeinsam im Schulzimmer des Guts gesessen und sich unter Herrn Schliemeiers Anleitung auf die externe Abiturprüfung vorbereitet hatte. Die höhere Töchterschule bot diesen Abschluss nicht an.

Frederick hatte es erstaunlich gefunden, dass Charlotte sich den Unterricht bei Schliemeier und die schwierige Prüfung freiwillig antat. Inzwischen vermutete er, dass sie schon damals heimlich geplant hatte, ins Ausland zu gehen und zu studieren.

Das Lernen fiel Charlotte leicht. Sie interessierte sich vor allem für die Dinge, die Frederick langweilten: Mathematik, Biologie, sogar Chemie und Physik. Seltsam nur, dass sie in Paris Kunst und Literatur studierte. Papa und Mama hätten ihr allerdings sicher kein Studium der Naturwissenschaften erlaubt.

Welcher Sohn aus wohlhabendem Hause wollte schon eine Frau, die ihren Gästen beim Abendessen Vorträge über Chemie und Physik hielt? Und seit Frederick vor wenigen Tagen zufällig eine Unterhaltung seiner Eltern mit angehört hatte, war ihm klar, dass Mama sich in größter Eile nach einem passenden Ehemann für Charlotte umsehen würde, sobald seine Schwester aus Paris zurück war. Allerdings war er sich überhaupt nicht sicher, dass Charlotte mit diesem Plan einverstanden sein würde. Im Gegensatz zu Alice hatte Charlotte noch nie laut darüber nachgedacht, wie wunderbar ihr Leben sein würde, wenn sie erst Herrin eines großen Hauses war.

Frederick konzentrierte sich wieder auf seine jüngere Schwester, deren Augen beim Gedanken an ihre bevorstehende Rolle als Gutsherrin fröhlich funkelten. »Bis du einen eigenen Haushalt hast, wird noch einige Zeit vergehen, Alice. Deine Verlobung ist erst in fünf Wochen, und dann dauert es sicher noch ewig bis zur Hochzeit.«

»Das glaube ich nicht«, erklärte Alice mit einem versonnenen Lächeln. »Ronald wird die Leitung von Gut Bernsdorff spätestens Anfang nächsten Jahres übernehmen. Seine Adoptiveltern planen, im Januar in den Süden zu reisen. Anschließend werden sie in ihrer Villa in Marienburg wohnen. Sie sind entschlossen, so bald wie möglich das Stadtleben zu genießen. Und wenn Ronald erst Gutsherr ist, will er mich auf dem Anwesen bei sich haben. Was mich betrifft, kann ich es kaum erwarten, seine Frau zu werden. Da wir uns also vollkommen sicher sind und uns nicht mehr prüfen müssen, könnten wir schon bald nach der Verlobung heiraten. Ich wäre schrecklich gern eine Winterbraut. Mein Hochzeitskleid könnte einen weißen Pelzkragen haben. Und einen Pelzbesatz am Saum.«

Sie starrte in die Luft, als könnte sie ihr kostbares Hochzeitskleid bereits sehen.

»Pelzbesatz.« Frederick verdrehte die Augen. »Das ist viel zu teuer. Und dann trägst du das Kleid nur an einem einzigen Tag.«

»Aber es soll der schönste Tag in meinem Leben werden. Mein Verlobungskleid hast du auch noch nicht bewundert.« Sie breitete die Arme aus und drehte sich neben seinem Bett im Kreis.

Obwohl die großen Linden vor dem Fenster Fredericks Zimmer in Schatten tauchten, funkelten die Stickereien auf dem Rock aus roséfarbenem Seidenstoff in dem schwachen Licht. Ebenso glitzerten die Silberfäden in den weiten Ärmeln, die durchscheinend waren und Alices zarte Arme zur Geltung brachten.

»Das sieht furchtbar teuer aus«, stellte Frederick betreten fest.

»Was hast du denn immer mit teuer? Schließlich bin ich die Braut. Da sollte ich das schönste Kleid haben. Und das hat natürlich seinen Preis.« Lachend ließ Alice sich auf seine Bettkante fallen – offenbar ohne einen Gedanken daran zu verschwenden, dass sie den Rock ihres kostbaren Kleides zerknitterte. Das würde sie erst später bemerken und in lautes Wehklagen ausbrechen, bevor sie es einem der Hausmädchen überließ, den Schaden zu beheben.

Wieder einmal wünschte sich Frederick, Hedi hätte ihn nicht

vor drei Tagen in die kleine Nische im Flur gebracht, wo ein bequemer Lehnstuhl genau so stand, dass die letzten Strahlen der Abendsonne die Polster in rotgoldenes Licht tauchten. Seine Eltern hatten ihn in seinem Bett vermutet und nicht geahnt, dass er dort ruhte. Die hohe Lehne verbarg ihn vor ihren Blicken, und nach den ersten Sätzen ihrer Unterhaltung war es zu spät gewesen, sich zu erkennen zu geben.

Mama und Papa waren wenige Schritte vor der sonnigen Nische aufeinandergetroffen, als sie fast gleichzeitig nach dem Umziehen ihre Schlafzimmer verließen, um sich zum Abendessen nach unten zu begeben.

»Geht es Frederick besser?«, hatte sich sein Vater mit gesenkter Stimme erkundigt.

»Ein wenig.« Er konnte das Seidenkleid seiner Mutter rascheln hören. Wahrscheinlich strich sie den Rock glatt, wie es ihre Gewohnheit war.

»Hat Doktor Kramer sich in letzter Zeit dazu geäußert, ob er weiterhin der Ansicht ist, es sei nur eine schwache Konstitution? Manchmal fürchte ich ...« Papa ließ den Rest des Satzes in der Luft hängen, als würde er nicht wagen, seine Befürchtung auszusprechen.

»Gott behüte. Ich darf mir gar nicht vorstellen, dass Frederick an dieser schrecklichen Familienkrankheit leidet. Wir dürfen ihn nicht verlieren, Adalbert. Keiner von uns könnte diesen Verlust ertragen. Weißt du noch, wie er als kleiner Junge auf seinem Schaukelpferd saß und spielte, dass er über die Felder von Falkensee reitet?« Mamas unglücklicher Seufzer klang wie ein Windhauch im Schilf an einem nebligen Novembertag. Nach einer kurzen Pause fuhr sie fort: »Außerdem ist Frederick unser einziger Sohn. Der Erbe von Falkensee.«

»Dass er die Krankheit hat, ist ein furchtbarer Gedanke, aber eine Angst, die nicht ganz unbegründet ist.« Auch Papa hörte sich traurig an.

Mama räusperte sich, und Frederick konnte hören, wie sie tief durchatmete, bevor sie fortfuhr: »Falls wir keinen männlichen Erben hätten, müsste Charlotte wegen der schwierigen finanziellen Lage, in der sich das Gut befindet, nicht nur einen wohlhabenden Mann heiraten – wir müssten auch einen Ehemann für sie finden, der willens und in der Lage ist, später einmal das Gut zu leiten.«

Während sie sprachen, waren Mama und Papa langsam in Richtung Treppe gegangen und stiegen nun die Stufen zum Erdgeschoss hinab.

Sie hatten sich im Flüsterton unterhalten, doch Frederik hatte zwar ein schwaches Herz und einen launischen Kreislauf, aber sein Gehör war hervorragend. Und so war ihm in seinem Lehnstuhl eiskalt geworden, obwohl Hedi ihn in eine Decke eingehüllt hatte.

Seine Eltern hatten von seinem möglichen Tod gesprochen. Tod – ein Wort, so kurz und grausam, so frostig und dunkel. Sofort hatte er an das Mausoleum unter der kleinen Baumgruppe am Rand des Parks denken müssen, in dem seine Vorfahren der Ewigkeit entgegenschlummerten. Allein hinter den dicken, feuchten Mauern, während im Herrenhaus die Lichter brannten, die Familie sich um den Tisch versammelte und der Tee in den Tassen dampfte. Ein Schauer hatte ihn durchlaufen, und er hatte gespürt, wie sein Magen sich zusammenzog.

Seit er seine Eltern ungewollt belauscht hatte, überfiel ihn die Angst immer wieder hinterrücks und ohne Vorwarnung. Bisher hatte er mit niemandem darüber gesprochen. Denn wenn er die schreckliche Furcht in Worte fasste, würde sie nur noch realer werden. Hedi würde weinen und mindestens so sehr leiden wie er. Alice würde ebenso untröstlich sein. Mama war schon jetzt voller Angst, und mit Papa sprach Frederick selten über etwas anderes als über das Wetter und ähnlich ungefährliche Themen.

Charlotte – vielleicht, wenn sie zurück war … Ob sie ahnte, dass sie schon sehr bald verheiratet werden sollte? Da das Gut offenbar in finanziellen Nöten war, würden die Eltern sie auf keinen Fall noch länger in Paris studieren lassen.

»Ich brauche noch einiges an Aussteuer«, plapperte Alice fröhlich weiter und griff nach einem großformatigen, bunt bedruckten Heft, das sie auf dem Fensterbrett abgelegt hatte.

»Ihr wollt zu Wertheim?«, stieß er beim Anblick des Katalogs atemlos hervor. Auf dem Titelblatt war eine elegante Dame mit einem federgeschmückten Hut abgebildet. Sie trug ein Kostüm mit einem Pelzkragen.

»Mama und ich müssen vor allem Handtücher und Tischdecken kaufen. Ich brauche unbedingt einen Nähkasten. Und ein paar Kleider. Übernachten werden wir in einem Hotel in der Nähe des Kaufhauses. Großmama begleitet uns wahrscheinlich. Sie war schon öfter bei Wertheim und hat uns geschrieben, dass es dort einfach alles gibt. Und zwar in einer schier unglaublichen Auswahl. Vielleicht darfst du mitkommen.«

Frederick seufzte. Er wusste jetzt schon, dass seine Eltern und Hedi, unterstützt von Doktor Kramer, einhellig beschließen würden, ein solcher Ausflug sei zu anstrengend für ihn. Außerdem war die Verlobungsfeier ohnehin schon furchtbar teuer. Eine Reise nach Berlin mit Einkaufstour in dem riesigen Kaufhaus würde eine Menge kosten. Und er wusste jetzt, dass auf Gut Falkensee das Geld knapp war.

»Handtücher und solche Sachen bekommt man auch in Marienburg oder sogar in Bischofswerder. Und die Kleider, die unsere Schneiderin für dich näht, sind immer wunderschön.«

Alice verdrehte die Augen. »Als Herrin auf Gut Bernsdorff kann ich nicht in Kleidern herumlaufen, die Frau Rienecke in ihrem Hinterzimmer genäht hat. Es sollte schon etwas *großstädtischer* sein. Außerdem kann ich es kaum erwarten, bei Wertheim einzukaufen. Schon allein das Gebäude muss unglaublich sein. Sieh mal.«

Sie blätterte zum Anfang des Katalogs und zeigte ihm das Bild eines riesigen, mehrstöckigen Gebäudekomplexes, der um einen quadratischen Innenhof angeordnet war.

»Das Kaufhaus hat eine Grundfläche von 7800 Quadratmetern«, las sie vor. »Kannst du dir das vorstellen? So viele Waren kann es doch gar nicht geben, dass so ein großes Haus voll ist.«

»Aber die Fahrt nach Berlin, die Übernachtung im Hotel und dann die Preise, die in der Großstadt viel höher sind ...« Natürlich würde sich Alice auf keinen Fall überzeugen lassen, aus Kostengründen auf ihre Einkaufsreise zu verzichten, zumal er ihr nicht sagen konnte, was er über die wirtschaftliche Lage des Guts wusste. Wenn Mama ihr versprochen hatte, bei Wertheim einzukaufen, war das ja vielleicht auch in Ordnung.

Die Tür ging auf, und Hedi trat ein. Sie trug ein Tablett mit einem dampfenden Schüsselchen darauf. Frederick roch sofort, dass es Hühnerbrühe war, und zog die Nase kraus. Er konnte das Zeug, das angeblich so gut für ihn war, nicht mehr sehen, nicht mehr riechen und schon gar nicht mehr essen.

»Wie gefällt dir der neue Kutscher, Hedi?«, platzte Alice heraus und zwinkerte ihrem Bruder zu.

»Ich kenne ihn doch gar nicht richtig«, behauptete Hedi und machte ein komisches Gesicht.

Verblüfft betrachtete Frederick seine Kinderfrau, die kurz nach Charlottes Geburt, also vor über zwanzig Jahren, nach Gut Falkensee gekommen war. Es war ihm immer so vorgekommen, als sei ihr alleiniger Lebensinhalt das Wohlergehen der drei Bargelow-Sprösslinge. Charlotte und Alice kamen mittlerweile ohne Hedi zurecht, auch wenn sie sich immer noch gern Rat und Trost bei ihr holten. Frederick jedoch brauchte sie immer noch sehr. Der Gedanke, ohne ihren Beistand zu sein, wenn er wieder einmal mit Fieber, Kreislaufproblemen oder anderen Gebrechen das Bett hüten musste, ängstigte ihn. Dass Hedi mit ihren fast vierzig Jahren sich plötzlich für einen Mann interessieren sollte, erschien ihm absurd.

»Immerhin hast du ihn dir sehr genau angesehen und ziemlich ausführlich mit ihm geredet.« Alice kicherte.

Hedi wandte sich hastig ab und stellte das Betttablett mit den kurzen, geschwungenen Beinen auf dem Tisch ab, anstatt es gleich zu Frederick zu tragen. Den Geschwistern war jedoch nicht entgangen, dass sich die Wangen ihrer Kinderfrau gerötet hatten. Alice zog die goldenen Brauen hoch, und Frederick sah seine Schwester verblüfft an.

»Ich habe ihm nur erklärt, dass der gnädige Herr in seinem Büro ist. Wilhelm sollte sich heute bei ihm vorstellen.« Hedi kehrte ihnen immer noch den Rücken zu und schob die kleine Suppenschüssel unnötigerweise auf dem Tablett hin und her.

»Wilhelm. Ach so.« Alice lachte und drehte sich noch einmal mit ausgebreiteten Armen im Kreis. »Wie findest du mein Verlobungskleid, Hedi?«

Hedi wandte sich um und betrachtete mit mütterlichem Stolz das zarte Mädchen im rosa Kleid. »Du bist wunderhübsch. Dein künftiger Verlobter hat großes Glück.«

Dann nahm die Kinderfrau das Tablett vom Tisch und stellte es Frederick auf die Bettdecke.

Der schüttelte energisch den Kopf. »Ich brauche keine Hühnerbrühe mehr. Doktor Kramer hat heute Morgen gesagt, ich sei so gut wie gesund.«

»Fast ist nicht ganz. Wir wollen nicht kurz vor dem Ziel unvorsichtig werden.« Hedi drückte ihm den Löffel in die Hand.

»Ich soll in Mamas Namen fragen, ob Frederick aufstehen und mit uns zu Abend essen darf. Immerhin kommt Charlotte nach über einem Jahr in Paris heute endlich nach Hause.«

Natürlich hätte die Gutsherrin einfach bestimmen können, dass ihr Sohn an diesem Abend zum Essen nach unten kommen durfte. Aber sie war klug genug, Hedi die Entscheidung zu überlassen.

Mit gerunzelter Stirn dachte Hedi nach. »Ich denke, das müsste gehen, Fredy. Wenn du einen Schal umlegst und versprichst, um neun Uhr wieder im Bett zu liegen.«

»Ich darf heute Abend aufstehen? Wirklich?« Frederick hatte sich auf den üblichen harten Kampf eingestellt. Und nun sah Hedi ihn mit seltsam glänzenden Augen an und nickte lächelnd.

Alice verkündete, dass sie ihrer Mutter Bescheid sagen würde. Ihr Verlobungskleid schien noch für den Bruchteil einer Sekunde in der Luft zu schimmern, als sie bereits verschwunden war.

Nachdem Frederick widerwillig etwas von der Brühe gelöffelt hatte, gestattete Hedi ihm, den Rest stehenzulassen, damit er zum Abendessen noch Appetit hatte. Erneut wunderte sich ihr Schützling, dass sie an diesem Nachmittag so gutgelaunt und nachgiebig war.

4. Kapitel

Charlotte
Hauptbahnhof Danzig, Westpreußen, 8. Juni 1904

»Eine Sünde? Wovon sprechen Sie überhaupt?« Charlotte funkelte den dunkelhaarigen Mann wütend an. Langsam ging er ihr wirklich auf die Nerven.

Wortlos sah er hinüber zum Gleis, wo die Lokomotive soeben zischend eine weitere Dampfwolke ausstieß. Sie würde jeden Augenblick losfahren. Damit musste Charlotte ihre Tasche und vor allem Geld und Fahrkarte endgültig verlorengeben.

Als er nach einer Weile immer noch anklagend schwieg, begriff sie endlich, worum es ging: Dieser Mann war Pole und damit auch Katholik. Zu seinem Glauben gehörten Regeln, die für sie fremd und seltsam waren. Auch bei den Protestanten war der Freitod nicht erlaubt, aber ihr wäre nicht im Traum eingefallen, herumzulaufen und harmlose Menschen der Sünde zu bezichtigen.

Und überhaupt: Wie kam er auf die seltsame Idee, sie wolle sich besinnungslos vor den Zug stürzen? Schließlich war sie kein Dummkopf und hatte sich genau überlegt, ob genügend Zeit war, um die Tasche gefahrlos vom Gleis zu holen. Wenn ihr dieser Mann nicht dazwischengekommen wäre, hätte sie jetzt wie geplant in den Zug nach Bischofswerder steigen können. Wie sie nun nach Hause kommen sollte, stand in den Sternen. Mama würde außer sich sein, wenn sie nicht in dem Zug saß, den sie telegrafisch angekündigt hatte. So viel zu ihrem Plan, ihren Eltern zu zeigen, wie hervorragend sich der Paris-Aufenthalt auf ihr Verantwortungsbewusstsein und ihre Charakterbildung ausgewirkt hatte.

Und wie vorteilhaft es daher sein würde, sie weiterstudieren zu lassen.

»Sind Sie Priester?«, fauchte sie den Mann an, der schuld an der ganzen Misere war.

»Sehe ich aus wie ein Priester?« Er deutete auf seinen Hemdkragen. »Ich hasse es nur, wenn Menschen ihr Leben wegwerfen, nur weil sie sich gerade in einer schwierigen Situation befinden. Es gab einen Fall in unserer Familie … Egal, das tut nichts zur Sache. Es macht mich einfach wütend.«

Sie zuckte mit den Schultern. Die Frage war ohnehin rhetorisch gewesen. Dass er kein Geistlicher war, gab ihm nämlich noch weniger das Recht, sich in ihre Angelegenheiten zu mischen.

»Karol? Kommst du?«

Hinter dem schwarzhaarigen Fremden tauchte ein zweiter Mann auf. Er war ebenfalls in seinen mittleren Zwanzigern und genauso dunkelhaarig, aber einen halben Kopf kleiner. Im Gegensatz zu seinem Begleiter hatte er einen freundlichen, offenen Blick.

»Moment noch. Ich muss hier etwas klären«, erwiderte der Angesprochene und ließ Charlotte nicht aus den Augen, als würde er immer noch befürchten, dass sie loslief, um sich vor die Lokomotive zu werfen.

Da er sie unverwandt anstarrte, blieb ihr nichts anderes übrig, als seinen Blick zu erwidern, wenn sie nicht ergeben den Kopf senken wollte. In diesem Moment pfiff der Schaffner, und der Lokomotivführer ließ die Dampfpfeife ertönen. Jetzt war ihre Tasche verloren.

»Ich wüsste nicht, was wir zu klären hätten«, sagte sie ungeduldig, da der Fremde keine Anstalten machte, endlich seiner Wege zu gehen. »Ich kenne Sie nicht, und es ist nicht meine Art, auf Bahnhöfen mit fremden Männern zu sprechen.«

»Ich hatte nicht vor, eine längere Unterhaltung mit Ihnen zu führen. Es erschien mir nur etwas befremdlich, dass eine junge Dame wie Sie, die durchaus intelligent wirkt, so etwas tun möchte.«

»Verstehen Sie doch endlich: Was ich tun wollte, war wohlüberlegt«, widersprach sie, obwohl es nicht nötig war, sich vor dem aufdringlichen Kerl zu rechtfertigen.

Er antwortete nicht, sondern deutete nur stumm in Richtung der Lokomotive, die sich in diesem Moment schnaufend in Bewegung setzte. Charlotte presste die Lippen aufeinander. Soeben wurden unter den riesigen Rädern ihre Fahrkarte und ihr gesamtes Bargeld zermalmt. Nicht einmal eine Droschke zurück zu Großmamas Wohnung konnte sie bezahlen.

»Karol?« Wieder meldete sich aus dem Hintergrund der zweite junge Mann. Karol kümmerte sich nicht um ihn. Er betrachtete Charlotte angestrengt. Gleichzeitig fuhr er sich mit den Fingern durch die schwarzen Haare, die ihm immer wieder in die Augen fielen.

Charlotte dachte darüber nach, diesen komischen Kauz, der sich aus irgendeinem Grund für sie verantwortlich fühlte, um Geld für eine Fahrkarte zu bitten. Allzu teuer würde das Billett nicht sein, und sie könnte ihm später den Betrag zuschicken.

Natürlich durfte ihre Mutter auf keinen Fall etwas davon erfahren. Charlotte konnte sich lebhaft vorstellen, wie Veronika von Bargelow erst blass werden, dann wortreich ihr Entsetzen kundtun und schließlich Charlotte ausführlich erklären würde, welch unmögliches Verhalten es war, auf einem Bahnsteig mit einem fremden Mann zu reden. Noch dazu mit einem Polen. Und sich dann auch noch Geld von ihm zu leihen. Wenn ihre Mutter mit ›den Polacken‹ zu tun hatte, wie sie im Dorf genannt wurden, handelte es sich ausschließlich um die Wanderarbeiter, welche während der Erntezeit weitab vom Hauptgebäude im Insthaus untergebracht wurden. Sie aßen nicht einmal gemeinsam mit dem deutschen Gesinde.

Doch irgendwie musste Charlotte schließlich nach Hause kommen. Wenn sie ohne Billett und Geld in den Zug nach Bischofswerder stieg, würde die Sache noch unangenehmer werden, sobald der Schaffner ihren Fahrschein sehen wollte.

Allerdings gab es noch eine andere Möglichkeit, als ausgerechnet den unhöflichen Karol zu bitten. Entschlossen wandte sie sich seinem Begleiter zu, der sich bescheiden im Hintergrund hielt.

»Guten Tag. Mein Name ist Charlotte von Bargelow.«

»Ich bin Jarek Wisniewski.« Höflich verbeugte er sich. »Und das ist mein Freund Karol Darranowski.«

Wenigstens dieser Mann verfügte über Manieren. Sogar sein Lächeln wirkte charmant wie das eines Parisers.

»Ich bin in einer schwierigen Situation«, begann Charlotte und sah dabei unverwandt Jarek Wisniewski an. Dennoch bekam sie aus dem Augenwinkel mit, dass Karol sich schon wieder das Haar aus der Stirn strich. Was für eine nervtötende Angewohnheit! Hätte er einen Hut getragen, wie es sich für einen Herrn schickte, wären seine Haare an Ort und Stelle geblieben.

Bis auf die Tatsache, dass sie beide keine Kopfbedeckung trugen, waren Karol und Jarek untadelig gekleidet. Ähnlich wie Charlotte in ihrem Reisekostüm musste ihnen in der sommerlichen Hitze viel zu warm sein. Dennoch entledigten sie sich nicht ihrer Jacken. Ein Herr reiste nicht hemdsärmelig. Jarek hatte sogar sämtliche Knöpfe seines dunklen Gehrocks korrekt geschlossen.

Karol trug einen grauen Paletot zu einem hell- und dunkelgrau gestreiften Beinkleid aus Kammgarn und einem weißen Hemd. Um seinen Hals lag leger ein cremeweißer Seidenschal. Hätte dieser Mann nicht ein so selbstgerechtes Wesen an den Tag gelegt, wäre sein Äußeres durchaus ansprechend gewesen. Die nebelhellen Augen standen in einem interessanten Kontrast zu den pechschwarzen Haaren, und sein eckiges Kinn suggerierte Zielstrebigkeit und Energie. Die Nase war ein kleines bisschen schief, als wäre sie schon einmal gebrochen worden.

»Mir sind Fahrkarte und Geld abhandengekommen«, erklärte Charlotte. Dann warf sie Karol einen kurzen Blick zu und setzte in scharfem Tonfall hinzu: »Das ist jedoch kein Grund für mich, eine *Sünde* zu begehen.«

Karol öffnete den Mund, doch in diesem Moment mischte sich

erneut sein Begleiter ein, der für einen Moment verschwunden gewesen war.

»Entschuldigung. Ist das Ihre?«

»Meine Tasche! Und vollkommen unversehrt. Sie sind mein Retter.« Charlotte musste an sich halten, dem freundlichen Polen nicht vor lauter Erleichterung um den Hals zu fallen.

Jarek senkte bescheiden den Kopf, während er ihr das Täschchen überreichte. »Sie lag zwischen den Schienen. Daher ist ihr nichts passiert, als der Zug losfuhr.«

»Ich bin Ihnen überaus dankbar.« Charlotte presste die Tasche an ihre Brust und lächelte ihn an. Jareks Augen waren braun und warm. Erst in diesem Moment bemerkte sie, dass er auf eine unspektakuläre Art anziehend war.

»Sie wollten da wegen einer Handtasche hinunterspringen?« Karol musterte sie womöglich noch empörter als zuvor.

»Es waren zwei Minuten Zeit bis zur Abfahrt des Zuges, der Schaffner hatte noch nicht gepfiffen, und so eine Lokomotive braucht einen Moment, um sich in Bewegung zu setzen. Alles in allem mehr als genug Zeit, um meine Tasche zu holen. Was mir zweifellos gelungen wäre, wenn Sie mich nicht daran gehindert hätten.«

»Warum haben Sie mir das nicht gesagt? Ich hätte Ihnen die Tasche besorgt.«

»Sie haben mich nicht zu Wort kommen lassen, weil Sie es so eilig hatten, mich der Sünde zu bezichtigen.« Herausfordernd sah sie ihn an.

»Möglicherweise hatte ich Sorge, auch ein ›Saperlipopette‹ abzubekommen, und habe Sie deshalb am Reden gehindert.« Er zwinkerte ihr zu. Seit er nicht mehr glaubte, sie am Selbstmord hindern zu müssen, wirkte er deutlich entspannter.

Zu ihrem Ärger wurde Charlotte rot.

»Obwohl ich es durchaus erfrischend finde, wenn eine Dame ihre Gefühle auf eine Weise ausdrückt, die auch ein Mann versteht«, fügte er in heiterem Ton hinzu.

Dummerweise sprach er offenbar Französisch. Fahrig zupfte Charlotte an einer der Seidenblumen auf ihrem Hut, ließ es aber sofort wieder sein. Es gab keinen Grund, sich von diesem Mann nervös machen zu lassen. Stattdessen starrte sie ihn wütend an. Doch er reagierte nicht auf ihren Blick, von dem in Paris einige Männer behauptet hatten, er sei, wenn nicht direkt tödlich, so doch wie ein Stich mitten ins Herz.

»Ihre Muttersprache ist Polnisch, nicht wahr?«, wechselte sie in jenem Plauderton das Thema, den sie in französischen Salons gelernt hatte.

»Neuerdings wird es allerdings nicht mehr gern gesehen, wenn ich sie benutze. Da unser Heimatland zurzeit nicht existiert, gehören wir zur sogenannten polnischen Minderheit in Westpreußen.« Karols Stimme klang bitter.

Charlotte presste die Lippen aufeinander. Sie kannte sich nicht sonderlich gut mit der Lage der polnischen Bevölkerung aus und wusste nur, dass Polen seit mehr als hundert Jahren russisches Protektorat war. Ein Teil des ehemals polnischen Landes gehörte seit Langem zu Westpreußen. Dennoch lebten in fast jedem Dorf noch einige polnische Familien, die Haus und Hof nicht hatten im Stich lassen wollen. Sie wurden von den deutschen Bauern und Pächtern meistens nicht ins Dorfleben einbezogen und pflegten ihre eigene Sprache und ihr Brauchtum. Davon hatte ihr Fine erzählt, ihre Freundin aus dem Dorf Falkensee.

Es gab auch einige polnische Großgrundbesitzer – oft sogar adelig –, die in der Regel ebenfalls keinen Kontakt mit den deutschen Landjunkern pflegten. Ihre Sprache und ihre Religion machten sie zu Fremden, selbst wenn sie Nachbarn waren.

»Stört es Sie, dass wir polnischer Abstammung sind?« Sein Blick forderte sie heraus.

Charlotte zuckte betont gleichmütig mit den Schultern. »Was sollte ich dagegen haben? Im Insthaus unseres Guts leben jedes Jahr zur Erntezeit eine Menge polnischer Wanderarbeiter.« Kaum waren die Worte heraus, wurde sie schon wieder rot. Polnische Wanderarbeiter als Beispiel für ihren toleranten Umgang mit Karols Landleuten! Was für eine dumme Bemerkung. Wenigstens wusste er nicht, dass sie noch nie ein Wort mit diesen Leuten gewechselt hatte. Ihre Mutter hatte es verboten. Wahrscheinlich wäre eine Verständigung, die über ein paar grundlegende Anweisungen zur Weizen- und Rübenernte hinausging, ohnehin nicht möglich gewesen.

Charlotte kniff die Augen zusammen und trat einen Schritt zur Seite, um unter das Dach über dem Bahnsteig zu treten. Mittlerweile rannen Schweißtropfen an ihrem Rücken hinab, und sie fragte sich, wie die beiden Männer es in ihrer schweren, dunklen Kleidung bei dieser Hitze aushielten.

Zu ihrem Erstaunen reagierte Karol nicht auf ihre Bemerkung, und Jarek war ohnehin schweigsam.

»Sie reisen allein?«, erkundigte sich Karol nach einer Weile.

»Offenbar.« Sie nahm der Bemerkung mit einem Lächeln die Schärfe. »Ich komme aus Paris und will heute noch nach Bischofswerder. Ganz in der Nähe liegt der Besitz meiner Eltern. Gut Falkensee.«

Auf der Hinreise nach Frankreich hatte Mama sie begleitet. Damit sie keines der Hausmädchen mitnehmen mussten, hatten sie die Koffer vorausgeschickt. Obwohl die Dienerschaft, wie es allgemein üblich war, auch bei den von Bargelows getrennt von ihren Herrschaften in der dritten Klasse fuhr, hätte eine weitere Fahrkarte die Kosten unnötig in die Höhe getrieben. Mama war in letzter Zeit noch sparsamer, als sie es ohnehin immer gewesen war. Was hoffentlich nicht bedeutete, dass ihre Eltern Geldsorgen hatten. Dann würde es noch schwieriger sein, sie zu überreden, ihr ein weiteres Studienjahr zu gestatten.

Charlottes Eltern gehörten zum westpreußischen Landadel. Sie waren vergleichsweise wohlhabend und in den Augen ihrer Pächter wahrscheinlich unfassbar reich. Das bedeutete jedoch nicht, dass sie das Geld zum Fenster hinauswarfen. Wie es sich für eine pflichtbewusste Hausfrau geziemte, legte Mama größten Wert darauf, sparsam zu wirtschaften.

»Sparsamkeit ist die Tochter der Weisheit, die Schwester der Mäßigkeit und die Mutter der Freiheit«, pflegte Veronika von Bargelow den schottischen Arzt und Schriftsteller Doktor Smiles zu zitieren.

Sie strebte in allen Lebensbereichen danach, Sparsamkeit und Eleganz zu vereinen. Und sie beherrschte diese Kunst perfekt. Darin machte ihr keine der anderen Gutsherrinnen etwas vor, obwohl vernünftiges Wirtschaften der Mentalität deutscher Landjunker in Westpreußen entsprach. Den Polen hingegen sagte man Verschwendung nach und ›polnische Wirtschaft‹ – was auch immer das genau sein mochte.

Vielleicht, dachte Charlotte, hatte ihre Mutter deshalb in letzter Zeit noch mehr Wert auf Sparsamkeit gelegt als zuvor. Nicht weil es nötig war, sondern weil sie immer größeren Ehrgeiz auf diesem Gebiet entwickelte. Dennoch … Dass Mama für die Fahrt nach Paris Fahrkarten für die 2. Klasse gekauft hatte, war ein wenig … seltsam. Sie spürte, wie ein diffuses Unbehagen in ihr aufstieg. Dann schob sie diese Gedanken schnell beiseite. Jetzt würde sie erst einmal die Heimreise genießen. Tante Eveline hatte ausschließlich 1. Klasse gebucht.

»Sie kommen aus Paris?« Jarek sah sie interessiert an, während Karol keine Miene verzog.

»Ich kehre für einige Wochen nach Hause zurück, weil meine Schwester ihre Verlobung feiert. Anschließend werde ich meine Studien an der Sorbonne fortsetzen.«

Karols Pupillen waren für einen Moment so groß geworden, dass seine silbergrauen Augen fast schwarz wirkten. Sie hätte wetten können, dass er sie für eine Tochter aus gutem Hause gehalten hatte, die im Leben nur ein Ziel kannte: eine gute Partie zu machen. Dabei lag ihr in Wahrheit nichts ferner, als so bald wie möglich zu heiraten. Angesichts ihres Studiums musste er nun seinen Irrtum einsehen. Ein leises Triumphgefühl machte sich in ihr breit.

»Sie studieren an der Sorbonne? Das ist sicher aufregend.« Jarek nickte freundlich.

Charlotte senkte den Kopf, neigte ihn ein wenig zur Seite und lächelte kaum merklich. Dieses Manöver hatte sie unter Tante Evelines Anleitung perfektioniert. Es war geradezu lachhaft, wie Männer darauf reagierten, wenn sie sich den Anschein weiblicher Hilflosigkeit gab. Karol Darranowski bildete da keine Ausnahme. Sofort wurde sein Blick milder.

»Falls Sie beide in der Gegend um Bischofswerder sind, sprechen Sie zur Teestunde unbedingt auf Falkensee vor.« Sie erhob ihre Stimme zu einem sanften Flöten.

»Ich meine, den Namen Ihres Guts schon gehört zu haben. Meine Tante ist vor Kurzem in die Nähe von Bischofswerder gezogen. Möglicherweise hat sie Falkensee in einem ihrer Briefe erwähnt.« Karol lächelte sie unverbindlich an.

»Dann schauen Sie doch auf dem Weg zu Ihrer Tante bei uns herein. Ich nehme an, Sie besuchen sie gelegentlich?« Wieder legte Charlotte den Kopf schief, doch dieses Mal reagierte Karol nicht darauf.

»Eher nicht. Dennoch vielen Dank für die freundliche Einladung. Wahrscheinlich wird es uns nicht möglich sein, ihr nachzukommen«, entgegnete er leichthin. Sie meinte, leisen Spott in seinem Ton mitschwingen zu hören.

Jarek nickte zu den Worten seines Freundes. Seine Miene war plötzlich verschlossen, das freundliche Lächeln verschwunden.

Natürlich wussten beide, dass ihre Landsleute in den Häusern der westpreußischen Großgrundbesitzer nicht mit offenen Armen empfangen wurden. Allerdings hätte ihnen ebenso klar sein müssen, dass die Familie eines Gutsbesitzers, deren Tochter eine Einladung ausgesprochen hatte, die Gäste ausgesucht höflich behandeln würde. Es sei denn, sie verwirkten diesen Respekt auf irgendeine Weise.

»Wir müssen uns beeilen. Unser Zug geht in fünfzehn Minuten.« Karol zog eine Taschenuhr aus der Westentasche und warf einen Blick darauf. »Können wir Ihnen vorher mit Ihrem Gepäck behilflich sein?«

»Die Abfahrt meines Zuges wurde nach Gleis 4 verlegt. Und mein Gepäckträger ist fort, obwohl er vorab bezahlt wurde.« Charlotte hob die Schultern und ließ sie wieder fallen.

Karol lachte auf. »Wahrscheinlich fürchtete der Mann um sein Leben, nachdem er Ihre Tasche auf die Gleise befördert hatte.«

Während Jarek bereits mit dem größeren der beiden Koffer den Bahnsteig entlangeilte, lachte Karol amüsiert vor sich hin, ohne sich um Charlottes finstere Blicke zu kümmern.

»Ich habe Ihnen bereits erklärt, dass genügend Zeit war, die Tasche vollkommen gefahrlos vom Gleis zu holen.« Charlotte griff nach ihrem Hutköfferchen und folgte Jarek. Sie hatte ihn noch nicht eingeholt, als Karol mit dem zweiten Koffer in der Hand neben ihr auftauchte.

Obwohl die beiden Herren jeder ein schweres Gepäckstück trugen, konnte Charlotte ihnen mit dem federleichten Hutkoffer kaum folgen. Aber sie musste schließlich aufpassen, nicht über ihren Rock zu stolpern. Mittlerweile war ihr so heiß, dass sie befürchtete, ihr Reisekostüm könnte feuchte Flecke bekommen.

Als sie Gleis 4 erreichten, war Charlotte vollkommen außer Atem. Tante Eveline hatte sie im Laufe des vergangenen Jahres dazu gebracht, sich deutlich enger zu schnüren als zuvor, da die eleganten Pariser Kleider nach einer Wespentaille verlangten.

Zudem trug sie ein S-Korsett, das die Brust heraus- und den Bauch hineindrückte, sodass sie leicht vornübergebeugt gehen und stehen musste. Nach Luft schnappend klammerte sie sich an die Rückenlehne der Holzbank, neben der die Männer ihre Koffer abgestellt hatten.

»Ich wünsche Ihnen eine gute Reise heim nach Gut Falkensee, gnädiges Fräulein.« Jarek verabschiedete sich mit einer Verbeugung und fügte an Karol gewandt hinzu: »Ich besorge rasch unsere Fahrkarten.«

»Vielen Dank für Ihre Hilfe«, stieß Charlotte atemlos hervor. Dabei stellte sie verblüfft fest, dass Jareks Augen im Sonnenschein dunklem Bernstein ähnelten. Während er sich entfernte, dachte sie bei sich, dass sie trotz der nur kurzen Bekanntschaft sein sanftes Lächeln vermissen würde. Er war ein so freundlicher, angenehmer Mensch. Sie hätte ihn gern näher kennengelernt.

Karol zögerte, seinem Begleiter zu folgen. Er musterte sie besorgt. »Geht es Ihnen nicht gut?«

»Es ist alles in Ordnung. Ich bin nur ein bisschen zu schnell gelaufen.«

»Sie werden jetzt aber nicht ohnmächtig, oder?« Er kniff misstrauisch die Augen zusammen.

»Ich falle nie in Ohnmacht«, behauptete sie keuchend. Leider war sie nicht so sicher, dass es nicht doch gleich passieren würde.

»Sie sind schrecklich blass«, stellte er fest und machte keine Anstalten, sich zu entfernen.

»Danke, dass Sie meine Koffer hergetragen haben. Und nun sollten Sie gehen. Ich will nicht, dass Sie meinetwegen Ihren Zug verpassen.«

Karol ignorierte ihre Aufforderung, griff nach ihrem Ellenbogen und führte sie um die Bank herum, damit sie sich setzen konnte. Leider war sie immer noch in Atemnot, und je mehr sie sich bemühte, es zu verbergen, umso lauter wurde ihr Keuchen.

»Ich werde nicht gehen, bevor ich sicher bin, dass Sie unbeschadet die Weiterreise antreten können«, verkündete er entschieden.

Sie ließ sich auf die Bank sinken, beugte sich vor und machte ihm mit dem gekrümmten Zeigefinger ein Zeichen, dass er sich zu ihr herabbeugen sollte. Als sein Ohr nur noch wenige Zentimeter von ihrem Mund entfernt war, flüsterte sie: »Ich bin vollkommen gesund. Es ist nur mein Korsett. Zu fest geschnürt.«

Natürlich sprach man über dieses Thema unter absolut gar keinen Umständen mit einem Herrn. Aber noch peinlicher wäre ihr gewesen, wenn er sie für eines jener schwächlichen Wesen gehalten hätte, die vollkommen grundlos bei jeder Gelegenheit ohnmächtig zu Boden sanken.

»Das bleibt unter uns«, fügte sie drohend hinzu, als Karol sich mit einem kaum wahrnehmbaren Grinsen aufrichtete.

»Ich werde schweigen wie ein Grab. Ohnehin interessiert es kaum jemanden, was ein Pole zu sagen hat.« Er verbeugte sich leicht, ohne dabei den Blick von ihr zu wenden. Noch immer funkelten seine Augen amüsiert. »Dann ist es wohl besser, wenn ich mich jetzt verabschiede. Ich wünsche Ihnen eine angenehme Weiterreise.«

Charlotte sah ihm nachdenklich hinterher, bis er in der Menge der Reisenden verschwunden war. Was für eine seltsame Begegnung!

Ein oder zwei Minuten später atmete sie wieder ruhig und gleichmäßig. Sie stand auf, machte sich auf die Suche nach einem Gepäckträger und fand einen jungen Uniformierten, der ihr diensteifrig versicherte, er werde sich sehr gern um ihre Koffer kümmern. Als einige Minuten später ihr Zug einfuhr, verdrängte sie die Gedanken an die beiden Polen. Bald würde sie Falkensee wiedersehen.

5. Kapitel

Fine
Gut Falkensee, Westpreußen, 8. Juni 1904

Mit einem flachen Henkelkorb über dem Arm ging Fine um die Gebäudeecke herum zum Blumenrondell an der Vorderseite des Herrenhauses. Hier wollte sie einige Levkojen schneiden. Zusammen mit dem Ehrenpreis, dem Phlox und dem Rittersporn, die im Küchengarten zwischen den Gemüsebeeten wuchsen, würde das schöne Sträuße ergeben.

»Wo Korn und Obst der Flur entsprießt, wo Milch und Honig fließt«, schmetterte Fine das neue Lied, das sie am vergangenen Wochenende von der Blaskapelle gehört hatte. Zum jährlichen Feuerwehrfest kamen die Männer mit ihren Trompeten, Posaunen und Pauken aus Bischofswerder und spielten auf dem Dorfplatz von Falkensee auf. Bezahlt wurden sie mit Bier und einem Anteil vom Spanferkel.

Fine war eine gute Tänzerin, doch die Burschen im Dorf traten ihr dauernd auf die Füße, und ihre Hände verirrten sich gern dorthin, wo sie nichts zu suchen hatten. Deshalb hörte sie am liebsten vom Rand des Tanzbodens aus der Musik zu und versuchte, neue Lieder zu lernen, denn sie sang gern bei der Arbeit.

Das Westpreußenlied war am Sonnabend mindestens zehn Mal gespielt worden. Deshalb kannte sie nun fast den kompletten Text, den erst einige der Musiker vorgetragen und später alle mitgesungen hatten.

Fine fand es erstaunlich, dass jemand ein Lied über ihre Heimat geschrieben hatte. Ihr kam es vor, als fände das wirkliche Leben woanders statt und nicht in diesem stillen, hügeligen Landstrich, von dem der Text handelte. Hier gab es nur kleine Dörfer, unbedeutende Städtchen und ein paar Gutshäuser. Unerwartete Dinge passierten so gut wie nie.

Die Menschen wurden geboren und starben. Das war's. Zwischen Geburt und Tod war ein Tag wie der andere in den kleinen Häusern, die sich in die flachen Täler duckten oder sich an den Ufern der vielen kleinen Seen drängelten. Die allermeisten dieser Tage bestanden aus harter Arbeit.

Außer natürlich man gehörte zu den Menschen in den großen Häusern. Die mussten nicht von früh bis spät arbeiten. Was nicht hieß, dass sie tagein, tagaus glücklich und zufrieden waren. Charlotte zum Beispiel war gewiss nicht zufrieden. Sonst wäre sie nicht so wild darauf gewesen, nach Paris zu fahren und dort nach irgendetwas zu suchen, wovon sie selbst nicht sagen konnte, was es war.

Fine hatte Charlotte vor ihrer Abreise ein paar Mal gefragt, warum sie unbedingt für einige Zeit in Paris leben wollte. Die Antworten hatte sie nicht begriffen. Charlotte wollte lernen, die Dinge anders zu machen, wenn sie nach Gut Falkensee zurückkehrte. Welche Dinge denn bitte? Es wurde gesät und geerntet, Tiere wurden geboren und andere geschlachtet. Charlotte würde schon bald heiraten. Das war ihr als Tochter des Gutsherrn vorherbestimmt. Was konnte sie in Paris lernen, das ihr als Gattin eines wohlhabenden Mannes nutzen würde? Das Gut durfte sie als Frau ohnehin nicht leiten, auch wenn sie es sich vielleicht insgeheim wünschte.

Fine argwöhnte, dass Charlotte gar nicht heiraten wollte, zumindest nicht so bald. In dieser Hinsicht war die älteste Tochter der von Bargelows ganz anders als ihre jüngere Schwester Alice. Die schien überglücklich zu sein, mit achtzehn einen Antrag bekommen zu haben. Charlotte hingegen hatte Fine gegenüber noch nie den Wunsch geäußert zu heiraten. Dabei würden ihre Eltern sie wahrscheinlich schon bald zur Ehe mit einem wohlhabenden Mann drängen.

Fine musste an Lina denken, das Stubenmädchen, das vor zwei Monaten entlassen worden war. Es hatte geheißen, die gnädige Frau sei nicht mit ihrer Arbeit zufrieden gewesen. Dass Lina nicht gründlich genug geputzt hätte. Fine hatte keine Ahnung, ob das stimmte. Was Lina allerdings sehr gründlich erledigt hatte, war das Tratschen gewesen. Immer wieder hatte sie von einem Gespräch zwischen dem gnädigen Herrn und dem früheren Verwalter erzählt, das sie zufällig mit angehört hatte. Es war um Schulden gegangen, die bezahlt werden mussten, und um Geld, das dafür nicht ausreichte.

Auch wenn die meisten ungläubig die Köpfe geschüttelt hatten, hatte es unter der Dienerschaft Unruhe gegeben. Einige von ihnen hatten laut überlegt, ob sie sich nach einer neuen Stellung umsehen sollten, bevor die von Bargelows den Lohn nicht mehr zahlen konnten.

Nach Linas Entlassung war im Herrenhaus schnell wieder Ruhe eingekehrt. Als dann aber wenige Wochen später die Neuigkeit von Alices bevorstehender Verlobung im Souterrain die Runde machte, hatte seltsamerweise ausgerechnet der alte Burckhardt noch einmal das Gerücht erwähnt.

»Nu wird ja wohl Ruhe sein mit dem dummen Gerede«, hatte Burckhardt zufrieden festgestellt. »Ich hab nuscht davon geglaubt. Die Herrschaften ohne Geld. Wär ja gewesen, als hätt die Welt sich auf den Kopf gestellt.«

Für Fine war Charlotte vom ersten Tag ihrer Freundschaft an ein Mädchen gewesen, das bis zu seinem Tod ein sorgenfreies Leben führen würde. Sie war vom Schicksal begünstigt und musste sich nicht um ihr Essen sorgen, nicht um ihre Kleidung und auch nicht um ein Dach über dem Kopf. Eine Charlotte ohne Geld konnte Josefine Meyerhoff, die in einer Tagelöhner-Kate im nahegelegenen Dorf aufgewachsen war, sich bis heute nicht vorstellen.

Trotz der vollkommen verschiedenen Lebensumstände verband Charlotte und Fine seit mehr als fünfzehn Jahren eine Freundschaft.

Daran hatte selbst der Widerstand von Veronika von Bargelow nichts ändern können.

Zum ersten Mal hatten die beiden Mädchen sich an jenem Tag gesehen, an dem die fünfjährige Fine barfuß, mit zerschundenen Knien und in einem viel zu kurzen Kleid auf dem Hof von Gut Falkenstein aufgetaucht war.

»Wer bist du?«, hatte Charlotte sie in herrischem Ton gefragt. Sie kam soeben aus dem Stall und sah trotz ihres schlichten Reitkleids im Vergleich zu Fine wie eine Prinzessin aus. In der Hand hielt sie eine kurze Reitgerte, mit der sie ungeduldig auf ihre braunen Lederstiefel klopfte.

»Sag ich nich.« Fine verschränkte die Arme vor der Brust. Sie ließ sich von diesem albernen Mädchen nicht wie eine Dienstmagd behandeln. Auch wenn ihre Mutter regelmäßig als Waschfrau nach Gut Falkensee kam – Fine arbeitete nicht hier, und deshalb hatte ihr auf dem Gut niemand was zu sagen. Und vor einer blöden Reitgerte hatte sie erst recht keine Angst. Die konnte sie mit einem Griff zerbrechen. Im Dorf nahm sie es mit dem irren Lothar auf, der zwei Jahre älter und einen Kopf größer war als sie und vor dem alle anderen Kinder wegliefen.

»Musst du mir aber sagen. Weil das hier mein Haus ist.« Charlotte war offenbar ebenso wenig bereit, sich ins Bockshorn jagen zu lassen. Schon gar nicht von einem rothaarigen Mädchen, das mager wie eine Wanderratte war.

»Iwo nein doch. Wie sollt' das dein Haus sein? Ich lass mich nich bejaucheln. Das Haus gehört dem Herrn von Bargelow. Meine Mutter arbeitet für den. Und für seine Frau.«

»Das ist *wohl* mein Haus. Weil ich die Tochter seiner Frau bin. Und seine Tochter auch.« Charlotte stemmte die Hände in die Hüften.

»Nee.« Mit ihrem schmutzigen großen Zeh bohrte Fine im Kies der Auffahrt.

»Bin ich wohl.«

»Is aber nich dein Haus. Dir gehört hier nuscht. Gehört alles deinen Eltern.« Auch die Kate, in der Fine mit ihren Eltern wohnte, gehörte dem Gutsherrn, aber das erwähnte sie lieber nicht.

»Trotzdem darfst du hier nicht rumlaufen.« Um ihre Worte zu unterstreichen, stampfte Charlotte mit dem Fuß auf.

»Ich hab aber Hunger. Deshalb will ich zu meiner Mutter. Mein Vater is im Wald Holz suchen, den kann ich nich finden.«

»Hunger? So kurz nach dem Mittagessen. Es ist doch erst drei oder so.« Konnte das Mädchen wirklich schon die Uhr lesen, fragte sich Fine. Oder tat sie nur so?

»Fff. Ich hatte kein Mittagessen nich. Is nuscht im Brotkasten.« Fine machte schmale Augen, als könnte sie damit verhindern, dass das Mädchen vom Gut ihr noch mal widersprach.

»Wieso nicht?«

»Is einfach nuscht da.«

Charlotte kaute auf der Unterlippe herum. Sie schien zu überlegen, ob sie das glauben sollte. Dann drehte sie sich um und lief einfach davon. Verdutzt sah Fine ihr hinterher.

An diesem Nachmittag fand Fine ihre Mutter nicht mehr, denn kurz nachdem Charlotte verschwunden war, wurde sie von einem zufällig vorbeikommenden Knecht verjagt.

Das nächste Mal begegneten sich die beiden Mädchen wenige Tage später im Dorf. Die Gutsbesitzertochter war mit ihrer Kinderfrau unterwegs. Offenbar hatten sie in dem kleinen Laden neben der Kirche eingekauft. Charlotte erblickte Fine, blieb stehen und zupfte die Kinderfrau am Ärmel. Als diese sich zu ihr hinunterbeugte, flüsterte sie ihr etwas ins Ohr.

Die Frau mit der komischen Haube auf dem Kopf wühlte daraufhin in dem Korb, den sie am Arm trug, und gab Charlotte etwas. Die lief mit ausgestrecktem Arm auf die barfüßige Fine zu.

»Hier.« Sie hielt ihr eine kleine Papiertüte hin.

»Was is das?« Fine zögerte misstrauisch.

»Kannst du essen, wenn du Hunger hast.«

Charlotte war schon längst mit ihrer Kinderfrau um die Straßenecke verschwunden, da stand Fine immer noch da und betrachtete ratlos die Tüte. Als sie sie schließlich öffnete, fand sie darin fünf riesige knallrote Bonbons. Solche lagen in dem Glas auf dem Tresen von Trude Hullmanns Laden. Bedächtig schob Fine sich eines davon in den Mund. Es war so groß, dass sie kaum die Lippen schließen konnte, und es schmeckte süß und gleichzeitig ein bisschen sauer. Nicht schlecht, aber auch nicht so himmlisch, wie Fine es sich vorgestellt hatte.

Die restlichen Bonbons bewahrte sie auf. Einen davon tauschte sie in der Schule gegen ein halbes Käsebrot ein, einen anderen gegen einen Apfel. Einen schenkte sie dem kleinen Hans, dessen Beine streichholzdünn aus seinen kurzen Hosen ragen. Das letzte Bonbon hatte sie so lange in ihrer Kittelschürze mit sich herumgetragen, bis das Papier rötlich durchweicht war und der Kittel rote Flecken bekommen hatte. Dann hatte sie es in die kleine Blechschachtel gelegt, in der sie ihre wenigen Schätze verwahrte.

Seit jenem Tag waren Charlotte und Fine Freundinnen. Sie sprachen nie darüber, aber ihnen war klar, wie sehr sie einander ähnelten. Sie waren beide trotzig und mutig und hatten den Kopf voller Ideen.

Vor zwei Jahren hatte Charlotte dafür gesorgt, dass ihre Mutter Fine als Hausmädchen nach Gut Falkensee holte. Zuerst hatte Fine sich gewehrt. Der Gedanke, praktisch Charlottes Dienstmädchen zu sein, hatte ihr nicht gefallen. Von Charlotte wusste Fine, dass Veronika von Bargelow erst recht etwas dagegen gehabt hatte, sie einzustellen.

»Mama sagt, du guckst sie immer so trotzig an«, hatte Charlotte ihr verraten.

»Soll ich jedes Mal den Kopf senken, wenn eine gnädige Frau mich ansieht?« Fine wusste sehr genau, was von einem Dienstmädchen erwartet wurde, aber sie wollte ja gar keines sein.

Doch Charlotte ließ nicht locker. Zuerst bekam sie ihre Mutter herum. Dann Fine, die die Schufterei bei den Bauern im Dorf mehr und mehr hasste, wo sie stundenweise als Magd arbeitete oder bei der Ernte half, seit sie mit vierzehn die Schule beendet hatte. Aber so sehr sie auch schuftete – auf diese Weise hörte das Hungern nicht auf. Das hatte sie mittlerweile begriffen.

Wer dagegen auf Gut Falkensee in Stellung war, für den war gesorgt. Das galt für die Hausmädchen genauso wie für die Stallburschen oder den Oberknecht. Wichtig war nur, dass man sich nichts zuschulden kommen ließ und fleißig arbeitete. Zudem hatte der Gutsherr sein gesamtes Gesinde bei der Kranken- und Rentenversicherung angemeldet. Von ein paar Leuten aus dem Dorf, die auf weiter entfernten Gütern arbeitete, wusste Fine, dass nicht alle Herrschaften das taten, obwohl es eigentlich vorgeschrieben war.

Die Mansarde, in der Fine nun schlief, war ziemlich groß, und sie musste sich das Zimmer nur mit einem der anderen Mädchen teilen. Sie hatte ein Bett und einen Schrank für sich allein, der reinste Luxus, auch wenn es im Sommer brütend heiß und im Winter manchmal so kalt war, dass das Waschwasser in der Schüssel gefror. Zu ihren Aufgaben gehörte unter anderem, Charlotte morgens um acht das warme Waschwasser ins Zimmer zu bringen. Zu diesem Zeitpunkt war Fine schon seit drei Stunden auf den Beinen und hatte sich nach dem Aufstehen mit kaltem Wasser gewaschen.

Aber sie war jetzt immer satt. Wenn sie zwischen den Mahlzeiten Hunger bekam, ging sie in die Küche und holte sich ein Butterbrot. Und als sie im vergangenen Winter einen schlimmen Husten und Fieber gehabt hatte, hatte Fräulein Bruhns sie ins Dorf zu Doktor Kramer geschickt, und sie musste sich keine Sorgen machen, wie sie das bezahlen sollte.

Als Lohn bekam sie jeden Monat 19 Mark. Das war nicht sehr viel, wenn man bedachte, dass die Männer einen weitaus höheren Verdienst hatten. Sie wusste, dass der Hausdiener Burckhardt 65 Mark ausgezahlt bekam, die Hausdame Fräulein Bruhns aber nur 50.

Fine gab die Hälfte ihres Lohns ihren Eltern, damit sie es ein wenig leichter hatten. Den Rest sparte sie. Sie wusste noch nicht, wofür. Ohnehin würde es lange dauern, bis sie eine Summe zusammenhatte, mit der man etwas anfangen konnte.

Als Fine im vergangenen Sommer im Küchengarten Alwin vertreten hatte, nachdem er mit der Säge in der Hand von einem der Obstbäume auf der Streuobstwiese gefallen war, hatte sich herausgestellt, dass sie einen grünen Daumen besaß. Bei ihr waren die Möhren gerader, der Kohlrabi saftiger und die Kohlköpfe größer als bei Alwin.

So war sie nun von März bis Oktober für den Küchengarten zuständig. Obwohl die Hausmädchen im Rang höher standen, fühlte Fine sich draußen und im Souterrain wohler als oben in den Räumen der Familie, wo sie im Winter arbeitete. Und die schlichte Kleidung des Küchenpersonals zog sie dem strengen Schwarz-Weiß der Hausmädchen mit den Rüschen an den Schürzen und den ständig verrutschenden Häubchen vor.

An diesem Morgen hatte Fräulein Bruhns Fine aufgetragen, frische Blumen zu schneiden. Sie wollte für Charlottes Empfang die Räume besonders hübsch herrichten. Normalerweise ging die Hausdame selbst in den Garten, um Blumen auszusuchen, doch die Hitze machte ihr zu schaffen.

Fine beugte sich über das Rondell, wählte die schönsten weißen, gelben und violetten Levkojenblüten aus und achtete darauf, dass keine kahlen Stellen entstanden. Als sie fertig war, betrachtete sie zufrieden ihre Ausbeute.

»Wie lieblich grüßen Wald und Feld, manch blauer See im Tal«, sang sie vor sich hin, während sie das Gebäude umrundete und auf den schmalen Weg zum Dienstboteneingang abbog.

Als sie schwungvoll um die Ecke lief, wäre sie fast mit Emil Gabrowski, dem neuen Verwalter, zusammengestoßen. Im letzten Moment konnte sie verhindern, dass ihr der Korb mit den Blumen vom Arm rutschte.

Sie sah Gabrowski fest in die Augen. Falls er mit ihr schimpfte, weil sie ihn um ein Haar über den Haufen gerannt hätte, würde sie sich keine Angst anmerken lassen. Der junge Verwalter war erst vor drei oder vier Monaten aufs Gut gekommen. Sein Vorgänger, der alte Broder, hatte sich aufgeführt wie ein Aushilfskönig. Sobald der Gutsherr nicht in der Nähe gewesen war, hatte er jeden angeblafft, und immer waren die Rangniederen an allem schuld gewesen.

Fine hatte sich von ihm nichts gefallen lassen, und ebenso würde sie es bei seinem Nachfolger halten. Dies war ihr erstes direktes Zusammentreffen mit ihm, bisher hatte sie ihn nur aus der Ferne gesehen. Sie packte den Henkel ihres Korbs fester und dachte nicht daran, den Blick zu senken.

Emil Gabrowski machte jedoch keine Anstalten, sie abzukanzeln. Stattdessen starrte er sie verblüfft an.

»Woher kommst du?«

Sie schüttelte den Kopf, während sie entschlossen zurückstarrte. Der war ja noch seltsamer als der alte Broder!

»Aus dem Garten.« Sie deutete auf ihren Blumenkorb.

»Das meine ich nicht. Du siehst aus wie … Du erinnerst mich an jemanden aus meinem Heimatdorf. Der Hof meiner Eltern liegt in der Nähe von Deutsch Eylau.«

»Ich war nie in Deutsch Eylau. Meine Eltern wohnen hier im Dorf. In Falkensee.«

»Rote Haare sind nicht so häufig. Und deine grünen Augen …« Jetzt schien ihm selbst aufzufallen, wie komisch er sich benahm. Er trat zur Seite und machte ihr auf dem schmalen Weg Platz.

Bevor sie weiterging, zog Fine ihr Kopftuch tiefer in die Stirn, damit die widerspenstige Stirnlocke, die es immer wieder schaffte, sich hervorzustehlen, wieder unter dem grauen Stoff verborgen war. Ihr feuerrotes Haar hatte ihr schon oft Kummer bereitet. Die Kinder im Dorf hatten ihr »Tomatenkopp« hinterhergerufen und erst damit aufgehört, als sie größer und stärker geworden war und ein paar von ihnen verprügelt hatte.

Später hatte sie mitbekommen, dass die Nachbarinnen darüber

tuschelten, woher sie wohl ihre roten Locken hatte, wo doch ihre Eltern beide blond waren. Sie hatte ihre Mutter gefragt, die ihr von einem längst verstorbenen Großonkel mit roten Haaren erzählt hatte.

Dass der neue Verwalter sich wegen einer roten Locke Ähnlichkeiten mit irgendwelchen Leuten aus seinem Heimatdorf einbildete, war seltsam, aber unwichtig. Fine ging weiter zum Dienstboteneingang an der Rückseite des Hauses.

»Hallo, Adam«, rief sie dem Stallmeister zu, der gerade einen braunen Wallach aus dem Stall führte, um ihn anzuschirren. Der alte Mann, der seit über dreißig Jahren auf Gut Falkensee arbeitete, redete leise mit dem Pferd und tätschelte ihm den Hals. Als er Fines Stimme hörte, winkte er über den Rücken des Tiers zu ihr herüber.

»Musst du heute wieder den Wagen fahren, Adam? Kommt nicht bald der neue Kutscher?«

»Soll heut kommen, der Neue. Lang genug hat's gedauert. Ich hoff nur, das is nich so ein Labommel wie der Gerd. Wenn ich dem Neuen auch dauernd Beine machen muss, kann ich die Arbeit gleich selbst tun.«

Nachdenklich ging Fine weiter. Seit Gerd gekündigt hatte, um in Danzig Droschkenkutscher zu werden, war fast ein halbes Jahr vergangen. Lag das wirklich daran, dass es niemanden gab, der auf Gut Falkensee Kutscher sein wollte? Oder versuchte der gnädige Herr, Geld zu sparen, indem er Adam für zwei arbeiten ließ?

Sie blieb vor dem Hintereingang stehen und strich mit den Fingerspitzen über den Türrahmen. An einigen Stellen platzte die grüne Farbe ab, und bei feuchtem Wetter verzog sich das Holz, sodass die Tür kaum zu ging. Es war schon lange Zeit für einen Anstrich oder noch besser für eine neue Tür, doch wie andere notwendige Reparaturen wurde auch diese immer wieder aufgeschoben.

Für einen Moment legte sich die Sorge wie ein schweres Gewicht auf Fines Brust. Vielleicht war ihr Leben auf Gut Falkensee, das zwar nicht bequem war, ihr aber einen vollen Magen und ein

Dach über dem Kopf garantierte, doch nicht so sicher, wie sie bisher geglaubt hatte.

Was, wenn auf Falkensee das Geld tatsächlich knapp wurde? Wenn es nicht ausreichte, dass Alice demnächst reich heiraten würde? Dann würde Charlottes Mutter dafür sorgen, dass auch ihre älteste Tochter so schnell wie möglich einen wohlhabenden Verehrer fand und einen Antrag von ihm bekam. Und niemand würde danach fragen, ob Charlotte diesen Mann auch nur leiden konnte.

Was für eine schreckliche Vorstellung! Fine verzog das Gesicht.

Mit einem Seufzer öffnete sie die Hintertür. Fräulein Bruhns wartete sicher schon auf die Blumen und würde gnatzig sein, weil sie getrödelt hatte. Doch das war ihr egal. Sie warf den Kopf in den Nacken und trat in die angenehme Kühle des Souterrains.

6. Kapitel

Charlotte
Drei-Werder-Gebiet, Westpreußen, 8. Juni 1904

Mit jedem Kilometer, den die Dampflokomotive schnaufend und fauchend ihren Weg nahm, klopfte Charlottes Herz ein bisschen schneller. Hier im Drei-Werder-Gebiet, wo der Zug nicht mehr durch das typische westpreußische Flachland fuhr, sondern durch eine hügelige Landschaft, spürte sie wirklich, dass sie wieder zu Hause war. Die Gleise folgten in ständigem Auf und Ab zahlreichen Mulden, Kuppen, Schluchten und Anhöhen. In einem allmählichen Anstieg ging es immer weiter nach oben. Die Menschen, die hier wohnten, wo Charlotte, das Werder-Mädchen, geboren und aufgewachsen war, lebten »auf der Höhe«.

Zwischen den Weiden und Erlen schimmerten kleine Seen in der Sonne. Inmitten weiter Felder drängten sich steile Giebeldächer aus Stroh oder verblichenen roten Ziegeln um vereinzelte Kirchtürme.

Ab und zu tauchte ein imposantes Gutshaus im Grün auf. Charlotte kannte all diese weitläufigen Gebäude und wusste, wer dort lebte. Die westpreußischen Landjunker waren ein kleiner Kreis von Freunden und Bekannten, auch wenn sie oft mehrere Stunden Kutschfahrt voneinander entfernt lebten.

Man sah sich regelmäßig, lud einander zu Tee- und Abendgesellschaften ein, und nicht selten wurden die Freundschaften zwischen den zumeist adligen Familien durch eine Heirat der Nachkommen gefestigt und so ein noch engeres Band zwischen zwei Familien und ihren Besitztümern geknüpft.

In dem riesigen, ein wenig finster wirkenden Ziegelbau dort drüben lebte beispielsweise Baron von Assmannshausen mit seiner Familie. Ob Zita, die älteste Tochter, während der vergangenen zwölf Monate endlich einen Ehemann gefunden hatte? Mittlerweile musste sie fünfundzwanzig oder sechsundzwanzig Jahre alt sein, und ihre Chancen wurden mit jedem Monat, der verstrich, geringer.

Schon vor ihrer Abreise nach Paris hatte Charlotte häufig gehört, wie Zita im Flüsterton als alte Jungfer bezeichnet wurde. Wenn sie keinen Ehemann fand, würde sie so lange im Haus ihrer Eltern leben, bis ihr ältester Bruder den Besitz übernahm. Und auch dann blieb ihr nichts anderes, als dort auszuharren und Tag für Tag die genervten Blicke ihrer Schwägerin zu erdulden.

Während sie über Zitas Schicksal nachdachte, überkam Charlotte leises Unbehagen. In ein paar Monaten würde sie ihren einundzwanzigsten Geburtstag feiern, und sie fragte sich manchmal, wie viel Zeit in Freiheit ihr noch blieb.

Sie lehnte sich auf dem gepolsterten Sitz zurück und betrachtete die Landschaft, die hinter dem Zugfenster vorbeihuschte. Obwohl sie die Monate in Paris und vor allem das Lernen an der Sorbonne genoss, freute sie sich schrecklich auf die Wochen zu Hause.

Sie freute sich auf ihre Eltern und ihre Geschwister. Auf das Knistern der frischen Bettwäsche und den Lavendelduft, der den Kissen entstieg. Den Blick aus ihrem Fenster auf die Rasenflächen des Parks, die zum See hin sanft abfielen. Ausgiebige Schwätzchen mit Fine im Küchengarten, bis Mama oder Emma Schubbke sie entdeckten und Fine zuriefen, sie solle mit der Arbeit voranmachen. Und Ausritte, ach die Ausritte auf Laila, wenn die Felder ein wogendes Meer aus Getreide waren und sich das Eintauchen in den schattigen Wald anfühlte wie ein Sprung in kühles grünes Wasser. Und die Bäder im See. Und, und, und …

All das fehlte ihr in Paris ganz schrecklich, obgleich auch die funkelnde Stadt, die Universität und das Leben in Tante Evelines Villa viel zu bieten hatten.

Auch die französischen Männer waren etwas ganz Besonderes. Sie schienen eine Art Mechanismus zu besitzen, der in Gegenwart einer Frau automatisch in Gang gesetzt wurde. Fanden sie außerdem noch Gefallen an der Frau, wurde ihr nicht nur in den Mantel geholfen, die Tür geöffnet und Wein nachgeschenkt, sie durfte sich zudem im Glanz bewundernder Blicke sonnen und an abwechslungsreichen Komplimenten erfreuen.

Dass Männer sie reizvoll fanden, hatte Charlotte erst in Paris erfahren. Auf Gut Falkensee war sie sich mit ihren widerspenstigen dunklen Haaren, ihrer robusten Gesundheit und ihrer direkten Art angesichts ihrer schönen, charmanten Mama und ihrer zarten goldblonden Schwester nicht sonderlich begehrenswert vorgekommen.

Die jungen Männer, die Mama seit Charlottes siebzehntem Geburtstag regelmäßig nach Gut Falkensee einlud, wirkten oft irritiert, manche sogar verschreckt, wenn sie die älteste Tochter der von Bargelows kennenlernten. Früher oder später ergriffen die meisten von ihnen die Flucht vor ihr, um mit Alice fröhlich und harmlos zu plaudern.

Vorlaut nannte Mama Charlottes Art, mit ihrer Meinung herauszuplatzen. Auch wenn Charlotte sich ihrer Mutter zuliebe Mühe gab – immer wieder rutschten ihr Bemerkungen heraus, die Veronika von Bargelow die Stirn runzeln und die Augenbrauen hochziehen ließen. Vielleicht lag es daran, dass Charlottes Leben auf Gut Falkensee zum größten Teil im Freien stattfand. Im Pferdestall, auf den Wiesen, im kleinen Wäldchen hinter dem See. Wenn sie mit Adam, dem Stallmeister, oder mit Fine sprach, musste sie kein Blatt vor den Mund nehmen.

Auf dem Pferderücken fürchtete Charlotte sich vor keinem Hindernis. Oft lief sie trotz der Proteste ihrer Mutter ganze Tage im Reitkleid herum. In ihrem Kopf tanzten die Einfälle wie Herbstblätter im Wind. Sie las gern über neue Erfindungen, über Technik und Landwirtschaft, doch die Gedanken aus diesen Büchern empfand Mama als unpassend für eine gepflegte Konversation.

Trotz dieser kleinen Probleme liebte Charlotte das Leben auf Gut Falkensee. Sie liebte ihre Eltern, und sie verstand, warum Mama sie manchmal tadelte. In Paris war es einfacher gewesen, sich unter Tante Evelines Anleitung in den Salons und in der Theaterloge damenhaft zu verhalten. Zudem dachten die Menschen in der Großstadt moderner. Frauen durften dort eine eigene Ansicht haben und sie aussprechen.

Und doch: Als Charlotte durch die kleine Scheibe in der Abteiltür endlich das Bahnhofsgebäude von Bischofswerder erspähte, fühlte es sich an, als würden Champagnerbläschen in ihrem Blut perlen.

Schon von Weitem erkannte sie Adam an der braunen Lederweste, die er stets über einem karierten Hemd trug. Seine Mütze hielt er in der Hand, und Charlotte konnte sehen, dass die längst ergrauten Haare sich im vergangenen Jahr deutlich gelichtet hatten. Als er Charlotte erspähte, öffnete er den Mund zu einem breiten Lächeln.

Sie winkte heftig und spürte, wie ihr Herz warm und lebendig in der Brust pochte. Auch der alte Stallmeister war ein Stück Heimat für sie.

Charlotte hatte kaum laufen können, da war sie ihrer Kinderfrau schon ständig ausgebüxt, um Adam und die Pferde im Stall zu besuchen. Damals war der Stallmeister ein junger Mann mit dichtem dunkelbraunem Haar gewesen.

Wenn die Kinderfrau Hedi atemlos im Stall auftauchte, war Adam mit Charlotte auf dem Arm schon an den Boxen entlangspaziert, um ihr die Ackergäule und die Reit- und Kutschpferde zu zeigen. Er hatte der Dreijährigen den Unterschied zwischen einem Warm- und einem Kaltblut, zwischen einem Belgischen Brabanter, einem Trakehner und einem Hannoveraner beigebracht. Später hatte sie auf dem Pony, das ihr Vater für sie ausgesucht hatte, von Adam das Reiten gelernt.

Als der Stallmeister auf dem Bahnsteig einen Schritt zur Seite trat, bemerkte Charlotte, dass er nicht allein gekommen war. Sein kräftiger Körper hatte die zarte Gestalt im hellen Sommerkleid vor ihrem Blick verborgen.

»Alice«, stieß sie hervor. Sie war zu Hause!

Noch bevor der Zug richtig stand, drückte Charlotte die Klinke der Abteiltür herunter. Adam war bereits zur Stelle.

»Langsam, langsam«, versuchte er, sie zu bremsen. Doch sie hatte ihren Fuß in der Stiefelette aus feinstem Pariser Leder bereits auf den schmalen Tritt gestellt und wäre einfach auf den Bahnsteig gesprungen, hätte er nicht rasch ihren Ellenbogen gepackt, um sie zu stützen.

»Ein herzliches Willkommen dem gnädigen Fräulein.« Er lüpfte die Mütze, die er wieder aufgesetzt hatte, um die Hände frei zu haben.

Gnädiges Fräulein. Charlotte seufzte unterdrückt. Es war seltsam gewesen und hatte sich furchtbar fremd angefühlt, als Mama an ihrem dreizehnten Geburtstag die Dienstboten angewiesen hatte, sie fortan mit »Fräulein Charlotte« anzureden. Zuvor war sie immer »das Lottchen« gewesen. Und drei Jahre später erklärte Mama sie zum »gnädigen Fräulein«. Charlotte hatte lautstark protestiert, aber ihre Mutter war hart geblieben. In einem Haus wie dem ihren gab es Regeln, die es einzuhalten galt. Und nun genug mit dem Theater!

»Wie elegant mein Lottchen geworden ist. Unfassbar!« Jubelnd schlang Alice die Arme um Charlottes Hals und drückte ihr einen herzhaften Kuss auf die Wange. »Ich bin ja so froh, dass du wieder da bist, Schwesterchen.«

Alices Locken kitzelten Charlotte im Gesicht. Die Haare ihrer Schwester dufteten noch immer nach dem Kamillentee, mit dem Alice sie wegen des goldenen Schimmers spülte.

Charlotte lachte zu dem winzigen Geschöpf hinunter, das sie mehr denn je an eine Waldfee erinnerte. Dann sah sie sich nach Adam um, der im Zug verschwunden war, um ihr Gepäck herauszuholen.

»Zwei Faltenkoffer und ein Hutköfferchen, Adam. Bitte vergiss den Hutkoffer nicht«, rief Charlotte in Richtung der offenen Abteiltür.

»Wo ist Tante Eveline?« Alice stellte sich auf die Zehenspitzen und spähte durchs Zugfenster.

»Sie hatte am Morgen unserer Abreise plötzlich hohes Fieber. Nichts Schlimmes, nur eine Grippe. Also bin ich allein gefahren.«

»Allein?« Alice stieß vor lauter Schreck das Wort so laut hervor, dass sie sich sofort die Hand vor den Mund schlug. Eine junge Dame schrie nicht auf Bahnsteigen herum. »Du kannst doch nicht vollkommen allein mit dem Zug von Paris nach Bischofswerder fahren!«

»Das kann ich durchaus, wie du siehst.«

»Tante Eveline muss sehr krank sein, wenn sie dir das erlaubt hat. Ich darf mir gar nicht vorstellen, was Mama dazu sagen wird.«

»Mama wird mich wohl kaum nach Paris zurückschicken, damit ich noch mal in Begleitung nach Hause reise.«

»Na ja.« Alice zuckte mit den schmalen Schultern. »Du bist da, das ist die Hauptsache. Lass dich anschauen.« Mit erstaunlicher Kraft schob sie Charlotte von sich, um ihr Reisekostüm und den Hut in Rembrandtform mit Seidenbandrosetten und zartblau gefärbten Federn genauer zu betrachten. Dass er während der stürmischen Begrüßung verwegen auf Charlottes linkes Ohr gerutscht war, hielt ihre jüngere Schwester möglicherweise für den letzten Pariser Schrei. Mit einer geübten Handbewegung brachte Charlotte den Hut wieder in die richtige Position.

»Tante Eveline war nicht davon abzubringen, mich für die Heimreise vollkommen neu einzukleiden. Weil sie doch keine eigene Tochter hat, wie sie immer sagt.«

Adam tauchte mit dem Gepäck in der Abteiltür auf. Charlotte versuchte, ihm wenigstens den Hutkoffer abzunehmen. Er bestand jedoch darauf, alle drei Gepäckstücke persönlich zum Wagen zu tragen, obwohl er nur zwei Hände hatte, was die Aufgabe etwas erschwerte.

Alice hakte sich bei Charlotte unter, und die beiden Schwestern schlenderten hinter Adam her, der durchs Bahnhofsgebäude ging und dann hinaus auf die Straße trat, wo der Wagen wartete. Mit geübten Griffen schnallte der Stallmeister die Koffer an der dafür vorgesehenen Halterung fest.

Die Schwestern stiegen in den Landauer und ließen sich auf der gepolsterten Bank nieder. Wegen des sonnigen Wetters war das Verdeck zur Hälfte zurückgeklappt, sodass sie den Fahrtwind genießen konnten, aber im Schatten saßen. Adam schwang sich auf den Kutschbock und trieb die Pferde an.

Charlotte atmete tief durch. Wenn sie ihre Lunge füllte, fühlte es sich an, als könnte sie im nächsten Moment vom Boden abheben und hinauf zum seidig blauen Himmel fliegen.

Alices Stimme riss sie aus ihren Gedanken. »Ich bin ja so gespannt, was du zu Ronald sagen wirst! Er ist … traumhaft.«

»Erzähl mir von ihm«, forderte Charlotte ihre Schwester auf. Mehr, als dass Ronald *einfach traumhaft* war, hatte sie auch aus Alices Briefen bisher nicht erfahren.

»Ronald sieht fabelhaft aus. Groß und breitschultrig und so männlich«, schwärmte Alice. »Ich weiß – Mama hat uns oft gesagt, dass es bei einem guten Ehemann zuallerletzt um Äußerlichkeiten geht. Dass Attraktivität sich im Laufe der Zeit verliert und so weiter. Aber Ronald ist außerdem noch klug. Und großherzig. Was mir aber am besten gefällt …« Sie kicherte. »Er liebt, bewundert und verwöhnt mich über alle Maßen.«

»Ich freue mich für dich.«

Charlotte musste daran denken, dass ihre kleine Schwester ihr schon vor Jahren von den vornehmen Gesellschaften vorgeschwärmt hatte, die sie später in ihrem eigenen Haus geben würde.

»Gut Bernsdorff wird dir hervorragend stehen«, scherzte Charlotte. »Es ist groß und prächtig und sehr eindrucksvoll.«

»Genau das hat Ronald auch gesagt: dass er sich keine passendere Dame seines Hauses vorstellen kann als mich.« Stolz reckte Alice ihr Stupsnäschen in die Höhe.

»Ronald ist der Sohn von Graf Bernsdorffs jüngerer Schwester, nicht wahr? Ein ziemliches Glück für ihn, dass der Graf und die Gräfin keine eigenen Kinder haben und Ronald nun Titel und Besitz seines Onkels erbt. Als Zweitgeborener wäre er sonst leer ausgegangen. Soweit ich mich erinnere, war er niemals auf Gut Bernsdorff zu Besuch. Jedenfalls nicht für längere Zeit. Sonst hätten wir ihn sicher schon als Kinder kennengelernt.«

»Er war wohl einige Male während seiner Ferien dort, aber immer nur für wenige Tage.« Alice strahlte ihre Schwester an. »Es kommt noch besser: Gleich nach unserer Hochzeit werden der Graf und die Gräfin in ihre Stadtvilla in Danzig ziehen. Dann bleiben sämtliche Entscheidungen auf dem Gut Ronald überlassen. Und mir alle Fragen, die das Haus und das Personal betreffen.«

Charlotte behielt ihren Gedanken für sich, dass es ein Unterschied war, Mama dabei zuzusehen, wie sie das Haus führte, und es selbst zu tun. Daran änderte auch der Unterricht in der höheren Töchterschule nichts, den sowohl sie als auch Alice genossen hatten. Aber sicher gab es auf Gut Bernsdorff eine Hausdame oder einen Butler, die dem Personal vorstanden, alles organisierten und so gut ausgebildet waren, dass sie Alice das Gefühl vermittelten, sie hätte alle wichtigen Entscheidungen selbst getroffen.

»Du findest bestimmt auch bald einen passenden Ehemann.« Alice lächelte Charlotte ermutigend an. »Wo du doch jetzt Kunst und solche Dinge studiert hast. Die Männer werden entzückt sein, wenn sie dich in deinen neuen, eleganten Kleidern über Paris plaudern hören. Über die Seine und den Louvre und all die Gemälde und die interessanten Menschen dort. – Leihst du mir einmal diesen Hut?« Vorsichtig zupfte Alice an der großen Feder, die einen kühnen Bogen über den Seidenbandrosetten beschrieb und fröhlich im Fahrtwind flatterte. »Wenn wir erst verheiratet sind, erlaubt Ronald mir sicher, Kleider in Paris zu bestellen. Aber bis dahin dauert es leider noch ein bisschen.«

»Ich habe drei Hüte mitgebracht. Diesen hier und zwei im Hutkoffer. Du darfst dir einen aussuchen. Den schenke ich dir.«

»Du schenkst mir einen Pariser Hut? Lottchen, du bist meine allerliebste Schwester.« Alice klatschte in die Hände und hauchte Charlotte einen Kuss auf die Wange.

Der sanfte Frühlingswind strich über Charlottes Gesicht, und es duftete nach Zuhause. Nach Erde, Gras, Blüten und dem Wasser des kleinen Sees, an dem sie soeben vorbeifuhren.

Am Horizont tauchte der Kirchturm von Falkensee auf, dem Dorf, das dem Gutshaus gegenüber auf der anderen Seite des Sees lag. Vom Fenster ihres Schlafzimmers konnte sie die Turmspitze sehen. Charlottes Herz hüpfte.

Alice schob sich eine Locke aus der Stirn, die der Fahrtwind ihr immer wieder ins Gesicht wehte. »Wenn es bei Tante Eveline so viele Gesellschaften gab, hast du doch bestimmt ein paar Anträge bekommen.«

»Einen halben«, gestand Charlotte. »Ich konnte ihn gerade noch davon abhalten, es auszusprechen.«

»Ich hatte Angst, du könntest einen Franzosen heiraten und in Paris bleiben«, gestand Alice.

»Du weißt, dass ich das niemals tun würde. Ich gehöre nach Westpreußen.«

Die Schwestern schwiegen versonnen, bis hinter hohen Eichen das tiefrote Dach des heimatlichen Guts auftauchte. Tagsüber stand das schmiedeeiserne Tor stets offen. Die beiden Kutschpferde, die den Stall witterten, trabten mit erhobenen Köpfen die Auffahrt entlang. Kurz vor dem Haupteingang bildete der Weg zwei schwungvolle Bögen, die um ein ovales Blumenbeet führten. Als Charlotte nach unten schaute, sah sie ihre geliebten Levkojen in der Nachmittagssonne leuchten. Mit einem Ruck hielt die Kutsche vor der Freitreppe.

Alice winkte heftig in Richtung Park und hüpfte auf den feinen Kies der Auffahrt hinunter. Nun bemerkte auch Charlotte die Männergestalt, die sich auf dem Weg näherte, der vom See um die Gebäudeecke zur Vorderseite des Herrenhauses führte.

»Ronald!«, jubelte Alice, und ihre Stimme erinnerte mehr denn je an einen zwitschernden Vogel. »Konntest du es nicht erwarten, deine Schwägerin in spe kennenzulernen? Nein! Sag, dass du es vor Sehnsucht nach mir nicht mehr ausgehalten hast!«

»Beides, mein Herz, beides«, rief der mittelgroße Mann mit den hellbraunen Haaren und dem gepflegten Bart, der schnell näher kam.

Amüsiert dachte Charlotte, dass die verliebte Alice bei der Beschreibung ihres künftigen Verlobten etwas übertrieben hatte. Ronald war nicht sonderlich groß, nicht besonders breitschultrig, und auch sonst wirkte sein Äußeres eher durchschnittlich. Trotz seiner heiteren Worte bewegte er sich seltsam steif. Dadurch wirkte er wie ein Mensch, dem es wichtig war, alles unter Kontrolle zu haben.

Die winzige Alice musste sich auf die Zehenspitzen stellen, um ihm einen Kuss auf die Wange zu hauchen. Dann griff sie nach seiner Hand und zog ihn zu Charlotte, die abwartend neben der Kutsche stand.

»Das, liebste Schwester, ist mein künftiger Ehemann Ronald von Bernsdorff«, verkündete sie stolz. »Neuerdings Adoptivsohn von Graf Bernsdorff und somit Alleinerbe von Gut Bernsdorff.«

Charlotte wollte ihrem künftigen Schwager die Hand reichen und erstarrte mitten in der Bewegung. Sie schnappte nach Luft und ließ den Arm wieder sinken. Seit ihrem Zusammentreffen waren fünf Jahre vergangen, und er trug nun einen Bart. Dennoch erkannte sie ihn sofort, als sie ihm aus der Nähe ins Gesicht blickte.

Ein eisiger Schauer durchlief sie, und obwohl sie versuchte, sich nichts anmerken zu lassen, konnte sie nicht anders, als ihre Arme hinter dem Rücken zu verschränken wie ein bockiges Kind. Auf keinen Fall würde sie Ronald von Bernsdorff die Hand reichen.

»Ich bin höchst erfreut, Sie kennenzulernen, und halte mich für einen glücklichen Mann. Ich bekomme nicht nur eine anbetungswürdige Ehefrau, sondern auch eine bezaubernde Schwägerin.« Alices Zukünftiger verbeugte sich knapp, und falls er ihre Weigerung, ihm die Hand zu reichen, seltsam fand, ließ er sich nichts anmerken.

Mit einiger Mühe verzog Charlotte die Lippen zur Andeutung eines Lächelns und senkte leicht den Kopf. Hatte er ihr kaum merklich zugezwinkert, oder hatte sich ein Sonnenstrahl in seinen eisblauen Augen gebrochen?

Falls er sie nicht ebenfalls erkannte, musste er blind sein. Dennoch gab er vor, sie zum ersten Mal in seinem Leben zu sehen. Offenbar ging er davon aus, dass sie ihrer Schwester gegenüber geschwiegen hatte. Denn wenn Charlotte mit Alice über jene Sommernacht geredet hätte, wäre sie niemals bereit gewesen, Ronalds Frau zu werden. Aber warum glaubte der frischgebackene Graf Bernsdorff, dass sie auch weiterhin das Geheimnis wahren würde? Nun, da sie wusste, wer der Mann war, mit dem ihre Schwester sich verloben wollte?

»Er sagt immer so charmante Sachen. Und er hat mir versprochen, damit niemals aufzuhören, nicht einmal, wenn unsere Ehe fünfzig Jahre dauert, was ich sehr hoffe«, verkündete Alice verzückt.

Charlotte murmelte etwas vor sich hin, von dem sie selbst nicht wusste, was es bedeuten sollte, und sah hinauf in den klaren Himmel. Auch von dort kam keine Hilfe.

In diesem Moment öffnete sich die Tür, und ihre Mutter trat in Begleitung von Fräulein Bruhns ins Freie.

»Mama«, rief Charlotte und eilte der Gutsherrin entgegen. Während sie ihre Mutter umarmte, meinte sie, Ronald von Bernsdorffs Blick auf ihrem Rücken zu spüren.

7. Kapitel

Frederick
Gut Falkensee, Westpreußen, 8. Juni 1904

Der weiße Seidenschal, den Hedi ihm unter dem schwarzen Jackett umgelegt hatte, verursachte ihm in der Wärme, die im Speisesaal herrschte, Schweißausbrüche. Dennoch wagte er nicht, den Knoten zu lockern oder gar den Schal abzulegen. Mama würde das nicht gutheißen, da er keine Krawatte trug und dies eine offizielle Abendeinladung war.

Heute hatte man sich im großen Speisesaal versammelt, obwohl die Familie mit ihren Gästen normalerweise im kleinen Speisezimmer aß. Für die Dienstboten war es wesentlich einfacher, in dem kleinen Raum zu servieren, da sich direkt nebenan der Speiseaufzug befand. Um die Platten und Schüsseln in den großen Speisesaal zu bringen, mussten sie die Halle fast im Laufschritt durchqueren, damit Suppe, Fleisch, Gemüse und Beilagen nicht kalt wurden.

Deshalb wurde nur wenige Male im Jahr die Tafel im Speisesaal gedeckt. Nämlich entweder, wenn mehr als zwölf Personen am Tisch saßen, oder wenn jemand beeindruckt werden sollte. Zur Feier von Charlottes Rückkehr waren nur Baldur von Krammbach sowie Ronald von Bernsdorff mit seinen Adoptiveltern eingeladen. Diese Gruppe hätte bequem im kleinen Speisezimmer Platz gefunden. Also ging es wohl darum, Eindruck zu schinden.

Wer den Speisesaal betrat, musste sich wie erschlagen fühlen. Denn da gab es nicht nur die Ahnengalerie an den Längsseiten und das Familienwappen über der Tür – zudem hingen überall, wo Platz war, gekreuzte Degen und Schwerter. Frederick wurde bei diesem

Anblick immer leicht schwindelig, vor allem, wenn er dann noch die Tapete mit dem orientalischen Muster sowie die Teppiche in den leuchtenden Farben betrachtete. Gemäß seiner Mutter entsprach dieser Einrichtungsstil der aktuellen Mode. Frederick war jedoch zu der Ansicht gelangt, dass all diese Pracht nur dazu diente, Eindruck zu schinden. Anders konnte er sich nicht erklären, dass Mama, die es normalerweise schlicht und edel liebte, den Raum derart verschwenderisch ausgestattet hatte.

Sollten heute Abend die von Bernsdorffs überzeugt werden, dass Alice aus einer einflussreichen und wohlhabenden Familie stammte? Oder ging es um Baldur von Krammbach, der im letzten Moment zu Tisch gebeten worden war? Stand es um Gut Falkensee so schlecht, dass man den Fabrikbesitzer unbedingt vom Gegenteil überzeugen wollte, damit dieser weiterhin Geschäfte mit den Bargelows machte?

Frederick hatte sich gewünscht, beim Abendessen neben Charlotte zu sitzen, die er ein ganzes Jahr lang schmerzlich vermisst hatte. Sie hatte ihn zwar vor dem Abendessen kurz in seinem Zimmer besucht, doch das war viel zu wenig Zeit gewesen. Er brannte darauf, seine Schwester nach ihren Erlebnissen in Paris auszufragen und alles über die Sorbonne, die berühmten Kirchen und die herrlichen Museen zu erfahren. Insgeheim wünschte er sich, auch in Paris zu studieren. Am liebsten ebenso wie Charlotte etwas mit Kunst. Aber selbst wenn die geheimen Befürchtungen seiner Eltern sich nicht bewahrheiteten, würde er sicher nicht für längere Zeit nach Paris dürfen.

Papa redete ständig davon, dass er ihn auf die Landwirtschaftsakademie schicken wollte, denn eines Tages würde es Fredericks Aufgabe sein, das Gut zu leiten. Eigentlich hätte er von seinem vierzehnten Geburtstag an das Gymnasium in Marienwerder besuchen sollen, aber selbst das ging nicht. Er war ständig erkältet, sogar in den Sommermonaten, und litt dann jedes Mal unter heftigem Husten und hohem Fieber. Außerdem runzelte Doktor Kramer stets sorgenvoll die Stirn, wenn er sein Herz und seine Lungen abhorchte. Dann murmelte er etwas davon, dass sich das hoffentlich auswachsen würde.

Mittlerweile war Frederick mit seinen fünfzehn Jahren schon fast so groß wie sein Vater. Konnte sich etwas auswachsen, wenn man gar nicht mehr wuchs? Das war eine der Fragen, die er gern mit Charlotte besprochen hätte.

Doch leider war er heute Abend nicht neben seiner Schwester platziert worden, sondern an der Seite seines Hauslehrers ganz am Ende der Tafel, halb verborgen hinter der Silberschale mit dem riesigen Blumengesteck. Das Gute daran war, dass er von hier aus alle am Tisch beobachten konnte, während die Anwesenden sich nicht bemüßigt fühlten, das Wort an ihn zu richten. Ohnehin fiel Fremden selten etwas anderes ein, als sich nach seinem Befinden und dem Fortschritt seiner Studien zu erkundigen. Beides Themen, über die er nicht gern sprach.

Obwohl das Essen zu Ehren von Charlottes Rückkehr aus Paris stattfand, gelang es Alice immer wieder, Bemerkungen über ihre Verlobungsfeier, die Hochzeit oder ihr künftiges Leben auf Gut Bernsdorff einzuwerfen.

Gerade erzählte sie, dass sie als Gutsherrin mindestens einmal im Monat ein Diner veranstalten würde. »Für meine Familie, für Nachbarn, Freunde und Bekannte. Und da ich vorhabe, ein *wirkliches* Ereignis aus diesen Abenden zu machen, werden sicher alle kommen.«

Ronald an ihrer Seite betrachtete sie voller Bewunderung, als hätte sie eine höchst originelle Idee geäußert. Frederick mochte seinen künftigen Schwager nicht. Da Ronald jedoch vollkommen hingerissen von Alice zu sein schien, war er wohl genau der richtige Ehemann für sie.

»Was für ein netter Gedanke«, ging Klarissa von Bernsdorff auf Alices Bemerkung ein und wechselte dann schnell das Thema, bevor die baldige Herrin von Gut Bernsdorff weitere Ausführungen zu ihren

Plänen machen konnte: »Was Paris betrifft, liebe Charlotte – ich war nur einige wenige Male zum Einkaufen dort, und das ist viel zu lange her. Was hat Sie besonders beeindruckt? Abgesehen von den wunderbaren Kleidern natürlich und eleganten Frisuren wie dieser.«

»Oh. Vielen Dank.« Charlotte betastete mit den Fingerspitzen ihre dunkelbraune Haarpracht, wohl um sich zu vergewissern, dass alles noch wie ein Wagenrad um ihr Gesicht herum festgesteckt war.

Frederick fand diese Frisur ziemlich gewöhnungsbedürftig. Offenbar trug man das in Paris so. Mittlerweile hatte er gelernt, dass alles, was aus der französischen Hauptstadt kam, in den Augen sämtlicher Frauen todschick war. Und Charlotte hatte er ohnehin mit jeder Frisur lieb.

»Meine wichtigste Erfahrung, nun ja, das ist nicht so leicht zu sagen.« Charlotte kniff ein wenig die Augen zusammen, als würde sie einen winzigen Fleck am anderen Ende des Raumes fixieren. Dann huschte ihr Blick kurz über das Profil von Baldur von Krammbach, ihrem Tischherrn. »Ich denke, ich habe viel darüber gelernt, was es bedeutet, ich zu sein.«

Einen Augenblick herrschte verblüfftes Schweigen, dann lachte Mama nervös auf. »Aber du wusstest schon immer genau, wer du bist. Und was es heißt, eine von Bargelow zu sein. Mir scheint, du bist erschöpft von der langen Reise.«

Charlotte lächelte freundlich und nickte. »Die Reise war anstrengend, aber es geht mir gut. Ich freue mich schrecklich, wieder hier zu sein.«

Frederick kannte seine Mutter gut genug, um die Erleichterung in ihrem Blick zu lesen, während sie sich zurücklehnte und die Lippen mit der Serviette abtupfte.

Er bemerkte auch das seltsame Flackern in Charlottes Augen, als sie auf die andere Seite des Tischs hinübersah, wo Ronald zwischen Alice und seinen Adoptiveltern saß. Dann glitt ihr Blick erneut prüfend in Baldur von Krammbachs Richtung. Siedend heiß fiel Frederick ein, dass seine Eltern beschlossen hatten, einen wohlhabenden Mann für Charlotte zu suchen. Baldur von Krammbach? Der war doch viel zu alt! Allerdings war Frederick sich nicht ganz sicher, ob seine Eltern das auch so sahen. Vielleicht hatte Charlotte in dieser Hinsicht ebenfalls ein ungutes Gefühl und verhielt sich deshalb so komisch? Wollte sie Baldur abschrecken?

»In letzter Zeit habe ich mir viele Gedanken über das Frauenstimmrecht gemacht«, sagte sie soeben mit Nachdruck. »In Tante Evelines Salon wurde das häufig diskutiert. Es ist nicht richtig, dass nur ein Teil der Bevölkerung wählen darf. Nicht wahr?«

Obwohl seine Mutter einige Stühle von ihm entfernt saß, konnte Frederick hören, wie sie nach Luft schnappte. »Ich glaube wirklich nicht, dass unsere Gäste das interessiert, Charlotte.«

Doch Charlotte reagierte nicht. In fröhlichem Ton hielt sie einen ausschweifenden Vortrag über das preußische Dreiklassenwahlrecht. »Die Stimmen der Großgrundbesitzer und Fabrikanten haben viel mehr Gewicht als die der Bauern und Tagelöhner. Das bedeutet, es werden vorzugsweise Abgeordnete gewählt, die die Interessen der wohlhabenden Bürger unterstützen. Und die Belange der Frauen unterstützt ohnehin niemand.«

»Könnte es sein, dass Sie uns sozialistisches Gedankengut nahebringen wollen, gnädiges Fräulein?« Herr von Krammbach klang amüsiert. Was Frederick erstaunte, weil er sonst stets Entsetzen erlebte, wenn in seinen Kreisen von Sozialisten gesprochen wurde. Was Charlotte ja eigentlich nicht getan hatte.

»Oh. Über einen Zusammenhang mit dem Sozialismus habe ich bisher nicht nachgedacht.« Seine Schwester legte die Stirn in Falten und wandte sich ihrem Tischherrn zu.

»Ich denke kaum, dass wir heute Abend die Zweckmäßigkeit des preußischen Wahlrechts werden klären können«, versuchte Papa das Thema zu beenden.

»Ich denke, Frau von Bernsdorff bezog sich mit ihrer Frage sowieso auf etwas anderes. Nämlich auf das Leben in Paris«, kam ihm Mama beim Themenwechsel zu Hilfe. »Sicher wollten Sie etwas über die Pariser Oper wissen. Oder über die Restaurants und die Museen. Nicht wahr, Frau von Bernsdorff?«

Die Angesprochene nickte mit verkniffener Miene.

»Oh, das Leben in Paris ist wunderbar.« Charlotte lächelte strahlend, und Alices zukünftige Schwiegermutter schien mit dieser nichtssagenden Antwort zufrieden zu sein.

»An der Universität habe ich Madame Curie gesehen«, fügte Charlotte nach einer Pause in heiterem Tonfall hinzu. »Ich war in einigen Vorlesungen ihres Mannes, und sie war ebenfalls anwesend.«

»Madame Curie?« Mama blickte Charlotte ein weiteres Mal irritiert an. »Aber die hat doch nichts mit Kunst und Literatur zu tun, ebenso wenig wie ihr Ehemann.«

»Ich war als Gasthörerin dort. Immerhin hat Madame Curie im vergangenen Jahr gemeinsam mit ihrem Mann eine Hälfte des Physik-Nobelpreises bekommen. Die andere Hälfte erhielt Henri Becquerel. Die drei haben gemeinsam Strahlungsphänomene untersucht. Es ging um Radioaktivität.«

»Bitte, Charlotte.« Mama sah aus, als wäre sie einer Ohnmacht nahe. »Frau von Bernsdorff fragte nach Kunst und Museen, nicht nach dem *Wahlrecht* und nicht nach *Physik.*«

»Was genau ist Radioaktivität?«, flüsterte Frederick seinem Hauslehrer zu, der vollkommen auf die Silberplatte mit Königsberger Klopsen konzentriert war, die soeben serviert wurden. Schliemeier wirkte besorgt, weil Herr von Bernsdorff sich gerade einen ganzen Berg Fleischbällchen nahm und die Menge auf der Platte bedenklich schrumpfte.

»Fragen Sie doch Ihre Schwester, Herr Frederick«, zischte Schliemeier. »Das gnädige Fräulein scheint Radioaktivität ja studiert zu haben.«

Als der Butler neben ihm stehenblieb, griff Frederick zufrieden lächelnd nach dem silbernen Vorlegebesteck. Er nahm sich erst drei Fleischbällchen und dann noch eines, obwohl sein Appetit wahrscheinlich nicht ausreichen würde, um das alles zu essen. Aber es gefiel ihm, dass sein Lehrer entsetzt die Lippen zusammenpresste, weil auf der Platte nur zwei Klößchen übriggeblieben waren.

»Ich hoffe, Sie verzeihen die nicht allzu festliche Speise zum heutigen Anlass«, ließ Mama sich vernehmen. »Königsberger Klopse sind das Lieblingsessen unserer Ältesten. Und da wir heute im engsten Kreis speisen und es Charlottes erster Abend zu Hause ist, rechnete ich mit Ihrem Verständnis.«

Sofort wurde rund um den Tisch lebhaft beteuert, wie köstlich Königsberger Klopse im Allgemeinen und diese im Besonderen seien – obwohl noch niemand probiert hatte.

Lediglich Baldur von Krammbach schwieg und lächelte in sich hinein. Inzwischen ignorierte Charlotte ihren Tischherrn wieder. Stattdessen huschten ihre Blicke regelmäßig in Ronalds Richtung. Wenn er sie jedoch ansah, wandte sie sofort den Kopf ab. Und die ganze Zeit wirkte sie seltsam nervös.

»Was haben Sie in der Vorlesung von Pierre Curie und seiner Frau Interessantes erfahren?«, erkundigte sich Baldur von Krammbach bei Charlotte.

Sie fuhr bei seinen Worten so erstaunt herum, dass sich eine der braunen Haarsträhnen aus dem Wagenrad auf ihrem Kopf löste und ihr als Locke ins Gesicht fiel.

»Ich …« Sie stockte und warf ihrer Mutter einen kurzen Blick zu. Zu Fredericks Überraschung nickte seine Mutter aufmunternd, obwohl sie Charlotte soeben noch wegen der Wahl ihrer Gesprächsthemen zurechtgewiesen hatte.

»Es geht bei der Radioaktivität um die Strahlung von Uranverbindungen. Marie und Pierre Curie haben die chemischen Elemente Polonium und Radium entdeckt. Soweit ich weiß, haben sie das Polonium nach Polen benannt, dem Herkunftsland von Marie Curie.« Von einem Moment auf den anderen hatte sich Charlottes Haltung ihrem Tischherrn gegenüber geändert. Sie saß ihm zugewandt, und ihre Augen funkelten.

»Ist diese Madame Curie nicht eine sehr unweibliche Person?

Ich habe im vergangenen Jahr ein Foto von ihr in der Zeitung gesehen. Sie wirkte darauf sehr … unscheinbar.« Frau von Bernsdorff runzelte die Stirn.

»Keinesfalls!«, protestierte Charlotte energisch. »Zudem ist sie verheiratet und Mutter.«

»Allein die Tatsache, dass eine Frau gemeinsam mit ihrem Mann arbeitet, ist nicht sonderlich förderlich für eine harmonische Ehe, will ich meinen«, ließ sich Herr von Bernsdorff vernehmen, und seine Gattin nickte dazu. Mama bewegte ebenfalls heftig den Kopf auf und ab.

Papa sah desinteressiert drein. Wahrscheinlich hörte er nicht zu. Die Tischgespräche, die in Anwesenheit der Damen geführt wurden, waren ihm gleichgültig. Er liebte Diskussionen über Geschäfte und Politik, die im Anschluss an das Essen im Herrenzimmer geführt wurden. Dann ging es um genau die Themen, über die Charlotte nicht reden sollte.

»Ich sehe das etwas anders«, erwiderte Baldur von Krammbach auf Bernsdorffs Bemerkung. »Ist es nicht von Vorteil, wenn Ehegatten gemeinsame Interessen haben? Möglicherweise ist dieses Paar glücklicher als viele andere, die sich nichts zu sagen haben.«

Charlotte starrte von Krammbach erstaunt an. Erst als er die dichten Brauen hochzog und sie anlächelte, senkte sie den Blick.

»Aber ist es nicht so, dass ein Paar sich ergänzen sollte?« Frederick hatte den Eindruck, als würde Mama einen besonders sanften Ton wählen, um Krammbach gegenüber nicht den Eindruck zu erwecken, sie würde ihm widersprechen, obwohl sie es in Wahrheit tat. »Es gibt Aufgaben, die Frauen mehr liegen als einem Mann. Beispielsweise die Führung eines Haushalts. Männer wiederum kennen sich besser mit Wissenschaft und Finanzen aus.«

»Da Madame Curie für ihre wissenschaftliche Arbeit einen Nobelpreis erhielt, scheint sie sich unter anderem für diese Art von Tätigkeit zu eignen.« Um Baldur von Krammbachs Lippen zuckte ein kaum wahrnehmbares Lächeln.

Mama lächelte den Gast unverbindlich an und nickte dann Bruno zu, der gemeinsam mit Kowalski das Erdbeersorbet servierte.

Frederick konnte es kaum erwarten, seinen Lieblingsnachtisch zu essen, den es nur zu besonderen Gelegenheiten gab.

Als kleiner Junge hatte er gern zugesehen, wie Emma Schubbke Eiskrem machte. Erst holte sie aus dem Eiskeller hinten im Küchengarten etwas von dem Eis, das im Winter in großen Blöcken vom Falkensee geschlagen wurde. Es wurde zerhackt, mit Salz gemischt und in eine große Schüssel gefüllt. In diese Schüssel stellte die Köchin ein kleineres Gefäß, in das sie Sahne und zerkleinerte Früchte mit Zucker tat. Dann musste sie rühren und immer weiter rühren. Ganz langsam wurde dann aus der Flüssigkeit eine immer festere Krem, die später im Mund schmolz wie eine Wolke aus Schnee und Zucker und Früchten.

An der Tafel herrschte andächtige Stille, während alle ihre Silberlöffel in die kühle, cremige Masse tauchten, sie in den Mund schoben und auf der Zunge zergehen ließen. Frederick schloss die Augen und schmeckte den Sommer.

8. Kapitel

Adalbert
Gut Falkensee, Westpreußen, 8. Juni 1904

Wenn Adalbert sich nach dem Essen mit den anderen Herren zurückzog, um geistige Getränke und teure Zigarren zu genießen, wurden nebenbei Geschäfte gemacht. Man sprach über einen gemeinsamen Transport von Weizen, verhandelte über den Verkauf von Zuckerrüben oder entschied, wie bei der nächsten Wahl günstige Bedingungen für Großgrundbesitzer geschaffen werden konnten.

In der Mitte des Herrenzimmers stand ein großer, runder Tisch mit acht gepolsterten Stühlen. In der Regel verteilten sich die Gäste jedoch in Grüppchen um die Rauchtische, die drei der vier Ecken des Zimmers einnahmen.

An diesem Abend waren, Frederick mitgerechnet, nur sechs Herren anwesend. Daher befürchtete Adalbert, dass er den Auftrag, den Veronika ihm beim Verlassen des Speisesaals im Flüsterton erteilt hatte, nur unter Schwierigkeiten würde ausführen können. Das Thema, das er Baldur von Krammbach gegenüber ansprechen sollte, war keinesfalls für die Ohren Dritter bestimmt. Aber in dieser kleinen Runde würde es nicht leicht werden, Mithörer zu umgehen.

Zunächst saß man beim Mokka um den großen Tisch. Bruno hatte auch für Frederick eine Tasse von dem tiefschwarzen Gebräu mitgebracht. Adalbert fand ohnehin, dass der Junge von seiner Mutter und seiner Kinderfrau viel zu sehr verzärtelt wurde. Vielleicht wäre er robuster und nicht so kränklich, wenn man ihn einfach wie einen normalen Fünfzehnjährigen behandeln würde.

Während seine Gäste sich über die *Entente cordiale* unterhielten – das Bündnis, welches das Vereinigte Königreich und Frankreich im April geschlossen hatten –, beobachtete Adalbert aus dem Augenwinkel Baldur von Krammbach. Seiner Miene konnte Adalbert nichts entnehmen, was ihn die Antwort auf seine Frage vorausahnen ließ.

»Natürlich gibt es unter den beiden Ländern Absprachen bezüglich militärischer Allianzen«, rief Herr von Bernsdorff erregt und pustete eine große Rauchwolke zur Decke. »Man verbündet sich gegen das Deutsche Reich.«

Ronald nickte eifrig zu den Worten seines Adoptivvaters.

»Ist das nicht eher eine Angst, die von gewissen Politikern und Zeitungen in die Köpfe gepflanzt wurde?«, warf Baldur von Krammbach ein. Er rauchte nicht, hatte sich aber einen Cognac einschenken lassen.

»Auf jeden Fall handelt es sich bei den beiden Ländern um potentielle Feinde Deutschlands, sodass deren Zusammenschluss kritisch betrachtet werden muss. Zumal niemand weiß, welche Länder in der Zukunft diesem Bündnis noch beitreten werden«, ließ sich Schliemeier vernehmen. Der Hauslehrer genoss es sichtlich, als Gleichberechtigter an der Herrenrunde teilnehmen zu dürfen.

»Selbsterschaffene Angstszenarien führen leider oft dazu, dass aus neutral eingestellten Staaten Feinde werden.« Baldur von Krammbach wiegte bedenklich den Kopf.

»Ganz im Gegenteil«, ereiferte sich Siegbert von Bernsdorff. »Es ist gefährlich, nicht zu wissen, wer Freund und wer Feind ist.«

»Das denke ich auch«, warf Ronald ein.

Adalbert nahm es dem jungen Mann nicht übel, dass er keine eigene Meinung zu den Fragen der großen Politik hatte und seinem Adoptivvater stets eifrig zustimmte.

Die Unterhaltung wurde hitziger, obwohl Krammbach, der als Einziger eine abweichende Meinung vertreten hatte, sich nicht mehr an der Diskussion beteiligte. Nun redeten sich nur noch

Bernsdorff und Schliemeier die Köpfe heiß und schienen gar nicht zu bemerken, dass sie sich vollkommen einig waren.

Adalbert hätte die Unterhaltung mit Baldur von Krammbach gern verschoben, doch damit würde er den Unmut seiner Frau hervorrufen. Außerdem duldete die Angelegenheit keinen Aufschub.

Entschlossen lehnte er sich zur Seite und berührte Krammbach am Ärmel. Der Zuckerfabrikant wandte den Kopf und schaute ihn fragend an. Als Adalbert aus nächster Nähe in das freundliche Gesicht seines Gastes sah, erschrak er ein wenig über die zahlreichen Falten, die sich beim Lächeln um Krammbachs Augen und in seinen Mundwinkeln bildeten. Er war definitiv kein junger Mann mehr, sondern fast so alt wie Adalbert selbst.

Aber war das so wichtig? Spielte es nicht eine viel größere Rolle, dass Baldur von Krammbach besonnen und umgänglich war und ein angenehmes Wesen besaß? Zudem verfügte er über ein Vermögen, das ihm und seiner künftigen Frau ein sorgenfreies Leben ermöglichen und durch eine entsprechende Investition Gut Falkensee aus den roten Zahlen bringen würde.

Adalbert räusperte sich und näherte seinen Mund Krammbachs Ohr. »Dürfte ich Sie für einen Moment unter vier Augen sprechen?«

»Selbstverständlich.«

»Dort drüben?« Der Gutsherr deutete auf das ovale Rauchtischchen in der Fensternische, an dem nur zwei Sessel standen, sodass sich niemand zu ihnen gesellen konnte.

Wortlos stand Krammbach auf. Adalbert murmelte eine Entschuldigung in Richtung der übrigen Herren, die aber so in ihre Unterhaltung vertieft waren, dass sie nicht auf ihn und Krammbach achteten.

»Ich weiß nicht, ob Sie wissen, worüber ich mit Ihnen sprechen möchte«, begann Adalbert etwas unsicher die Unterhaltung, nachdem sie sich gesetzt hatten. Er befand sich zum ersten Mal in einer derartigen Situation und hatte keine Ahnung, wie er sie angehen sollte. Doch es war nun einmal seine Aufgabe als Vater, die Angelegenheit unter Männern zu regeln. Wäre Baldur von Krammbach ein junger, unverheirateter Mann gewesen, hätte Veronika mit seiner Mutter gesprochen. Doch von Krammbach war verwitwet, nahezu vierzig Jahre alt und regelte selbstverständlich seine Angelegenheiten selbst.

Mit einem verhaltenen Lächeln senkte der Fabrikant den Kopf. »Natürlich habe ich mir meine Gedanken darüber gemacht, warum mir so unerwartet die Ehre einer Einladung zuteilwurde. Zumal ich die Freude hatte, Tischherr Ihres Fräulein Tochter zu sein.«

Adalbert räusperte sich. »Es war Ihnen eine Freude? Wie schön. Seien Sie versichert, dass Charlotte normalerweise nicht so … anstrengend ist. Die lange Reise hat sie erschöpft. Deshalb sollten Sie Ihre Äußerungen nicht allzu ernst nehmen.«

Baldur von Krammbach zog die dichten Brauen so weit hoch, dass sie unter seinen Haaren verschwunden wären, hätten er nicht eine beginnende Glatze gehabt. »Ich fand die Bemerkungen und Gedanken des gnädigen Fräuleins durchaus intelligent.«

»Auf jeden Fall. Leider interessiert Charlotte sich manchmal für Themen, die einer jungen Dame nicht angemessen sind. Es gibt Herren, die sich an so etwas stören.« Nervös wollte Adalbert nach seinem Cognacschwenker greifen, doch den hatte er leider auf dem großen Tisch stehen lassen.

»Ich gehöre nicht zu diesen Herren.« Baldur von Krammbach lehnte sich entspannt in seinem Sessel zurück.

»Meine Frau berichtete mir, Sie seien nach Ablauf des Trauerjahrs auf der Suche nach einer neuen Gemahlin. Da die Beisetzung Ihrer werten Gattin in Marienwerder stattfand, hatte ich bisher keine Gelegenheit, Ihnen mein Beileid auszusprechen, was ich hiermit nachholen möchte.«

Über Krammbachs Gesicht glitt ein Schatten, doch seine Miene blieb unbewegt. »Danke für Ihr Mitgefühl. Ich versuche, nach vorn zu blicken, auch wenn es mir nicht leichtfällt. Wichtig ist, dass ich so bald wie möglich einen Erben für meine Fabrik bekomme. Amelie wusste das. Sie hätte verstanden, dass ich mir diesen dringenden Wunsch auch nach ihrem Tod erfüllen muss. Wir waren beide so glücklich, als sie nach langem, vergeblichem Hoffen in froher Erwartung war. Dass dann alles so furchtbar schiefging und weder sie noch das Kind die Geburt überlebte ...« Er stockte und sah sekundenlang hinunter auf den Teppich, bevor er fortfuhr: »Ich habe nicht den Eindruck, als hätte Ihr Fräulein Tochter Interesse daran, den Platz meiner Gattin einzunehmen.«

»Da Alice in Kürze heiraten wird, möchte Charlotte es ihrer jüngeren Schwester so bald wie möglich gleichtun«, behauptete Adalbert in entschiedenem Ton.

»Sie hat mich kaum eines Blickes gewürdigt. Was ich ihr nicht übelnehme. Ich bin fast doppelt so alt wie sie.« Baldur lächelte freundlich.

»Besteht denn von Ihrer Seite Interesse?«

Baldur nickte. »Ihr Fräulein Tochter ist schön, klug und interessant.«

Adalbert war angesichts dieses überschwänglichen Lobes verblüfft. Charlottes scharfer Verstand schreckte potenzielle Bewerber leider oft ab. Sie war beileibe kein hässliches Entlein, gehörte jedoch nicht zu jenen Frauen, die einen Festsaal zum Leuchten brachten. Das gelang viel eher ihrer Mutter und ihrer jüngeren Schwester. Seine Älteste wirkte aufgrund ihrer strenger geschnittenen Gesichtszüge intelligent und durchaus anziehend. Aber sie erschien weniger gefällig. Und wer genau hinschaute, konnte den trotzigen Zug um ihren Mund erkennen. Umso besser, wenn Baldur von Krammbach das mochte.

»Ich erwarte keine große Liebe«, fuhr der Witwer fort, »will aber auch keine Ehefrau, die mich verabscheut und nur wegen meines Vermögens mit mir zusammen ist. Oder weil ihre Eltern sie verheiraten wollten.«

»Niemand wird Charlotte in eine Ehe zwingen«, beteuerte

Adalbert. »Ohnehin würde sich meine Älteste nicht zwingen lassen.«

Die Herren am großen Tisch diskutierten inzwischen über Automobile. Siegbert von Bernsdorff erklärte, er plane, sich einen Opel-Darracq 32 PS zu kaufen. Daraufhin entspann sich eine lebhafte Unterhaltung über die verschiedenen Automodelle.

»Sie würden also eine Ehe mit Charlotte in Betracht ziehen, falls die näheren Umstände Ihre Zustimmung fänden«, stellte Adalbert fest und wandte seine volle Aufmerksamkeit wieder Krammbach zu. Abgesehen von seinem Alter war der Mann eine hervorragende Partie. Immerhin gehörte ihm die größte Zuckerfabrik in Westpreußen. Eine Fabrik, die er selbst aufgebaut hatte. Zudem kam er aus einer guten Familie und hatte von seinen Eltern ein beachtliches Vermögen geerbt, das er noch vermehrt hatte.

»Ich bin mir meiner Absichten in Bezug auf Ihre Tochter durchaus sicher. Es geht darum, ob ich die Zustimmung des gnädigen Fräuleins finde«, verbesserte ihn Krammbach. »Wovon ich nicht ausgehe. Und in diesem Fall nehme ich ebenfalls von eventuellen Heiratsplänen Abstand.«

»Was Charlottes Zustimmung betrifft, sehe ich die Sache anders. Meine Tochter wird …« Adalbert beendete den Satz mit einem unverständlichen Gemurmel. Im Stillen stimmte er Krammbach zu. Andererseits kannte er Veronika. Seiner Frau war durchaus zuzutrauen, dass sie Charlottes Widerstand mit sanftem Nachdruck überwand.

Fast wünschte Adalbert sich, dass diese Verbindung nicht zustande kam. Es musste eine andere, eine bessere Lösung für Charlotte und Gut Falkensee geben. Dass seine Älteste sich in den sehr viel älteren Witwer verguckt hatte, war tatsächlich nicht anzunehmen. Und eine Ehe ohne eine gewisse Anziehung von beiden Seiten wollte er nicht für seine Tochter.

9. Kapitel

Charlotte
Jagdhaus nahe Gut Falkensee, Westpreußen, 29. Juni 1904

Laila schnaubte ungeduldig in die Morgenluft. Wegen der stickigen Hitze in ihrem Zimmer war Charlotte schon kurz nach Sonnenaufgang aufgestanden, als überraschend eine sanfte Brise die weißen Gardinen vor den geöffneten Fenstern gebläht hatte. Nach einem schnellen Frühstück saß sie nun schon um kurz nach sieben für ihren morgendlichen Ausritt im Sattel.

Auf dem schmalen Weg hinunter zum See und anschließend am Dorf vorbei ritt sie in gemächlichem Schritt. Dabei ließ sie den Blick über die Felder auf ihrer linken Seite schweifen. Der Weizen stand nicht so hoch wie sonst um diese Jahreszeit und war dennoch schon goldgelb.

Notreife, überlegte Charlotte mit gekräuselter Stirn. Wenn Getreide nicht genügend Nährstoffe erhielt, etwa weil der Boden zu trocken war, wurde das Korn hart und schrumpfte. Das gehörte zu den interessanten Fakten, die sie an der Sorbonne gelernt hatte. Wann immer es möglich gewesen war, hatte sie die öden Kunstvorlesungen geschwänzt und sich in die Veranstaltungen der Naturwissenschaftler gestohlen, besonders wenn diese sich mit Nutzpflanzen, Mineraldünger und dergleichen befasst hatten. Leider hatte sie bisher keine Gelegenheit gehabt, mit ihrem Vater über die Dinge zu reden, die sie nun wusste. Denn sie wollte unbedingt noch einmal zurück nach Paris. Falls ihre Eltern aber von dem ›unweiblichen‹ Interesse an solchen Themen erfuhren, würden sie sie garantiert nicht gehen lassen. Derartige Kenntnisse schmälerten ihre Chancen auf dem Heiratsmarkt eher, als dass sie sie erhöhten. Schließlich würde sie als Frau niemals ein Gut führen dürfen. Von ihr wurde charmante Konversation erwartet und nicht etwa Wissen über Getreide, Zuckerrüben und Tierzucht.

Mit einem Seufzer drückte sie Laila leicht die Absätze in die Flanken, und die Stute wurde mit einem fröhlichen Schnauben schneller. Kurz darauf galoppierten sie im grünen Schatten des Walds dahin. Vor ihnen bildeten die Sonnenstrahlen goldene Straßen, die durch das Blätterdach schräg hinunter aufs Moos führten.

Nach etwa zehn Minuten erreichten sie das Jagdhaus, das seit vielen Jahren nicht mehr benutzt wurde. Charlottes Großvater hatte es als Gästeunterkunft für die Teilnehmer der jährlichen Treibjagd bauen lassen. In den unteren Räumlichkeiten hatten früher die großen Jagdessen stattgefunden.

Charlottes Vater hat kein Interesse an der Jagd. Seit Großpapas Tod hatte er kaum noch Jagdgesellschaften gegeben, und das Jagdhaus stand seitdem leer. Gelegentlich schickte der Verwalter jemanden her, der dafür sorgte, dass Fenster und Türen nicht zuwuchsen, und zwei Mal im Jahr wurde drinnen saubergemacht. Ansonsten schlief es auf seinem Hügel zwischen Buchen und Ahornbäumen einen Dornröschenschlaf.

Als die hellen Mauern des Fachwerkbaus durch die Bäume schimmerten, wurde Laila automatisch langsamer. Obwohl es über ein Jahr her war, seit Charlotte mit der Stute zuletzt hierhergeritten war, wusste Laila noch, dass sie hier früher regelmäßig eine Pause eingelegt hatten, sodass sie grasen konnte.

Charlotte rutschte vom Sattel, schlang Lailas Zügel um einen Ast und ging zur Tür. Den Schlüssel trug sie auf ihren Ausritten immer bei sich. Sie hatte ihn vor Jahren aus dem Schlüsselkasten des Hausdieners genommen, und da es mehrere Schlüssel gab, vermisste ihn niemand.

An diesem Vormittag wunderte sie sich, dass die beiden Messinglaternen rechts und links des Eingangs blitzblank poliert waren, obwohl die Hausmädchen normalerweise erst nach der Ernte zum halbjährlichen Hausputz herkamen. Die Büsche neben dem Brunnen waren auch bereits gestutzt. Wie seltsam.

Der Schlüssel drehte sich butterweich im Schloss, und als sie die Tür aufstieß, quietschte sie nicht wie sonst protestierend. Es wunderte sie schon gar nicht mehr, dass die kleine Sitzgruppe in der Eingangshalle und die niedrigen Schränke an den Wänden nicht mehr mit weißen Laken bedeckt waren.

Charlotte durchquerte die Halle und trat in den Salon. Auch hier erwartete sie nicht wie sonst eine Gruppe kauernder Gespenster. Sämtliche Laken waren von den Möbeln verschwunden.

Nachdenklich ließ sich Charlotte in einen der Sessel vor dem Kamin sinken und schaute durchs Fenster hinaus in den Wald. Die Scheiben waren so blankgeputzt, dass sie jedes einzelne Blatt an den Zweigen erkennen konnte.

Als sich die Tür öffnete, fuhr Charlotte herum und starrte die hochgewachsene Frau im schlichten grauen Leinenkleid an, die ins Zimmer trat. Sie trug einen Wassereimer in der Hand. Auch die Frau zuckte erschrocken zusammen. Charlotte kannte sie nicht. Wahrscheinlich war es eine der Pächterinnen aus dem Dorf, die gelegentlich auf dem Gut aushalfen.

Charlotte stand langsam auf. »Tut mir leid, wenn ich dich erschreckt habe. Ich wusste nicht, dass heute jemand zum Putzen hier ist. Das wird normalerweise erst kurz vor Winteranfang erledigt.«

Die Frau stellte ihren Eimer ab, kam wortlos auf Charlotte zu und blieb direkt vor ihr stehen. Sie knickste nicht und entschuldigte sich nicht. Stattdessen sah sie Charlotte forschend ins Gesicht.

»Hier wird neuerdings nicht nur zum Winteranfang, sondern auch zum Wochenanfang geputzt«, teilte die Fremde Charlotte mit einem schwachen Akzent mit. Offenbar gehörte sie zu einer der polnischen Familien, die im Dorf lebten.

»Ich bin Charlotte von Bargelow. Dieses Jagdhaus ist Eigentum meines Vaters.«

»Agata Jatznakowski«, kam es selbstbewusst zurück. Noch immer machte die Frau keine Anstalten zu knicksen oder den Blick zu senken. »Und ich muss Sie korrigieren. Dieses Haus gehört nicht mehr Ihrer Familie.«

»Sicher tut es das. Wie käme ich sonst hier herein?« Zum Beweis zog Charlotte den Messingschlüssel aus der Tasche ihres Reitkostüms.

»Woher auch immer Sie diesen Schlüssel haben, Sie sollten ihn mir aushändigen. Ich habe das Haus geerbt und bin vor zwei Wochen hier eingezogen.«

Charlotte schnappte nach Luft. »Wieso sollte ich das glauben?«

»Ich könnte die Besitzurkunde holen. Sie liegt in dem Sekretär da drüben.« Agata Jatznakowski deutete in die Ecke des Zimmers. Dann wandte sie sich wieder Charlotte zu. »Allerdings sind eigentlich Sie diejenige, die eine Erklärung liefern muss. Zum Beispiel für die Tatsache, dass Sie einfach in ein fremdes Haus eindringen.«

Sprachlos starrte Charlotte die Polin an. So hatte noch nie jemand mit ihr geredet.

Eine Weile herrschte Schweigen, dann verzog sich Agata Jatznakowskis schön geschwungener Mund zu einem breiten Lächeln. »Aber ich freue mich immer über Besuch.« Mit einer energischen Bewegung zog sie sich das weiße Tuch vom Kopf.

Jetzt sah Charlotte, dass sie älter war, als sie auf den ersten Blick wirkte. In ihrem dichten dunklen Haar, das im Nacken zu einem schlichten Knoten zusammengefasst war, glänzten erste weiße Strähnen. Die feinen Löckchen an ihren Schläfen waren ebenfalls weiß. Sie musste etwa im Alter von Charlottes Mutter sein, vielleicht sogar schon ein paar Jahre weiter in den Vierzigern.

Unsicher schaute Charlotte sich um. Es war durchaus möglich, dass Papa das Jagdhaus verkauft hatte. Ihr Vater sprach nicht mit der Familie über seine Geschäfte – schon gar nicht mit seinen Töchtern. Außerdem, dachte Charlotte, war sie ein ganzes Jahr fort gewesen.

»Ich würde Ihnen eine Tasse Tee anbieten. Da Sie aber offensichtlich eine junge Dame von Rang und Namen sind, sollten Sie sich wahrscheinlich besser von diesem Haus fernhalten.«

Charlotte zuckte zusammen und schaute sich suchend im Zimmer um. Allerdings hatte sie keine Ahnung, wonach sie Ausschau hielt. Woran erkannte man das Interieur eines zweifelhaften Hauses? Konnte es sein, dass an diesem abgelegenen Ort Frauen ihre Gunst für Geld verkauften?

Sie machte einen Schritt in Richtung Tür, dann siegte die Neugier. »Sagen Sie mir doch einfach, warum es meinem Ruf schaden könnte, hier zu sein.«

»Wie gesagt: Ich bin Ihnen keine Erklärung schuldig.« Das freundliche Lächeln der Frau passte nicht zu ihren Worten.

Nach kurzem Zögern legte Charlotte ihren Schlüssel auf ein kleines Schränkchen und wandte sich der Tür zu.

»Warten Sie«, hielt die Stimme mit dem Akzent sie auf, als sie den Raum schon fast durchquert hatte. »Wenn Sie ein wenig herumfragen, finden Sie es sowieso heraus, nun da Sie von meiner Existenz wissen. Falls es Sie also wirklich interessiert, erzähle ich Ihnen, wer ich bin und warum ich hier lebe.«

Agata Jatznakowski deutete auf den Tisch mit der frisch polierten Eichenholzplatte und betätigte dann den Klingelzug an der Wand. Charlotte kam zurück und setzte sich, nun doch ein wenig zögernd, weil sie nicht die geringste Ahnung hatte, was sie gleich erfahren würde.

Bei dem ältlichen Hausmädchen, das kurz darauf mit mürrischem Gesicht ins Zimmer schlurfte, bestellte Agata Tee und Gebäck. Dann ließ sie sich Charlotte gegenüber nieder.

»Ich habe Kilian aus tiefstem Herzen geliebt«, sagte Agata unvermittelt. »Und er liebte mich. Wären wir uns früher begegnet, hätten wir vielleicht ein wunderbares Leben führen können. So aber war er schon mit einer anderen Frau verheiratet, als wir uns kennenlernten.«

Charlotte musterte die Fremde interessiert. Kam nun eine jener skandalösen Geschichten, die sie als Tochter aus gutem Hause sonst niemals zu hören bekam? Eine Geschichte von Betrug, Scheidung und dem Ausschluss aus der Gesellschaft?

Die Tür öffnete sich, und das Hausmädchen schlurfte herein. Anstelle der bei Dienstboten üblichen festen schwarzen Schuhe trug sie weiche Pantoffeln. Stumm stellte sie ein Tablett auf den Tisch und verschwand, ohne sich die Mühe zu machen, das Geschirr zu verteilen und die Tassen zu füllen. Das übernahm Agata mit einer Grazie, für die Charlotte sie bewunderte.

»Kilian und ich trafen uns bei einer Abendeinladung. Er kam allein, weil seine Frau seit Monaten bettlägerig war«, fuhr die Polin fort, nachdem sie Charlotte Zucker und Milch gereicht hatte. »Ich wusste vom ersten Augenblick an, dass ich diesen Mann mit allem, was ich bin und habe, lieben werde. Und so ist es auch jetzt noch, über ein Jahr nach seinem Tod.«

Agata fuhr sich mit einem kleinen weißen Leinentuch über die Augen. Sie versuchte nicht, ihren Kummer zu verbergen. Ein Verhalten, das Charlotte ein wenig befremdete. Ihre Mutter hätte niemals vor einer Fremden geweint. Die Frauen der westpreußischen Landjunker legten Wert auf Disziplin und Selbstbeherrschung.

»Hat er sich scheiden lassen?«, fragte sie leise.

»Nein«, erwiderte Agata schlicht. »Mir war von Anfang an klar, dass er seine kranke Frau nicht im Stich lassen würde. Und seine kleine Tochter erst recht nicht. Das hätte ich auch niemals von ihm verlangt. Es war eine arrangierte Ehe. Er liebte seine Frau nicht. Aber er respektierte sie und stand zu seinem Wort.«

»Aber … wie ging es dann weiter.«

»Ich zog in ein kleines Haus, das er für mich in der Nähe seines Anwesens mietete. Den Kontakt zu meiner Familie musste ich selbstverständlich abbrechen. Ich erklärte, als Frau eines Missionars, den ich in aller Eile auf dem Schiff heiraten würde, nach Afrika zu gehen. Aus dem abgelegenen Dorf, wo ich dort wohnen würde, könne ich nicht schreiben. Meine Eltern haben seitdem nicht mehr von mir gehört. Und ich auch nicht von ihnen.«

Charlotte schnappte nach Luft. Diese Frau hatte für die Liebe zu einem Mann alles geopfert und fortan als Ausgestoßene gelebt. Das hätte sie selbst niemals über sich gebracht. Gut Falkensee für immer zu verlassen und ihre Eltern, Alice und Frederick nie wiederzusehen, war ein entsetzlicher Gedanke. Kein Mann auf Erden und keine Liebe konnte das wert sein. Oder war sie nur nicht in der Lage, sich das vorzustellen, weil sie noch nie geliebt hatte?

»Fast zwanzig Jahre lebte ich als Kilians Geliebte in jenem Häuschen. Die meiste Zeit war ich allein mit Johanne, meinem Hausmädchen und meiner einzigen Vertrauten. Sie haben sie vorhin gesehen.«

Charlotte erschauderte. Agata musste schrecklich einsam sein, wenn sie auf die Gesellschaft einer schlecht gelaunten älteren Frau in Filzpantoffeln angewiesen war.

»Den Großteil meiner Tage verbrachte ich damit, darauf zu warten, dass Kilian Gelegenheit für einen Besuch bei mir fand. Meistens besuchte er mich im Schutz der Dunkelheit.«

Mit einem viel zu lauten Klirren stellt Charlotte ihre Tasse auf den Unterteller. Sie spürte, dass ihre Wangen brannten.

»Als ich von seinem Tod erfuhr, dachte ich, mein Leben sei nun auch zu Ende.« Agatas Stimme war plötzlich rau.

»Wie ist er gestorben?«, flüsterte Charlotte.

»Er war ein guter Reiter. Wenn er zu mir kam, ritt er querfeldein über Stock und Stein. Er brach sich das Genick, als er sein Pferd über einen tiefen Graben trieb, den er schon unzählige Male überquert hatte. Seiner Beerdigung habe ich, hinter einem Baum verborgen, aus der Ferne zugesehen.«

»Das tut mir alles furchtbar leid.« Charlotte hatte einen trockenen Mund. Ihre Tasse war leer, doch es kam ihr pietätlos vor, um mehr Tee zu bitten.

»Eine Woche nach Kilians Tod erhielt ich einen Brief von seinem Anwalt. Kilian hat mir dieses Jagdhaus vererbt, das er erst kurz zuvor gekauft hatte. Fast hundert Kilometer von seinem Familiensitz entfernt auf der deutschen Seite der Grenze. Zusätzlich erhalte ich ein kleines Legat. Er wollte mich nach seinem Tod versorgt wissen. Als hätte er geahnt, was geschehen würde.« Eine Träne löste sich aus Agatas Augenwinkel, aber dieses Mal wischte sie sie nicht fort, sondern ließ sie einfach an ihrer Wange hinabrollen.

»Der Abschied von meinem Häuschen ist mir schwergefallen. Dort erinnerte mich alles an meine glücklichen Stunden mit dem Mann, den ich liebte. Wahrscheinlich glaubte Kilian, ich könnte hier im Jagdhaus ein neues Leben beginnen. Doch schon das erste Mal, als ich mit Johanne zum Einkaufen ins Dorf fuhr, erkannte mich eine Polin, die gerade im Laden war. Sie hat Verwandte, die in der Nähe von Kilian leben. Obwohl wir sehr vorsichtig waren, gab es dort natürlich Gerede.« Agata lachte bitter auf.

»Nun bin ich also eine Polin in Westpreußen, wage mich kaum ins Dorf und werde so einsam weiterleben wie bisher. Noch einsamer, denn ich habe Kilian nicht mehr.«

Ruhig erwiderte Charlotte den forschenden Blick der Polin und versuchte, so gut es ging, ihre widerstreitenden Gefühle zu verbergen. Natürlich war sie schockiert, wie offen diese Frau darüber sprach, dass sie zwanzig Jahre lang Ehebruch begangen hatte. Andererseits beeindruckte sie die Entschlossenheit, mit der Agata ihrem Herzen gefolgt war. »Wenn Sie möchten, komme ich Sie gern öfter besuchen. Jedenfalls solange ich auf Gut Falkensee bin. In ein paar Wochen werde ich nach Paris zurückkehren – jedenfalls hoffe ich das.«

»Ich würde mich sehr freuen. Aber Sie sollten meinetwegen nicht Ihren Ruf riskieren. Wenn die Leute im Dorf wissen, wer ich bin, werden es auch Ihre Eltern, Ihre Nachbarn und Bekannten irgendwann erfahren.«

»Meine Eltern und deren Bekannte reden nicht viel mit den Leuten aus dem Dorf. Und wenn sie es hören, ist es mir auch egal«, behauptete Charlotte. Insgeheim hoffte sie, dass niemand von ihrem Kontakt zu einer Frau erfuhr, die gegen alle Regeln der Gesellschaft lebte. Trotzdem wollte sie Agata gern wiedersehen.

10. Kapitel

Frederick
Gut Falkensee, Westpreußen, 1. Juli 1904

Ein Windhauch strich durch die Bäume vor seinem geöffneten Fenster und brachte die Blätter zum Flüstern. Im schwachen Licht der hereinbrechenden Dämmerung malten die Äste bizarre Schatten an die Wände des Zimmers. Nicht weit vom Haus entfernt schrie ein Käuzchen.

Erschrocken richtete Frederick sich auf. Sagte man nicht, der Ruf eines Käuzchens kündige den Tod eines Menschen an? Das laute Pochen seines Herzens war wie Trommelschläge in seinen Ohren.

Er schlug die Decke zurück, schlüpfte in die gefütterten Schuhe und verließ fluchtartig sein dunkles, einsames Zimmer. Erst als er auf der Galerie stand und hinunter in die verlassene Halle blickte, wurde ihm klar, dass es keinen Ort gab, an den er fliehen konnte. Seine Angst begleitete ihn überallhin. Sie war immer da.

In manchen Momenten geriet er in Versuchung, Mama zu fragen, was es mit jener Krankheit auf sich hatte, die ihn das Leben kosten könnte. Doch eigentlich wollte er nicht wissen, was ihn erwartete, wenn der Familienfluch ihn traf. Würde sein Herz im Schlaf stehenbleiben? Würde er nicht mehr atmen können? Würde ein unbarmherziges Fieber ihn verbrennen?

Er hatte gelesen, die Ungewissheit sei schlimmer als eine schreckliche Wahrheit, doch das glaubte er nicht. So wie es jetzt war, blieb ihm immer noch die Hoffnung. Er konnte hoffen, dass ihn ein gnädiger Tod erwartete. Einer, bei dem er ahnungslos einschlief und nie wieder erwachte. Oder dass alles gut wurde und sein kränklicher Körper irgendwann stark und gesund war.

Er stützte sich auf das Geländer der Galerie und lauschte in die Stille des Hauses hinein. Sein Herzschlag hatte sich etwas beruhigt. Allerdings schien das unzuverlässige Ding in seiner Brust hin und wieder einen Schlag auszulassen, um dann einige Male sehr rasch zu pochen, als wollte es das Versäumte nachholen.

Das Geräusch, das plötzlich an sein Ohr drang, klang wie das Wimmern eines Kindes. Zunächst meinte er, die Töne kämen aus seiner eigenen Kehle. Dann begriff er, dass sie aus einem der Schlafzimmer drangen.

Auf Zehenspitzen trat er zu Alices Tür. Bevor er sein Ohr ans Holz presste, schaute er sich um. Er wollte sichergehen, dass niemand ihn beobachtete. Im Licht der wenigen Wandlampen, die auf niedrigster Flamme brannten, schienen zahllose Schatten um ihn herumzutanzen. Doch das waren nur die Gespenster seiner Angst.

Hinter Alices Tür war es still. Kam das unterdrückte Schluchzen aus dem kleinen Zimmer neben seinem, in dem Hedi schlief? Da er seit Charlottes Rückkehr offiziell als gesund galt, schaute sie nachts nicht mehr nach ihm, wie sie es tat, wenn er krank zu Bett lag. Dass er in manchen Nächten so gut wie gar nicht schlief, verriet er seiner besorgten Kinderfrau nicht. Doch warum sollte sie weinen?

Ein gedämpfter Aufschrei von der anderen Seite des Flurs ließ ihn zusammenfahren. Mit wenigen Schritten erreichte Frederick die Tür seiner älteren Schwester. Da war es wieder. Erst ein ersticktes Wimmern, dann ein flehender Aufschrei.

Entschlossen drückte er die Klinke hinunter und streckte den Kopf ins Zimmer. Das silbrige Licht des beginnenden Tages ermöglichte es ihm, sich im Zimmer umzuschauen. Da war niemand, der seine Schwester bedrohte. Keine finstere Gestalt, die sich über sie beugte.

Auf Zehenspitzen näherte sich Frederick dem breiten Bett mit den geschnitzten Pfosten. Vom Weiß des Kissens hob sich Charlottes dunkles Haar ab. Er sah, wie sie im Schlaf unruhig den Kopf hin und her warf.

Unsicher verharrte er mitten im Raum. Gerade wollte er sich wieder der Tür zuwenden, als ein erneuter Aufschrei erklang. Er eilte ans Bett seiner Schwester.

»Charlotte«, flüsterte er eindringlich. »Du träumst.«

»Nein«, wimmerte sie. »Nein. Ich will das nicht.« Wieder warf sie abwehrend den Kopf hin und her. Ihre Hände flogen hoch wie aufgescheuchte Vögel und bewegten sich durch die Luft, als müsse sie einen Angreifer abwehren.

»Charlotte!« Vorsichtig packte er sie bei den Schultern und schüttelte sie. Durch den dünnen Stoff ihres Nachthemds spürte er, dass sie feucht vom Schweiß war.

Mit einem zittrigen Atemzug hob sich ihre Brust unter der Decke, dann schlug sie die Lider auf und sah ihn an. Im Mondlicht erkannte er die Angst in ihren weit aufgerissenen Augen. Hastig trat er einen Schritt zurück.

Es dauerte noch einige Sekunden, bis sich ihr Körper aus der Erstarrung löste.

»Frederick.« Sie richtete sich auf und strich sich eine Haarsträhne aus der Stirn, die sich aus ihren für die Nacht geflochtenen Zöpfen gelöst hatte. »Geht es dir nicht gut?«

»Wieso mir? Du hast geschrien.«

»Habe ich dich geweckt?« Erschrocken sah sie zur Tür, als würde sie befürchten, dass im nächsten Moment auch ihre Eltern, Alice, Hedi und möglicherweise einige Dienstboten auftauchten.

»Ich war draußen auf dem Flur«, beruhigte Frederick sie. »Ich wollte … Ich hatte Hunger und wollte mir in der Küche etwas zu essen holen.«

»Da komme ich mit.« Charlotte schlug die Decke zurück und sprang aus dem Bett. Sie achtete nicht auf die Pantöffelchen, die am Fußende bereitstanden. Auch ihren Morgenmantel ließ sie über dem Bettpfosten hängen. Es war eine warme Sommernacht, und sie wurde nie krank.

»Was hast du geträumt?«, flüsterte er, als Charlotte lautlos neben ihm die Treppe hinunterglitt.

»Nichts«, behauptete sie und war plötzlich eine Stufe vor ihm.

»Du hast geschrien und gesagt, du willst das nicht. Was wolltest du nicht?« Er blieb auf dem Treppenabsatz stehen, doch sie ging einfach weiter.

»Es war nur ein Traum«, sagte sie, ohne sich umzudrehen.

Er spürte ihre Unruhe, aber er kannte Charlotte gut genug, um zu wissen, dass sie ihm nichts erzählen würde, wenn sie nicht wollte.

Inzwischen hatten sie die Halle durchquert und waren die Dienstbotentreppe zur Küche hinuntergestiegen. Als Charlotte die Tür öffnete, musterte er im Zwielicht zwischen Nacht und Tag den großen Raum mit dem langen Arbeitstisch in der Mitte.

Als kleiner Junge war er hier ein und aus gegangen, doch nun schickte es sich nicht mehr, dass er die Dienstboten hier unten störte. Das hatte Mama ihm schon vor Jahren erklärt. Inzwischen fühlte er sich seltsam fremd in der früher so vertrauten Küche.

Charlotte sah sich suchend um. »Was möchtest du essen?«

»Was gibt es denn?«, fragte er ratlos zurück.

Die Küche war blitzblank aufgeräumt. Der Arbeitstisch und die Flächen neben den Spülbecken und den Geschirrschränken waren leer.

»Mal sehen, was wir finden.« Charlotte ging zur Speisekammertür, drückte die Klinke hinunter und schüttelte verdutzt den Kopf. »Abgeschlossen. Sieht aus, als müssten wir in unserem eigenen Haus verhungern, wenn wir nicht jemanden herbeiklingeln wollen, der uns etwas zu essen gibt.«

Sie wussten beide, dass sie am frühen Morgen keinen der Dienstboten aus dem Bett scheuchen würden, nur weil sie Appetit verspürten.

»Warte. Ich weiß, wo das Brot liegt.« Charlotte schob den Rolldeckel eines Holzkastens hoch und holte einen duftenden Brotlaib hervor. Offenbar hatte Emma am Vortag frisch gebacken. Frederik griff nach dem Schüsselchen mit der Butter, das wie gewohnt auf dem Fensterbrett stand.

»Setzen wir uns in die Leutestube.« Charlotte klang nicht überzeugt von ihrer Idee, aber es wäre unpraktisch gewesen, Essen und Geschirr extra nach oben zu bringen.

Sie trugen Brot und Butter, ein Messer und zwei Teller in den Nebenraum und setzten sich an den Tisch. Charlotte säbelte zwei Scheiben Brot vom Laib und bestrich sie dick mit Butter. Schon nach dem ersten Bissen stellte Frederick erstaunt fest, dass er tatsächlich Hunger hatte. Seine Augen brannten vor Müdigkeit, aber seltsamerweise fühlte er sich in diesem Moment ruhig und geborgen. Es war ein gutes Gefühl, mit Charlotte hier zu sitzen, während alle im Haus schliefen.

»Ich habe geträumt, dass ich etwas auf der Haut spüre. Etwas wie Würmer, die aus der Erde gekrochen sind«, sagte Charlotte plötzlich.

»Aber du hast im Traum mit jemandem gesprochen und ihm gesagt, er soll das lassen.« Frederick runzelte die Stirn.

»Dann waren es feuchte Finger. Das weiß ich nicht so genau.« Die Stimme seiner Schwester klang ganz fremd, als würde ihr jemand die Kehle zudrücken.

»Was hatte der Traum zu bedeuten?« Frederick schob seinen leeren Teller weg. Vielleicht hatte jeder seine eigenen Sorgen und verbarg sie, so gut es ging, selbst die starke, selbstbewusste Charlotte.

»Was soll das schon bedeuten? Es war ein Albtraum. Sobald man daraus erwacht, ist er vorüber.« Jetzt klang seine große Schwester wieder so entschieden, wie er sie kannte.

»Ich träume auch manchmal schlecht«, sagte Frederick leise.

»Was denn zum Beispiel?« Er spürte Charlottes Blick, sah sie aber vorsichtshalber nicht an.

»Nicht so wichtig. Meistens kann ich ohnehin nicht schlafen. Das hat den Vorteil, dass ich dann auch nicht träume.«

»Es kann nicht sein, dass du meistens nicht schläfst. Wahrscheinlich kommt es dir nur so vor. Im Dunkeln vergeht die Zeit langsamer. Ohne Schlaf kann man nicht leben.«

»Vielleicht bilde ich mir tatsächlich nur ein, dass ich die ganze Nacht wachliege«, sagte er, weil das am einfachsten war.

Schritte kamen die Treppe herunter. Frederick wollte aufstehen, doch Charlotte hielt ihn am Ärmel fest und legte den Zeigefinger auf die Lippen. Inzwischen klapperten die Absätze der festen Lederschuhe über den Steinboden. Auf dem Weg zur Küche mussten die Dienstboten an der offenstehenden Tür zur Leutestube vorbei.

Obwohl Frederick sich sagte, dass es nicht schlimm war, von einem der Mädchen hier entdeckt zu werden, kam es ihm vor, als würde er etwas Verbotenes tun. In diesem schlichten Raum mit dem langen Tisch, den vielen Stühlen und den beiden abgenutzten Sesseln in der Ecke hatte er nichts zu suchen.

Angestrengt starrte er hinaus in den schwach erleuchteten Flur. Als Hedi im Türrahmen auftauchte, hätte er fast überrascht aufgeschrien. Hatte sie sein leeres Bett entdeckt und war auf der Suche nach ihm? Sie sah sich aber gar nicht um, sondern lief mit gesenktem Kopf den Gang entlang und fummelte dabei mit einer Hand an dem festen Dutt in ihrem Nacken herum. Wieso war Hedi um fünf Uhr morgens komplett angezogen und frisiert?

Als die Kinderfrau im Gang verschwunden war, sahen Charlotte und Frederick sich erstaunt an. Wieder wollte Frederick aufstehen, und wieder hielt seine Schwester ihn zurück. Aus der Küche war nun eine tiefe Männerstimme zu hören.

»Oh«, machte der Mann, der scheinbar soeben durch den Hintereingang gekommen war. »Sie, Frau Steuke? So früh am Morgen? Ich bin ausnahmsweise schon auf, weil ich heute früh nach Marienburg fahren muss, um Dünger abzuholen. Die Hausmädchen behaupten, um diese Zeit noch zu schlafen. Deshalb wollte ich mir selbst etwas zu essen nehmen.«

»Das ist Wilhelm Karrasch, der neue Kutscher«, flüsterte Charlotte.

Frederick erinnerte sich daran, wie Alice die Kinderfrau geneckt hatte, als Hedi von ihrer ersten Begegnung mit Wilhelm erzählt hatte.

»Ich wollte mir gerade Frühstück machen. Möchten Sie auch Kaffee?«, sagte Hedi.

»Sie wollen mir Kaffee kochen?« Wilhelm klang verblüfft. Dann lachte er dröhnend. »Sie sind aber nicht extra so früh aufgestanden, damit ich Frühstück bekomme? Weil Sie gestern Abend gehört haben, dass ich im Morgengrauen losmuss?«

Eine Weile herrschte eine so eisige Stille in der Küche, dass Frederick erschauderte. Er kannte Hedi schon lange und wusste, dass der gutmütige Spott des Kutschers sie verletzt haben musste.

»Was bilden Sie sich ein?«, zischte sie schließlich. »Dass ich Ihretwegen so früh aufstehe? Ganz gewiss nicht! Auch ich habe heute früh etwas zu erledigen.«

Das laute Klirren, mit dem eine Kanne oder eine Schüssel abgestellt wurde, ließ die Geschwister zusammenfahren.

»Entschuldigen Sie! Es war nicht meine Absicht, Sie zu beleidigen oder irgendwie zu ärgern.« Nun klang der Kutscher zerknirscht. »Schließlich geht es mich nichts an, was Sie so früh in der Küche tun.«

»So ist es! Es handelt sich um Gründe, die nicht das Geringste mit Ihnen zu tun haben.«

»Wenn Sie eine Tasse Kaffee für mich hätten …«

»Jetzt ist es zu spät. Ich bin zu sehr in Eile, um noch Kaffee zu kochen«, behauptete Hedi mit erstickter Stimme.

Erneut näherten sich eilige Schritte. Frederick und Charlotte zogen die Köpfe ein, doch Hedi stürmte an der offenen Tür vorbei, ohne das Tempo zu verringern. Dann klapperten ihre Absätze auch schon die Treppe hinauf.

Gleichzeitig fiel die Hintertür ins Schloss. Auch Wilhelm Karrasch hatte offenbar ohne Frühstück die Küche verlassen.

»Was war denn das?« Verblüfft sah Frederick seine Schwester an.

»Keine Ahnung. Vielleicht hatte der Kutscher recht, und Hedi wollte tatsächlich mit ihm frühstücken?«

Frederick zuckte mit den Schultern. Es war schwierig, sich vorzustellen, dass Hedi, die so viele Jahre nur für die Kinder auf Gut Falkensee dagewesen war, plötzlich auch andere Interessen entwickelte. Vielleicht sogar ein eigenes Liebesleben.

Charlotte stand auf. »Lass uns nach oben gehen, bevor noch jemand auftaucht.«

Leise liefen sie die Dienstbotentreppe zur Halle hinauf und von dort weiter über die breite Treppe in den ersten Stock. Vor Fredericks Zimmer blieben sie stehen.

»Schlaf noch schön, Brüderchen.« Charlotte hauchte ihm einen liebevollen Kuss auf die Stirn.

Er nickte und öffnete seine Tür. Schon auf dem Weg zum Bett streckte die Furcht ihre gierigen Hände nach ihm aus. Ob er umkehren und Charlotte von seiner Angst erzählen sollte? Frederik zögerte, dann schlüpfte er unter die Decke, kniff die Augen zu und wartete darauf, dass im Herrenhaus der Tag begann.

11. Kapitel

Charlotte
Jagdhaus nahe Gut Falkensee, Westpreußen, 6. Juli 1904

Charlotte war im Galopp den breiten Waldweg zum Jagdhaus entlanggeritten. Plötzlich hatte sie es nicht mehr ausgehalten. Sie musste mit jemandem über die Frage reden, die sie zunehmend quälte.

Heute würde Eveline ankommen, und eigentlich hatte Charlotte vorgehabt, sich ihrer Patentante anzuvertrauen. Doch als sie heute Morgen aus einem unruhigen Schlaf erwacht war, hatte sie begriffen, dass es zwecklos war. Sie wusste ohnehin, wie Eveline reagieren würde.

Mama und Eveline waren Schwestern. Beide waren in dem Glauben erzogen worden, dass es ihre Pflicht war, einen wohlhabenden Ehemann bester Herkunft zu heiraten. Deshalb würde Tante Eveline ganz bestimmt nicht dazu raten, die hervorragende Partie zu gefährden, die Alice machen konnte. Zumal Ronald sich stets freundlich gab und Alice jeden Wunsch von den Augen ablas. Also hatte Charlotte versucht, sich einzureden, dass dieser Vorfall vor fünf Jahren nichts mehr zu bedeuten hatte. Aber es war ihr nicht gelungen. Je näher der Verlobungstermin rückte, umso unruhiger wurde sie. Konnte sie wirklich zulassen, dass die süße, naive Alice diesen Mann heiratete?

Inzwischen summte das Gutshaus vor Geschäftigkeit. Die ersten Gäste waren angereist, und die Hausmädchen waren von früh bis spät damit beschäftigt, die übrigen Gästezimmer vorzubereiten. Selbst Fine bekam nur noch morgens und abends eine Stunde Zeit, um das Gemüse und die Blumen im Küchengarten zu wässern. Die übrige Zeit musste sie im Haus helfen.

Zu Alices Bedauern hatte Großmutter Adelheid sich kurz vor der Abreise nach Falkensee den Fuß verstaucht. Daher konnte sie nicht zur Verlobungsfeier kommen. Allerdings hatte Großmama in ihrem Telegramm erklärt, sie würde die Braut zusammen mit Mutter und Schwester nach Berlin einladen. Dort würden sie gemeinsam im Kaufhaus Wertheim alles kaufen, was bei der Aussteuer noch fehlte – und sie würde zahlen. Während es Alice relativ gleichgültig zu sein schien, wer ihre Aussteuer bezahlte und die Reisekosten übernahm, hatte Mama sichtlich erleichtert gewirkt. Weshalb Charlotte sich erneut gefragt hatte, ob auf dem Gut das Geld knapp war. Weitere Anzeichen hatte sie jedoch nicht entdecken können. Im Gegenteil: Für die Verlobungsfeier hatte Veronika von Bargelow von allem nur das Beste bestellt.

Vor dem Jagdhaus sprang Charlotte aus dem Sattel, band Laila fest und läutete die große Glocke am Eingang. Johanne öffnete und schlurfte vor ihr durch die Halle in Richtung Salon. Ohne anzuklopfen riss sie die Tür auf und rief missmutig ins Zimmer: »Das Fräulein von Bargelow is da!«

Mit einem strahlenden Lächeln kam Agata ihr entgegen. Sie trug eines jener Reformkleider, die vor allem bei Frauenrechtlerinnen jetzt in Mode waren. Seit sie aus Paris zurück war, schnürte Charlotte sich nicht mehr so fest. Das war jedoch die einzige Bequemlichkeit, die ihr im häuslichen Leben auf dem Gut erlaubt war.

Agatas Reformkleid war so weit geschnitten, dass ein Korsett vollkommen überflüssig wurde. Die Taille war ohnehin nicht zu erkennen, und auch der Busen zeichnete sich unter dem leichten Stoff nur schemenhaft ab. Elegant sah Agata in dem Kleid beileibe nicht aus. Dennoch beneidete Charlotte sie darum, wie frei sie sich bewegen und atmen konnte. Bei der immer noch herrschenden Hitze musste das himmlisch sein. Trotzdem hätte sie nicht gewagt, sich irgendjemandem in diesem Kleidungsstück zu zeigen. Nicht einmal ihrer Familie.

»Wie schön, Sie zu sehen. Möchten Sie Tee oder lieber etwas Kühles trinken?« Agata Jatznakowskis Behauptung, sie würde sich jederzeit über Besuch freuen, war nicht übertrieben gewesen. Das hatte Charlotte schon bei einigen spontanen Visiten feststellen können.

Agata zog an dem bestickten Klingelzug neben der Tür und deutete auf das Tischchen am Fenster, von dem aus man hinaus in den schattigen Wald blickte. Zögernd ließ Charlotte sich nieder. Sie wusste sehr genau, warum sie lieber mit dieser Frau über ihr Problem reden wollte als mit Fine, mit Tante Eveline oder gar mit ihrer Mutter. Agata würde sie nicht verurteilen. Und wenn ihr die Polin einen Rat gab, würde es nicht um die Meinung der Leute gehen oder darum, wie gut die Partie war, die Alice machen konnte.

»Ich kannte den Mann, mit dem meine Schwester sich nächste Woche verloben will, schon vorher«, begann sie ohne Umschweife, bevor sie es sich anders überlegen konnte. »Und ich weiß etwas über ihn, das ich Alice möglicherweise sagen sollte, bevor sie sich mit ihm verlobt oder ihn gar heiratet. Andererseits ist es lange her, und es könnte sein, dass Ronald inzwischen ein Anderer ist.«

Johanne tauchte auf und blieb abwartend in der Tür stehen. Agata bat sie um eine Kanne Tee und etwas Limonade. Wortlos verschwand das Hausmädchen wieder.

»Fünf Jahre sind seitdem vergangen«, fuhr Charlotte entschlossen fort. »Aber ich kann kaum atmen, wenn ich mit Ronald in einem Raum bin. Sobald er in meine Nähe kommt, steigt dieses schreckliche Gefühl in mir auf, und ich denke, ich muss Alice unbedingt warnen. Aber dann sehe ich, wie glücklich sie ist. Vielleicht würde sie mir gar nicht glauben und mich hassen, weil sie denkt, ich will ihr Glück zerstören.« Charlotte sah Agata hilfesuchend an. Die nickte ermutigend.

Charlotte schluckte, atmete zittrig ein und öffnete den Mund.

Da ging erneut die Tür auf, und Johanne trug das Teetablett herein, auf dem auch ein Krug mit Zitronenlimonade stand.

Während sie Agata zusah, die Kanne und Krug, Tassen und Gläser, Zucker und Sahne auf dem Tisch arrangierte, verließ Charlotte fast der Mut. Doch sie wusste, wenn sie fortging, ohne mit Agata gesprochen zu haben, würde die Last auf ihrem Herzen immer schwerer werden. Also fing sie an zu erzählen. Erst leise und zögernd, dann immer flüssiger und schneller.

»Es war im Sommer vor meinem sechzehnten Geburtstag.« Als Charlotte nach dem Glas mit der Limonade griff, zitterte ihre Hand. Unvermittelt stieg Wut in ihr auf. Sie würde nicht zulassen, dass Ronald sie noch nach all den Jahren in Angst versetzte.

»Obwohl ich erst fünfzehn Jahre alt war, hatte Mama mir erlaubt, mit zu dem Gartenfest zu gehen, das Baron Assmannshausen anlässlich des zwanzigsten Geburtstags seiner Tochter Zita gab. Über dieses Fest wurde schon Wochen vorher geredet. Über die Fackeln und die Papierlampions, die im Park des Gutshauses leuchten sollten. Auf der Terrasse würde eine Kapelle zum Tanz aufspielen, und um Mitternacht sollte es ein Feuerwerk geben. Weil es meine erste richtige Abendgesellschaft war, bekam ich ein wunderschönes Kleid aus weißer Seide, mit Rosenknospen bestickt.«

Als Charlotte stockte, streckte Agata die Hand aus und legte sie auf ihren Unterarm. »Aber der Abend verlief nicht so, wie Sie es sich erhofft hatten.«

Sie schüttelte den Kopf. »Zuerst fühlte ich mich geschmeichelt, dass mir der fremde Sommergast Aufmerksamkeit schenkte. Baron von Bernsdorff hatte ihn mitgebracht. Ich bekam mit, wie er ihn ein paarmal scherzhaft *Leidak* nannte. Der junge Mann war nicht viel älter als ich, aber mehr als einen Kopf größer. Sein Anzug stammte offensichtlich von einem teuren Schneider, und er war ein äußerst aufmerksamer Gesprächspartner. Sehr höflich und interessiert.«

Agata runzelte die Stirn. »Wussten Sie, was *Leidak* bedeutet? Das kommt aus dem Polnischen.«

»Sicher. Unsere Dienstboten haben Frederick auch manchmal so genannt. Es bedeutet so etwas wie Strolch. Und es war immer liebevoll gemeint. Jedenfalls habe ich es so empfunden.«

»Und dieser Leidak war Ronald von Bernsdorff?«

»Ja. Aber er hatte vor der Adoption noch einen anderen Nachnamen. Ich war so aufgeregt, und die Musik spielte so laut, dass ich seinen Namen nicht verstand. Es war mir peinlich, nachzufragen, also vermied ich einfach, ihn anzusprechen. Er holte mir mehrmals Saftbowle. Komischerweise wurde mir davon schwindelig. Damals dachte ich, das käme vom Tanzen, von der Musik und den Lichtern. Heute glaube ich, er hat mein Glas aus der Schüssel füllen lassen, in der sich der alkoholische Punsch befand.«

»Er hat Sie vorsätzlich betrunken gemacht?«

»Auch wenn ich nur Wasser getrunken hätte, wäre ich wahrscheinlich mit ihm in den Park gegangen.« Charlotte war entschlossen, vollkommen ehrlich zu sein. Während all der Jahre hatte sie die Erinnerung an jenen furchtbaren Abend tief in ihrem Herzen vergraben. Erst seit sie Ronald wiedergesehen hatte, war ihr klargeworden, dass es vielleicht niemals vollkommen vorbei sein würde.

»Zu dem Gartenfest waren mehr als hundert Gäste geladen.« Sie konzentrierte sich auf jedes Wort und starrte dabei auf den goldbraunen Tee in ihrer Tasse hinunter. »Fast alle hielten sich im vorderen Teil des Parks auf, wo die Fackeln loderten und die Musik spielte. Je weiter man sich vom Haus entfernte, umso dunkler und stiller war der Park. Aber der Mond schien, und man konnte aus der Entfernung die Lichter bewundern.« Als wäre es gestern gewesen, sah sie den märchenhaft funkelnden Park vor sich. Doch die Lichter waren viel zu weit entfernt gewesen, und in der Dunkelheit waren schlimme Dinge passiert.

»Ronald schlug mir vor, die Kerzen und Fackeln aus der Ferne zu betrachten. Das Feuerwerk sollte gleich beginnen, und er sagte, es würde viel prächtiger aussehen, wenn man im Dunkeln stand.« Charlotte schluckte. »Ich zögerte keinen Moment, mich mit ihm aus dem

Kreis der anderen Gäste zu entfernen. Er war so galant und höflich, so jung und fröhlich. Ich kam gar nicht auf den Gedanken, er könnte …« Sie stockte, weil ihre Kehle zu eng für weitere Worte war.

»Was hat er getan?«, flüsterte Agata, als Charlotte nach einer Weile immer noch schwieg.

Sie atmete tief durch. »Er führte mich hinter eine hohe Hecke. Von dort aus hörte ich die Stimmen und das Gelächter der Gäste nur noch ganz leise. Es war so finster, dass ich den Boden nicht erkennen konnte. In den neuen Satinschuhen stolperte ich über eine Baumwurzel, und mein galanter Begleiter schlang stützend den Arm um mich. Ich dachte, er würde nicht bemerken, dass seine Finger auf meiner Brust lagen. Er wollte mir ja nur helfen, wollte verhindern, dass ich stürzte. Dann hörte ich das Krachen und Knallen des Feuerwerks. Leuchtendes Rot und funkelndes Gold färbten den Himmel.« Ein Schaudern überlief Charlotte.

Wortlos hatte er sie rückwärts gegen die Hecke gedrängt. Die Zweige fingen sie federnd auf, boten ihr aber nicht genug Widerstand, um sich wiederaufzurichten. Sie konnte nichts tun, als sich mit beiden Händen an der Jacke des Fremden festzukrallen, während sie tiefer und tiefer in die Hecke sank.

»Ich kenne nicht einmal Ihren richtigen Namen«, keuchte sie und fragte sich, weshalb ihr das ausgerechnet in diesem Moment in den Sinn kam. Von einer Sekunde auf die andere waren Freude und Aufregung einer kalten, alles verschlingenden Angst gewichen. Sie spürte die Gefahr wie ein Tier, das in der Falle saß.

»Aber ich weiß, wer du bist, schöne Charlotte«, säuselte der junge Mann so dicht vor ihrem Gesicht, dass sie seinen Atem auf ihren Lippen spürte. Spontan wurde ihr übel. Ihre Kehle war wie zugeschnürt, und sie konnte nur leise ächzen.

Er fummelte an ihrem Ausschnitt herum, schaffte es irgendwie, die Finger unter den Stoff zu schieben. Nun machte er sich an den Ösen des Korsetts zu schaffen. Es lockerte sich merklich. Offenbar war ihm gelungen, einige der Häkchen zu öffnen.

Als sie seine Hände auf ihren Brüsten spürte, riss sie vor Entsetzen weit die Augen auf. Hart und rücksichtslos grub er die Finger in ihr weiches Fleisch. Tränen schossen ihr in die Augen. Noch nie war sie dort von einem Mann berührt worden. Auch Hedi fasste sie da nicht an, wenn sie ihr beim Anziehen des Korsetts half. Nicht einmal sie selbst legte ihre Hände einfach so um ihre Brüste.

Der Leidak keuchte laut, und sein heißer Atem traf ihr Ohr.

»Nein«, wimmerte sie und wand sich unter seiner Berührung.

»Schluss jetzt! Wieso bist du mitgegangen, wenn du dich jetzt so anstellst?« Seine nassen Lippen pressten sich auf ihren halbgeöffneten Mund, seine glitschige Zunge schob sich zwischen ihre Zähne.

Sie wollte schreien, doch die erstickten Laute, die aus ihrer Kehle kamen, starben in seinem Mund.

Als sie den Kopf schüttelte, um seine Lippen loszuwerden, schoben sich die Äste in ihr hochgestecktes Haar, hielten sie fest wie Komplizen dieses schrecklichen Mannes. Verzweifelt versuchte sie, sich durch weitere heftige Kopfbewegungen zu befreien, doch die dünnen Hölzer krallten sich nur noch tiefer in ihren Dutt.

Plötzlich spürte sie die kühle Nachtluft direkt auf ihrer Brust, wo ihr Herz pochte wie ein Hammer auf den Amboss. Er hatte ihr Kleid bis zur Taille aufgeknöpft und den Stoff nach unten geschoben. Nun gab er ihren Mund frei und nestelte an ihrem Korsett, um es noch weiter zu öffnen. Er schien unzählige Finger zu haben. Sie begrapschten sie wie einen seelenlosen Gegenstand, wie ein Ding ohne Willen und ohne Wert.

Ungeachtet der Kratzer in ihrem Nacken und weiterer Haare, die in den Ästen hängenblieben, versuchte sie, sich zu befreien.

Das Feuerwerk war zu Ende. Keine bunten Lichter mehr am Himmel. Nur noch Schwärze und ein paar ferne Stimmen. So fern, dass sie aus einer anderen Welt zu kommen schienen.

Die Düfte von Geißblatt und Sommerflieder drangen in ihre Nase. Sie hatte sich so auf diesen Abend gefreut. Er war ihr wie der

Beginn eines neuen, wunderbaren Lebens erschienen. Eines Lebens als Erwachsene, die in schönen Kleidern Abendgesellschaften besuchte, lachend und plaudernd, umschwärmt und bewundert. Und tatsächlich hatte sie einen Verehrer gefunden, der ihr Komplimente gemacht und ihr ihre Wünsche von den Augen abgelesen hatte. Wie dumm von ihr, darauf hereinzufallen! Aber sie würde nicht zulassen, dass sein perfider Plan aufging.

Charlotte atmete tief durch und stieß einen lauten Schrei aus. Doch sofort verschloss er ihren Mund wieder mit seinen ekelhaften Lippen, während seine Hände immer noch ihre Brüste kneteten. Als sie seine Zunge in ihrem Mund spürte, biss sie zu und zog gleichzeitig das Knie hoch. Der weite Rock nahm ihr etwas von dem wütenden Schwung. Dennoch ließ ihr Angreifer schlagartig von ihr ab.

»Verdammtes Weibsstück!« Im schwachen Licht des Halbmonds sah Charlotte, wie er sich krümmte und gleichzeitig mit dem Handrücken über seinen Mund wischte. Er war einen Schritt zurückgewichen und ächzte, während er sich vornübergebeugt mit beiden Händen auf den Knien abstützte.

»Frauen wie du, die wissen einfach nicht, was sie wollen«, fauchte er schließlich. Und dann drehte er sich zu ihrem Erstaunen um und verschwand in der Dunkelheit.

»Haben die anderen Gäste nichts bemerkt, als Sie zurückkamen? Sie müssen vollkommen zerzaust gewesen sein.« Agata verstand, wie wichtig es gewesen war, dass niemand erfuhr, was Charlotte widerfahren war. Ihr Ruf wäre für immer ruiniert gewesen.

»Ich habe mich notdürftig hergerichtet und ein Hausmädchen zu Mama geschickt. Meine Geschichte war, dass ich mich mit meinen Haaren und meinem Kleid in einer Hecke verfangen hätte. Was ja irgendwie nicht einmal gelogen war.« Sie lachte bitter auf.

»Und Ihrer Mutter ist nichts aufgefallen? Sie waren sicher in einem schrecklichen Zustand, und damit meine ich nicht Ihre Haare und Ihre Kleidung.« Agata zog die Brauen zusammen und sah Charlotte fassungslos an.

»Ich habe über Kopfschmerzen geklagt. Daraufhin hat sie mich vom Kutscher nach Hause fahren lassen.«

»Und Sie haben bis heute niemandem von dieser Geschichte erzählt? Wie ist es ihnen gelungen, allein damit fertig zu werden?«

»Es erschien mir leichter, nicht mehr daran zu denken.«

Wortlos griff Agata über den Tisch hinweg nach Charlottes Hand und drückte sie.

»Der Gedanke, dass meine Schwester diesen Mann heiraten will, ist schrecklich«, flüsterte Charlotte mit erstickter Stimme.

»Trotzdem haben Sie ihr bis heute nicht erzählt, was Sie über ihn wissen.«

»Allein der Gedanke, es ihr sagen zu müssen ... Sie sieht sich schon als Herrin auf Gut Bernsdorff. Und sie ist so schrecklich verliebt in ihn.« Charlotte presste die Lippen zusammen und starrte ins Laub der Bäume vor dem Fenster. »Wahrscheinlich wäre sie wütend auf mich, weil ich ihr Glück zerstöre. Und vielleicht hat er sich ja geändert. Er war noch recht jung, und seitdem sind fünf Jahre vergangen. Außerdem würde sie möglicherweise ihm glauben und nicht mir. Er hat damals schon behauptet, ich hätte es gewollt.«

»Sie haben Ihre Entscheidung bereits getroffen«, stellte Agata ruhig fest.

»Aber ist es richtig zu schweigen? Würden Sie es ihr sagen?«

»Ich kenne Ihre Schwester nicht. Es gibt Menschen, die jede noch so grausame Wahrheit erfahren wollen. Andere wiederum wollen die Augen verschließen und im Notfall sogar ihr Glück auf einer Lüge aufbauen. Sollte Ihre Schwester ein solcher Mensch sein, wäre sie Ihnen möglicherweise für lange Zeit böse. Und wer weiß, vielleicht trägt Ronald Ihre Schwester tatsächlich ein Leben lang auf Händen.«

»Glauben Sie das wirklich?«, vergewisserte sich Charlotte hoffnungsvoll.

»Es ist nicht unmöglich. Allerdings kann es auch sein, dass sie furchtbar unglücklich mit ihm wird.«

»Das wäre dann meine Schuld. Weil ich geschwiegen habe.«

»Sie könnte auch unglücklich mit ihm werden, wenn die Sache damals im Park nicht geschehen wäre«, gab Agata zu bedenken.

Charlotte warf einen Blick auf die Standuhr in der Ecke und erhob sich. »Ich muss zurück aufs Gut. Wir erwarten heute meine Tante aus Paris.«

»Tun Sie, was Ihr Gefühl Ihnen sagt.« Mit einem aufmunternden Lächeln stand Agata auf und begleitete sie zur Tür.

*

Als Charlotte vor dem Jagdhaus wieder in den Sattel stieg, war sie entschlossen zu schweigen. Wahrscheinlich wäre sie auch bei dieser Entscheidung geblieben, wäre ihr nicht im Park Alice begegnet. Sie bog gerade um eine Ecke, als ihre Schwester hinter einem Baumstamm hervortrat, wobei sie an ihrem Kragen nestelte.

Überrascht hielt Charlotte die Stute an, ließ sich vom Pferd gleiten und führte Laila am Zügel, während sie Seite an Seite mit Alice zum Herrenhaus ging.

»Wo kommst du her?«, erkundigte sich Charlotte, als sie bemerkte, dass Alice sich mehrmals umsah.

Ihre Schwester antwortete mit einem Kichern. »Ich verrate es dir nur, weil du hoffentlich noch nicht so alt und verknöchert bist, dass du kein Verständnis für Verliebte hast.« Alices rosige Wangen leuchteten nun fast tiefrot.

»Du hast dich mit Ronald im Unterholz herumgedrückt.« Charlotte dachte voller Entsetzen an die Buschreihe, in die Ronald sie damals gepresst hatte.

»Was heißt hier herumgedrückt?« Die ohnehin schon helle Stimme ihrer Schwester war plötzlich noch höher. »Ich dachte, du verstehst das. Wir sind verliebt, und wir werden uns sehr bald verloben und heiraten. Es ist absolut *rückständig*, dass wir uns nicht allein sehen sollen.«

»Drängt er dich zu etwas, was du nicht tun willst?« Forschend sah Charlotte ihrer Schwester ins Gesicht.

»Natürlich *nicht*. Ich bin gern mit ihm zusammen. Und wenn wir uns mal küssen oder er mich anfassen möchte, dann ist das …«

»Ich muss dir etwas sagen.« Entschlossen band Charlotte ihre Stute an einem tiefen Ast fest, zog Alice zu einer nahestehenden Bank und drückte sie darauf nieder.

»Ich weiß, dass Ronald sehr nett zu dir ist«, begann sie mit einem unterdrückten Seufzer. »Aber es könnte sein, dass er sein wahres Gesicht vor dir verbirgt. Wenn du genau überlegst, tut er dann nicht auch Dinge, die sich falsch anfühlen? Nicht nur, wenn ihr euch allein trefft, auch sonst?«

»Bist du verrückt geworden?«, rief Alice empört und wollte aufspringen, doch Charlotte hielt sie fest.

»Ich weiß etwas über Ronald, was ich dir nicht erzählen kann und will. Es ist ein paar Jahre her. Schon damals konnte er sehr charmant sein. Aber wenn die Maske fiel, war er ein brutaler Kerl, der sich rücksichtslos nahm, was ihm gefiel.«

»Das ist doch der reine Schwachsinn, den du da erzählst. Du bist nur neidisch auf mich, weil du die Ältere bist und ich vor dir heiraten werde.« Dieses Mal gelang es Charlotte nicht, Alice am Aufstehen zu hindern. »Glaubst du etwa, ich sage die Verlobung ab, weil du mir seltsame Dinge über Ronald erzählst? Im Traum nicht! Und wenn Mama wüsste, was du hier versuchst, wäre sie sehr böse auf dich. Papa auch.«

»Es ist aber die Wahrheit.« Auch Charlotte stand auf. »Glaub mir, ich wäre die Glücklichste von allen, wenn sich in der Ehe mit Ronald alle deine Wünsche erfüllen. Aber ich habe Angst, dass er vielleicht …«

»Du bist eine missgünstige alte Ziege«, rief Alice und stürmte über den Rasen davon. Nach ein paar Schritten blieb sie stehen. »Wenn du nicht meine Schwester wärst, würde ich dich von der Verlobungsfeier ausladen. Aber ich will in der Familie keinen Unfrieden haben. Ronald wäre sehr traurig, wenn er wüsste, dass du hinter seinem Rücken gegen ihn intrigierst. Deshalb werde ich über das hier schweigen. Aber verzeihen werde ich dir das nicht so schnell, Charlotte. Das kannst du mir glauben.«

Alice verwandelte sich wieder in einen Wirbel aus hellem Blümchenstoff und blonden Locken, der in Richtung Haus verschwand.

»Das hat ja wunderbar geklappt«, murmelte Charlotte vor sich hin, während sie Laila losband, sich wieder in den Sattel schwang und zum Rand des Parks ritt, um zum Stall zurückzukehren.

Wahrscheinlich hatte sie das Dümmste getan, was sie hätte tun können. Anstatt zu schweigen oder mit der ganzen Wahrheit herauszurücken, hatte ihr Mut nur für Andeutungen gereicht. Und die bis über beide Ohren verliebte Alice hatte ihr natürlich kein Wort geglaubt. Selten hatte sie ihre Schwester so wütend erlebt, und die große Frage war, was Alice jetzt unternehmen würde.

12. Kapitel

Frederick
Gut Falkensee, Westpreußen, 10. Juli 1904

Am Morgen des Tages, an dem Alices Verlobung gefeiert werden sollte, fühlte Frederick sich fiebrig und ein wenig schwindelig. Er ließ sich jedoch nichts anmerken. Auf keinen Fall wollte er das große Fest versäumen.

Alice, die es während der vergangenen Tage kaum länger als ein paar Minuten auf einem Stuhl ausgehalten hatte und ständig am Plappern gewesen war, gab beim Frühstück plötzlich kein Wort mehr von sich und starrte mit verdächtig feuchten Augen vor sich hin.

Mama musterte sie besorgt und fragte, ob mit ihr alles in Ordnung sei. Seine Schwester erwiderte im Ton einer Schlafwandlerin: »Ich bin ja so glücklich.«

Daraufhin erklärte Tante Eveline, die kurz zuvor heruntergekommen war, Alice habe allen Grund, glücklich zu sein, denn Ronald sei eindeutig ein guter Fang.

Charlotte, die lustlos auf einem Stück Toast herumkaute, rollte mit den Augen, und Frederick sagte sich, dass alle wegen des großen Festes nervös waren.

Am frühen Nachmittag trafen die ersten Gäste ein. Frederick drückte sich in der Halle herum, damit ihm nichts entging.

Für die Damen war eines der größeren Gästezimmer im ersten Stock freigehalten worden, wo sie sich ausruhen und umziehen konnten. Ihre Abendgarderobe brachten sie in Seidenpapier eingeschlagen mit.

Am späten Nachmittag erschienen die vier Musiker, die nach dem Essen zum Tanz aufspielen sollten. Sofort nach ihrer Ankunft erkundigten sie sich nach der Verpflegung, die ihnen laut Vertrag zustand. Dies führte dazu, dass Emma Schubbke den dritten oder vierten Anfall an diesem Tag bekam. Dieser war selbst in der Halle nicht zu überhören.

Kurz darauf rauschte Frau Schubbke mit hochrotem Kopf durch die Dienstbotentür und sah sich suchend um. Als sie sonst niemanden entdeckte, baute sie sich vor Frederick auf.

»Wo is die Gnädige? So geht das nie nich! Nuscht funktioniert, und keiner macht, was ich sag. Der Störkoch is kiewig wie nur sonst was. Ich habe ihm gesagt, dass er nur stört und deshalb wohl so heißt. *Störkoch*!« Emma Schubbke schüttelte so heftig den Kopf, dass ihr weißes Tuch verrutschte.

In diesem Moment hörte Frederick eine weitere Kutsche vorfahren. Otto Kowalski stand draußen bereit, um die Gäste zu begrüßen und ins Haus zu führen. Wenn sie in der Halle eine durchgedrehte Köchin vorfanden, würde das ein seltsames Bild von Gut Falkensee vermitteln.

Frederick sprang auf und klammerte sich gerade rechtzeitig an der Schulter der Köchin fest, bevor er ins Taumeln geriet. Sein Schwindelgefühl war im Laufe des Tages stärker geworden. Wahrscheinlich lag es an der Hitze. Oder die ganze Aufregung war ihm zu Kopf gestiegen.

»Störkoch heißt es, weil so ein Mietkoch, der von einem Haushalt in den nächsten wandert, die Zunftordnung stört«, versuchte er Emma Schubbke zu erklären. Doch das interessierte sie nicht.

»Er stört *mich*«, beharrte sie, ließ sich aber von Frederick in Richtung Dienstbotentreppe schieben.

»Wir haben heute mehr als siebzig Gäste zum Abendessen, und deshalb soll er Ihnen helfen.«

»Das brauch ich nich. Iwo nein doch. Wenn die Gnädige nich würd wollen, dass ich das Kochen erledigen tu, hätt sie mir das früher müssen sagen. Was soll der dreibastige Labommel denn in meiner Küche?«

»Natürlich traut meine Mutter Ihnen das zu«, beteuerte Frederick und kreuzte heimlich die Finger hinter dem Rücken. Tatsächlich hatte er Mama sagen hören, dass Emma Schubbke für den Hausgebrauch ganz passabel kochte, aber für das Verlobungsmenü ein wirklich guter Koch vonnöten war, der sich gegen Frau Schubbke durchzusetzen wusste.

»Er ist ja nur als Hilfe da. Um die eine oder andere Aufgabe zu übernehmen.« Frederick kam sich sehr erwachsen vor, während er die zeternde Köchin ins Souterrain hinunterbeförderte.

In der Küche war der Störkoch, ein junger, hochaufgeschossener Mann mit einer blütenweißen, langen Schürze, damit beschäftigt, die Pastetchen mit Pilzragout und Hühnerfleisch zu füllen. Neben ihm stand Grete und schnitt mit einer Ruhe und Konzentration, die sie sonst nicht zeigte, Möhren in gleichmäßige Würfelchen.

»Ich hab doch gesagt, zuerst muss die Suppe fertig sein«, schimpfte Emma Schubbke los, sobald sie die Küche betreten hatte.

Ohne den Kopf zu heben, deutete der Mietkoch hinüber zum Kohleherd, auf dem ein riesiger, dampfender Topf stand. »Die Brühe ist grad beim Einkochen. Dann würze ich nach. Der Eierstich müsste noch vorbereitet werden.« Ruhig füllte er ein weiteres Pastetchen.

»Ich sag, wann der Eierstich gemacht wird!« Schon wieder lief Emma Schubbke rot an.

Der Störkoch nickte freundlich und fuhr mit seiner Arbeit fort.

Da der Mietkoch keine Anstalten machte, sich mit ihr herumzustreiten, holte Emma Schubbke wortlos eine Schüssel und begann, Eier aufzuschlagen.

Frederick zog sich unauffällig zurück. Es wurde Zeit, sich für den Abend umzuziehen. Der Champagnerempfang im Salon sollte um sechs Uhr beginnen. Auf der Treppe hielt er sich vorsichtshalber am Geländer fest. Mittlerweile war ihm so schwindelig, als hätte er jetzt schon mehrere Gläser Champagner getrunken.

Knapp zwei Stunden später stand Frederick neben der zierlichen Komtess Freia von Wiesenau, umklammerte den Stiel seines Champagnerglases und fürchtete sich davor, dass sie wieder in Gelächter ausbrach. Was unweigerlich innerhalb der nächsten zwei oder drei Minuten passieren würde.

Die Komtess lachte über alles und jeden. Dabei warf sie den Kopf in den Nacken, führte mit einer seltsamen Gebärde, die Frederick an die füllige Operndiva erinnerte, die Papa vor ein paar Jahren zu Mamas Geburtstag hatte anreisen lassen, den Handrücken an die Stirn und gackerte schrill wie ein Huhn.

Er wagte schon gar nicht mehr, irgendetwas zu sagen, aber mittlerweile fiel ihm ohnehin nichts mehr ein. Mama hatte ihm streng aufgetragen, seiner Tischdame Komplimente zu machen. Also hatte er pflichtbewusst ihr Kleid bewundert, dessen seltsames, an neugeborene Ferkel erinnerndes Rosa er gar nicht mochte. Ansonsten war die Komtess recht nett anzuschauen, und mit dem Kleid hätte er sich abfinden können, wenn sie nur nicht so schrecklich albern gewesen wäre.

Während die Komtess von der Stute erzählte, die sie seit diesem Sommer ritte, beobachtete Frederick, wie einige der Herren an den ovalen Tisch traten, der in die Ecke des Salons gerückt worden war. Darauf hatte Mama die Tischführungskarten aufgestellt, auf denen vermerkt war, welcher Herr welche Dame zu Tisch führen sollte.

Natürlich wusste Frederick längst, wer seine Tischdame war. Bei den verheirateten Männern war das anders. Die gesellschaftlichen Konventionen schrieben vor, dass verlobte Paare nebeneinandersaßen, Ehepaaren jedoch während des Essens jeweils andere Partner zugeordnet wurden. Wenn man genau hinschaute, konnte man in den Gesichtern einiger Herren gelindes Entsetzen erkennen, wenn sie den Namen der ihnen zugedachten Tischdame lasen. Andere wiederum schauten zufrieden drein.

Wer weder verlobt noch verheiratet und auch nicht uralt war, wurde neben jemanden gesetzt, der als künftiger Ehepartner infrage kam. Frederick war froh, dass niemand von ihm als Fünfzehnjährigem eine baldige Verlobung erwartete. Allerdings war ihm klar, dass die Komtess in einigen Jahren eine hochwillkommene Schwiegertochter für seine Mutter darstellen würde.

Charlottes Tischherr war Arno von Seiler. In seinem eleganten Frack hatte er trotz des fülligen Körperbaus einen auffallend flachen Bauch. Frederick wusste, dass eitle Herren Männerkorsetts mit schweren Metallstäben trugen, die ebenso wie die Korsetts für Frauen im Rücken geschnürt wurden. Ob Arno von Seiler so ein Ding anhatte?

»Und? Sind Sie mit Ihrer Tischdame zufrieden?«, erkundigte sich Freia von Wiesenau und gackerte schon wieder los.

»Ich bin absolut bezaubert.« Frederick unterdrückte den Impuls, das Händchen der Komtess von seinem Ärmel zu wischen. Sie krallte sich an ihm fest, als ginge es darum, ihn nie wieder entwischen zu lassen.

Frederick richtete seine Aufmerksamkeit erneut auf Arno von Seiler, der nur zwei Meter entfernt stand und versuchte, mit Charlotte Konversation zu machen. Seine Stimme war tief und wohlklingend, was bei seinem geckenhaften Äußeren eine Überraschung war.

»Ich nehme an, Sie spielen Klavier«, sagte er gerade vollkommen zusammenhanglos.

»Ich bin eine höchst mittelmäßige Spielerin«, erwiderte Charlotte mit unbewegter Miene.

»Meine Mutter fertigt gern Stickereien an.«

»Dazu fehlt mir leider die Geduld.«

»Aber was machen Sie dann den lieben langen Tag?« Arno von Seiler blickte ratlos drein.

Frederick verkniff sich ein Grinsen. Wenn Seiler der Meinung war, dass Frauen sich die Zeit nicht anders als mit Klavierspielen und Sticken vertreiben konnten, war er bei Charlotte genau an der richtigen Adresse.

Sie atmete tief durch und öffnete den Mund – schloss ihn aber sofort wieder. Auch Frederick hatte den warnenden Blick bemerkt, den Mama ihrer ältesten Tochter zugeworfen hatte.

»Ich reite gern aus«, erklärte Charlotte mit einem verkrampften Lächeln. Sie zögerte kurz und fuhr mit sanfter Stimme fort: »Heute Morgen las ich in der Zeitung über Helen Keller. Sie hat in diesem Sommer ihren Abschluss am Radcliff College gemacht. Ist das nicht beeindruckend?«

Verblüfft starrte Arno von Seiler sie an. »Ich nehme an, sie ist Amerikanerin. Die amerikanischen Frauen sollen sehr … unweiblich sein.«

»Sie ist nicht nur Amerikanerin, sie ist auch blind und taub und kann deshalb nicht sprechen. Dennoch hat sie mehr geschafft als so mancher Mann. Das ist bewundernswert, finden Sie nicht?«

Frederick sah, wie Mama sich hastig bei ihrer Gesprächspartnerin entschuldigte und zu Charlotte und ihrem Tischherrn trat. »Meine Tochter interessiert sich sehr für Kunst, Herr von Seiler. Sie hat das vergangene Jahr in Paris verbracht, um die Werke der großen Meister zu studieren. Erzähl doch unserem Gast vom Louvre, Charlotte.«

Zu Fredericks Erstaunen begann seine Schwester tatsächlich, eines der Gemälde zu beschreiben, die sie in Paris gesehen hatte. Bis einige Minuten später die Tür zum Speisesaal geöffnet wurde, wich Mama nicht mehr von Charlottes Seite.

Frederick führte die Komtess, die dies ausnahmsweise nicht lustig fand, zur Festtafel, die mit roten und weißen Rosen geschmückt war.

Er rückte Freia den Stuhl zurecht, wartete, bis sie sich niedergelassen hatte, und war froh, sich ebenfalls setzen zu können. Hier drinnen kam ihm die Luft noch drückender vor als nebenan im Salon. Das lag vielleicht an den vielen Kerzen, die in den Wandleuchtern und den silbernen Kerzenhaltern auf dem Tisch brannten.

Obwohl Frederick nur ab und zu vorsichtig am Wein nippte, hatte er das Gefühl, hinter einer Glaswand zu sitzen, die ihn von all den redenden, lachenden Menschen trennte. Auch die Stimme der Komtess hörte er nur noch gedämpft. Sie plapperte ununterbrochen, und nebenbei gelang es ihr erstaunlicherweise, in Windeseile ihren Teller zu leeren. Von Frederick erwartete sie nicht mehr als ein gelegentliches Nicken.

Er hatte keinen Appetit und ließ von den fünf Gängen das Meiste zurückgehen. Immer wieder musste er sich mit der Serviette unauffällig den Schweiß von der Stirn tupfen. Schließlich leerte er zur Abkühlung doch sein Weinglas, obwohl er sich vorgenommen hatte, keinen Alkohol mehr zu trinken.

Ihm gegenüber saß Charlotte mit ihrem Tischherrn, der ununterbrochen auf sie einredete. Frederick erkannte am mühsamen Lächeln seiner Schwester, dass sie enerviert war.

Als er das nächste Mal zu Charlotte hinüberschaute, war sie diejenige, die sprach, während ihr Tischherr sie mit gerunzelter Stirn ansah. Frederick blendete das Gerede der Komtess aus und konzentrierte sich auf Charlottes Worte.

»Falls die Revision zurückgewiesen wird, muss Rosa Luxemburg wegen Majestätsbeleidigung ins Gefängnis«, sagte seine Schwester mit vor Eifer geröteten Wangen.

Während der vergangenen Tage hatte Charlotte in der Zeitung jeden Artikel über die Verhandlung gegen Rosa Luxemburg studiert und beim Frühstück daraus vorgelesen. Nachdem Papa einen recht heftigen Wutanfall bekommen hatte, vermied sie es allerdings, in seiner Gegenwart den Namen der Sozialistin zu nennen.

»Sie gehört zu den Leuten, die uns alles wegnehmen wollen. Unser Land, unser Haus, unsere Stellung in der Gesellschaft«, hatte Papa sich ereifert. »Sie ruft zu Massenstreiks auf, was bedeutet, das möglicherweise eines Tages unsere Pächter oder die Dienstboten beschließen, keinen Finger mehr krummzumachen. Wie soll das enden? Wer soll dann in diesem Land noch Verantwortung tragen?«

»Wenn sie wegen Majestätsbeleidigung angeklagt wurde, wird das wohl seine Richtigkeit haben«, ließ sich Arno von Seiler vernehmen. »Sie sollte sich überlegen, was sie sagt. Glaubt sie ernsthaft, sie verstünde mehr von *irgendetwas* als unser Kaiser? Ausgerechnet sie, als Frau?« Charlottes Tischherr schüttelte den Kopf.

»Halten Sie es nicht für möglich, dass sie die Lebensumstände der Arbeiter besser beurteilen kann als der Kaiser? Ich nehme an, im Gegensatz zum Kaiser kennt sie einige Arbeiterfamilien persönlich. Wenn sie also erklärt, der Kaiser habe von den Problemen der armen Leute keine Ahnung, könnte dies durchaus richtig sein. Dennoch wurde sie für diese Aussage vor Gericht gezerrt.«

»Um Himmels willen, seien Sie doch ruhig! Wollen Sie auch ins Gefängnis?« Charlottes Tischherr sah sich um, als würde er befürchten, hinter dem großen Gummibaum in der Ecke könne ein Gendarm hervorspringen und Charlotte festnehmen.

Ein leises Lachen auf seiner Tischseite veranlasste Frederick, den Kopf zu wenden. Zwei Plätze entfernt saß Baldur von Krammbach und schien sich prächtig zu amüsieren, während seine Tischdame eher gelangweilt dreinblickte. Hatte er ebenfalls Charlottes flammende Rede über die Sozialistin verfolgt? Und warum war er nicht schockiert wie Papa und Arno von Seiler? Immerhin besaß von Krammbach eine Zuckerfabrik, und ihm lag sicher nichts daran, dass seine Arbeiter zu Massenstreiks aufgehetzt wurden.

Frederick sah, wie seine Schwester sich auf die Lippe biss und hastig einen Schluck von ihrem Wein nahm. Hatte Charlotte sich mal wieder hinreißen lassen, etwas zu sagen, das sie im Nachhinein bereute? Er hätte ihr eher zugetraut, dass sie absichtlich versuchte, mögliche Bewerber um ihre Hand abzuschrecken.

Im Anschluss an Suppe und Pastetchen wurde *Filet de bœuf en croute* serviert – Rinderfilet im Teigmantel mit einer Demiglace und geschmorten Schwarzwurzeln. Mama hatte das Rezept in einem ihrer französischen Kochbücher gefunden und sich lange mit Emma Schubbke herumgestritten, die es nicht zubereiten wollte. Sie kochte nie etwas, das sie nicht kannte. Das hatte dann stillschweigend der Störkoch übernommen, und das Ergebnis wurde allgemein gelobt.

Nach dem Hauptgang hielt Papa eine Rede, die mit der offiziellen Bekanntgabe der Verlobung seiner Tochter Alice mit Ronald von Bernsdorff endete. Alle applaudierten, Alice errötete hold, und Ronald blickte stolz in die Runde.

Herr von Bernsdorff schloss sich in seiner Eigenschaft als Adoptivvater des Bräutigams an und erklärte in zahlreichen komplizierten Sätzen sein Entzücken über diese Verbindung.

Frederick mochte das sanfte Feuer, das der schwere Rotwein, welcher zum Rindfleisch gereicht worden war, in seinem Bauch entzündete. Nicht einmal das Geplapper der Komtess störte ihn noch, und er fand, dass sie wirklich hübsch anzusehen war.

Nach dem Diner wurden im Herrenzimmer geistige Getränke gereicht, während die Damen im Salon Likör und Kaffee genossen. Währenddessen musste unter dem Kommando von Reinhold Burscheid der Speisesaal leergeräumt werden. Das war während der vergangenen Woche mehrmals geübt worden, denn nach Mamas Ansicht durfte die Pause zwischen Diner und Ball keinesfalls länger als eine halbe Stunde dauern.

Tatsächlich öffnete Reinhold Burscheid pünktlich nach dreißig Minuten die Tür zum Herrenzimmer, damit die Musikklänge die Gäste in den zum Ballsaal umfunktionierten Speisesaal lockten. Frederick wäre am liebsten auf dem bequemen Stuhl sitzen geblieben. Aber das ging nicht. Er musste tanzen. Mit welchen Damen genau, würde seine Mutter ihm rechtzeitig mitteilen.

In der vergangenen Woche hatte Mama einen Tanzlehrer nach Falkensee bestellt. Sie wollte sichergehen, dass ihre beiden Töchter beim Verlobungsball eine gute Figur machten. Mama, Frederick und sogar Papa hatten ebenfalls an dem Unterricht teilgenommen.

Frederick tanzte mit der Komtess, mit Mama und mit seiner frisch verlobten Schwester, die noch viel heller strahlte als der Diamantring, den Ronald ihr angesteckt hatte. Selbst Charlotte schien Spaß zu haben, obwohl aktuell Arno Seiler ihr Tanzpartner war.

Nach einigen Tänzen drehte sich der Raum um Frederick. Die

Köpfe, die bunten Kleider, die dunklen Fräcke, alles zog wie in einem Traum an ihm vorbei.

Das Gesicht der Komtess tauchte direkt vor seinem auf. Sie sagte etwas zu ihm, aber er konnte sie nicht verstehen. Trotzdem bewegte er beim Versuch zu nicken den Kopf auf und ab. Doch im selben Augenblick kam der Parkettboden auf ihn zu. Er sah die Komtess zur Seite springen, hörte einen erschrockenen Aufschrei und ein seltsames Raunen, während die Musik ihn umwehte, als käme sie vom Mond. So fern.

Dann war alles still und friedlich und schwarz wie ein sternenloser Himmel.

13. Kapitel

Hedi
Gut Falkensee, Westpreußen, 29. Juli 1904

Hedi tauchte das dünne Baumwolltuch in die Schüssel mit kaltem Wasser, wrang es aus und legte es auf Fredericks fieberheiße Stirn. Sie starrte auf sein schmales Gesicht hinab. Die Wangen waren durchscheinend wie feinstes weißes Porzellan, und unter der zarten Haut erkannte sie das Geäst seiner Äderchen.

Seine Augen waren geschlossen, doch er schlief nicht. Er schien niemals zu schlafen. Nicht tagsüber und auch nicht nachts, wenn sie fast jede Stunde nach ihm sah, weil die Sorge um ihren Schützling sie ebenfalls nicht zur Ruhe kommen ließ.

Wenn sie ihn ansprach, schlug er kurz die Augen auf und bemühte sich um ein Lächeln. Nur ab und zu war er in der Lage, sich für ein paar Minuten aufzurichten und ein paar Löffel Suppe zu essen oder etwas Tee zu trinken.

Frederick war schon oft krank gewesen, aber noch nie hatte er sich so lange in einem derart apathischen Zustand befunden. Das Pulver, das Doktor Kramer mit der Anweisung dagelassen hatte, drei Mal am Tag einen Löffel davon in einem Glas lauwarmem Wasser aufzulösen und dem Kranken einzuflößen, hatte bis jetzt keine Wirkung gezeigt.

Fast drei Wochen waren seit dem Verlobungsball vergangen, der mit Fredericks Zusammenbruch ein abruptes Ende gefunden hatte.

»Wie geht es ihm heute?« Alice trat durch die angelehnte Tür und ging auf Frederiks Bett zu. Selbst das Rascheln ihres Seidenkleids klang gedämpft, und das Strahlen auf ihrem Gesicht schien hinter einem Nebelschleier verborgen.

Hedi beantwortete die Frage mit einem Kopfschütteln. Wie traurig, dass Alice wegen des Zustands ihres Bruders die Verlobungszeit nicht in vollen Zügen genießen konnte.

Als Hedi sah, wie Alice vorsichtig Frederiks blasse Finger streichelte, wandte sie sich ab, um ihre Tränen zu verbergen.

»Ich mache gleich einen Spaziergang mit Ronald. Es wäre so schön, wenn du mitkommen könntest, Fredy. Werd ganz schnell wieder gesund. Oder auch ein bisschen langsamer, wenn es sein muss. Auf meiner Hochzeit will ich auf jeden Fall mit dir tanzen.«

Hedi schaute Alice an, deren Augen ebenfalls verdächtig glitzerten. »Er wird wieder gesund«, sagte sie mit fester Stimme. »Vor dem Fest ging es ihm so gut. Er wurde übermütig, trank zu viel Wein und hat sich beim Tanzen verausgabt. Nun muss er sich eben etwas länger ausruhen.«

Alice nickte und verzog ihren fein geschwungenen Mund zu einem Lächeln. Dann legte sie die Fingerspitzen an den Mund, um sie danach sanft auf Fredericks Wange zu drücken, und eilte davon. Ihr Verlobter wartete auf sie.

Kaum war sie fort, trat Doktor Kramer ins Zimmer. Es war die Zeit für seinen täglichen Besuch. Er nickte Hedi zu, sie erwiderte seinen Gruß und trat beiseite. Während der Arzt Fredericks Puls kontrollierte, starrte sie beschwörend seinen Rücken an.

Die Tür öffnete sich erneut, die Gutsherrin trat ins Zimmer und glitt geräuschlos neben den Arzt. Er richtete sich auf und entfernte sich einige Schritte vom Bett. Veronika von Bargelow folgte ihm. Hedi lauschte mit angehaltenem Atem. Mit ihr sprach der Arzt nur im Notfall über die Ergebnisse seiner Untersuchung, denn sie gehörte nicht zur Familie. Ihr teilte er nur mit, was sie bei der Krankenpflege beachten musste.

»Sein Herz wird immer schwächer. Es schlägt ungleichmäßig und viel zu langsam. Ich schlage vor, wir versuchen es mit Strophanthin.«

Frau von Bargelow richtete sich kerzengerade auf und starrte dem Arzt angespannt ins Gesicht. »Was ist das, und warum haben wir es nicht schon früher versucht? Sie sagen schon seit Jahren, dass sein Herz schwach ist. Vielleicht wäre es dann gar nicht so weit gekommen.«

»Bei jedem starken Medikament besteht ein gewisses Risiko«, erklärte Doktor Kramer bedächtig. »Es handelt sich um den Extrakt aus dem Samen der afrikanischen Pflanze Strophanthus. Ursprünglich wurde dieser Extrakt als Pfeilgift verwendet. Auch zur Elefantenjagd.«

Durch den Körper der gnädigen Frau ging ein kaum wahrnehmbarer Ruck, doch ihre Miene blieb undurchdringlich. Das war ihre Erziehung. Eine Erziehung, wie Hedi sie nicht genossen hatte. Sie schrie unterdrückt auf.

Frau von Bargelow warf ihr einen irritierten Blick zu, konzentrierte sich dann aber wieder auf den Arzt.

»Das Medikament wird seit einigen Jahren in schweren Fällen auch hier bei uns in Europa verabreicht. Für einige herzkranke Menschen hat es die Rettung bedeutet. Allerdings war es bisher schwierig, die richtige Konzentration des Wirkstoffs zu finden. Zu viel kann tödlich sein, zu wenig zeigt nicht den gewünschten Effekt. Erst seit ein paar Wochen gibt es hier bei uns in Deutschland eine fertige Lösung in einer standardisierten Konzentration, die per Spritze verabreicht wird. Noch immer ist die Behandlung nicht ungefährlich, aber ich denke, wir sollten es riskieren. Letztlich liegt die Entscheidung jedoch bei Ihnen und Ihrem Gatten.« Doktor Kramer sah die Gutsherrin fragend an.

Veronika von Bargelow zögerte kurz, bevor sie nickte. »Versuchen wir es. Ich werde noch mit meinem Mann sprechen, bin mir aber sicher, er wird ebenfalls zustimmen.«

Hedis Herz klopfte so laut und ängstlich, dass sie nicht mehr hörte, was die Gutsherrin und der Arzt besprachen. Sie hoffte inständig, dass das neue Medikament Frederick half, aber sie hätte niemals den Mut gehabt, ihn dieser Gefahr auszusetzen. Ein Medikament, das einen riesigen Elefanten töten konnte!

Sie trat an Fredericks Bett, griff nach seiner schmalen, heißen Hand und hielt sie fest, als könne sie auf diese Weise verhindern, dass ihr sein Leben entglitt wie Wasser, das durch die Finger rann.

»Hast du gehört, Hedi?« Obwohl Frau von Bargelows Gesicht zu einer Maske erstarrt war, nahm Hedi die Anspannung in ihrer Stimme wahr.

Wie ertappt legte sie Frederiks Hand zurück auf die Bettdecke, von deren Weiß sich die blassen Finger kaum abhoben. »Entschuldigung. Ich war in Gedanken.«

Ihre Beine waren wie Blei, während sie das Zimmer durchquerte. Doktor Kramer beugte sich über den kleinen Tisch in der Ecke und schrieb etwas auf einen Bogen Papier.

»Unser neuer Kutscher muss auf der Stelle nach Bischofswerder fahren. Wie heißt er noch?« Mit einer müden Geste strich sich Veronika von Bargelow über die Stirn.

Erstaunt sah Hedi die gnädige Frau an. In all den Jahren, die sie die Gutsherrin nun schon kannte, hatte Hedi noch nie die Fassade ihrer kühlen Beherrschung bröckeln sehen. Normalerweise vergaß Frau von Bargelow niemals Dinge, die mit den Dienstboten zusammenhingen. Dass sie sich nicht an den Namen des Kutschers erinnerte, der schon viele Wochen auf Falkensee war, konnte nur mit ihrer Angst um Frederick zu tun haben. In diesem Moment fühlte Hedi sich der Mutter der Kinder, die sie so viele Jahre betreut hatte, zum ersten Mal nahe.

»Wilhelm«, sagte sie rasch. »Er heißt Wilhelm Karrasch.«

»Natürlich.« Seufzend schüttelte die Gutsherrin den Kopf. »Doktor Kramer schreibt dem Apotheker eine Nachricht. Falls er das Medikament nicht vorrätig hat, muss er es besorgen. Sollte das nicht innerhalb von zwei oder drei Tagen möglich sein, muss Wilhelm nach Marienwerder fahren und es dort in sämtlichen Apotheken versuchen. Kannst du ihm erklären, wie wichtig das ist, Hedi?«

Hedi nickte und wandte sich der Tür zu, um Wilhelm Karrasch zu suchen.

»Warte. Doktor Kramer muss seine Nachricht fertig schreiben. Sieh inzwischen nach, ob noch genügend von dem Pulver da ist, das wir Frederick geben, wenn er so schrecklich unruhig ist. Davon könnte der Kutscher auch gleich noch etwas mitbringen.«

»Stechapfel«, sagte Hedi automatisch. In letzter Zeit hatte sie Frederick fast jede Nacht etwas von diesem Beruhigungsmittel gegeben, vor allem wenn er sich herumgewälzt und geweint hatte, als wäre er in einem beängstigenden Traum gefangen, ohne jedoch wirklich zu schlafen.

»Es ist am besten, wenn du mitfährst. Du kennst dich mit den Medikamenten besser aus als der Kutscher und kannst alles mit dem Apotheker klären. Ich bleibe so lange bei Frederick.«

»Wilhelm Karrasch kann das sicher allein erledigen, wenn Doktor Kramer alles aufschreibt«, beteuerte Hedi hastig. Sie wollte bei Frederick bleiben. In seinem Zustand konnte er kaum sagen, was er brauchte, und sie war diejenige, die ihn auch ohne Worte verstand. Zudem behagte ihr der Gedanke nicht, allein mit Wilhelm nach Bischofswerder zu fahren.

Inzwischen hatte Doktor Kramer den Bogen zusammengefaltet und in einen Umschlag gesteckt. Er unterstützte sofort den Gedanken der Gutsherrin, dass Hedi besser als ein Kutscher geeignet war, die Medikamente zu besorgen.

»Die Kutschfahrt an der frischen Luft wird dir guttun«, stellte Veronika von Bargelow abschließend fest. »Du bist seit Wochen nicht aus diesem Zimmer herausgekommen.«

Hedi wollte erklären, dass Frederick ebenso lange in diesem Raum ausgeharrt hatte. Wenn er es musste, konnte sie es auch.

Seit Wochen wachte sie bei Frederick, während die Gutsherrin nur ab und zu hereinschaute. Und doch musste sie sich fügen. Mit einem unterdrückten Seufzer ging Hedi zur Tür, um sich auf die Suche nach Wilhelm Karrasch zu machen.

*

»Es ist heiß hier vorn. Hinten, unter dem Verdeck, ist Schatten.« Wilhelms Stimme schreckte Hedi aus ihren Gedanken auf. Sie waren seit einer halben Stunde unterwegs, und Hedi saß neben ihm auf dem Bock. Nur wenn sie früher – selten einmal – mit den Kindern allein in der Kutsche gefahren war, hatte sie wie eine Gnädige auf der Polsterbank gesessen.

»Das wäre nicht richtig«, erwiderte sie knapp und sah weiter starr nach vorn.

Er sagte nichts und schnalzte nur leise mit der Zunge, um die Pferde anzutreiben.

Seit jener peinlichen Begegnung in der Küche, als sie aus einem seltsamen Impuls heraus frühmorgens aufgestanden war, um ihn zu treffen, war sie nicht mit Wilhelm allein gewesen. Dafür hatte sie gesorgt. Sie hoffte, dass er ihr albernes Verhalten vergessen hatte. Aber wahrscheinlich amüsierte er sich immer noch darüber und erzählte es überall herum. Sie war nun einmal ungeschickt und dumm im Umgang mit Männern. Zumindest mit solchen Männern, die ihr irgendwie ... gefielen. Und bei Wilhelm war es noch schlimmer. Er konnte sie mit seinen spöttischen Worten und seinen funkelnden Augen zusätzlich auch furchtbar wütend machen.

Erstaunlich, dass er nun so ruhig und ernst neben ihr saß und sich kein bisschen über sie lustig machte. Doch an diesem Tag war es ihr fast egal, was er über sie dachte. Sie wollte nur das Medikament besorgen und so schnell wie möglich wieder bei Frederick sein.

Als die beiden braunen Wallache in den Schatten eines kleinen Waldstücks tauchten und gemächlich weitertrabten, rutschte Hedi unruhig auf der harten Holzbank herum.

»Geht es nicht ein bisschen schneller? Der junge Herr braucht dringend die Medizin. Er ist sehr krank.«

Sie spürte den leichten Ruck, mit dem der Wagen schneller wurde, als Wilhelm mit der Peitsche durch die Luft schlenzte. Plötzlich verschwamm die Umgebung vor ihren Augen zu ineinander verlaufenden grünen und braunen Flecken. Die Angst trieb ihr die Tränen in die Augen. Sie hatte keine Ahnung, ob es besser war, Frederick die neue, gefährliche Medizin zu geben, oder ob er es auch so schaffen würde. Das war ohnehin nicht ihre Entscheidung.

Verzweifelt wühlte sie in ihrer Rocktasche nach einem Tuch, um sich das Gesicht abzuwischen und die Nase zu putzen. Doch sie fand keins, während immer mehr Tränen kamen.

»Hooo«, hörte sie Wilhelms tiefe Stimme.

»Nicht anhalten! Wir müssen weiter.« Sie konnte kaum sprechen, und als sie den Kopf zur Seite wandte, war sein Gesicht hinter ihren Tränen nur ein heller Fleck im grünen Schatten des Waldes.

»Erst müssen Sie sich beruhigen.« Er drückte ihr ein Taschentuch in die Hand.

Ziellos wischte sie sich damit im Gesicht herum, bevor sie sich die Nase putzte. »Ich habe solche Angst, dass er stirbt.«

»Das wäre sehr traurig.« Vorsichtig legte er den Arm um ihre Schultern und zog sie zur Seite, sodass sie sich an ihn lehnen konnte.

Sie wollte sich wehren, aber dazu fehlte ihr die Kraft. Außerdem fühlte es sich irgendwie auch gut an, seine kräftigen Arme zu spüren. Seine Ruhe, die mit den tiefen Atemzügen, die sie auf der Stirn spürte, teilweise auf sie überging.

»Ich habe gehört, er war schon oft krank und ist immer wieder gesund geworden«, sagte Wilhelm leise.

Ein zittriger Schluchzer löste sich aus ihrer Brust, dann nickte sie langsam. »Er war von Anfang an ein kränkliches Kind, aber gleichzeitig ist er stark. Bis jetzt hat er es immer wieder geschafft. Und der Doktor hat oft gesagt, es könnte sein, dass die Herzschwäche sich auswächst. Aber nun ist sein Herz noch schwächer geworden. Er kann sich kaum noch im Bett aufrichten.«

Wilhelm streichelte ihren Rücken. Und weil es ihr so guttat und niemand es sah, ließ sie es geschehen.

Dann riss sie sich zusammen. »Wir müssen weiter.«

Sofort ließ er sie los, und sie schwankte ein wenig auf dem

Kutschbock, bevor es ihr gelang, ihren Körper wieder anzuspannen und ohne Wilhelms Stütze aufrecht zu sitzen.

Wilhelm griff nach den Zügeln und trieb die Pferde an. Starr nach vorne blickend, saß sie neben ihm. Ganz kurz fragte sie sich, ob er den anderen Dienstboten von ihren Tränen und der Verzweiflung erzählen würde. Und davon, dass sie seine Umarmung zugelassen hatte.

Doch gleich darauf galten ihre Gedanken wieder der einen Person, die wirklich zählte: Frederick.

14. Kapitel

Charlotte
Gut Falkensee, Westpreußen, 31. Juli 1904

»Wie geht es ihm?«, fragte Charlotte, als sie das Frühstückszimmer betrat, wo ihre Mutter bereits beim Tee saß. In letzter Zeit kam es immer häufiger vor, dass Veronika zum Frühstück herunterkam.

In dieser Nacht hatten sie wohl alle schlecht geschlafen. Nachdem Hedi das Herzmedikament aus Bischofswerder mitgebracht hatte, war Doktor Kramer doch unschlüssig gewesen, ob er Frederik das gefährliche Mittel spritzen sollte. Bei der abendlichen Visite hatte der Arzt verkündet, noch einen Tag abwarten zu wollen. Der Zustand des Patienten hatte sich zwar nicht verbessert, aber auch nicht wesentlich verschlechtert.

Doch als Frederick im Laufe des Folgetages immer apathischer geworden war und Doktor Kramer einen noch schwächeren Herzschlag feststellen musste, hatte er ihm abends die erste Spritze mit dem gefährlichen Mittel gegeben.

Beim Gedanken, dass offenbar nur ein sehr riskantes Gift Frederik retten konnte, erschauderte Charlotte. Sie war nachts mehrmals aufgestanden und hatte den Kopf in das Zimmer ihres Bruders gesteckt.

Jedes Mal hatte Hedi regungslos an Fredericks Bett gesessen. Sie hatte erschöpft gewirkt, aber Charlottes Angebot, für einige Stunden die Krankenwache zu übernehmen, dennoch mit einem energischen Kopfschütteln abgelehnt.

Zuletzt hatte Charlotte in aller Frühe nach Frederick geschaut. Da hatte Hedi sofort den Finger gegen die Lippen gelegt, und Charlotte war nichts anderes übriggeblieben, als sich wortlos zurückzuziehen.

Auf Charlottes Frage nach dem Zustand ihres Bruders antwortete Veronika mit einem tiefen Seufzer, während sie in ihrer Kaffeetasse rührte. »Das Fieber ist immer noch sehr hoch, aber er ist jetzt ruhiger und schläft. Doktor Kramer war schon um sieben Uhr hier und meinte, das Herz würde etwas kräftiger schlagen. Für den Fall, dass Frederick das Mittel weiterhin verträgt, geht der Doktor von einer positiven Wirkung aus. Er hat ihm eine weitere Spritze gegeben und schaut heute Nachmittag wieder nach ihm.«

Charlotte raffte den weiten Rock ihres Hauskleids zusammen und ließ sich am Tisch nieder. Der langjährige Hausarzt der Familie war nicht für übermäßigen Optimismus bekannt, also war seine Aussage tatsächlich beruhigend.

Sie nahm sich ein weichgekochtes Ei aus der Silberschale, die Emma Schubbke mit einer Serviette auslegte, damit die Eier nicht kalt wurden. Plötzlich verspürte sie Appetit. Während der vergangenen Tage hatte sie aus Sorge um ihren Bruder nur wenig gegessen.

»Es gibt etwas, das ich mit dir besprechen muss, Liebes.« Über den Tisch hinweg schaute ihre Mutter sie ernst an.

Charlotte ließ den Eierlöffel sinken.

»Ich habe gestern einen Brief von Frau von Seiler bekommen. Sie bedankt sich nochmals für die Einladung zu Alices Verlobungsfeier und schreibt mir, dass ihr Sohn sich recht positiv über dich geäußert hat. Die ganze Familie findet, dass du einen erfreulichen Anblick bietest und sehr aufgeweckt wirkst.«

»Aufgeweckt?« Charlotte runzelte die Stirn.

»Ich nehme an, sie sind übereingekommen, dass du intelligent genug bist, einem großen Haushalt vorzustehen. Deshalb …«

»Das soll doch nicht etwa heißen, sie wollen mich mit ihrem Sohn verheiraten und er will das auch?« Schon wieder hatte Charlotte Schwierigkeiten mit dem Atmen.

»Frau von Seiler lädt uns zum Tee ein und deutet an, dies sei eine gute Gelegenheit für Arno und dich, euch noch ein bisschen besser kennenzulernen.«

»Ich kenne ihn gut genug, um zu wissen, dass ich ihn nicht heiraten will.« Charlotte schnappte nach Luft und fuhr entschlossen fort: »Nur weil Alice sich verlobt hat, werde ich ganz sicher keinen albernen Mann heiraten, der fast in Ohnmacht fällt, wenn ich Rosa Luxemburg erwähne.«

Mama wurde eine Spur blasser. »Rosa Luxemburg? Ich habe gehört, dass du von Helen Kellers Universitätsabschluss erzählt hast. Aber Rosa Luxemburg? Eine Sozialistin, die wegen Majestätsbeleidigung angeklagt wurde? Warum tust du so etwas? Machst du das mit Absicht?«

»Ich habe nur über einen Zeitungsartikel gesprochen, den ich gelesen hatte.« Gerade noch rechtzeitig hatte sich Charlotte an ihren Vorsatz erinnert, die brave Tochter zu spielen, damit sie wieder zum Studium nach Paris durfte. Wie es aussah, war das ihre einzige Chance, etwas Brauchbares zu lernen, das über die Erstellung von Menüplänen und Sitzordnungen hinausging. Tante Eveline war inzwischen nach Heiligendamm gereist, um eine Erholungskur in der Seeluft zu machen. In etwa vier Wochen würde sie nach Paris zurückkehren, und dann könnte Charlotte weiterstudieren – falls ihre Eltern es erlaubten.

»Wenn es falsch war, was ich zu ihm gesagt habe, bitte ich um Entschuldigung«, fügte sie hastig hinzu.

»Offensichtlich hat es ihm im Großen und Ganzen gefallen.« Mama lächelte sie an.

Charlotte klopfte mit dem Löffel auf ihr Ei und begann, die Schale abzupellen. Sie hörte, dass ihre Mutter tief durchatmete, bevor sie fortfuhr.

»Es geht um Wichtigeres als um das Gerede der Leute, dass Alice vor dir heiraten wird. Obwohl ich natürlich nicht behaupten will, das sei mir vollkommen egal. Schließlich wirst du demnächst einundzwanzig.«

»Wichtigeres?« Erneut legte Charlotte den Eierlöffel weg.

»Um ganz offen zu sprechen: Du musst dich innerhalb des

nächsten Jahres verheiraten. Alices Ehe allein wird Gut Falkensee nicht retten.«

Es dauerte einen Moment, bis Charlotte begriff, was ihre Mutter ihr soeben verkündet hatte. Dann spürte sie, wie ein Frösteln von ihr Besitz ergriff. Plötzlich ergaben die Dinge Sinn: zum Beispiel die auffällige Sparsamkeit ihrer Mutter, über die sie sich schon mehrfach gewundert hatte. Also war das doch keine Marotte gewesen, sondern Notwendigkeit. Auf Gut Falkensee war das Geld knapp.

»Willst du etwa sagen, es ist möglich, dass wir unser Gut verlieren?«, stieß Charlotte mit heiserer Stimme hervor.

Ihre Mutter zögerte nur kurz und nickte dann entschieden.

»Wenn das Gut anders bewirtschaftet würde, wenn wir zum Beispiel Brachland urbar machen würden, könnte Falkensee viel mehr einbringen. Über all das könnte ich an der Sorbonne noch eine Menge lernen. Es gibt dort Kurse in Biologie und Chemie, die …« Sie stockte erschrocken, denn nun war ihr doch herausgerutscht, dass sie sich in Paris für ganz andere Dinge als Kunst und Literatur interessiert hatte.

»Ach, Kind.« Ihre Mutter wirkte nicht einmal schockiert. »Wieso denkst du nur immer über solche Dinge nach? Es wird niemals deine Aufgabe sein, Gut Falkensee zu leiten. Traditionell übernimmt der älteste Sohn das Gut. Im Notfall der Ehemann der ältesten Tochter. Deine Rolle ist die Führung des Haushalts.«

»Aber …« Sie schluckte, obwohl ihr Mund plötzlich ganz trocken war. »Landwirtschaft interessiert mich viel mehr als Damasttücher und Abendgesellschaften. Und nur weil ich kein Mann bin …«

»Bitte, Charlotte! Mach dir das Leben nicht unnötig schwer. Manche Dinge sind uns vorherbestimmt, und es hat keinen Sinn, sich dagegen aufzulehnen. Dadurch wirst du nur unglücklich. Ich habe dir doch eben erklärt, was du tun musst, um Falkensee zu retten.« Ihre Mutter sah sie eindringlich an.

»Ich könnte Papa helfen, mehr aus dem Gut herauszuholen«,

wiederholte sie hilflos. »Dann wäre es nicht nötig, dass ich irgendeinen wohlhabenden Mann heirate, um Falkensee zu retten.«

»Du wirst dich schnellstmöglich für einen deiner Bewerber entscheiden. Spätestens nach Alices Hochzeit im Winter. Und komm nicht auf den Gedanken, mit Papa darüber zu reden, dass du ihm bei der Gutsverwaltung helfen willst. Glaube mir, das würde ihn sehr wütend machen.« Damit schien für Mama die Unterhaltung beendet zu sein. Mit energischen Bewegungen rührte sie ihren Kaffee um und fügte hinzu: »Ronald hat sich zu einer großzügigen Beteiligung bereiterklärt, sobald er mit Alice verheiratet ist.«

Charlotte schluckte. Ausgerechnet Ronald, den sie versucht hatte, ihrer Schwester auszureden. Dieser Gedanke verstärkte ihre Übelkeit noch.

Charlotte sah ihre Mutter an und schwieg, weil sie wusste, dass es sinnlos war, sich zu streiten. Letztlich würde sie tun, was nötig war, um Falkensee zu erhalten. Wenn das bedeutete, dass sie irgendeinen Mann heiraten musste, der bereit war, Geld in das Gut zu stecken – schön, dann würde sie das eben tun.

15. Kapitel

Charlotte
Kaufhaus Wertheim, Berlin, 6. September 1904

»Nun, wie gefällt es dir hier?« Lächelnd gab Großmama ein paar Tropfen Milch in ihren Tee.

Charlotte schaute sich im riesigen Erfrischungsraum des Kaufhauses um. Auf eher unbequemen dunkelbraun gebeizten Stühlen nahmen zahlreiche Damen und einige wenige Herren Tee und Kaffee, winzige Kuchenstücke und hauchzartes Gebäck zu sich.

Die Arbeiterfrauen und Büroangestellten hatten sich offensichtlich extra feingemacht, sprachen mit gesenkten Stimmen und bewegten sich vorsichtig, wenn sie eine Tasse abstellten oder die Kuchengabel zum Mund führten.

Die Damen der Gesellschaft, die Charlotte an ihrer teuren Kleidung und den unbewegten Mienen erkannte, wirkten in dieser Umgebung seltsam unsicher. Man war hier nicht unter sich. Dennoch konnte kaum eine Frau, die nach Berlin kam, der Versuchung widerstehen, sich das luxuriöse Kaufhaus Wertheim anzusehen und einen Tee im Erfrischungsraum zu nehmen.

Im Gegensatz zu den anderen Damen ihrer Kreise machte Charlottes Großmutter keinen Hehl daraus, dass sie Kaufhaus Wertheim liebte und gern dort einkaufte.

»Ich finde es wunderbar, dass ich hier Kleider fertig von der Stange kaufen kann«, schwärmte sie. »Man erspart sich die langen Anproben bei der Schneiderin.«

»Es ist, als wäre man in eine andere Welt geraten«, antwortete

Charlotte auf die Frage ihrer Großmutter. »Ich glaube, hier kann man wirklich alles kaufen.«

Großmama nickte. »Sogar Särge.«

»Aber am schönsten finde ich den Onyxsaal mit den großen Reliefs«, schwärmte Charlotte. »Ich liebe dieses glänzende Schwarz. Und dann der Lichthof ... Ach, ich weiß gar nicht, was mir am besten gefällt.«

»Aber mein Kind, du warst doch über ein Jahr in Paris. Bist du dort in keinem der großen Warenhäuser gewesen? Man redet so viel vom Le Bon Marché.« Großmama nahm sich ein Plätzchen und biss ein winziges Stück ab, bevor sie den Rest auf ihren Unterteller legte.

»In einem Kaufhaus war ich in Paris nicht. Und werde nun wohl auch in keines mehr kommen. Mama und Papa lassen mich nicht noch einmal weggehen.« Sie unterdrückte einen Seufzer. »Und was das Einkaufen in Paris betrifft – Tante Eveline zieht die Ateliers der Modeschöpfer vor. Sie sagt, sie wolle nirgendwo einkaufen, wo man ihren Namen nicht kennt und ihr keinen Stuhl bringt, um sich bei der Auswahl zu setzen.«

»Das ist Geschmackssache«, bemerkte Großmama leichthin. »Wenn ich ein Kleid zu einer besonderen Gelegenheit brauche, lasse ich meine Schneiderin ins Haus kommen, aber ansonsten genieße ich die Auswahl, die mir hier geboten wird.«

Charlotte kostete ebenfalls einen Keks. Dieser war mit köstlicher Schokolade überzogen. »Ehrlich gesagt, finde ich mittlerweile die große Auswahl hier ziemlich ermüdend. Vor allem weil Alice sich nicht entscheiden kann! Ich meine, was ist denn schon so wichtig daran, wie ein Nähkorb aussieht? Oder ein Handtuch?«

Ihre Großmutter sah sie forschend an. »Alice und du – seid ihr zerstritten? Sie sieht dich manchmal so wütend von der Seite an, und ihr redet kaum miteinander.«

Charlotte zögerte und beschloss dann, dass sie ihrer Großmutter nicht erzählen konnte, worum es bei der Sache ging. »Eine kleine

Meinungsverschiedenheit unter Schwestern«, sagte sie daher leichthin.

Großmama verzog ihr Gesicht zu einem Lächeln, das feine Fältchen in ihre Mundwinkel malte. »Alice und du – ihr seid sehr verschieden. Sie liebt schöne Kleider. Dich sehe ich oft den ganzen Vormittag im Reitkleid, wenn ich auf Gut Falkensee bin. Du erinnerst mich an mich selbst in jungen Jahren. Ich war, nun ja, sagen wir, lebhaft.«

Charlotte sah zu, wie ihre Großmutter ein winziges Keks-Häppchen aß. Sie war so ruhig und vornehm. Charlotte fehlte die Fantasie, sich diese Frau als ungebärdiges junges Mädchen vorzustellen.

»Großmama«, sagte sie zögernd und nahm einen Schluck aus ihrer Tasse. »Darf ich dich etwas fragen?«

Mit leicht erhobenen Augenbrauen sah Adelheid von Bargelow sie an.

»Bist du von deinen Eltern mit Großpapa verheiratet worden?«, platzte Charlotte heraus. »Oder hast du ihn auf irgendeiner Gesellschaft kennengelernt und dich in ihn verliebt?«

»Gibt es einen jungen Mann, in den du verliebt bist? Vielleicht einen Franzosen?« Die Augen ihrer Großmutter funkelten.

»Nein, nein«, wehrte Charlotte hastig ab. »Es ist nur … Mama drängt mich zu einer Verlobung, weil Alice jetzt bald heiratet.« Sie zögerte und vertraute ihrer Großmutter dann doch an, was ihr auf der Seele brannte: »Alices künftiger Mann ist bereit, Geld in unser Gut zu investieren, doch das wird nicht genügen, um Falkensee zu retten.«

Großmutters Augenbrauen schossen in die Höhe, als sie hörte, dass es schlecht um das Gut ihres Sohnes stand. Doch schon eine Sekunde später war ihre Miene wieder gleichmütig, wie es sich für eine Dame gehörte.

»Deshalb sollst du ebenfalls einen wohlhabenden Mann heiraten«, stellte sie dann in einem so selbstverständlichen Ton fest, dass Charlotte sich verraten fühlte. Sie hatte zumindest auf mildes Entsetzen gehofft.

»Ja. Aber ich weiß nicht, ob ich das will. Es fühlt sich an, als würde ich mich verkaufen.«

»In gewisser Weise habe ich das auch getan. Wie fast alle Frauen in unseren Kreisen.« Über Charlottes Kopf hinweg schaute Großmutter ans andere Ende des langgestreckten Saals, als könnte sie dort ihre Vergangenheit sehen. »Es ging in meinem Fall nicht um den Erhalt des Familienbesitzes. Es ging darum, dass ich angemessen versorgt war und ein eigenständiges Leben führen konnte.«

»Aber das Leben einer Ehefrau ist nicht eigenständig«, protestierte Charlotte.

»Findest du nicht, dass deine Mutter selbst über ihr Leben bestimmt?« Großmamas Blick kehrte zu ihr zurück.

»Doch, das tut sie wohl.« Charlotte musste über ihre Antwort nicht nachdenken. Es stimmte, dass Mama nicht einmal fragte, ob es Papa recht war, wenn sie für eine Woche nach Berlin fuhr, um dort Alices Aussteuer zu vervollständigen. Sie führte den Haushalt selbstständig, stellte Hausmädchen ein und entließ sie wieder, wenn sie nicht zufrieden mit ihnen war. Auch für Ausbildung und Erziehung ihrer Töchter war sie verantwortlich.

»Die Voraussetzung für ein Leben, wie deine Mutter es führt, sind ein ansehnliches Vermögen, ein großes Haus und ein Mann mit einem angenehmen Wesen. Das sind die Dinge, auf die du achten musst, mein Kind.«

Charlotte runzelte die Stirn. Ihre Eltern würden sie ohnehin nicht mit einem Mann verheiraten, der kein Vermögen besaß und ihr kein großes Haus bieten konnte.

»Was ich sagen will: Du solltest keinen Mann akzeptieren, dessen Gegenwart dir unangenehm ist. Du musst ihn nicht lieben, aber du solltest ihn respektieren und wenigstens ein bisschen mögen.«

»War es zwischen Großvater und dir so?«

Ihre Großmutter nickte, und erneut zog ein versonnenes Lächeln über ihr Gesicht.

»Und dann habt ihr euch lieben gelernt? Ich glaube, bei Mama und Papa war es so. Ich habe gesehen, wie sie einander manchmal anschauen.«

»Das ist sehr schön. Aber so war es bei uns nicht. Dein Großvater und ich haben einander respektiert, wir hatten zwei wunderbare Kinder, und jeder von uns lebte sein Leben so entspannt und zufrieden, wie es uns möglich war. Der finanzielle Hintergrund spielte dabei durchaus eine Rolle. Wichtig war aber auch, dass wir unsere Pflicht gegenüber unseren Familien und unseren Nachkommen taten. Das ist ein gutes Gefühl, wenn man in meinem Alter auf sein Leben zurückblickt.«

Charlotte musste an Agata denken, der es egal gewesen war, was ihre Familie von ihr erwartete. Nun lebte sie allein in einem abgelegenen Haus im Wald. Sie schien nicht unglücklich mit ihrer Entscheidung zu sein, aber Charlotte war sicher: Sie selbst hätte nicht die Kraft, ein solches Schicksal zu bewältigen. Sie würde für ein flüchtiges Gefühl wie Liebe nicht die Beziehung zu ihren Eltern und Geschwistern opfern. Und der Erhalt des Guts, das seit Generationen im Besitz der Bargelows war, war ihr ebenso wichtig wie ihre Familie. Plötzlich erschien ihr alles ganz klar. Ihr war, als wäre eine Last von ihrer Seele genommen worden.

»Haben deine Eltern dir schon einen jungen Mann vorgestellt, der dir sympathisch ist?« Forschend musterte Adelheid von Bargelow Charlottes Gesicht.

Charlotte zögerte. »Möglicherweise. Ich muss darüber nachdenken.«

»Nimm dir Zeit. Dann triff deine Entscheidung, sieh nicht mehr zurück, und bau dir ein gutes Leben auf.«

Charlotte nickte, nahm sich ein weiteres Plätzchen und verspeiste es mit Appetit. Während sie kaute, bemerkte sie einen elegant gekleideten älteren Herrn, der sich ihrem Tisch näherte. Großmama sah auf, und bei seinem Anblick begann sie zu strahlen.

»Geheimrat von Mügge. Wie schön, Sie zu sehen!«

Charlotte erkannte den agilen Herrn, der etwa im Alter ihrer

Großmutter sein musste. Sie war ihm bei Besuchen im Haus der Großeltern früher schon begegnet. Selbst damals, als Großvater noch gelebt hatte, schien er bereits ein Freund der Familie gewesen zu sein. Und als er nun ihre Großmutter ansah, bildeten sich um seine Augen vor Vergnügen Strahlenkränze aus Fältchen.

»Welch charmanter Zufall.« Galant beugte er sich über Großmamas schmale Hand und hauchte einen Kuss darauf. »Wie ich sehe, sind Sie in Begleitung Ihrer zauberhaften Enkelin.« Er nahm auch Charlottes Hand und beugte den Kopf darüber, ohne ihre Haut mit den Lippen zu berühren.

»Tatsächlich. Ein außerordentlich netter Zufall«, stimmte Großmama zu und deutete auf den freien Stuhl am Tisch. »Setzen Sie sich zu uns. Mögen Sie eine Tasse Tee?«

Charlotte runzelte die Stirn. Warum betonten die beiden so sehr die Zufälligkeit ihrer Begegnung? Und wie groß war die Wahrscheinlichkeit, dass der Geheimrat, der ebenso wie ihre Großmutter in Danzig lebte, ausgerechnet heute ein Berliner Kaufhaus betrat?

Sie beobachtete, wie Herr von Mügge der Bedienung winkte und sich eine Tasse bringen ließ, die ihre Großmutter aus der Teekanne füllte. Dabei plauderten beide angeregt miteinander. Sie wirkten vertraut wie ein langjähriges Paar. Fast so wie ihre Eltern, schoss es Charlotte durch den Kopf.

Soeben redeten die beiden über ein neues Restaurant, das vor Kurzem Unter den Linden geöffnet hatte. Es klang fast, als wären sie schon häufiger gemeinsam in Berlin gewesen.

Sie räusperte sich. »Wenn Sie mich bitte entschuldigen. Ich möchte ein Geschenk für meinen Bruder besorgen.«

Großmama lächelte ihr zu. »Was für eine hübsche Idee, Liebes. Frederick wird sich freuen. Wir treffen uns bei Ladenschluss wie verabredet am Ausgang. Deine Mutter und deine Schwester werden dann hoffentlich auch mit ihren Besorgungen fertig sein.«

Als Charlotte aufstand, erhob von Mügge sich höflich, dann setzten ihre Großmutter und der Geheimrat die Unterhaltung fort.

Charlotte ging zunächst in den Lichthof. Sie meinte, dort einen Ständer mit Ansichtskarten gesehen zu haben. Wenn Frederick schon nicht hier sein konnte, sollte er wenigstens Post aus Berlin bekommen.

Durch die Behandlung mit dem neuen Herzmedikament ging es ihrem Bruder viel besser. Seit zwei Wochen verließ er wieder täglich das Bett. Er war aber weit davon entfernt, eine anstrengende Reise nach Berlin unternehmen zu können.

Charlotte blieb am Eingang zum Lichthof stehen und genoss den Anblick der prachtvollen Halle. Durch das gläserne Kuppeldach fiel das Licht der schon tiefstehenden Sonne in den riesigen Raum und verlieh den Verkaufstischen und -regalen einen goldenen Schimmer. Der Saal ging über die Höhe sämtlicher Stockwerke, und von unten konnte sie die Kunden sehen, die im ersten, zweiten und dritten Stock am Geländer der Galerien standen und in die Halle herabblickten.

Nach kurzem Suchen fand sie den Ständer mit den Ansichtskarten und wählte unter den verschiedenen Motiven ein Foto der Kaufhausfassade.

Da ihr bis zum Ladenschluss nicht mehr viel Zeit blieb, machte sie sich danach eilig auf den Weg in die 2. Etage, wo sich die Spielwarenabteilung befand. Sie wollte Frederick etwas Amüsantes kaufen, das Abwechslung versprach, solange er noch viel Zeit in seinem Sessel verbringen musste.

Es reizte sie, eine der zwei Fahrtreppen auszuprobieren, aber Mama hatte es ihr energisch verboten.

Auch Alice hatte sie gewarnt. »Dein Kleid wird zwischen die Stufen geraten, und du fällst hin und wirst zerquetscht, wenn die Treppe unten ist und du nicht absteigen kannst«, hatte ihre Schwester mit düsterer Stimme prophezeit. Wenn Alice überhaupt noch mit ihr sprach, waren es keinesfalls freundliche Dinge, die sie äußerte.

»Zumindest wird dein Rock heruntergerissen, und du stehst vor aller Augen halb nackt oben auf der Treppe«, hatte Mama hinzugefügt.

Fahrstuhl fahren war ebenfalls aufregend. Man trat gemeinsam mit einer Handvoll weiterer Kundinnen und Kunden in die Kabine, deren Gitter ein älterer Mann in einer dunkelblauen Livree für seine Fahrgäste öffnete und hinter ihnen wieder schloss. Anschließend bediente er die Knöpfe an der Seitenwand. Es gab einen kleinen Ruck und ein kribbelndes Gefühl im Magen, wenn sich der Kasten in Bewegung setzte. Gleichzeitig begann der Fahrstuhlführer aufzusagen, welche Waren im kommenden Stockwerk erhältlich waren. Da der Weg von einer Etage zur anderen nicht weit war, Wertheim aber auf einer riesigen Verkaufsfläche unzählige unterschiedliche Artikel anbot, musste er sich beeilen. Dennoch konnte er nur die wichtigsten Dinge nennen. Eine ältere Dame erkundigte sich errötend nach Renforcé-Wäschegarnituren, bevor sie im 1. Stock die Kabine verließ. Ein Herr in mittleren Jahren wollte wissen, ob in dieser Etage Ohrenbinden zur Verhütung abstehender Ohren bei Kindern erhältlich wären. Der Fahrstuhlführer beantwortete mit ausdrucksloser Miene sämtliche Fragen, dann schloss er das Gitter wieder, drückte erneut einen Knopf und begann sein Sprüchlein für das zweite Stockwerk aufzusagen.

»Blech- und Eisenwaren, Holzwaren und Badewannen, Wirtschaftsartikel, Glaswaren, Puppen, Puppenkleider und Spielwaren aller Art.«

Zusammen mit drei Frauen verließ Charlotte die Kabine.

Die Spielwarenabteilung war riesig. Es fiel Charlotte schwer, sich vom Anblick der zahllosen Puppen in Trachten, eleganten Reisekostümen und Abendgarderobe loszureißen.

Sie ging weiter zu den Gesellschaftsspielen und fand nach kurzer Suche etwas, das Frederick sicher gefallen würde: ein Tivolispiel. Es war ein flacher Holzkasten, an dessen unterem Ende sich eine Spiralfeder befand. Mithilfe der Feder ließ sich eine Kugel abschießen, die auf der Spielfläche in verschiedenen Vertiefungen mit unterschiedlichen Punktwertungen landen konnte. Ohne zu zögern, wählte Charlotte die teuerste Variante für zehn Mark.

Sie rief eine der freundlichen Verkäuferinnen herbei, die an der weißen Bluse und dem dunklen Rock zu erkennen waren. Ihr teilte sie die Adresse von Gut Falkensee mit. Auch sämtliche Artikel, die Mama und Alice an diesem Tag ausgesucht hatten, würden geliefert werden. Sie konnten unmöglich alles im Zug mit nach Hause nehmen. Charlotte ließ das Spiel jedoch nicht auf Großmutters Rechnung setzen, sondern beglich den Kaufpreis von ihrem Geld. Als Tante Eveline auf Falkensee gewesen war, hatte sie Charlotte eine großzügige Summe zugesteckt.

Bei einem Blick auf die große Wanduhr stellte Charlotte fest, dass das Warenhaus in zehn Minuten schloss.

Dieses Mal konnte sie beim Anblick der Fahrtreppe doch nicht widerstehen. Schließlich wusste sie nicht, ob und wann sie wieder hierherkommen würde. Sie atmete tief durch, raffte ihren Rock züchtig bis zu den Knöcheln, machte einen großen Schritt – und schwebte abwärts. Es war so ein wunderbares Gefühl, dass sie vor Begeisterung beinah laut gelacht hätte.

Als sie den Haupteingang erreichte, standen Großmama, Mama und Alice bereits wartend davor.

»Batist mit Lochstickerei«, erzählte Alice soeben mit leuchtenden Augen. »Obwohl die Blütenmuster auch sehr schön sind. Aber ich wollte Bett- und Tischwäsche einheitlich haben. Es muss auch noch mein Monogramm eingestickt werden. Ich hätte es selbst gemacht, aber bis Weihnachten ist noch so viel anderes zu erledigen.« Sie fächelte sich mit der Hand Luft zu, als würde ihr allein beim Gedanken an die Hochzeitsvorbereitungen heiß.

Als Hochzeitstermin hatte man sich auf den ersten Weihnachtsfeiertag geeinigt, denn zu Jahresbeginn sollte Gut Bernsdorff seine neue Herrin haben.

»Ich habe eine wunderschöne seidene Schreibtischgarnitur gefunden«, plauderte Alice weiter, während sie sich in Richtung Hotel in Bewegung setzten. »Und ein ganz zauberhaftes Briefmarkenkästchen. Einen Markenbefeuchter, ein Nadelkissen, das aussieht wie eine Blüte und …«

Charlotte hörte nicht mehr hin. Sie schaute sich suchend um, konnte Geheimrat von Mügge jedoch nicht erspähen. Offenbar hatte er sich bereits verabschiedet. Aus irgendeinem Grund schien es ihr, als solle sie die Begegnung im Erfrischungsraum vor Mama und Alice besser nicht erwähnen.

16. Kapitel

Charlotte
Gut Falkensee, Westpreußen, 24. Dezember 1904

»Dieses Jahr ist er besonders schön«, sagte Emma Schubbke andächtig. Charlotte stellte erstaunt fest, dass die sonst so resolute Frau Tränen in den Augen hatte. Ohne ihre weiße Schürze und das Kopftuch war sie kaum wiederzuerkennen. Sie trug ein blaues Kleid mit weißen Pünktchen, und ihr dunkles Haar mit den dicken grauen Strähnen war zu einem lockeren Knoten hochgesteckt.

»Das sagen Sie jedes Jahr, aber dieses Mal neige ich dazu, Ihnen zuzustimmen.« Otto Kowalski zwinkerte der Köchin zu, die prompt verlegen wurde. Charlotte musste lächeln.

Wie immer am Heiligabend versammelten sich Dienstboten und die Familie von Bargelow in der Halle vor dem geschmückten Tannenbaum. Im Licht von genau 100 Kerzen, das war Tradition, funkelten durchscheinende Glaskugeln und silbernes Lametta. Große rote Seidenschleifen und rotbackige Äpfel bildeten Farbtupfer im Grün der Zweige.

Grete, die erst im vergangenen Frühjahr aufs Gut gekommen war, bewunderte den Baum mit offenem Mund. Zwischendurch starrte sie den großen Tisch daneben an, auf dem sich die bunt verpackten Geschenkpäckchen türmten.

Die Hausmädchen und die Diener waren bereits da, und soeben traten die Knechte unter Führung von Emil Gabrowski zögernd durch die hintere Tür in die Halle.

»Immer hereinspaziert«, rief Papa. Seine betont joviale Art

sorgte weniger für die erwünschte Ungezwungenheit als vielmehr für eine noch größere Scheu von Seiten der Dienstboten.

Endlich drängelten sich dann doch alle mit ehrfürchtigen Mienen vor dem Baum. Wie es üblich war, stand die Familie rechts von der Tanne den Bediensteten gegenüber. Charlotte wurde eingerahmt von Großmama Adelheid und Tante Eveline, die bereits vor einigen Tagen angereist waren.

Zunächst hielt Papa eine kurze Rede, in der er den Dienstboten für ihre Arbeit im vergangenen Jahr dankte. Zum ersten Mal sagte auch Frederick ein paar Worte. Schließlich war er der künftige Gutsherr und würde hoffentlich schon bald, falls seine Gesundheit weiter stabil blieb, Papa einige Arbeiten abnehmen. Dann setzte sich Alice ans Klavier, und man stimmte zusammen »Oh Tannenbaum« an. Anschließend verteilte Charlotte zusammen mit ihrer Mutter die Geschenke an die Dienstboten.

Zunächst wurden die ranghöchsten Angestellten aufgerufen: der Verwalter, die Hausdame, der Butler. Mama schüttelte ihnen die Hand und wünschte jedem ein gesegnetes Weihnachtsfest. Der Rest der Familie tat es ihr nach. Zum Schluss war Charlotte dran. Sie überreichte die in rotes und grünes Papier gewickelten und mit Schleifen verzierten Geschenke.

Anschließend war die Reihe an den Dienstältesten unter dem Personal: Adam, der vor fast dreißig Jahren als Stallbursche angefangen hatte und nun schon so lange Stallmeister war, dass niemand sich mehr an seinen Vorgänger erinnern konnte. Und Emma Schubbke, die kaum achtzehnjährig, zusammen mit der jung verheirateten Veronika in Gut Falkensee eingezogen war.

»Ich hoffe, Sie und Ihr wunderbares Essen bleiben uns noch sehr lange erhalten«, sagte Mama lächelnd, während sie die Hand der Köchin schüttelte. »Sie denken doch nicht daran, in die Stadt zu gehen?« Seit sie gehört hatte, dass die Köchin von Gut Grimmel eine Stelle in einem Restaurant angetreten hatte, fürchtete Mama, das könnte ihr mit Emma Schubbke ebenfalls passieren.

Doch die schüttelte erschrocken den Kopf. »Iwo, nein doch! Niemals tät ich nich dran denken, Gut Falkensee zu verlassen. Heit nich und morgen nich und überhaupt nich. Is doch mein Zuhause seit vielen Jahren. Und Sie waren immer gut zu mir, gnädige Frau.« Vor lauter Eifer hörte sie gar nicht mehr auf zu knicksen, obwohl sie sonst selten in die Knie ging.

»Das freut mich sehr, Frau Schubbke. Ich hoffe, Sie haben Freude an Ihrem Geschenk.« Die Gutsherrin deutete auf die beiden Päckchen, die Charlotte schon für die Köchin bereithielt. In einem war der obligatorische Kleiderstoff, den alle weiblichen Angestellten bekamen, im anderen eine hübsch bestickte Kleiderbürstentasche, die Emma in ihrem Zimmer an die Wand hängen konnte.

Zum ersten Mal war Charlotte in Marienburg beim vorweihnachtlichen Einkauf dabei gewesen, und es hatte ihr großes Vergnügen bereitet, passende Geschenke für die einzelnen Dienstboten zu finden.

Mama hatte es vollkommen ihr überlassen, etwas für Fine auszusuchen. Seltsamerweise war ihr ausgerechnet das schwergefallen. Das seidene Halstuch, das Charlotte ihrer Freundin aus Paris mitgebracht hatte, hatte sie noch nie an Fine gesehen. Wenn sie es recht bedachte, war der feine, burgunderrote Stoff nicht sonderlich gut für einen Spaziergang im Wald oder einen Ausflug nach Bischofswerder geeignet. Außerdem hatte sie sich nicht richtig an den Farbton von Fines Haaren erinnern können, und nun passten die Rottöne von Tuch und Haar nicht zusammen.

Als Weihnachtsgeschenk hatte Charlotte sich nach langem Nachdenken für einen Regenschirm in Schottenkaro mit einer dunkelblauen Quaste am versilberten Griff entschieden. Einen Schirm konnte schließlich jeder gebrauchen, und bei Regenwetter schaute niemand so genau hin, ob die Bespannung aus Seide war.

Nachdem Fine den anderen Familienmitgliedern die Hand geschüttelt hatte, trat sie mit ernster Miene vor Charlotte.

»Fröhliche Weihnachten.« Lächelnd überreichte Charlotte ihr das Paket mit dem Kleiderstoff und den Schirm. Er war trotz des roten Papiers, in das sie den unteren Teil gewickelt hatte, sofort als solcher zu erkennen, weil der Griff samt Quaste oben herausschaute.

»Ich hoffe, er gefällt dir. Ich habe ihn für dich ausgesucht.«

»Ist schon in Ordnung. Danke.« Ein wenig steif trat Fine wieder auf die Seite der Dienstboten. Charlottes Lächeln hatte sie nur für einen winzigen Moment erwidert.

Nachdem alle Geschenke verteilt waren, entstand Unruhe unter den Dienstboten. Sie wollten unten in der Leutestube ihre Geschenke auspacken. Dort warteten ein Kessel mit Glühwein, Gebäck und Nüsse auf sie. Dann war auch nicht mehr allzu viel Zeit, bis Wilhelm, Adam und einer der Stallknechte die Wagen vorfahren würden, um Familie und Bedienstete zum Gottesdienst in die Kirche zu fahren.

In der Tür zur Dienstbotentreppe gab es etwas Geschiebe und Gedränge, dann war die Familie unter sich.

»Es ist ein schöner Brauch, sich für die Arbeit im vergangenen Jahr zu bedanken. Aber ich glaube, es ist für sie noch anstrengender als für uns«, stellte Mama nachdenklich fest.

Insgeheim war auch Charlotte froh, dass die Bescherung des Gesindes überstanden war. Noch nie zuvor war ihr so klar gewesen, wie peinlich es für Fine sein musste, ausgerechnet von ihr die obligatorischen Geschenke der Gutsherren entgegenzunehmen.

Die Familie ging nach oben, um sich für den Kirchgang warm anzuziehen. Nach dem Gottesdienst würden sie gemeinsam essen, sich gegenseitig ihre Geschenke überreichen und früh schlafen gehen. Am Nachmittag des ersten Feiertags fand die Trauung von Alice und Ronald statt, und den ganzen Vormittag über würden auf Gut Falkensee bereits die Hochzeitsgäste eintreffen.

*

Alice war eine zauberhafte Braut. Noch viel schöner als ihr mit unzähligen weißen Perlen und kleinen Blüten besticktes Kleid und der duftige Schleier waren ihr seliges Lächeln und ihre strahlenden Augen.

Als Charlotte ihre kleine Schwester an der Seite ihres frisch angetrauten Mannes das Kirchenschiff entlangschreiten sah, bereute sie ein weiteres Mal, dass sie Alice spontan ihre Zweifel an Ronald mitgeteilt hatte. Sie waren so ein schönes Paar, und auch Ronalds Gesicht leuchtete vor Glück. Stolz blickte er seine feenhafte Braut von der Seite an, als sie durch die weit geöffnete Kirchentür hinaus in den klaren Wintertag traten.

Der frisch gefallene Schnee funkelte in der Sonne, als hätten ihn freigiebige Hände mit Diamanten bestreut. Ronald beugte sich zu seiner Braut hinunter und sagte ihr lächelnd etwas ins Ohr. Der Blick, mit dem Alice zu ihm aufsah, brachte Charlottes Herz zum Schmelzen.

Was er ihr wohl zugeflüstert hatte? Dass er sie ein Leben lang auf Händen tragen würde? In diesem Moment war Charlotte sicher, dass alles gut werden würde. Ronald würde seine Frau lieben und ehren, sie würden fröhliche, gesunde Kinder haben und glücklich zusammen alt werden.

Nur eine Handvoll Dienstboten hatten zur Kirche kommen können, um bei der Trauung dabei zu sein, denn vor dem Empfang der Gäste gab es im Gutshaus furchtbar viel zu tun. Für den Hochzeitsball und das große Diner waren zwei Störköche, mehrere Hilfsdiener, zwei Abwaschfrauen und ein weiteres Küchenmädchen als zusätzliche Hilfen eingestellt worden. Alles verlief ähnlich wie bei der Verlobung, nur deutlich prächtiger.

Erstaunlicherweise war Mama viel ruhiger, als sie es vor dem Verlobungsball gewesen war. Vielleicht lag es daran, dass die Verlobungsvorbereitungen praktisch ohne Pause in die Planung der Hochzeit übergegangen waren.

Nur die Tischordnung war wieder eine schwierige Angelegenheit gewesen. Mama hatte einen weiteren Versuch mit Arno von Seiler machen wollen.

»Bevor ich wieder einen ganzen Abend neben diesem Mann sitze, schließe ich mich lieber in meinem Zimmer ein«, hatte Charlotte erklärt und energisch hinzugefügt: »Ich werde ihn sowieso nicht heiraten. Wenn ich etwas sage, sieht er mich mit großen Kuhaugen an. Zu absolut nichts hat er eine Meinung, und sympathisch ist er mir schon gar nicht.«

Sie musste oft an das denken, was ihre Großmutter ihr im Erfrischungsraum von Wertheim gesagt hatte. Nämlich, dass Respekt und Sympathie wichtige Grundlagen einer arrangierten Ehe waren. Mama hatte erstaunlicherweise Charlottes entschiedene Ablehnung ihres Wunschkandidaten akzeptiert und sofort einen Ersatz hervorgezaubert.

Bertold von Breckhausen war nach Veronika von Bargelows Aussage ebenfalls ein guter Fang. Seine Eltern besaßen drei Güter aber nur einen Sohn. Allerdings fand Charlotte es ziemlich anstrengend, sich mit einem Mann zu unterhalten, der erbleichte, sobald sie das Wort an ihn richtete, und anfing zu stammeln, wenn sie ihn etwas fragte. Insgesamt erweckte Bertold von Breckhausen den Eindruck, als würde er sich vor der ganzen Welt fürchten. Immerhin war bei ihm keinerlei Widerspruch zu erwarten, nicht einmal, wenn sie behauptet hätte, der Schnee wäre blau mit rosa Tupfen.

Die Gäste hatten sich vor dem Kirchportal um das glückliche Brautpaar versammelt und warteten darauf, dass die Kutschen vorfuhren.

Charlotte stand neben Bertold von Breckhausen und trat unauffällig von einem Fuß auf den anderen, weil ihre Zehen in den dünnen Stiefeletten langsam eiskalt wurden. Sie sah hinüber zu Frederick. An seinem Arm hing die junge Komtess von Wiesenau und redete unaufhörlich auf ihn ein. Dennoch wirkte Frederick munter. Er lächelte, nickte und betrachtete zwischendurch mit liebevollem Blick die Braut, die soeben in den mit Efeu und weißen Schleifen geschmückten Landauer stieg, der sie zurück zum Gut bringen würde.

Wenn Frederick sich nur nicht verkühlte. Charlotte erinnerte sich an den Zusammenbruch ihres Bruders nach Alices Verlobungsfeier, und ein eisiger Schauer überlief sie. Dieses Mal würde alles gut gehen, versuchte sie, sich zu beruhigen. Fredericks Augen leuchteten, und seine Wangen waren rosig. Die neue Medizin schien die lang ersehnte Wende herbeigeführt zu haben.

»Was für ein hübsches Paar. Sie wirken sehr glücklich. Beneidenswert.«

Als Charlotte den Kopf wandte, blickte sie direkt in Baldur von Krammbachs dunkle Augen. Sie konnte sich nicht erinnern, welche Tischdame er dieses Mal bekommen hatte. Möglicherweise wieder Zita von Assmannshausen, denn sie stand allein neben ihren Eltern und starrte mit finsterem Blick von Krammbachs Rücken an.

»Ja«, stieß Charlotte hastig hervor. »Sie sind ... glücklich. Glaube ich.«

»Ich musste an Sie denken, als ich las, dass Rosa Luxemburg schon nach sechs Wochen wieder aus dem Gefängnis entlassen wurde. Ich nehme an, das hat Sie sehr erfreut.« Baldur von Krammbachs Lächeln war nicht zu entnehmen, ob er seine Bemerkung ironisch meinte oder ob er die Begnadigung tatsächlich begrüßte.

Ohne eine Miene zu verziehen, erwiderte Charlotte seinen Blick. »Obwohl ich es noch mehr begrüßt hätte, wenn man sie wegen einer harmlosen Bemerkung überhaupt nicht bestraft hätte.«

Inzwischen war die Kutsche mit dem Brautpaar abgefahren, und die Gäste stiegen in die Wagen, die in einer langen Reihe auf den Kirchenvorplatz fuhren. Als Charlotte sich umschaute, stand Baldur bereits wieder neben Zita von Assmannshausen, die energisch seinen Arm packte.

Charlotte erntete einen zufriedenen Blick ihrer Mutter, als sie sich ebenfalls bei ihrem Tischherrn unterhakte. Sie war entschlossen, an Alices großem Tag nicht unangenehm aufzufallen. Zumal ihre Schwester wegen des Versuchs, die Hochzeit mit einigen Andeutungen über Ronald zu verhindern, immer noch böse auf sie war. In regelmäßigen Abständen machte Alice mit finsteren Blicken und spitzen Bemerkungen deutlich, dass sie Charlottes Worte nicht vergessen hatte und auch nicht so schnell vergessen würde.

17. Kapitel

Hedi
Gut Falkensee, Westpreußen, 26. Dezember 1904

Staunend betrachtete Hedi den großen Arbeitstisch in der Küche, den Emma Schubbke in ein Büfett für die Dienstboten verwandelt hatte. Neben Platten mit gedünstetem Fisch in Weißweinsoße, saftigem Rinderbraten und Hirschragout standen große Schüsseln mit Gemüse, Klößen und Kartoffeln. Außerdem gab es mit Pilzen gefüllte Pasteten, eine klare Brühe mit Eierstich und noch einige andere Köstlichkeiten, die vom gestrigen Hochzeitsmenü übriggeblieben waren.

»Die Herrschaften begnügen sich heute mit einem kalten Abendessen und bedienen sich selbst. Wegen all der Arbeit mit der Hochzeit haben wir wirklich auch eine kleine Feier verdient.« Otto Kowalski griff nach einer der Rotweinflaschen, die hinten auf dem Tisch aufgereiht waren. »Die hat der gnädige Herr spendiert. Das ist ganz was Feines. Ich hab die Flaschen schon eine Stunde vor dem Essen aufgemacht, damit der Wein atmen kann.«

»Atmen! Wein kann doch nicht atmen!«, kicherte Grete, hielt aber eifrig ihr Glas hoch, als eingeschenkt wurde.

»Ist Fine nicht da?« Irritiert sah Olga sich um.

»Fine is bei ihren Eltern im Dorf. Ich hab ihr was von dem guten Essen eingepackt. Manchmal denk ich, die Fine hat's schwer. Sie weiß nich wirklich, wo sie zu Haus is.« Emma Schubbke griff nach der Suppenkelle. »Wer wird wollen Brühe?«

Das Interesse war mäßig, da sie alle möglichst viel Fleisch essen wollten. Davon bekamen sie sonst nur selten größere Portionen.

Fritz klatschte sich einen gehäuften Servierlöffel Hirschragout auf den Teller, und keiner tadelte ihn dafür, dass er sich selbst etwas genommen hatte. Die meisten wollten Rinderbraten. Mit ihren gefüllten Tellern gingen sie nach nebenan in die Leutestube, aßen und holten sich immer wieder Nachschub.

»Ich möchte lieber keinen Wein mehr.« Als Otto Kowalski nachschenken wollte, zog Hedi ihr Glas weg, doch Emma Schubbke mischte sich ein.

»Heut is Weihnachten, Hedi. Da wirst du nich wollen so zimperlich sein. Der rote Wein is gut für dein Blut, und außerdem müssen wir auf das Glück von unserem gnädigen Fräuleinchen anstoßen. Und auf unseren lieben Heiland natürlich.«

Das taten sie dann auch. Nachdem Otto Kowalski zum dritten Mal die Gläser gefüllt hatte, wurde das Gespräch lebhafter und das Gelächter lauter.

Es war so viel Fleisch da, dass selbst die Männer es nicht schafften, alles aufzuessen. Emma Schubbke versprach, die Reste für den kommenden Tag aufzuheben. Dann brachte sie den Nachtisch: mit Zwetschgenkompott gefüllte und dick mit Puderzucker bestreute Rohrnudeln.

Hedi hatte geglaubt, nach all den guten Sachen keinen Bissen mehr herunterzubringen, doch der Duft der köstlichen Süßspeise schaffte auf wundersame Weise wieder Platz in ihrem Magen.

Schon lange war sie nicht mehr so fröhlich gewesen. Was sicher auch daran lag, dass sie immer noch so glücklich über Fredericks Genesung war. Selbst die Anstrengungen der gestrigen Hochzeitsfeier hatte er gut überstanden, obwohl er den Ball erst nach Mitternacht verlassen hatte.

»Ein halbes Glas wirst du noch können«, bestimmte Emma Schubbke, als wieder einmal eine neue Runde ausgeschenkt wurde und Hedi die Hand über ihr Glas hielt. »Wenn du mal wirst wissen wollen, wie es gestern bei den Herrschaften oben war, guck die leeren Flaschen vor der hinteren Tür an. Wird der Burckhardt morgen wegschaffen müssen. Heut wird hier bei uns gefeiert, und da dürfen wir uns auch mal was gönnen.«

»Noch mal auf die wunderschöne Braut«, kicherte Grete und hob ihr Glas. »Wie sehr würde ich mir wünschen, auch mal so eine Hochzeit und so einen Bräutigam zu haben.«

Olga prustete laut los. »Wer will das wohl nicht? Und dann die Hochzeitsreise. Mit dem Salonwagen sind sie nach Berlin gefahren. Sie wohnen in einem feinen Hotel, und wenn sie in einer Woche zurückkommen, zieht unser Fräulein Alice als Herrin auf Gut Bernsdorff ein.«

Das Hausmädchen hatte einen verklärten Blick, den Hedi noch nie an ihr gesehen hatte. Genau wie Grete und Magda. Als hätten alle mit dem Wein den Traum von einem Leben in den oberen Etagen eines Herrenhauses zu sich genommen und vollkommen vergessen, dass zwischen dem Souterrain und der Beletage eine Grenze verlief, die niemals jemand überwand – außer um dort oben sauberzumachen.

Was Hedi betraf, konnte sie so viel Wein gar nicht trinken, um an solche Dinge zu glauben. Sie war fast vierzig Jahre alt und nicht gerade eine Schönheit. Für die Liebe und für eigene Kinder war sie längst zu alt. Doch das war gar nicht so schlimm, denn ihr Herz war erfüllt von den drei Kindern, die sie großgezogen hatte. Sie verfolgte ihr Schicksal mit der Liebe einer Mutter, auch wenn sie Charlotte, Alice und Frederick nicht selbst zur Welt gebracht hatte.

Erst als Wilhelm den Mund zu seinem typischen, leicht schiefen Lächeln verzog, bemerkte sie, dass sie ihn gedankenverloren angestarrt hatte. Hastig wandte sie den Kopf ab und schob ihr Glas weg, in dem noch ein kleiner Rest war. Sie musste wirklich aufhören, Wein zu trinken.

»Wollten Sie nich nachsehen, ob mit der trächtigen Stute alles in Ordnung ist, Herr Karrasch?«, wandte Emma Schubbke sich plötzlich an den Kutscher.

Hedi atmete heimlich auf. Wenn er nicht am Tisch saß, musste sie nicht so sehr aufpassen, wo sie hinguckte.

»Die Stallkatzen soll'n auch merken, dass Weihnachten is. Tät es dir was ausmachen, wenn du mit Herrn Karrasch tätst rübergehn und den Tieren was bringen? Ich hab ein paar Reste aufgehoben.« Erst als Emma Schubbke sie auffordernd ansah, begriff Hedi, dass sie gemeint war.

»Och. Darf ich das machen?« Grete sprang eifrig von ihrem Stuhl auf. »Die Katzen sind sooo niedlich. Und sonst darf ich Ihnen nie was bringen, weil sie doch Mäuse fangen sollen.«

»Das woll'n wir gar nich erst anfangen, Greteken«, sagte Emma Schubbke streng. »Unsere Hedi wird wissen, dass es bei einer Ausnahme bleiben soll.«

Grete wollte protestieren, aber ein strenger Blick der Köchin ließ sie auf ihren Stuhl zurücksinken.

»Wenn Grete solche Freude daran hat ... Sie versteht sicher, dass die Katzen nur ausnahmsweise gefüttert werden dürfen.« Hedis Herz schlug plötzlich viel zu schnell. Es war besser, wenn sie nicht allein mit Wilhelm in den Stall ging.

»Ich bestimm, was Grete darf und was sie versteht und was nich.« Trotz ihrer strengen Worte lächelte die Köchin Hedi aufmunternd an.

»Dann muss ich mir aber erst feste Schuhe anziehen und eine warme Jacke. Also gehen Sie ruhig schon vor, Herr Karrasch. Ich bringe den Katzen ihr Futter später.« Sie machte keine Anstalten aufzustehen.

»Sie müssen sich nicht beeilen. Ich warte, bis Sie sich warm angezogen haben.« Wilhelms Lächeln traf sie wie ein Schwall heißes Wasser. Ihr wurde ganz warm, und ihre Wangen fingen an zu glühen. Hastig wandte sie sich ab und verließ die Küche.

In ihrem Zimmer ließ sie sich viel Zeit, während sie ihre Schuhe schnürte und die Winterjacke anzog. Sie holte ihr dickes graues Wolltuch hervor und schlang es sich um Kopf und Schultern. Nun würde der Kutscher jedenfalls nicht denken, sie hätte sich Mühe gegeben, hübsch auszusehen.

Als sie wieder nach unten kam und die Tür zur Leutestube öffnete, saß Wilhelm tatsächlich noch da und wartete auf sie.

»Da is sie ja!« Mit einem strahlenden Lächeln, bei dem sie unbekümmert die Zahnlücke vorne rechts entblößte, reichte Emma Schubbke ihr eine angeschlagene Schüssel mit zerdrückten Kartoffeln, Soße und Fleischstückchen.

Hedi nahm das Futter entgegen und folgte Wilhelm zögernd zur Tür.

Eigentlich wollte sie nicht mit ihm hinaus in die Dunkelheit gehen. Sie hatte keine Angst vor ihm. Aber sie fürchtete sich vor dem, was sie mit ihrem vom Rotwein beduselten Kopf tun oder sagen könnte. Doch ihr blieb nichts anderes übrig, als ihm zu folgen.

»Vielleicht tun die Tiere heut sprechen«, rief Emma Schubbke ihnen hinterher. »Das machen sie zu Weihnachten.«

Während sie durch den schmalen Gang zur Hintertür gingen, lachte Wilhelm leise. »Ich versorge die Pferde seit vielen Jahren auch an den Weihnachtstagen. Bis jetzt haben sie nichts zu mir gesagt. Aber wer weiß. Vielleicht muss jemand Besonderes wie Sie dabei sein.«

Er stieß die Tür auf und hielt sie fest, damit Hedi an ihm vorbei nach draußen gehen konnte. Sachte zu Boden schwebende Schneeflocken funkelten im Licht der Laterne über dem Hintereingang. Zögernd setzte Hedi ihren Fuß auf die unberührte weiße Fläche. Bisher war niemand an diesem Abend um die Hausecke herum zu den Wirtschaftsgebäuden gegangen. Als die Tür hinter ihnen ins Schloss fiel, hatte sie das Gefühl, mit Wilhelm ganz allein auf der Welt zu sein.

Er reichte ihr den Arm, und sie zögerte nur kurz, bevor sie ihre Hand auf den rauen Stoff seiner Jacke legte.

Als sie die freie Fläche vor dem Stall zur Hälfte überquert hatten, blieb Wilhelm stehen, nahm ihr die Schüssel mit dem Katzenfutter aus der Hand und stellte sie in den Schnee. Dann umschlang er ihre kalten Hände mit seinen warmen Fingern.

»Ich muss die Katzen füttern.« Sie schaute hinüber zur Stalltür, über der ebenfalls eine Laterne brannte.

»Das machen wir gleich.« Kaum merklich streichelte er mit dem Daumen die Innenfläche ihrer Hand. Verlegen wollte sie sich aus seinem Griff befreien, doch er hielt sie fest. Also blieb ihr nichts anderes übrig, als still dazustehen und dem Pochen ihres Herzens zu lauschen.

»Ich bin froh, dass Frau Schubbke mir diese Gelegenheit verschafft hat.«

Hedi musste gegen ihren Willen kichern. »Wieso verschafft? Stecken Sie etwa mit ihr unter einer Decke?«

»Das nicht. Aber ich bin froh, dass wir zwei jetzt hier allein sind.« Er atmete tief durch. »Ich wollte Sie nämlich fragen …« Er stockte, und sie hielt erschrocken die Luft an.

»Bitte nicht«, versuchte sie, ihn aufzuhalten. Plötzlich war ihr Kopf wieder sehr klar und voller Angst. Am liebsten wäre sie davongelaufen und hätte sich in der eisblauen Dunkelheit versteckt. Doch er hielt immer noch ihre Hände fest, und so blieb sie, wo sie war, und wartete auf das, was er ihr sagen wollte.

»Ich muss das jetzt tun«, begann er nach einem tiefen Atemzug. »Denn bin ich alt genug zu wissen, dass es Gelegenheiten gibt, die vielleicht niemals wiederkommen.«

»Aber …« Der leise Protestlaut kam zusammen mit einem weißen Wölkchen aus ihrem Mund, das langsam in Richtung Scheune davonschwebte.

»Sie müssen erst einmal gar nichts sagen. Nur zuhören.«

Sie presste die Lippen zusammen und nickte.

»Ich weiß, dass wir uns noch nicht gut kennen, aber von Anfang an war da bei mir so ein Gefühl, wenn ich Sie gesehen habe. Eine Sehnsucht. Ich habe versucht, Sie zu umwerben, wie man das eben so macht. Doch Sie sind wie ein scheues Reh. Husch und weg, sobald ich kam und etwas sagte. Seit unserer Fahrt nach Bischofswerder bin ich mir aber sicher, dass Sie mich wenigstens ein bisschen mögen. Und deshalb möchte ich, dass Sie wissen, wie ernst ich es meine. Sie müssen keine Angst haben, dass ich Sie nur ausnutzen will.«

»Aber …« Erneut kam das Wort aus ihrem Mund, das sie so oft in ihrem Leben gedacht und gesagt hatte, wenn es um ihr eigenes kleines Schicksal gegangen war. *Aber.* Immer hatte sie Ausflüchte gefunden und Begründungen dafür, dass es ein besonderes Glück, groß oder klein, für sie nicht geben konnte. Sie hatte sich nie gestattet, einfach zuzugreifen, wenn sich ihr eine Möglichkeit bot, hatte immer nur die Probleme gesehen. Viele Chancen hatte sie in ihrem Leben ohnehin nicht gehabt.

»Wollen Sie mich besser kennenlernen, Hedi Steuke?«, platzte Wilhelm so plötzlich heraus, dass sie erschrocken zusammenzuckte. »Und wenn wir uns dann immer noch mögen, werden Sie dann darüber nachdenken, sich mit mir zu verloben? Und wenn wir auch in der Verlobungszeit nichts entdecken, was uns aneinander stört, wollen Sie mich dann auch heiraten?«

»So ernst meinen Sie es?«, flüsterte sie erstaunt.

»So ernst.« Er nickte energisch.

Seine Worte hallten in ihrem Kopf wider. Und obwohl sie keinen klaren Gedanken fassen konnte, nickte sie, bewegte ganz von selbst den Kopf auf und ab.

»Ja. Das will ich«, flüsterte sie, als er sie in dem milchweißen Licht, das vom Schnee aufstieg, immer noch fragend ansah. »Ich will all das tun. Sie besser kennenlernen und mich dann vielleicht mit Ihnen verloben und dann vielleicht heiraten – das wünsche ich mir auch.«

Da zog er sie so sanft an sich, als könne er sie zerbrechen, wenn er nicht vorsichtig war. Sein Mund suchte ihren, und sein Kuss ließ die Schneeflocke, die sich eben auf ihre Lippe gesetzt hatte, schmelzen.

18. Kapitel

Charlotte
Gut Falkensee, Westpreußen, 9. März 1905

»Guten Morgen, Papa.«

Als Charlotte das Frühstückszimmer betrat, saß nur ihr Vater am Tisch. Seit Alice auf Gut Bernsdorff lebte, kam es häufig vor, dass sie zu zweit frühstückten.

Sie küsste ihn auf die Wange und warf einen Blick auf die Zeitung, die neben seinem Teller lag. Der Leitartikel berichtete darüber, dass sich nach dem Blutsonntag in Petersburg – einem friedlichen Protest, der gewaltsam niedergeschlagen worden war – auch die Proteste der polnischen Bevölkerung im von Russland regierten Königreich Polen ausweiteten.

Während Charlotte sich setzte und ihre Serviette entfaltete, musste sie seltsamerweise an Karol Darranowski denken. Es schien eine Ewigkeit her zu sein, seit sie ihm auf dem Danziger Bahnhof begegnet war. Dennoch erinnerte sie sich deutlich an den bitteren Klang seiner Stimme, als er davon geredet hatte, dass man ihm und seinen Landsleuten in Westpreußen kein Gehör schenkte und er kein Vaterland mehr hatte. Damals hatte sie nicht viel über die Situation der Polen in Westpreußen und das ehemalige polnische Staatsgebiet gewusst, das nun unter russischem Protektorat stand. Inzwischen hatte sie Herrn Schliemeier nach Einzelheiten der polnischen Geschichte ausgehorcht. Da der Hauslehrer nur zu gern sein Wissen weitergab, hatte sie eine Menge herausgefunden. Zum Beispiel wusste sie nun, dass es seit der Schlacht bei Maciejowice 1794, in der die Polen von Russland und Preußen besiegt worden waren, den unabhängigen polnischen Staat nicht mehr gab. Ein Großteil des polnischen Staatsgebiets wurde nun von Russland verwaltet, ein kleiner Teil gehörte zu Westpreußen. Damit waren die Polen praktisch zu Ausländern in ihrem eigenen Land geworden. Das war es, was Karol Darranowski gemeint hatte, und ein wenig konnte sie seine Bitterkeit verstehen.

Otto Kowalski trat mit der Kaffeekanne an den Tisch. Ihr Vater machte mit einer knappen Handbewegung deutlich, dass er nichts mehr wollte. Charlotte ließ sich einschenken und die Platte mit dem Rührei sowie die kleine Silberschale reichen, in der einige geröstete Brotscheiben zwischen gefalteten Servietten warmgehalten wurden.

»Inwiefern haben sich die Proteste der Polen zugespitzt?«, erkundigte sie sich bei ihrem Vater nach dem Inhalt des Artikels, von dem sie nur den ersten Absatz überflogen hatte.

Papa seufzte leise. Er konnte sich nur mühsam mit einer Tochter abfinden, die mit ihm über Politik sprechen wollte, wenn auch nur in der Abgeschiedenheit des Speisezimmers.

Als ihr Vater nach einer Weile immer noch schwieg, atmete sie tief durch. »Neulich las ich in der Zeitung, dass sich im Königreich Polen immer mehr kleine Kampfverbände bilden, die mit blutigen Aufständen auf die Repressalien reagieren, denen die Bevölkerung ausgesetzt ist.«

Herausfordernd sah Charlotte ihren Vater an.

Unvermittelt stahl sich ein leises Lächeln in Papas Mundwinkel. Vielleicht gefiel es ihm doch ein kleines bisschen, dass sie versuchte, sich zu informieren. Er tippte mit dem Zeigefinger auf die Zeitung. »Seit Neuestem existiert ein Verbot, an russischen Schulen in polnischer Sprache zu unterrichten. Daraufhin haben die polnischen Eltern und Schüler Schulstreiks organisiert. Man befürchtet neuerliche Gewalt durch die Kampfverbände, in denen sich militante Polen organisiert haben.«

»Ich kann verstehen, dass die Polen sich wehren«, sagte Charlotte vorsichtig.

Ihr Vater zuckte mit den Schultern. »So ist das, wenn man einen Krieg verliert, wie es den Polen nun mal im russisch-polnischen Krieg gegangen ist.«

»Aber könnte man den Polen nicht wenigstens ein Stück ihres Lands zurückgeben? Stattdessen versucht man, die, die sich nicht unterordnen wollen, aus ihrem eigenen Vaterland zu vertreiben. Aber wo sollen sie denn hin?« Charlotte rührte so heftig in ihrer Tasse, dass der Silberlöffel laut gegen das Porzellan klirrte.

Papa schüttelte energisch den Kopf. »Siehst du, mein Kind – Frauen sind doch zu freundlich und fürsorglich für die große Politik. Dir tun die Polen leid, und du würdest ihnen einfach ihr Land zurückgeben. Gerade die polnischen Provinzen sind jedoch von großer Bedeutung für Preußen. Zudem ist Land in jedem Fall kostbar. Wenn man es hat, gibt man es nicht einfach wieder her. Würdest du Gut Falkensee herschenken, nur weil jemand sagt, es hätte ihm vor vielen Jahren einmal gehört?«

Ein Schauder überlief sie. »Falkensee ist meine Heimat. Westpreußen auch. Aber gerade deshalb weiß ich, dass es für die Polen schwierig sein muss.«

»Nun, unser Land hier, die Gegend um Marienwerder, gehörte schon immer zu Preußen. Wir haben den Polen also nichts weggenommen.« Ihr Vater lächelte sie beruhigend an. »Das Kulmer Land hingegen, das nicht weit vom Drei-Werder-Gebiet entfernt liegt, gehörte ehemals zu Polen.«

»Aha«, machte Charlotte und war tatsächlich ein bisschen erleichtert, dass sie und ihre Familie nichts mit der Entrechtung der Polen im eigenen Land zu tun hatten.

»Doch auch das Kulmer Land und die anderen ehemals polnischen Gebiete sollten wir nicht hergeben«, fuhr ihr Vater fort. »Stell dir Berlin als den Mittelpunkt des Deutschen Reichs vor. Das ehemalige Polen bildet eine Art Sicherheitspuffer für Preußen und Berlin. Es füllt Lücken aus, wo sonst eine fremde Macht säße. Westpreußen in der heutigen Form und Größe schafft die Verbindung zu

Ostpreußen, und Posen füllt die Lücke zwischen Schlesien und Ostpreußen. So ist es gut, und so sollte es bleiben.«

Energisch rückte er seinen Stuhl zurück und stand auf. »Zerbrich dir nicht dein hübsches Köpfchen über solche Dinge.« Er beugte sich über sie und berührte mit seinen trockenen Lippen flüchtig ihre Stirn. Dann wandte er sich der Tür zu, überlegte es sich noch einmal anders, griff nach der Zeitung und nahm sie mit.

Gedankenverloren aß Charlotte ihre längst kalten Rühreier und ließ sich von Otto Kowalski noch eine Tasse Kaffee einschenken. Dann beschloss sie, in ihrem Zimmer den letzten Brief von Tante Eveline zu beantworten, bevor sie ausritt. Noch war es winterlich kalt draußen, aber in der Mittagszeit blies der Wind nicht gar so eisig.

In der Halle kam ihr Mama entgegen. Sie trug wie üblich am Vormittag einen großen Zettel mit den Aufgaben in der Hand, die sie zu erledigen hatte.

»Gut, dass ich dich treffe, Charlotte. Ich will mir nachher das alte Verwalterhaus unten am See ansehen. Es steht seit Jahren leer. Vielleicht könnte man es für Hedi und Herrn Karrasch herrichten. Nachdem sie sich nun verlobt haben, werden sie wohl auch bald heiraten. Hedi sagt, dass Wilhelm Karrasch es sehr eilig mit der Hochzeit hat. Er meint, in ihrem Alter hätten sie keine Zeit zu verlieren. Und ich finde, als Ehepaar brauchen sie ihr eigenes Heim auf Gut Falkensee. Denkst du, das Häuschen am See könnte Hedi gefallen?«

»Sie wird vor Freude außer sich sein«, erklärte Charlotte voller Überzeugung.

»Ich möchte, dass Hedi bei uns bleibt. Und dein Vater ist mit Wilhelm sehr zufrieden. Darum will ich, dass sie sich weiterhin bei uns wohlfühlen.«

Charlotte zog die Stirn kraus. »Glaubst du nicht, dass Frederick durch das Herzmittel jetzt endgültig gesund ist? Dann würde er Hedi nicht mehr brauchen.«

»Doktor Kramer kann noch nichts Genaues sagen. Aber es

sieht ganz gut aus.« Mamas seufzte leise, wohl weil sie sich immer noch Sorgen um ihren einzigen Sohn machte. »Hedi können wir trotzdem gut gebrauchen. Sie springt gern ein, wo Hilfe gebraucht wird, ist zuverlässig und geschickt mit Nadel und Faden. Und wenn eine von euch Mädchen eine Kinderfrau braucht, haben wir gleich die Beste von allen im Haus.«

Nach der letzten Bemerkung zuckte Charlotte mit den Schultern. Wenn jemand in der Familie demnächst eine Kinderfrau brauchen würde, dann ja wohl Alice.

»Kommst du bitte mit, Charlotte. Es gibt noch etwas anderes zu besprechen.« Mama ging voraus in den Salon, blieb vor dem bodentiefen Fenster stehen und beschrieb mit dem Arm einen großen Bogen, der den Park, die Wirtschaftsgebäude und den See umfasste.

»Liebst du Gut Falkensee?« Ihre Mutter sah sie fragend an.

»Natürlich liebe ich Falkensee. Es ist mein Zuhause, das meiner Familie und meiner Vorfahren. Wenn ich im Herbst über die abgeernteten Felder reite, ist es ein ganz besonderes Gefühl zu wissen, dass all dieses Land uns gehört.«

»Und du bist bereit zu tun, was in deiner Macht steht, um das Gut zu retten?«

Charlotte zögerte nur kurz. »Ja. Ich werde einen Mann heiraten, der mit seinem Geld dafür sorgt, dass wir unser Gut nicht verlieren«, stieß sie dann mit einer Stimme hervor, die plötzlich ein wenig heiser war. Mama hatte ihr seit Alices Hochzeit ein halbes Dutzend heiratsfähiger Männer vorgestellt. Charlotte hatte sie alle albern oder langweilig oder unsympathisch gefunden und aus ihrer Meinung keinen Hehl gemacht. Ihr war jedoch immer klar gewesen, dass der Tag kommen würde, an dem ihre Schonfrist vorbei war.

»Es ist bereits in der ganzen Umgebung bekannt, dass wir einen Mann für dich suchen«, fuhr Mama mit einem leisen Seufzer fort. »Wir müssen endlich Nägel mit Köpfen machen, sonst gibt es Gerede.«

»Es wird aber auch getuschelt, wenn Reparaturen und Anschaffungen auf Falkensee fällig werden und kein Geld dafür da ist. Das ist doch der wahre Grund dafür, dass ich mich jetzt sofort für einen wohlhabenden Bewerber entscheiden muss, nicht wahr?«, platzte Charlotte heraus.

»So oder so. Es ist höchste Zeit, dass du dich für einen Mann entscheidest und dich so bald wie möglich mit ihm verlobst«, wiederholte ihre Mutter, ohne auf Charlottes Ausbruch einzugehen.

Charlotte schluckte heftig, obwohl sie einen ganz trockenen Mund hatte. Sie hatte gewusst, dass genau dieser Moment kommen würde, und sie war entschlossen, das Ihre zu tun, um den Familienbesitz zu retten. Dennoch war es schwierig, nun, da es wirklich geschehen sollte.

»Sie waren alle schrecklich«, stieß sie hervor.

Mama tat, als hätte sie nichts gehört. »Ich denke, die Auswahl ist groß genug und du hattest ausreichend Zeit. Dein Vater und ich erwarten eine Entscheidung von dir.«

Charlottes Blick schweifte über den See hinüber zu dem kleinen Wäldchen. Sie betrachtete die Dächer des Dorfs in der Ferne und reckte den Kopf, sodass sie eine Ecke des Herrenhauses sehen konnte, das in der klaren Morgenluft weiß schimmerte wie ein Palast aus Eis.

Sie holte tief Luft. »Er ist schrecklich alt. Aber wenn es unbedingt sein muss, nehme ich Baldur von Krammbach.«

Nachdem sie den Namen ausgesprochen hatte, war sie selbst noch überraschter als ihre Mutter.

19. Kapitel

Karol
Gut Falkensee, Westpreußen, 3. April 1905

Der Diener in der offenen Tür musterte Karol streng und machte keine Anstalten, den Weg in die Halle freizugeben.

»Zu Fräulein von Bargelow?«, erkundigte sich der Mann im perfekten schwarzen Anzug, als würde er seinen Ohren nicht trauen.

»So ist es.« Karol schob energisch das Kinn vor. »Ich bin bekannt mit ihr, und sie hat mich zum Tee eingeladen, falls ich einmal in der Gegend bin. Wie Sie sehen, bin ich in der Gegend.«

»Das gnädige Fräulein ist allein zu Hause. Ihre Eltern sind nach Marienburg gefahren, um Besorgungen zu machen.«

»Ich sagte doch bereits, dass ich zum *gnädigen Fräulein* will.« Was für ein steifes Gehabe! Karol unterdrückte ein unwilliges Schnauben.

»Das gnädige Fräulein sollte keine fremden Herren empfangen, wenn sie allein ist«, erklärte der hochmütige Kerl in der Tür. »Ich könnte die Hausdame rufen, um …«

»Und das haben Sie zu entscheiden?« Karol fixierte ihn scharf. »Ich meine, wen Fräulein von Bargelow empfangen darf?«

»Ich habe meine Anweisungen, und ich muss Sie bitten, zu einer passenderen Zeit wiederzukommen«, sagte der Diener, ohne eine Miene zu verziehen.

»Hat es damit zu tun, dass ich Pole bin? Werden Polen in diesem Haus nicht empfangen?« Die Wut stieg in seiner Kehle auf und erreichte als bitterer Geschmack seinen Mund. Zwar wusste er, dass die Töchter der Großgrundbesitzer sehr behütet aufwuchsen, das hier erschien ihm jedoch ziemlich übertrieben. Und er nahm es persönlich.

»Wie gesagt, ich könnte die Hausdame rufen«, wiederholte der Diener nur. »Falls sie bereit ist, als Anstandsdame zu fungieren, wird Fräulein von Bargelow Sie möglicherweise vorlassen. Was ist denn Ihr Anliegen?«

»Das geht Sie nichts an!«, herrschte er den Diener an, der möglicherweise ein Butler war. So genau kannte er sich da nicht aus.

»Dann muss ich Sie bitten zu gehen.« Der Kerl im schwarzen Anzug machte Anstalten, die Tür zu schließen.

Kurz überlegte Karol, ob er sich gewaltsam Zutritt verschaffen sollte, ließ es dann aber lieber. Stumm wandte er sich um und ging die breite Freitreppe hinunter. Im Grunde war das alles wenig überraschend. Was von Charlotte von Bargelows Einladung zu halten war, hätte er sich ja denken können.

Er war ohnehin nicht zum Tee gekommen. Er hatte etwas anderes mit Charlotte zu klären. Etwas, das ihn schrecklich wütend machte, wenn er nur daran dachte.

Am Fuß der Treppe zögerte Karol. Dann beschloss er, sein Vorhaben nicht so einfach aufzugeben. Er ging um die Gebäudeecke herum. Vielleicht traf er Charlotte bei dem schönen Wetter im Park hinter dem Gutshaus an?

Mit schnellen Schritten überquerte er den Wirtschaftshof und sah sich dabei interessiert um. Im Vergleich zu Gut Falkensee wirkte der Hof seiner Eltern äußerst bescheiden. Das Wohnhaus der Bargelows war sehr viel prächtiger, und die Wirtschaftsgebäude waren um einiges größer. Vor allem der Park, der zu einem See hin sanft abfiel, war bemerkenswert. Welcher Gutsbesitzer konnte sich schon leisten, ein so großes Stück Land quasi brachliegen zu lassen, damit seine Familie im Grünen herumspazieren konnte?

Es war ein warmer, sonniger Frühlingstag. Die Bäume im Park trugen zartgrüne Schleier, an einigen hatten sich schon die Blätter entfaltet. In der Spitze einer Buche sang sich eine Amsel das Herz aus dem Leib.

Karol ging quer über den kurzgeschorenen Rasen, umrundete

ein Nest aus leuchtend gelben Narzissen und blieb stehen, als er in einiger Entfernung einen Pavillon bemerkte. Beim Anblick der Frau im Gartenhäuschen überlief ein seltsames Kribbeln seinen Körper.

Sie hielt den Kopf mit den glänzenden dunklen Haaren gesenkt und schien vollkommen versunken in das, was sie da tat. Las sie einen romantischen Roman?

Während er sich dem Pavillon näherte, betrachtete er die anmutige Linie ihres Nackens, über dem sich eine seidig schimmernde dunkle Haarsträhne kringelte.

Energisch rief er sich selbst zur Ordnung. Hier ging es wahrhaftig um Wichtigeres als um alberne Locken.

Als hätte sie seine Nähe gespürt, wandte sie sich um. Viele andere Frauen wären erschrocken aufgesprungen, wenn unvermittelt ein fremder Mann in ihrer Nähe aufgetaucht wäre, doch sie betrachtete ihn nur forschend. Sekundenlang hing der Blick ihrer dunkelblauen Augen an seinem Gesicht, dann verzog sie den Mund zu einem Lächeln.

»Danzig, nicht wahr? Auf dem Bahnsteig.« Eine zarte Röte kroch aus dem Ausschnitt des Kleides den Hals hinauf. Sie legte die schmalen Finger auf die Spitzenbordüre, als wollte sie ihre Verlegenheit vor ihm verbergen.

Er nickte, blieb kurz stehen und stieg dann die Stufen zum Pavillon hinauf, ohne ihre Aufforderung abzuwarten.

»Wie nett, dass Sie vorbeikommen. Setzen Sie sich.« Sie streckte die Hand nach der Glocke auf dem Tisch aus, wohl um nach einem Diener zu läuten.

Es nahm ihm etwas von seinem mühsam unterdrückten Zorn, dass sie ihn wie einen guten Bekannten behandelte. Doch was bedeutete diese ach so gnädige Einladung schon? Davon würde wahrscheinlich keiner ihrer Bekannten erfahren. Agata jedenfalls hatte keine Einladung erhalten und würde wohl auch nie eine bekommen. Bei diesem Gedanken stieg erneut die Wut in ihm auf. Er blieb neben dem Stuhl stehen, den Charlotte von Bargelow ihm angeboten hatte.

»Ich bin nicht zum Tee gekommen«, erklärte er kühl. »Ohnehin bin ich mir nicht sicher, ob ich mit Ihnen an einem Tisch sitzen möchte.«

Sie zog die Brauen zusammen. »Wie meinen Sie das?« Ihr bisher freundlicher Ton war plötzlich scharf.

»Sagt Ihnen der Name Agata Jatznakowski etwas?« Unbewegt erwiderte er ihren fragenden Blick.

»Sicher. Sie wohnt im alten Jagdhaus meines Vaters. Ich besuche sie regelmäßig.«

Verblüfft starrte er sie an. »Tatsächlich?«

»Tatsächlich«, wiederholte sie ungeduldig. »Kennen Sie sie ebenfalls näher? Sie ist Polin, also ...«

»Es ist nicht so, dass sich alle Polen untereinander kennen, nur weil sie Polen sind«, erklärte er gereizt.

»Aber Sie nannten Agatas Namen.« Charlotte runzelte die Stirn, dann plötzlich schien sie eine Erleuchtung zu haben. »In Danzig erwähnten Sie, dass Ihre Tante in der Nähe von Gut Falkensee lebt. Ist das etwa Agata Jatznakowski? Was für ein netter Zufall.« Sie strahlte ihn an.

Entweder konnte sie sich hervorragend verstellen, oder sie besuchte Agata tatsächlich regelmäßig.

»Neulich begegnete meine Tante beim Kräutersammeln im Wald einer jungen Frau, die dort ausritt. Sie hat Agata sehr deutlich zu verstehen gegeben, dass sie hier unerwünscht ist. Das können eigentlich nur Sie gewesen sein. Soweit ich weiß, gehört der Wald zum Gut Ihres Vaters.«

Bei seinen Worten war Charlotte blass geworden. »Wie kommen Sie auf so etwas? Was sollte ich für einen Grund haben, Agata zu beschimpfen? Sie war immer freundlich zu mir.«

»Die Frau im Wald hat zu meiner Tante gesagt, sie solle gefälligst nach Polen zurückgehen, woher sie gekommen ist.« Er musterte sie misstrauisch.

Sie schnaubte. »Es ist vollkommen absurd, dass ich so etwas

gesagt haben sollte. Abgesehen davon weiß ich mittlerweile, dass es Polen eigentlich gar nicht gibt. Was mir durchaus leidtut.«

»Und wer sollte diese junge Frau sonst gewesen sein, wenn nicht Sie? Meine Tante hat mir gleich nach dem Vorfall geschrieben, weil sie vollkommen schockiert war. Wie viele junge Frauen reiten denn außer Ihnen noch im Wald Ihres Vaters herum?«

»Eine Menge«, sagte sie triumphierend. »Es gibt zwei weitere Güter mit mehreren Töchtern im näheren Umkreis.«

»Tatsächlich?« Er musterte sie misstrauisch.

»Tatsächlich!«, wiederholte Charlotte mit einem energischen Kopfnicken. »Und ich gebe Ihnen vollkommen recht. Es ist schrecklich, was die Frau, wer auch immer sie war, zu Ihrer Tante gesagt hat. Aber es könnte auch noch andere Gründe haben, dass die Unbekannte so wütend auf Agata war. Gründe, die nichts damit zu tun haben, dass sie Polin ist.« Sie biss sich auf die Unterlippe, als wollte sie verhindern, dass ihr versehentlich ein Geheimnis entschlüpfte.

»Was sollten das denn bitte für Gründe sein?«, fuhr er sie an. »Agata ist die freundlichste Frau, die man sich vorstellen kann. Ich würde jederzeit meine Hand für sie ins Feuer legen.«

Charlotte zuckte mit den Schultern und sah an ihm vorbei in den Park.

Karol war klar, dass er nichts weiter über die Frau im Wald aus ihr herausbekommen würde. Er beschloss, das Thema fallenzulassen, und trat neben den Tisch, auf dem mit dem Rücken nach oben ihr aufgeschlagenes Buch lag.

»Was für eine ungewöhnliche Lektüre für eine junge Dame«, sagte er. Ihm war noch nie eine Frau begegnet, die einen dicken Wälzer über die Urbarmachung von Land las.

»Wie ungewöhnlich für einen jungen Herrn, dass er gut genug Französisch kann, um den Titel zu verstehen«, schoss sie zurück und fügte nach kurzem Schweigen hinzu: »Soll ich Tee kommen lassen?«

»Danke. Ich möchte keinen«, lehnte er erneut ab.

»Da Sie sich weigern, mit mir Tee zu trinken, schlage ich einen Spaziergang zum See vor.« Ohne seine Antwort abzuwarten, raffte sie ihren Rock und ging leichtfüßig die Stufen zum Gras hinunter. Dass er dabei einen Blick auf ihre schmalen Knöchel und die wohlgeformten Waden erhaschte, war ihr offenbar egal.

Er folgte ihr gemessenen Schrittes, um deutlich zu machen, dass er nicht zu den Männern gehörte, die auf ihr Wort hin sprangen wie ein dressierter Hund durch einen Reifen.

»Es sind noch Ferien, nicht wahr? Sonst wären Sie nicht mehr hier«, sagte er, als er sie eingeholt hatte. »Sie erwähnten, dass Sie Ihre Studien an der Sorbonne fortsetzen wollten.«

»Pläne ändern sich manchmal«, erwiderte sie knapp.

Er hätte anmerken können, dass sie als verwöhnte Gutsbesitzerstochter es natürlich nicht nötig hatte, ein begonnenes Studium auch zu beenden. Da sie bei ihrer Bemerkung jedoch etwas unglücklich ausgesehen hatte, beschloss er, höflich zu bleiben.

Eine Weile gingen sie schweigend unter den Bäumen dahin. Vor ihnen funkelte der See wie blankes Silber in der Sonne. Das Herrenhaus lag so weit hinter ihnen, dass Karol das Gefühl hatte, sich ganz allein mit Charlotte von Bargelow inmitten eines paradiesischen Stückchens Natur zu befinden.

Heimlich sah er sie von der Seite an. Sie war groß und biegsam wie eine junge Tanne und reichte ihm bis zur Schläfe. Obwohl sie wahrscheinlich in ihrem Leben niemals anstrengende Arbeit verrichtet hatte, wirkte sie wie eine Frau, die zupacken konnte. Widerwillig gestand er sich ein, dass sie ihm gefiel. Jedenfalls äußerlich.

Mittlerweile waren sie aus dem Schatten der Bäume getreten. Die Frühlingssonne hatte an diesem Tag schon erstaunlich viel Kraft. Auf Charlottes Nacken perlte feiner Schweiß. In ihm stieg der absurde Wunsch auf, seinen Mund gegen ihre heiße Haut zu pressen, den zarten Salzgeschmack zu schmecken und ihren Duft nach Wildblumen und Honig zu trinken, den der Wind ihm zuwehte. Offenbar war er von der langen Reise so erschöpft, dass sein

Verstand aussetzte. Anders waren diese seltsamen Anwandlungen nicht zu erklären. Schließlich war und blieb sie die Tochter eines westpreußischen Landjunkers. Damit gehörte sie zu einer Gattung von Menschen, mit der er nichts zu tun haben wollte.

Im Plauderton begann Charlotte eine Unterhaltung: »Sie sind also auf dem Weg zu Ihrer Tante. Besuchen Sie sie zum ersten Mal im Jagdhaus, Herr …«

Natürlich konnte sie sich nicht an seinen Nachnamen erinnern. Er machte sich nicht die Mühe, ihn ihr zu nennen. Falls sie sich jemals wiedersahen, hatte sie ihn bis dahin sowieso wieder vergessen.

»Sie sind unhöflich«, platzte Charlotte heraus, als ihr klar wurde, dass er nicht die Absicht hatte, sich ihr erneut vorzustellen. »Was bitte soll ich tun, damit Sie sich mir gegenüber normal verhalten?«

»Beispielsweise könnten Sie mich behandeln wie einen der Männer, mit denen Sie sonst zu tun haben«, platzte er heraus.

Sie runzelte die Stirn. »Die Männer, die wir sonst hier zu Gast haben, sind zivilisiert genug, eine Tasse Tee mit mir zu trinken.«

»Und was gefällt Ihnen an diesen Männern sonst noch? Außer, dass sie Tee trinken, den sie wahrscheinlich nicht mögen?« Er wusste selbst nicht, warum er diese merkwürdige Unterhaltung mit ihr führte. Vielleicht um das empörte Funkeln ihrer Augen zu sehen.

»Diese Männer sind höflich und zurückhaltend und wissen, wie man sich in Gegenwart einer Dame benimmt.« Charlotte blieb stehen, und tatsächlich traf ihn ein dunkelblauer Blitz.

»Und was glauben Sie, was diese ach so höflichen und zurückhaltenden Männer sich in Wahrheit von Ihnen wünschen? Glauben Sie ernsthaft, wenn sie an Sie denken, denken sie an Tee?« Herausfordernd erwiderte er ihren Blick.

»Woran denn sonst?« Ihre Art, auch in dieser Situation nicht sittsam und beschämt den Blick niederzuschlagen, nötigte ihm Respekt ab.

»Zum Beispiel an einen Kuss«, trieb er es auf die Spitze, weil er sehen wollte, wie weit er gehen musste, um sie zum Rückzug zu zwingen.

»Sie möchten also für Ihre Hilfe auf dem Bahnsteig keinen Tee, sondern einen Kuss? Und Sie glauben, ein solches Ansinnen lässt mich vor Schreck in Ohnmacht fallen?« Ihre Brust hob und senkte sich etwas schneller als zuvor, ansonsten war ihr keine Verlegenheit anzumerken. Die leichte Röte ihrer Wangen konnte auch von der Wärme herrühren.

Sie forderte ihn heraus, wohl weil sie glaubte, er würde einen Rückzieher machen. So wie die Männer, die mit ihr Tee tranken. Nun, sie würde begreifen müssen, dass er anders war. Er nickte entschieden.

»Gut«, sagte sie. Mehr nicht. Nur dieses eine Wort.

Nun war er doch etwas verwirrt. Würde sie tatsächlich zulassen, dass er sie küsste?

Als sie ihm ihr Gesicht zuwandte und die langen dunklen Wimpern über die Augen senkte, war er ehrlich erstaunt. Dann beugte er sich vor, legte die Hände auf ihre Schultern, presste seinen Mund auf ihren und strich mit seiner Zungenspitze sanft über ihre leicht geöffneten Lippen.

Er spürte, wie sie zusammenzuckte, als er seinen Kuss vertiefte. Und doch riss sie sich nicht los. Ein unterdrücktes Stöhnen stieg in ihrer Kehle auf, und er trank es mit ihrem süßen Atem. Dann gab er sie mit einem Ruck frei.

Ihre Wangen brannten, ihr Blick flackerte. Nun wandte sie doch den Kopf ab, was ein leichtes Triumphgefühl in ihm auslöste.

»Ich gehe davon aus, damit ist meine Schuld beglichen«, stieß sie atemlos hervor.

»So ist es.« Er verbeugte sich knapp. »Ich bedanke mich, Fräulein von Bargelow.«

Bevor sie etwas erwidern konnte, drehte er sich um und ging zurück zur Auffahrt, wo sein Pferd stand. Es drängte ihn, sich noch einmal umzusehen, doch er tat es nicht.

20. Kapitel

Baldur
Gut Falkensee, Westpreußen, 5. April 1905

Charlotte lehnte in ihrem Korbsessel neben einer der hohen Kübelpflanzen im Wintergarten von Gut Falkensee. Sie war blass und wirkte müde wie nach einer schlaflosen Nacht, musterte ihn aber dennoch aufmerksam. Obwohl Baldur von der ersten Begegnung an ihre sprühende Lebendigkeit bewundert hatte, fand er sie auch in ihrer nachdenklichen Stimmung wunderschön.

»Ich danke Ihnen, dass Sie heute Nachmittag gekommen sind. Es ist an der Zeit, dass wir einige Abmachungen treffen, was unsere … gemeinsame Zukunft betrifft.« Auch ihr Lächeln wirkte matt.

Zu seinem Erstaunen hatte Charlotte höchstpersönlich ihn nach Gut Falkensee eingeladen. In dem kurzen Brief bat sie um ein Gespräch unter vier Augen. Tatsächlich hatte Baldur bisher lediglich mit dem Gutsherrn über den finanziellen Hintergrund einer möglichen Eheschließung gesprochen. Charlotte hatte ihm während einer kurzen Begegnung im Beisein ihrer Mutter bestätigt, dass sie sich unter mehreren Bewerbern für ihn entschieden habe.

Angesichts ihres kühlen Lächelns bei dieser Gelegenheit war leises Misstrauen in ihm aufgestiegen. Wollte sie ihn tatsächlich aus freien Stücken heiraten? Oder war er ihr als reichster Ehekandidat aufgezwungen worden? Doch trotz dieser Zweifel konnte er nicht widerstehen, denn die kluge, lebhafte Charlotte von Bargelow war und blieb seine Wunschkandidatin. Die Frau, mit der er sich eine Ehe am besten vorstellen konnte, obwohl der Schmerz um seine erste Frau noch immer in seinem Herzen brannte.

Wahrscheinlich war es Veronika von Bargelow gewesen, die entschieden hatte, dass die Unterhaltung im Wintergarten stattfinden sollte. Dieser Raum war durch die Glasfront an der Rückseite vom Park des Gutshauses einsehbar. Zudem stand die Tür zur Halle offen, sodass sie nicht wirklich allein waren.

Nachdem Baldur sich im Korbsessel ihr gegenüber niedergelassen hatte, atmete Charlotte tief durch. »Ich will gleich zum Grund meiner Einladung kommen. Da wir uns möglicherweise bald verloben, möchte ich wissen, was Sie von mir erwarten.«

Einen Augenblick starrte er sie verblüfft an. »Es geht nicht allein um meine Erwartungen«, erwiderte er dann mit einem verbindlichen Lächeln. »Auch Sie dürften mit einer Ehe gewisse Erwartungen verbinden.«

Noch war die Verlobung nicht offiziell. Ein wenig Zeit blieb ihm also noch, um herauszufinden, ob Charlotte ihn wirklich aus freien Stücken heiraten wollte. Falls das nicht der Fall war, würde er eine andere Frau auswählen, um das Haus mit ihm zu teilen und ihm einen Erben zu gebären. Charlotte jedoch weckte dieses besondere Interesse in ihm. Gerade deshalb wollte er auf keinen Fall, dass sie ihn dafür verabscheute, dass er sie mit seinem Reichtum quasi gekauft hatte.

»Sie wissen bereits, dass mein Vater mit der Bitte um Investitionen an meinen künftigen Ehemann herantreten wird.« Charlotte verzog den Mund, als hätte sie in einen sauren Apfel gebissen. »Auch mir ist es wichtig, dass Falkensee im Besitz der Bargelows bleibt. Obwohl ich nach meiner Heirat nicht mehr hier wohnen werde, möchte ich mein Elternhaus jederzeit besuchen können und wissen, dass meine Eltern und mein Bruder ein Dach über dem Kopf haben.«

»Ihr Vater wird die Summe erhalten, die er benötigt«, sagte Baldur knapp.

»Und meine Gegenleistung?« Ein rosiger Hauch überzog ihre Wangen.

Er zögerte. »Selbstverständlich bin ich mir darüber im Klaren, dass Sie mich nicht lieben«, sagte er und sah ihr entschlossen ins Gesicht. Ihr leichtes Erröten gefiel ihm.

»Gefühle können sich entwickeln«, murmelte sie und wich seinem Blick aus.

Baldur lächelte sie nichtssagend an. Er würde sich keinen Illusionen hingeben. »Ich gehe jedoch davon aus, dass wir einander Respekt und auf Dauer sogar Freundschaft entgegenbringen werden«, fuhr er in ruhigem Ton fort.

»Respekt«, wiederholte Charlotte nachdenklich. »Eine gute Grundlage für eine Ehe. Ebenso wie Sympathie oder sogar Freundschaft.«

»Und ich bin sicher, wir werden interessante Gespräche führen. Nicht nur über die Damen Luxemburg und Curie.« Er zwinkerte ihr zu, was er jedoch sofort bereute, als sie ihn starr ansah und die Hände im Schoß faltete.

»Möglicherweise«, erwiderte sie nach kurzem Schweigen.

»Ich brauche einen Erben für meine Fabrik und eine Frau, die mein Haus führt.« Das hier war offenbar eine geschäftliche Verhandlung, und angesichts der Tatsache, dass er ein erfolgreicher Geschäftsmann war, müsste es mit dem Teufel zugehen, wenn er darin nicht besser war als sie. Obwohl er Charlotte von Bargelow auch auf diesem Gebiet viel zutraute.

»Sie wünschen sich einen Erben, nehme ich an?«

»Ja, natürlich. Einen Sohn, der später die Fabrik leiten kann.«

»Und nachdem ich einen Jungen zur Welt gebracht habe? Möchten Sie noch mehr Kinder?« Charlottes Miene war unbewegt.

Ihr Verhalten rang ihm Hochachtung ab. Er kannte keine andere Frau, die derart kühl und entschlossen über Themen wie dieses sprechen konnte. Nicht einmal Amelie wäre dazu in der Lage gewesen – seine Frau, die er geliebt und verehrt hatte und die bei dem Versuch, ihm einen Nachkommen zu schenken, gestorben war.

Charlotte wirkte kräftig und gesund. Sie sah aus wie eine Frau, die vier, sechs oder acht Kinder bekommen konnte, ohne dabei in Lebensgefahr zu geraten.

»Ehrlich gesagt, will ich mich da noch nicht festlegen. Bisher habe ich keine Erfahrung mit Kindern. Möglicherweise gefällt mir der Gedanke, einen ganzen Stall voll zu haben.«

Er sah, wie sie bei seinen Worten leicht zusammenzuckte, und hätte zu gern gewusst, ob es der Gedanke an eine Menge Kinder war, der sie erschreckte, oder eher die Art, wie diese Kinder unter seiner Mitwirkung entstehen würden.

»Vorrangig geht es mir erst einmal um einen Erben« fuhr er fort. »Wenn der da ist, sehen wir weiter.«

Charlotte hatte wahrscheinlich nicht die leiseste Ahnung, wie sehr er sich danach sehnte, ihren warmen, biegsamen Körper neben sich im Bett zu spüren, sie zu berühren und zu wissen, dass aus ihrer Zweisamkeit möglicherweise ein Kind entstehen würde. Wenn er diese Gefühle zuließ, hatte er Amelie gegenüber ein schlechtes Gewissen. Doch er wusste, dass seine verstorbene Frau nicht gewollt hätte, dass er für den Rest seines Lebens allein blieb.

»Und welche Wünsche haben Sie an unsere Ehe und an mich?«, fragte er, nachdem sie beide eine Weile geschwiegen hatten.

Sie überlegte so angestrengt, dass sich über ihrer Nasenwurzel eine tiefe Falte bildete.

»Ich weiß sehr zu schätzen, dass Sie mich nach meinen Wünschen fragen.« Charlotte senkte auf jene Weise den Kopf, die jede Tochter aus gutem Hause beherrschte. Wahrscheinlich lernten sie das auf den Schulen, die die Gutsbesitzer wählten, um den weiblichen Nachwuchs zur begehrten Partie auf dem Heiratsmarkt zu machen – zu charmanten Gastgeberinnen, besonnenen Hausherrinnen und sanften Gattinnen.

Warum nur kam es ihm bei Charlotte so vor, als würde sie diese Haltung zwar durchaus gekonnt, aber äußerst widerwillig einnehmen? Und warum gefiel ihm ihre mühsam verborgene Widerspenstigkeit so gut, zumal sie nichts als Schwierigkeiten verhieß?

Nach einem tiefen Durchatmen fuhr sie fort: »Ich bringe einen Erben für Ihre Fabrik zur Welt, ich stehe nach bestem Wissen und Gewissen Ihrem Haushalt vor, und ansonsten …« Sie ließ den Satz unvollendet und richtete ihren dunkelblauen Blick auf ihn.

Als sie nach einer Weile immer noch schwieg, machte er mit beiden Händen eine auffordernde Geste und beugte sich gespannt vor.

»… ansonsten will ich so weit wie möglich meine Freiheit.«

»Freiheit?«, wiederholte er irritiert.

Sie nickte. »Tun und lassen, was ich möchte, solange ich ansonsten meine Pflichten in der Ehe erfülle. Vielleicht kann ich noch einmal für einige Monate meine Tante in Paris besuchen.« Fast bittend sah sie ihn an.

Baldur spürte Wut in sich aufsteigen. Wenn sie sich einbildete, er würde ihr gestatten, in Pariser Salons mit anderen Männern zu flirten, hatte sie sich getäuscht. Er würde auch nicht erlauben, dass sie den größten Teil des Jahres abwesend war, sei es in Paris oder auf dem Gut ihrer Eltern. Wie sollten sie auf diese Weise eine Ehe führen? Als ihm dieser Gedanke durch den Kopf schoss, wurde ihm klar, dass er insgeheim doch den Wunsch hegte, sie würde seine Gefühle eines Tages erwidern. Charlotte jedoch schien nichts anderes im Sinn zu haben, als ihm während ihrer Ehe auszuweichen – so oft und so lange es möglich war.

»Ich kann mir nicht vorstellen, dass Ihre Pflichten im Haushalt eine monatelange Abwesenheit zulassen werden«, erklärte er barsch.

Wieder breitete sich Schweigen im Raum aus. Charlottes sonst so volle Lippen waren plötzlich schmal.

»Vielleicht könnte ich mein Studium beenden«, sagte sie leise.

Ein Studium dauerte Jahre! Und sosehr Charlotte ihn manchmal auch mit ihrem Wissen und ihren vielseitigen Interessen beeindruckt hatte – dabei würde er nicht mitspielen. Ganz Westpreußen würde sich über einen Ehemann lustig machen, dessen Frau angeblich in Paris studierte.

Hielt Charlotte ihn wirklich für so dumm? Anscheinend war ihr bewusst, dass sie eine gewisse Anziehungskraft auf ihn ausübte. Und dieses Wissen war in ihren Augen Macht. Doch er würde ihr zeigen, dass er nicht wie ein dressierter Hund durch den Reifen sprang. Wenn sie glaubte, leichtes Spiel bei ihm zu haben, hatte sie sich getäuscht.

»Was den Erben betrifft, habe ich es mir überlegt«, erklärte er daher. »Sobald Sie einen Sohn zur Welt gebracht haben, ist diese Seite unserer Ehe für mich erledigt. Sie verstehen?«

Sie schnappte nach Luft, was ihm einige Genugtuung bereitete.

»Selbstverständlich sind eheliche Treue und untadeliges Verhalten von beiden Seiten eine unabdingbare Grundlage unserer Ehe«, fuhr er streng fort.

»Sicher.« Sie schien sich wieder gefasst zu haben. »Wir werden einander vor Gott und den Menschen Treue und gegenseitige Unterstützung für ein ganzes Leben versprechen. Das verstehe ich durchaus. Und ich pflege meine Versprechen zu halten.«

»Gut. Dann sind wir uns diesbezüglich einig.« Er lehnte sich zurück und schlug die Beine übereinander, ohne sie aus den Augen zu lassen.

Mit einer graziösen Bewegung strich Charlotte sich eine Locke aus der Stirn, und er ertappte sich bei dem Wunsch, es möge eine Weile dauern, bis sie guter Hoffnung war. Vielleicht bekam sie ja auch erst ein oder zwei Töchter, bevor sie ihm einen Erben schenkte.

»Haben Sie bereits einen Termin für die offizielle Verlobung ins Auge gefasst?«, erkundigte er sich.

»Ich denke, um genügend Zeit für die Vorbereitungen zu haben, wäre September oder sogar Oktober ein guter Termin. Oder passt es Ihnen im Spätherbst wegen der Zuckerrübenkampagne nicht?« Erneut faltete sie sittsam die Hände im Schoß.

Offenbar hatte sie es nicht sonderlich eilig, die Verbindung mit ihm offiziell zu machen. Was nur bedeuten konnte, dass ihr Vater das Geld zwar auf längere Sicht benötigte, jedoch nicht allzu dringend.

»Oktober wäre mir sehr angenehm. Die Zuckerproduktion läuft einen Tag lang sicher auch ohne mich.« Sekundenlang hielt er ihren Blick fest, bis sie den Kopf abwandte und durch die Glasfront hinaus in den Park schaute. »Ihre Eltern wünschen eine Hochzeit zum Jahresanfang. Das kommt mir entgegen. Eine kurze Verlobungszeit ist zwar eher unüblich. Ich hörte jedoch, dass auch ihre Schwester schon bald nach der Verlobung geheiratet hat. Da wir uns grundsätzlich einig sind, sollten wir es genauso machen.«

Charlotte nickte und reichte ihm über den Tisch hinweg die Hand, als hätten sie einen Geschäftsabschluss getätigt. Was letztlich der Fall war. Dann stand sie auf.

Baldur erhob sich ebenfalls, und Charlotte begleitete ihn durch die Halle zur Tür, wie es sich für eine fast schon verlobte Frau geziemte. Sein Kutscher wartete draußen im Wagen.

Er hätte Charlotte zum Abschied gern auf die Wange geküsst, doch er war sich nicht sicher, wie sie auf diese Annäherung reagieren würde. Also beugte er sich nur über ihre Hand, ohne sie mit den Lippen zu berühren.

21. Kapitel

Charlotte
Jagdhaus nahe Gut Falkensee, Westpreußen, 19. April 1905

Als Charlotte vor dem Jagdhaus aus dem Sattel sprang, tauchte sofort Johanne auf. Mittlerweile schien sie sich an Charlottes Besuche gewöhnt zu haben. Manchmal war sie fast schon freundlich ihr gegenüber. An diesem Morgen starrte die Magd Charlotte jedoch nur mürrisch an. Stumm nahm sie Laila und führte die Stute in den Stall, um sie zu tränken und die Sattelgurte zu lockern.

Charlotte stieg die wenigen Stufen zur Haustür hinauf und klopfte. Sie musste lange warten und den Türklopfer ein zweites Mal betätigen, dann öffnete Agata endlich.

Sie starrte ihren Gast mit einem müden, verwirrten Blick an, dabei besuchte Charlotte sie häufig. Die Polin wirkte fahrig und hatte bläuliche Schatten unter den Augen. In der Hand hielt sie eine Schüssel mit Wasser, in dem ein Tuch schwamm.

»Ich störe«, stellte Charlotte fest. »Soll ich lieber ein andermal kommen, oder kann ich helfen?«

»Treten Sie ein. Ich zähle auf Ihre Verschwiegenheit.« Agata wandte sich um und ging zu einem Erdgeschosszimmer, in dem Charlotte noch nie gewesen war. Sie war davon ausgegangen, dass dieser Raum leerstand.

In der offenen Tür verharrte sie und schaute sich erstaunt um. Es handelte sich um ein großes Zimmer mit nur wenigen Möbeln. Vor dem Fenster standen ein schmales Bett, ein Nachtschrank und ein hölzerner Stuhl, an der Seitenwand zwei Sessel und ein niedriger Tisch.

Im Bett lag bewegungslos ein Mann. Er war nur bis zur Taille zugedeckt und trug kein Nachthemd. Seine Arme waren von Mullverbänden bedeckt, die Haut seines Oberkörpers zeigte großflächige Entzündungen. An anderen Stellen verkrustete bräunlicher Schorf die Hautoberfläche.

Die Polin ging zum Bett, stellte ihre Schüssel auf den Holzstuhl und beugte sich über den Mann. Um seinen Kopf war ebenfalls eine weiße Binde gewickelt. Charlotte konnte nur ein geschwollenes Auge und einen seltsam verzogenen Mund sehen. Am Kinn prangte eine Schorfinsel. Dort, wo die Haut nicht verletzt war, sprossen kräftige dunkle Bartstoppeln.

Der Kranke stieß mühsam einige Worte hervor. Charlotte verstand ihn nicht, doch sie zuckte zusammen. Der Klang der rauen, tiefen Töne kam ihr bekannt vor.

Mit sanfter Stimme erwiderte Agata etwas auf Polnisch. Dann griff sie nach der Tasse auf dem Nachttisch, half dem Kranken, sich aufzurichten, und setzte die Tasse an seine Lippen. Nachdem er gierig getrunken hatte, sank er mit einem Seufzer zurück in die Kissen.

Plötzlich schien Agata sich an Charlottes Anwesenheit zu erinnern. »Er hat hohes Fieber und muss viel trinken. Könnten Sie frischen Tee machen? Die Kräutermischung steht in der Küche auf dem Tisch. Ich habe Johanne ein bisschen an die frische Luft geschickt. Anschließend soll sie sich hinlegen, nachdem sie fast die ganze Nacht zusammen mit mir auf war.«

»Natürlich.« Charlotte näherte sich dem Bett und vermied, den halbnackten Kranken aus der Nähe anzusehen. Hastig griff sie nach der Tasse und ging zur Tür.

»Es ist nichts Ansteckendes«, erklärte Agata. »Seine Wunden haben sich infiziert und entzündet. Darauf reagiert sein Körper mit Fieber. Seit drei Tagen behandele ich ihn mit Tee und einer Kräutersalbe. An einigen Stellen beginnt die Haut zu heilen, aber ich fürchte, er ist noch nicht ganz über den Berg. Wundbrand kann sehr gefährlich sein.«

»Wie lange muss der Tee ziehen?«, erkundigte sich Charlotte.

»Zehn Minuten.« Agata hatte inzwischen angefangen, den Oberkörper des Mannes mit einer Salbe zu bestreichen.

»Noch etwas …« Agatas Stimme hielt Charlotte zurück, bevor sie das Zimmer verlassen konnte.

»Ja?«

»Das hier … Davon darf niemand erfahren. Absolut niemand.«

»Natürlich nicht«, erwiderte Charlotte automatisch. »Sie können sich auf mich verlassen.« Sie versuchte, ihre Verwirrung zu verbergen. Was ging hier vor?

Während Charlotte wartete, dass das Wasser kochte, stellte sie das Geschirr zusammen, das überall herumstand, und wischte den Tisch mit einem Tuch ab. Normalerweise war die Küche aufgeräumt und sauber. Lag es an dem Kranken im Haus, dass weder Johanne noch Agata dazu kamen, Ordnung zu machen?

Als der Tee fertig war, trug sie die Kanne und eine frische Tasse zum Krankenzimmer. Sie klopfte leise, wartete einen Moment und öffnete die Tür. Agata saß in sich zusammengesunken neben dem Bett. Sie schien vor Erschöpfung eingeschlafen zu sein.

Der Verletzte starrte zwischen den geschwollenen Lidern seines rechten Auges zur Decke hinauf. Als er ihre Schritte hörte, wandte er den Kopf. Erfolglos versuchte er, einen Schmerzenslaut zu unterdrücken.

»Verstehen Sie mich?«, fragte sie, während sie leise, um Agata nicht zu wecken, Kanne und Tasse auf den Nachttisch stellte.

»Ja.« Obwohl sein zugeschwollenes Auge nur als Schlitz zu sehen war, spürte sie seinen prüfenden Blick.

»Ich bin Charlotte von Bargelow«, stellte sie sich mit gesenkter Stimme vor.

»Ich weiß.«

Der Mann im Bett verzog den Mund zur Andeutung eines Lächelns. Also doch! Sie hatte es nicht für möglich gehalten, aber offenbar war ihre Vermutung richtig gewesen. Ihre Knie wurden weich, und sie stützte sich hastig am Fußteil des Betts ab. Wie peinlich das war! Während der vergangenen zwei Wochen hatte sie unzählige Male bereut, dass sie sich von Karol Darranowski zu einem Kuss hatte provozieren lassen. Und noch viel häufiger hatte sie sich über die dreiste Art geärgert, *wie* er sie geküsst hatte. Leidenschaftlich und schamlos.

In diesem Moment rührte sich Agata auf ihrem Stuhl und schaute sich erstaunt um.

Charlotte legte Agata die Hand auf die Schulter. Ihr war nicht wohl bei der ganzen Sache. Aber Agata brauchte offensichtlich Hilfe. Außerdem würde sie auf keinen Fall gegenüber diesem Mann irgendeine Art von Unsicherheit oder gar Schwäche zeigen. »Sie sind todmüde«, sagte sie daher zu Agata. »Was halten Sie davon, wenn Sie sich für zwei oder drei Stunden hinlegen und ich mich so lange um Ihren Gast kümmere?«

»Das muss ich selbst tun«, stammelte Agata verschlafen.

»Wie wollen Sie das machen, wenn Sie vor Erschöpfung fast umfallen? Sagen Sie mir einfach, was ich machen soll.« Energisch zog Charlotte ihre polnische Freundin von dem harten Stuhl hoch und schob die vor Müdigkeit Schwankende zur Tür.

»Messen Sie bitte jede halbe Stunde sein Fieber. Das Thermometer liegt auf dem Nachttisch. Wenn die Temperatur steigt oder wenn er anfängt zu fantasieren, wecken Sie mich. Auch wenn sich sein Allgemeinzustand verschlechtert. Und geben Sie ihm so viel wie möglich zu trinken«, wies Agata sie an.

Charlotte nickte. »Das werde ich tun.«

Die Polin zögerte immer noch. »Ich fürchte, es schickt sich nicht, dass Sie …«

»Da niemand erfahren wird, dass er hier ist, wird auch niemand erfahren, dass ich mich um ihn gekümmert habe. Und irgendwann müssen Sie schlafen.«

Charlottes letztes Argument schien zu fruchten. Agata wiederholte ein letztes Mal, man solle sie unbedingt wecken, wenn das geringste Problem aufträte, und verließ das Zimmer.

Charlotte ließ sich auf dem Stuhl nieder, auf dem zuvor Agata gesessen hatte, und beobachtete den Kranken, für den sie nun die Verantwortung trug, unauffällig. Er starrte lange hinauf zur Decke, dann drehte er sich im Bett um und schnappte dabei ächzend nach Luft.

»Haben Sie Schmerzen?« Erschrocken richtete Charlotte sich auf.

»Nicht schlimmer als vorher.« Er verzog den Mund zu einem schiefen Grinsen. »Reden Sie mit mir, das lenkt mich ab.«

»Warum sind Sie in Ihrem Zustand ausgerechnet zu Agata gekommen? Oder haben Sie sich die Verletzungen hier in der Nähe zugefügt?«

»Ich brauchte ein Versteck, und Agata war sofort bereit, mir zu helfen. Hoffentlich bereut sie es nicht inzwischen. Ich hatte keine Ahnung, was ich ihr zumute, als ich vorgestern herkam. Ich glaube, sie hatte noch in der vergangenen Nacht Angst, ich könnte ihr unter den Händen wegsterben. Obwohl das Fieber inzwischen schon etwas gesunken ist.«

»Es ist gut, dass es Ihnen besser geht«, murmelte sie. Worüber sprach man mit einem wildfremden Kranken, um ihn abzulenken?

»Es wundert mich, dass Sie mich erkannt haben«, sagte er nach einer Weile.

»Ihre Stimme …«, begann sie und stockte.

Er lachte auf und verzog gleich darauf die Lippen, als hätte ihm das Lachen Schmerzen bereitet. »Wenigstens erkennen Sie noch meine Stimme, das beruhigt mich. Ich fürchte, ich ähnele nur sehr entfernt meinem früheren Selbst. Zu meiner Entschuldigung kann ich nur vorbringen, dass ich in eine gewaltsame Auseinandersetzung verwickelt war.«

»Was ist passiert?«

»Es ist besser, wenn Sie nichts Genaues wissen. Zum Schutz meiner Tante, zu Ihrem eigenen Schutz und natürlich auch zu meinem.«

»Entschuldigung.« Charlotte verschränkte die Finger im Schoß.

»Wie geht es Ihrem Freund Jarek? Als Sie auf Gut Falkensee waren, habe ich ganz vergessen, nach ihm zu fragen. Unsere Begegnung kam so überraschend.«

Langsam, wohl weil ihn jede Bewegung schmerzte, wandte er den Kopf ab, sodass er gegen die Wand starrte und sie seinen Hinterkopf mit der breiten weißen Binde in den schwarzen Haaren sah. »Jarek ist tot.«

Fast hätte Charlotte vor Schreck aufgeschrien. Sie biss sich auf die Unterlippe und schüttelte entsetzt den Kopf.

»Das tut mir furchtbar leid. Er war ein so liebenswürdiger Mann«, flüsterte sie nach einer Weile.

Karol rührte sich nicht. Als er sein Gesicht wieder in ihre Richtung drehte, entdeckte sie in seinem Auge einen silbrigen Glanz. Weinte er? Verlegen wandte sie den Blick ab und schaute sekundenlang in den Baum vor dem Fenster.

»Er war der beste Freund, den ich jemals hatte und jemals haben werde«, sagte Karol mit erstickter Stimme. »Wir kannten uns seit unseren Kindertagen. Jarek war so etwas wie mein besseres Ich. Er brachte meine guten Eigenschaften zum Vorschein. Durch ihn war ich zu Dingen fähig, die ich ohne ihn nie getan und nie gedacht hätte.«

Spontan griff Charlotte nach seiner Hand, die unversehrt aus der weißen Binde herausragte, mit der sein Unterarm umwickelt war. »Es muss schrecklich sein, einen solch guten Freund zu verlieren.«

»Nicht nur das. Ich bin schuld an seinem Tod.« Karol presste die Lippen so fest zusammen, dass sie vor dem Hintergrund seiner entzündeten Haut schneeweiß hervorstachen. »Ich habe ihn überredet mitzumachen. Er wollte immer nur gewaltlosen Protest, aber ich fand, dass wir lange genug friedlich gewesen waren. Wenn doch nur ich an seiner Stelle gestorben wäre.« Zu Charlottes Entsetzen quoll eine Träne zwischen den geschwollenen Lidern hervor und rollte über seine Wange.

Hastig griff sie nach einem der gefalteten Tücher auf dem

Nachttisch, beugte sich über ihn und tupfte behutsam sein Gesicht ab. Es war ein seltsames Gefühl, ihm erneut so nahe zu kommen. Ihre Kehle wurde eng, und sie hatte Mühe, ruhig zu atmen. Energisch erinnerte sie sich daran, dass sie momentan so etwas wie eine Krankenschwester war. Und Krankenschwestern mussten fremde Männer nun mal berühren. Trotzdem stieß sie erleichtert die Luft aus, nachdem sie das Tuch wieder weggelegt und sich gesetzt hatte.

»Sind noch andere Menschen zu Schaden gekommen?«, rutschte es ihr heraus.

Sein Lachen klang bitter. »Sie wollen wissen, ob ich noch mehr Menschenleben auf dem Gewissen habe?«

»So meinte ich es nicht. Ich dachte nur …«

»Nein«, unterbrach er sie in schroffem Ton. »Ich habe nur Jarek umgebracht. Nur ihn.« Kraftlos bewegte Karol seinen Kopf auf dem weißen Kissen hin und her.

»Ich bin sicher, Sie haben Ihren Freund zu nichts gezwungen.« Zu gern hätte sie gewusst, worin jene Tat bestanden hatte, bei der Jarek getötet und Karol so schwer verletzt worden war. Es musste etwas Verbotenes gewesen sein, wenn Karol sich nun hier bei seiner Tante versteckte und sie zu niemandem ein Wort sagen durfte.

Entschlossen fuhr sie fort: »Es tut mir sehr leid wegen Jarek. Aber es war seine Entscheidung, an Ihrer Seite zu sein.«

Sein Mundwinkel verzog sich zu einem kleinen, bitteren Lächeln. »Wenn es nur so einfach wäre. Aber das ist es nicht. Es gibt Momente, da weiß ich nicht, ob ich wieder gesund werden will. Denn eigentlich habe ich nicht das Recht dazu.«

»Hören Sie auf damit!« Charlotte war plötzlich so wütend, dass sie den Kranken zu ihrer eigenen Überraschung fast anschrie. »Agata tut alles, um Ihnen zu helfen. Sie sind ihr Neffe, und außer Ihnen hat sie keine Familie mehr. Jedenfalls niemanden, der Kontakt mit ihr haben will.«

Karol zuckte nicht einmal zusammen, als sie ihre Stimme erhob, sondern starrte sie immer nur weiter mit seinem freien Auge an.

Dann sagte er langsam: »Agata wird immer einsam sein, solange sie hier lebt. Sehen Sie sich an. Sie sind schließlich auch nur heimlich da und schämen sich Ihrer sogenannten Freundin. Niemals würden Sie gegenüber ihrer Familie oder ihren feinen Bekannten für sie einstehen oder sie gar zu sich nach Hause einladen.«

»Ich fürchte, Sie verstehen meine Situation nicht«, entgegnete sie kühl.

»Ich fürchte, Sie verstehen *meine* Situation nicht. Und auch Agatas nicht und erst recht nicht die meiner Landsleute.«

Charlotte setzte zu einer scharfen Erwiderung an. Doch im letzten Moment hielt sie inne. Wusste er womöglich gar nichts von Agatas Liebe zu einem verheirateten Mann? Wenn seine Tante ihm den Grund für ihr zurückgezogenes Leben nicht genannt hatte, war es kein Wunder, dass er die Situation anders interpretierte.

Als sie ihn anblickte, bemerkte sie erschrocken, dass der freie Teil seines Gesichts sich rötete.

»Sie dürfen sich nicht so aufregen. Agata würde mir nie verzeihen, wenn Ihr Zustand sich verschlechtert, während ich mich um Sie kümmere. Jeder kann sehen, wie sehr Ihre Tante Sie liebt und wie froh sie ist, Sie bei sich zu haben.«

»Tja, wer freut sich nicht, wenn jemand angekrochen kommt, der rund um die Uhr Pflege braucht?« Karol stieß ein freudloses Lachen aus. »Ich bringe meine Tante durch meine Anwesenheit in große Gefahr. Und ich fürchte, Sie gefährde ich auch.«

»Darüber machen Sie sich gefälligst keine Sorgen. Jedenfalls hat Agata jetzt Hilfe. Ich werde so oft wie möglich kommen, damit sie sich zwischendurch ausruhen kann.«

»Sie sind so ungefähr die eigensinnigste Frau, die mir je über den Weg gelaufen ist«, stellte er fest. »Kann denn nichts und niemand Sie zur Vernunft bringen?«

»Nein«, erwiderte sie fröhlich. »Eigensinn heißt nichts anderes, als dass ich meine eigenen Entscheidungen treffe. Das sollte doch wohl normal sein.«

Er gab einen komischen Laut von sich – halb Stöhnen, halb Lachen. »Und Sie haben nichts Besseres zu tun, als neben meinem Bett herumzusitzen?«

Charlotte zog die Brauen hoch. »Agata ist meine Freundin, ob Sie es glauben oder nicht. Also helfe ich ihr.«

»Wenn Sie es so sehen.« Das kaum sichtbare Lächeln, das um seine Lippen spielte, freute sie mehr als seine Worte.

Im strengen Ton einer Krankenschwester fuhr sie fort: »Und nun trinken Sie etwas von dem Tee. Er ist zwar nur noch lauwarm, aber die Kräuter wirken trotzdem.«

Sie half ihm, sich aufzurichten, wie sie es bei Agata gesehen hatte. Während sie ihn stützte, spürte sie die Hitze, die sein Körper ausstrahlte.

Gierig leerte er die Tasse und verzog hinterher den Mund.

»Und nun schlafen Sie ein bisschen.« Sie setzte sich auf den harten Stuhl neben seinem Bett.

»Ich glaube nicht, dass ich schlafen kann«, behauptete er.

»Versuchen Sie es.« Sie verschränkte die Arme vor der Brust, lehnte sich zurück und sah durchs Fenster hinaus in den Wald.

Wenig später wurden Karols Atemzüge ruhiger, und als sie ihn anschaute, waren seine Augen geschlossen und seine Gesichtszüge entspannt.

Lächelnd zog sie die Decke über seine nackte Schulter und bewachte seinen Schlaf.

22. Kapitel

Alice
Gut Bernsdorff, Westpreußen, 26. April 1905

Obwohl sie nun schon seit einigen Monaten die Herrin von Gut Bernsdorff war, wurde Alice jedes Mal, wenn sie Gäste hatte, von einer schrecklichen Unruhe gequält. Sie hatte Angst, dass die Köchin das Essen anbrennen ließ, dass beim Servieren einer der Gäste mit Soße bespritzt wurde, dass die Beilagen nicht reichten oder dass peinliches Schweigen am Tisch herrschte und ihr nichts einfiel, womit sie das Gespräch wieder in Gang bringen konnte.

Selbst an diesem Sonntag, an dem nur ihre Eltern und ihre beiden Geschwister zu Gast waren, hatte sie bei Tisch das Gefühl, tausend Ameisen würden in ihrem Bauch herumlaufen. Gleich würde irgendeine Katastrophe geschehen, und alle Anwesenden würden begreifen, dass sie nicht in der Lage war, einen so großen Haushalt zu führen. Die Eröffnung, die Ronald und sie ihrer Familie nach dem Essen machen wollten, trug noch zusätzlich zu ihrer Unruhe bei.

»Der Braten ist ganz wunderbar gelungen«, lobte Mama.

Alice flüsterte einen Dank. Das darauffolgende Schweigen wurde von Papa durchbrochen, der sich mit der Frage an Ronald wandte, ob er im Winter auf der Jagd gewesen sei. Ronalds Adoptivvater war ein begeisterter Jäger gewesen.

Ihr Mann ließ sein kehliges Lachen ertönen, bei dem feine Spucketröpfchen durch die Luft flogen. »Wenn wir auf Gut Bernsdorff eine Jagd veranstaltet hätten, wärst du selbstverständlich mein Ehrengast gewesen, lieber Schwiegervater. Doch ich war mir nicht sicher, ob Alice als Dame des Hauses schon einer Jagdgesellschaft mit anschließendem Wildessen gewachsen ist.«

Alice spürte, dass sie errötete. »Ich habe Ronald gesagt, dass ich selbstverständlich ein Jagdessen organisieren kann. Nächsten Winter werden wir auf jeden Fall eine Jagdgesellschaft haben.« Sie lächelte ihren Mann an, der diese Geste jedoch nicht erwiderte.

Aus dem Augenwinkel bemerkte sie, dass Charlotte das Gesicht verzog, als hätte sie auf ein Pfefferkorn gebissen. Das machte sie schon wieder wütend. Wieso musste ihre Schwester immer wieder so deutlich das Missfallen an Ronald zeigen? Zu gern hätte Alice sich von ihr einen Rat geholt. Doch wie die Dinge lagen, ging das einfach nicht.

Alice sah sich nach Baltrusch um. Der alte Butler verharrte im Hintergrund, und es gelang ihm fast, mit dem dunklen Holz des Büfetts zu verschmelzen. Sie machte ihm ein Zeichen, den Tisch abzuräumen, und war erleichtert, als er ihrer Aufforderung nachkam, ohne zuvor Ronald einen fragenden Blick zuzuwerfen, wie er es sonst häufig tat.

Vor ihrer Hochzeit hatte sie gedacht, es würde ganz einfach sein, dem Haushalt auf Gut Bernsdorff vorzustehen. Und nun erschien ihr alles so kompliziert.

Zum Nachtisch wurde Grießflammeri mit eingemachten Himbeeren serviert, eine von Alices Lieblingsspeisen. An diesem Sonntag wurde ihr schon nach dem ersten Löffel übel. Sie tupfte sich den Mund ab und wartete unruhig, dass die anderen mit der Nachspeise fertig wurden.

Als alle ihre Löffel weggelegt hatten, sah sie Ronald fragend an, doch der war in ein Gespräch mit Frederick vertieft und bemerkte ihren Blick gar nicht. Sie räusperte sich, aber nur Charlotte schaute zu ihr herüber.

»Noch etwas Wein?«, erkundigte sich Alice bei ihrer Schwester.

»Nein, danke.« Charlotte schüttelte den Kopf und musterte sie dabei prüfend. Natürlich sah sie genau, dass Alice sich in ihrer Rolle als Hausherrin nicht sonderlich wohl fühlte. Das war auch deshalb ärgerlich, weil ihre Schwester jetzt womöglich glaubte, sie hätte mit der albernen Warnung von Ronald recht gehabt.

»Charlotte und Baldur werden hoffentlich noch Ende dieses Jahres heiraten. Spätestens aber im Januar oder Februar«, warf Mama in stolzem Tonfall ein.

Charlotte nickte und schwieg.

»Ich war überrascht, dass du dich für Baldur von Krammbach entschieden hast. Du fandest ihn doch viel zu alt und mochtest ihn auch sonst nicht.« Alice sah Charlotte herausfordernd an.

»Baldur gewinnt, wenn man ihn näher kennenlernt.« Charlotte lächelte sie entspannt an. Es war schwierig, sie zu reizen.

»Er bringt eine gewisse Reife mit, die in einer Ehe nur von Vorteil sein kann«, erklärte Mama mit ernster Miene. Seit Charlotte sich endlich entschieden hatte und die baldige Verlobung mit Baldur von Krammbach beschlossen worden war, wirkte Mama deutlich entspannter.

Charlotte hingegen hatte sich seit jener Entscheidung kein bisschen verändert. Sie schien nicht glücklich und aufgeregt zu sein, wie es normal gewesen wäre, wirkte aber auch nicht unglücklich. Tastsächlich verhielt sie sich, als ginge das Ganze sie nichts an.

Vom anderen Ende der Tafel schaute Ronald zu Alice hinüber. »Wir wollten noch eine Ankündigung machen, nicht wahr, meine Liebe?«

Sie nickte stumm.

»Willst du es deiner Familie sagen?«, forderte Ronald sie auf.

Errötend schüttelte sie den Kopf. Früher hatte sie alles herausgesprudelt, was ihr in den Sinn gekommen war. Doch seit sie eine Ehefrau und damit vollkommen erwachsen war, hatte sie oft Angst, sich falsch auszudrücken. Dann lachte Ronald über sie. Das meinte er nicht böse, aber sie war dennoch vorsichtig geworden.

»Worum geht es denn?« Ihre Mutter hatte plötzlich eine ganz hohe Stimme.

»Es ist etwas … sehr Schönes.« Alice presste sich instinktiv die Hand auf den Bauch.

Während Mama mit leuchtenden Augen die Fingerspitzen gegen ihre Lippen presste, als müsste sie einen freudigen Aufschrei zurückhalten, runzelte Papa irritiert die Stirn.

Auch Frederick blickte verständnislos drein, während Charlottes Miene Besorgnis widerspiegelte.

»Alice erwartet ein Kind!«, verkündete Ronald stolz und wandte sich nach Baltrusch um. »Füllen Sie noch einmal die Gläser. Wir wollen anstoßen.«

Es dauerte einige Minuten, bis sich alle am Tisch so weit beruhigt hatten, dass sie die Gläser erheben konnten. Alice nippte nur an ihrem Wein. Ihr war immer noch schlecht.

»Trinken wir darauf, dass meine Frau einen gesunden Stammhalter zur Welt bringt.« Ronald stürzte den Inhalt seines Glases auf einmal herunter. Schon während des Essens hatte er dem Rotwein kräftig zugesprochen. Jetzt leuchteten seine Augen, und sein Gesicht war gerötet.

»Ein Mädchen wäre auch schön«, sagte Mama leise und lächelte Alice liebevoll an.

Charlotte stand auf, ging um den Tisch herum, legte Alice von hinten den Arm um die Schultern und hauchte ihr einen Kuss auf die Wange.

»Du wirst ein wunderschönes Kind haben. Ich wünsche dir alles Glück dieser Welt.«

Noch bevor Alice sich von der Überraschung erholt hatte, dass ihre Schwester trotz der Unstimmigkeiten plötzlich so herzlich zu ihr war, wandte Charlotte sich um und verließ das Speisezimmer. Wahrscheinlich wollte sie die Torftoilette neben dem Hintereingang benutzen. Gäste freuten sich besonders bei schlechtem Wetter über den oft noch ungewohnten Luxus, nicht hinaus ins Freie zu müssen. Hier auf Gut Bernsdorff gab es zwei Toiletten im Haus, während zu Hause auf Falkensee das Toilettenhäuschen für die Familie, ebenso wie das für die Dienstboten, draußen stand. Mama hatte Papa schon mehrmals gefragt, wann sie ebenfalls eine Torftoilette bekommen könnten, aber er hatte stets geantwortet, die Dienstboten seien um jeden Tag froh, an dem sie nicht die Torfeimer aus dem Haus schleppen mussten. Die Außentoiletten wurden nur alle paar Wochen geleert.

Auch Ronald erhob sich. »Ich hole noch ein paar Flaschen Wein aus dem Keller.«

»Er freut sich sehr«, stellte Mama fest, nachdem Ronald das Zimmer verlassen hatte. Sie legte ihre Hand über die von Alice.

»Ich glaube, ich habe ein bisschen Angst«, flüsterte sie ihrer Mutter zu. »Aber bitte sag das nicht Ronald. Er soll mich nicht für feige halten. Schließlich ist es meine Aufgabe, ihm Kinder zu schenken.«

»Du wirst das ganz wunderbar machen.« Mama strich ihr über die Wange. »Wenn es so weit ist, werde ich bei dir sein.«

Alice atmete tief durch und nickte. »Aber man nennt es schwere Stunde«, wisperte sie und atmete tief durch. Sie musste sich zusammennehmen.

Die Tür wurde aufgerissen, und Charlotte stürmte herein. Alle wandten erstaunt die Köpfe und sahen zu, wie sie fast im Laufschritt das Zimmer durchquerte.

»Was ist los?«, erkundigte sich Frederick halb erstaunt, halb amüsiert.

Charlotte legte die Hände auf die Lehne ihres Stuhls und sah sekundenlang mit starrem Blick in die Luft.

»Charlotte?« Mama musterte sie streng. »Du machst uns Angst.«

»Ist irgendetwas mit Ronald?« Der Stuhl ihres Gatten an der Stirnseite des Tisches war immer noch leer, dabei hätte er längst aus dem Keller zurück sein müssen.

Charlotte richtete den Blick auf ihre Schwester und schüttelte langsam den Kopf. Dann strich sie erst an der Vorderseite ihres Kleids und anschließend am Rock entlang, als wolle sie sich vergewissern, dass alles glatt und ordentlich war. Schließlich setzte sie sich wieder.

Endlich kam auch Ronald zurück ins Zimmer.

»Wo ist denn der Wein? Ich dachte, du wolltest welchen holen?« Papa sah ihn fragend an.

»Von der Sorte, die wir zum Essen hatten, ist nichts mehr da«, erwiderte Ronald knapp.

»Was ist passiert?«, erkundigte sich Alice erschrocken. An seiner linken Wange hatte er drei blutige Striemen.

Er hob die Hand, strich über sein Gesicht und schüttelte den Kopf.

»Du hast dich verletzt.« Auch Mama betrachtete ihn verwirrt, während Charlotte nicht einmal den Kopf wandte.

»Eine der Katzen«, stieß Ronald missmutig hervor und setzte sich.

»Aber die Katzen dürfen doch nicht ins Haus. Warst du draußen?« Alice fand, dass die Kratzer für eine wütende Katze sehr breit und tief waren.

»Eine hatte sich hereingeschlichen, und ich wollte sie wieder nach draußen bringen.«

»Du hast sie hochgenommen?« Normalerweise machte Ronald einen weiten Bogen um die Katzen. Er ließ nur zu, dass sie in den Ställen lebten, weil sie die Ratten und Mäuse in Schach hielten. Aber Alice hatte noch nie gesehen, dass er eines der Tiere anfasste.

»Wieso hast du nicht einen der Dienstboten gerufen?« Es war eine seltsame Vorstellung, dass Ronald eine Katze zum Hinterausgang trug.

»Es war mal wieder keiner in der Nähe. Also musste ich mich selbst darum kümmern.« In seiner Stimme schwang mühsam unterdrückte Wut mit.

»Welche war es denn? Eine der Tigerkatzen? Der Stallmeister sagt, die seien hervorragende Fänger, aber auch besonders wild. In Zukunft solltest du vielleicht …«

»Alice! Würdest du bitte aufhören, über die verdammten Katzen zu reden?«

Als Ronald ein Schimpfwort benutzte, zuckte Mama heftig zusammen. Alice tat, als hätte sie nichts gehört. Es kam gelegentlich vor, dass Ronald im Zorn unhöfliche Ausdrücke benutzte. Meistens jedoch, wenn sie allein waren.

»Mäßige dich, Ronald.« Papa sah seinen Schwiegersohn streng an. »Ich lasse nicht zu, dass du in Gegenwart meiner Frau und meiner Töchter so redest. Zudem wirst du bald Vater. Dann musst du erst recht deine Worte bedenken.«

Ronald strich sich mit der flachen Hand über das Gesicht und verwischte ein wenig Blut auf seiner Wange. Seine Augen funkelten, und für einen Moment hatte Alice Sorge, er könne Papa gegenüber unhöflich werden.

Zu ihrer Erleichterung nickte Ronald jedoch. »Ich bitte um Verzeihung. Es kommt nicht wieder vor.«

»Darauf kannst du Gift nehmen«, murmelte Charlotte.

Erstaunt sah Alice ihre Schwester an. Als Charlotte ihren Blick bemerkte, lächelte sie angestrengt und sah dann zum Fenster hinaus.

»Ich denke, wir sollten uns auf den Heimweg machen. Alice muss sich schonen.« Mama lächelte ihre jüngere Tochter besorgt an. »Am besten legst du dich ein bisschen hin, Liebes.«

»Ich dachte, wir nehmen noch Tee und Gebäck im Salon.« Alice sprang nervös auf. »Und die Herren eine Zigarre und einen Kognak.«

»Es ist besser, wenn dein Mann seine Wunde versorgen lässt. Kennt sich sein Kammerdiener damit aus? Für irgendetwas muss so ein vornehmer Bediensteter doch gut sein.« Papa erhob sich von seinem Stuhl. Wieder einmal konnte er es nicht lassen, über die Tatsache zu spotten, dass Ronald einen Diener allein dafür bezahlte, dass er sich um seine persönlichen Belange und seine Kleidung kümmerte.

»Selbstverständlich kann mein Kammerdiener eine Wunde versorgen. Er ist hervorragend ausgebildet.« Ronalds Stimme klang eisig.

»Dann bin ich ja beruhigt.« Papa wandte sich der Tür zu, und auch Charlotte war schon auf halbem Weg durchs Zimmer.

»Bitte bleibt doch noch«, jammerte Alice. Sie fühlte sich angesichts des überstürzten Aufbruchs wie eine furchtbar schlechte Gastgeberin.

Frederick trat neben sie, wohl um sich zu verabschieden. Doch als sie sich ihm zuwandte, bemerkte sie erschrocken, wie er plötzlich kreideweiß im Gesicht wurde. Gleich darauf gaben seine Beine unter ihm nach, und er sackte in sich zusammen. Alice schrie auf und sank neben ihrem Bruder auf die Knie.

»Mama! Schnell!«, stieß sie hervor. Neben ihr lag Frederik mit weit ausgebreiteten Armen auf dem Orientteppich. In seinem bleichen Gesicht beschrieben die dunklen Wimpern zwei gleichmäßige Schwünge – wie Pinselstriche eines chinesischen Künstlers.

»Frederick? Mach die Augen auf! Bitte!«, flüsterte Mama, die herbeigeeilt war. »Es geht dir doch nach all den Jahren endlich gut.«

23. Kapitel

Hedi
Gut Falkensee, Westpreußen, 27. April 1905

Die ganze Nacht hatte Hedi nahezu bewegungslos neben Fredericks Bett gesessen. In einem verzweifelten Tanz waren die Gedanken durch ihren Kopf gewirbelt. So schlimm hatte es noch nie um Frederick gestanden. Nach seinem Zusammenbruch auf Gut Bernsdorff war er in einem beängstigenden Zustand zurück nach Hause geschafft worden. Zwar war er bei Bewusstsein gewesen, doch seitdem kaum ansprechbar. Er starrte mit leerem Blick in die Luft und bewegte sich schrecklich unruhig. Obwohl Hedi drei Decken über ihm ausgebreitet und eine kupferne Wärmflasche neben seinen Körper geschoben hatte, zitterte er ununterbrochen.

Es musste einen Weg geben, ihm zu helfen. Sie würde nicht zulassen, dass ihm etwas geschah. Er war ihr kleiner Junge. Das Kind, das man ihr am Tag seiner Geburt in den Arm gelegt hatte. So viele Tage und Nächte hatte sie in den vergangenen sechzehn Jahren an seinem Bett gewacht. Nun würden weitere angstvolle Nächte hinzukommen.

Doktor Kramer hatte von neuerlichen Herzproblemen gesprochen, von dem viel zu geringen Druck, mit dem das Blut durch seine Adern gepumpt wurde, und von den Schwierigkeiten seines Körpers bei der Regulierung der Temperatur. Der Arzt hatte ein Beruhigungsmittel und eine zusätzliche Dosis des Herzmedikaments verordnet, in das alle so große Hoffnungen gesetzt hatten und das den Kranken nun doch im Stich ließ.

Den ganzen Abend über hatte in regelmäßigen Abständen eines

der Familienmitglieder ins Zimmer geschaut. Jedes Mal hatte Hedi den Finger gegen die Lippen gelegt und den Kopf geschüttelt. Was bedeuten sollte, dass sich nichts geändert hatte.

Von Mitternacht an war sie vollkommen allein mit Frederick geblieben. Seine Eltern und Charlotte waren zu Bett gegangen. Sie wussten, dass sie sich auf Hedi verlassen konnten. Falls es zum Schlimmsten kam, würde sie die Familie wecken, ansonsten hatte sie schon immer jedes nächtliche Problem allein gelöst.

Einige Male waren ihr im Lehnstuhl neben dem Krankenbett die Augen zugefallen, und sie hatte sie erschrocken wieder aufgerissen. Frederick schien nicht eine einzige Minute geschlafen zu haben.

Als es dämmerte, zog Hedi die Vorhänge zurück, öffnete das Fenster und ließ die milde Luft des Frühlingsmorgens herein. Mit weit offenen Augen sah Frederick nun ins Silbergrau des Himmels.

Langsam erwachte das Haus zum Leben. Hedi meinte das leise Klappern von Holzpantinen auf der Dienstbotentreppe zu hören. Das war Grete, die immer als Erste aufstand, um den Küchenherd anzuheizen. Später bewegten sich die anderen Mädchen leise durch die Flure, um den Herrschaften warmes Wasser zum Waschen zu bringen.

Inzwischen war es schon fast hell, und die ersten Sonnenstrahlen krochen über den Boden unter dem Fenster. Unvermittelt griff Frederick mit seinen kalten Fingern nach Hedis Hand und umklammerte ihre Finger wie ein Ertrinkender.

»Ich habe solche Angst, Hedi. Es ist die Krankheit.« Seine brüchige Stimme taumelte durch die Luft wie ein Herbstblatt im Wind. Sein Blick, der viele Stunden in eine Ferne geschaut hatte, die nur er sehen konnte, richtete sich klar und voller Verzweiflung auf sie.

»Was meinst du, mein Liebling? Welche Krankheit?« Im Morgenlicht spähte sie ängstlich in sein bleiches Gesicht.

»Ich habe gehört, wie Mama und Papa darüber gesprochen haben, als sie dachten, sie wären allein. Es gibt eine Erbkrankheit in unserer Familie. Sie ist tödlich.« Eine Träne rollte über seine Wange.

Fredericks Worte ließen Hedi nach Luft schnappen. Sie brauchte eine Weile, bis sie widersprechen konnte.

»Du hast dich sicher verhört«, stieß sie erschrocken hervor. Gleichzeitig fragte sie sich, ob sie nun den Grund dafür kannte, dass Veronika von Bargelow in manchen Momenten neben Fredericks Bett nicht nur besorgt, sondern regelrecht panisch ausgesehen hatte. Oft hatte Hedi sich über die seltsamen Fragen der Gutsherrin gewundert, die sich nicht auf Fredericks aktuelle Beschwerden bezogen, sondern auf Symptome, die Hedi noch nie bei dem Kranken beobachtet hatte. War es immer um die Erbkrankheit gegangen, von der Frederick durch Zufall erfahren hatte?

»Ich habe mich nicht verhört. Und ich weiß, dass ich diese Krankheit habe, dass ich sterben werde. Ich kann es fühlen.« Er legte seine zitternde Hand auf die Brust, als wollte er nach seinem schwachen Herzschlag tasten.

Hedi widersprach ihm energisch. Falls es so wäre, würde sie es doch längst wissen. Er habe einfach nur eine schwache Konstitution.

»Ich fühle mich so schwach, dass ich mich nicht mal aufrichten kann. Und all die Wochen, als alle glaubten, ich sei gesund, konnte ich nicht schlafen. Ich schlafe überhaupt nicht mehr.« Er starrte hinauf zur Decke, auf die die Morgensonne goldene Flecke malte.

»Das kommt dir nur so vor. Oft merkt man es gar nicht, wenn man schläft.« Jedes Wort des Trostes, das sie Frederick sagte, brauchte sie selbst ebenso dringend.

Gleichzeitig überschlugen sich ihre Gedanken: Sie musste mit Frau von Bargelow sprechen, musste die Wahrheit in Erfahrung bringen und herausfinden, was getan werden konnte, um Frederick zu helfen.

Wenig später kam Olga mit frischem Tee, etwas geröstetem Weißbrot und Waschwasser für Frederick. Als Hedi sich ihrem Schützling zuwandte, um ihn zu fragen, ob er etwas trinken wollte, war er endlich in einen unruhigen Schlummer gefallen. Hinter seinen Lidern bewegten sich die Augäpfel, er murmelte unverständliche Worte, und seine Finger zuckten.

Veronika von Bargelow trat in die offene Tür. Auch sie war zu dieser frühen Stunde schon auf, trug ihr Vormittagskleid und war frisiert. Sie warf einen Blick auf ihren schlafenden Sohn, nickte Hedi zu und verschwand geräuschlos wieder. Natürlich wollte sie Frederick nicht aufwecken.

»Kannst du kurz hierbleiben, Olga?«, wandte Hedi sich flüsternd an das Hausmädchen, das sich leise durchs Zimmer bewegte, Handtücher bereitlegte und benutzte Wäsche einsammelte. »Ich muss was mit der gnädigen Frau besprechen.«

Olga nickte zögernd und setzte sich mit ängstlichem Gesicht auf die Kante des Lehnstuhls neben dem Bett.

Nachdem sie einen letzten prüfenden Blick auf ihren Schützling geworfen hatte, wechselte Hedi nebenan in ihrer Schlafkammer die Schürze und eilte nach unten. Sie machte sich nicht die Mühe, die Dienstbotentreppe zu benutzen, sondern lief die breiten Stufen hinunter, die von der Galerie in den vorderen Teil der Halle führten. Es war der kürzeste Weg, und etwas anderes zählte in diesem Moment nicht.

Vor der Tür zum Frühstückszimmer, in dem sie die Gutsherrin vermutete, rückte sie ihre Haube zurecht und atmete tief durch. Dann klopfte sie.

»Ja?«

Die gnädige Frau, die vor sich eine Tasse Kaffee und einen Teller mit einer unberührten Brotscheibe stehen hatte, wurde bei Hedis Anblick noch blasser, als sie ohnehin schon war.

»Ist etwas mit Frederick? Eben schien doch noch alles in Ordnung zu sein.« Sie richtete sich kerzengerade auf.

»Er hat die ganze Nacht kein Auge zugetan«, stieß Hedi hervor.

»Er kann nicht schlafen? Gar nicht?« Die Gutsherrin stellte die Tasse, aus der sie soeben hatte trinken wollen, mit lautem Klirren zurück auf den Unterteller.

Hedi nickte. »Vielleicht liegt es daran, dass er so schreckliche Angst hat. Er hat gehört, wie Sie mit dem gnädigen Herrn sprachen. Darüber, dass er vielleicht die schlimme Krankheit hat, die in der Familie umgeht. Eine Krankheit, an der er sterben wird.«

»Mein Gott.« Veronika von Bargelow presste sich eine Hand auf die Brust und starrte Hedi entsetzt an.

»Was ist das für eine Krankheit? Ich muss es wissen!« Entschlossen trat Hedi näher an den Tisch, sodass sie Fredericks Mutter direkt gegenüberstand. Sie stützte sich auf eine Stuhllehne. Das war ungehörig, aber sie brauchte einen Halt, weil sie plötzlich das Gefühl hatte, die Beine würden unter ihr nachgeben. Bisher hatte sie gehofft, dass alles ein Irrtum war. Dass Frederick sich verhört oder das Gehörte falsch gedeutet hatte. Doch die Reaktion seiner Mutter belehrte sie eines Besseren.

»Letale familiäre Insomnie.« Veronika von Bargelow sprach so leise, dass Hedi sich anstrengen musste, sie zu verstehen.

Eine eisige Faust bohrte sich in ihren Magen. Sie hatte keine Ahnung, was die Worte bedeuteten, aber sie klangen bedrohlich. Noch schlimmer war die mühsam unterdrückte Panik in den Augen der Gutsherrin, als sie den Namen der Krankheit aussprach.

»Und was heißt das?« Hedi richtete ihre Frage an die Linde vor dem Fenster. Es war schwer, den Schmerz im Gesicht von Fredericks Mutter mit anzusehen.

»Insomnie bedeutet Schlaflosigkeit. Letztlich können die Kranken überhaupt nicht mehr schlafen. Und ohne Schlaf kann kein Mensch leben. Es gibt noch andere Symptome wie Herzprobleme oder unbegründetes Frieren und Schwitzen. Aber das Schlimmste ist die Schlaflosigkeit.«

»Frederick hat große Angst und macht sich viele Gedanken wegen dem, was er gehört hat. Sicher konnte er deshalb nicht schlafen. Und jetzt schläft er ja.« Hedi wollte es nicht glauben. Jeder konnte schlafen, wenn er nur müde genug war.

Die Gutsherrin nickte müde. »Es gibt immer noch Hoffnung.

Die Krankheit tritt in der Familie meines Mannes nur bei etwa jedem zehnten männlichen Nachkommen auf.«

»Kann Doktor Kramer nicht irgendwie feststellen, ob Frederick unter dieser Krankheit leidet? Oder ob es einfach nur Nervosität und Herzschwäche ist?« Hedi krampfte ihre Hände so fest um die Stuhllehne, dass die Kanten sich tief in ihre Haut schnitten.

»Es gibt keinen Test. Die Symptome deuten schon länger darauf hin.«

»Es ist nicht eindeutig!«, erklärte Hedi energisch. »Das Schlimmste ist seine Angst, an dieser Krankheit zu leiden. Dabei könnte es einfach eine Herzschwäche sein. Oder Nervosität.«

Die beiden Frauen sahen sich ratlos an. Dann atmete die Gutsherrin tief durch. »Ich komme nachher nach oben und erkläre ihm, dass der Ausbruch der Krankheit bei ihm nur eine vage Möglichkeit ist.«

»Vielen Dank, dass Sie mir die Wahrheit gesagt haben. Falls es zum Schlimmsten käme, wäre ich vorbereitet«, flüsterte Hedi.

»Das wird nicht geschehen.« Die gnädige Frau griff endlich nach ihrer Tasse und nahm einen großen Schluck. Für Hedi das Zeichen, das die Unterhaltung beendet war.

Während sie zur Tür ging, hatte sie das Gefühl, ein zentnerschweres Gewicht auf ihren Schultern zu tragen. Sie machte sich auf den Weg in die Küche, um etwas Obst für Frederick mitzunehmen. Wenn er krank war, ließ er sich noch am ehesten zu einem Schälchen Kompott oder einem Stück Apfel überreden.

Im Gang vor der Küche kam ihr Wilhelm entgegen. Als er sie sah, lächelte er breit und legte gleichzeitig die Stirn in Falten, was merkwürdig aussah.

»Wie schön, dich zu sehen, Hedi.« Er schaute sich um und drückte ihr dann einen raschen Kuss auf den Mund. Inzwischen wusste er, dass sie es nicht mochte, wenn er sie vor den Augen der anderen Dienstboten küsste oder auch nur berührte. Er war der erste Mann, dem sie ernsthafte Gefühle entgegenbrachte, und in ihrem Alter war es nicht einfach, sich an den muskulösen Körper und die Kraft eines Mannes zu gewöhnen und ihm zu vertrauen. Nicht dass sie ihm schon erlaubt hätte, gewisse Grenzen zu überschreiten. Das würde erst nach der Hochzeit geschehen.

Heute jedoch hätte Hedi sich gern einen Moment an ihn geschmiegt, um seine tröstende Wärme zu spüren. Doch das wagte sie hier vor der Küchentür nicht, weil jederzeit jemand kommen konnte. Sie mühte sich ein Lächeln ab.

»Du bist gestern Abend nicht gekommen. Wir wollten zum Haus gehen, um zu überlegen, welche Möbel wir noch anschaffen müssen.« Sein forschender Blick machte sie verlegen.

Sie waren beide sehr glücklich darüber, dass die Gutsherrin ihnen nach der Hochzeit, die spätestens im Herbst stattfinden sollte, das alte Verwalterhaus am See überlassen wollte. Wilhelm hatte bereits knarrende Türen und verzogene Fensterrahmen gerichtet, und sie hatten begonnen, die Zimmer einzurichten. Doch im Moment hatte Hedi keinen Kopf für ihr Häuschen.

Als schnelle Schritte die Dienstbotentreppe herabkamen, wich Hedi einen halben Schritt vor Wilhelm zurück. Sie wollte kein Gerede und keine spöttischen Bemerkungen. Am Ende des Gangs tauchte Charlotte im Reitkleid auf. Wenn sie es eilig hatte, nahm sie den Dienstbotenausgang, obwohl ihre Mutter es nicht gerne sah, wenn sie im Souterrain herumlief.

»Guten Morgen, Hedi. Guten Morgen, Wilhelm.« Um Charlottes Augen lange bläuliche Schatten, ihr Lächeln wirkte gequält. Natürlich hatte sie aus Sorge um ihren Bruder schlecht geschlafen.

Hedi berührte tröstend ihre Schulter. Sie betrachtete es immer noch als ihre Aufgabe, den Bargelow-Kindern beizustehen, auch wenn sie an diesem Morgen selbst Beistand gebraucht hätte.

Charlotte sah sie an. »Ich brauche dringend frische Luft, Hedi. Wenn Frederick aufwacht, sag ihm, dass ich spätestens in zwei Stunden zurück bin. Dann schaue ich bei ihm herein. Ich war eben bei ihm, doch er schläft.«

»Zum Glück.« Hedi seufzte. »Ich richtete es ihm aus. Genieß du deinen Ausritt, Charlotte. Alles wird gut.« Sie nickte nachdrücklich und versuchte, auch sich selbst zu überzeugen, dass es Frederick bald besser gehen würde.

Mit großen Schritten verschwand Charlotte in Richtung Tür, und Hedi wandte sich wieder ihrem Verlobten zu, der wartend dastand.

»Es tut mir leid, Wilhelm. Frederick ist sehr krank. Ich kann ihn nicht allein lassen.«

»Und heute Abend?«

»Nein«, wehrte sie nervös ab. »Ich habe für so etwas jetzt keine Zeit. Es geht ihm sehr schlecht.«

»Eben hast du noch gesagt, dass es gut wird.« Wilhelm runzelte die Stirn.

»Das wird es auch. Aber es braucht seine Zeit.« Nervös trat sie von einem Fuß auf den anderen.

»Kommst du nicht mal zum Essen nach unten?« Während der Mahlzeiten saßen sie meist nebeneinander, unterhielten sich leise, und manchmal drückte Wilhelm unter dem Tisch verstohlen ihre Hand.

Doch ihr Verlobter war erwachsen, er war gesund und kam allein zurecht.

»Wenn er bettlägerig ist, esse ich oben bei Frederick.«

Ohne sich noch einmal nach Wilhelm umzudrehen, eilte sie in die Küche, um endlich das Obst zu besorgen. In Gedanken war sie schon wieder oben bei Frederick.

24. Kapitel

Charlotte
Gut Falkensee, Westpreußen, 27. April 1905

Charlotte trieb Laila zum Galopp an. Sie wollte das Herrenhaus so schnell wie möglich hinter sich lassen. Nur für ein oder zwei Stunden. Nur bis es ihr wieder gelang, nach außen hin ruhig und gelassen zu erscheinen.

Nachts, allein in ihrem Zimmer, hatte sie der Wut auf Ronald und der Angst um Frederick freien Lauf gelassen. Sie hatte ihr Kissen nass geweint, war stundenlang zwischen Fenster und Tür hin und her gewandert, hatte die Nägel so tief in die Handflächen gegraben, dass es schmerzte. Zwischendurch hatte sie regelmäßig in Fredericks Zimmer geschaut, wo Hedi still und zuverlässig bei ihm wachte.

Der scharfe Ritt und das vertraute Gefühl des warmen, kräftigen Pferdekörpers unter ihr taten Charlotte gut. Als sie an jener Stelle anlangte, von der aus sie einen weiten Blick über die Felder von Falkensee hatte, brachte sie ihre Stute zum Stehen. Sie ließ den Blick über die sanften Bodenwellen schweifen, auf denen frisch und grün der Winterweizen spross. Ein leichter Wind strich durch die noch schmalen Ähren, die sich in einer Wellenbewegung beugten und wieder aufrichteten.

Charlotte glitt aus dem Sattel. Sie hockte sich an den Feldrand, zog die Reithandschuhe aus und legte die Hand auf den dunkelbraunen Boden. Am Vortag hatte es kräftig geregnet, und als sie ein paar Krumen zwischen den Fingern zerrieb, meinte sie, die Kraft der Erde zu spüren. Sie roch den Frühling und den fruchtbaren Boden von Falkensee und fühlte, wie sich Mut und Hoffnung in ihr regten.

Schließlich richtete sie sich wieder auf, wischte die Hände am Rock ihres Reitkostüms ab und atmete tief durch. Dann strich sie Laila durch die seidige Mähne, schwang sich wieder in den Sattel und lenkte die Stute in Richtung Wald. Als sie in den Schatten der Bäume eintauchte, überfiel sie die Erinnerung, die sie bis zu diesem Moment, gefangen in Sorge um Frederick, erfolgreich verdrängt hatte.

Wieder spürte sie den eisigen Schreck, der sie durchfahren hatte, als sie auf Gut Bernsdorff aus dem kleinen Toilettenraum getreten war. An der Wand des abgelegenen Ganges lehnte Ronald, die Arme vor der Brust verschränkt. Die Art, wie er sie anschaute, sagte ihr, dass er nicht dort stand, weil er ebenfalls die Torftoilette benutzen wollte.

»Wie schön, dich zu sehen, Charlotte.« Er grinste breit.

Sie nickte und wollte sich an ihm vorbeischieben. Doch der Gang war so schmal, dass er nur den Arm ausstrecken musste, um sie festzuhalten.

»Lass los«, fauchte sie, ohne ihn anzusehen. Der Versuch, seine Hand von ihrem Arm zu schieben, misslang. Seine Finger fühlten sich durch den Stoff ihres Ärmels wie Krallen an.

»Erinnerst du dich?« Er zog sie dicht an sich heran, und seine Stimme war nur ein Zischen neben ihrem Ohr. »Natürlich erinnerst du dich. Genau wie ich. Ich kann noch hören, wie schnell dein Atem ging, weil du es so sehr genossen hast. Schade, dass du damals noch jung und unerfahren warst. Jetzt bist du älter, und du warst schon in Paris.«

»Lass mich sofort los!« Dieses Mal erhob sie ihre Stimme.

Doch er schien keine Sorge zu haben, dass jemand sie hören könnte. Er bohrte einfach nur seine Fingerspitzen ein wenig tiefer ins Fleisch ihres Armes und lachte leise.

»Das ist es, was mir so an dir gefällt, Charlotte. Du bist eine Wildkatze. Ungebärdig und temperamentvoll. Ganz anders als deine brave kleine Schwester. Sie ist die perfekte Ehefrau und Gutsherrin, aber man kann keinen Spaß mit ihr haben. Du aber …«

Mit jedem seiner Worte stieg die Wut höher in ihr auf, wie eine Flamme, die der Wind anfachte. Bis sie nur noch Rot sah. Sie fuhr herum, streckte ihren freien Arm vor und fuhr mit den Nägeln über seine Wange. *Wildkatze? Das kannst du haben!*

Mit einem unterdrückten Aufschrei ließ er sie los und wich zurück. Sekundenlang standen sie einander schwer atmend gegenüber. Er presste sich die Hand gegen das Gesicht, sie umklammerte mit der linken Hand ihren rechten Arm, der von seinem Griff schmerzte.

»Du Luder!«, stieß er schließlich hervor. »Was willst du machen, wenn ich deiner Schwester von unserer kleinen Affäre erzähle? Du hast es ihr nie gesagt, nicht wahr?«

Ihr Herz klopfte so laut und schnell, als wollte es ihre Kehle zum Platzen bringen. Dennoch gelang ihr ein spöttisches Lachen.

»Affäre nennst du es, dass du mich gegen meinen Willen betatscht hast? Das sagst du ihr garantiert nicht. Glaube mir, ich bereue spätestens jetzt, es ihr nicht erzählt zu haben. Und zwar rechtzeitig vor eurer Hochzeit, sodass sie eine Wahl gehabt hätte. Aber ich habe nur ein paar Andeutungen gemacht und gehofft, du hättest dich geändert. Wie dumm ich doch war!«

Sie drehte sich um und lief den Gang entlang in Richtung Esszimmer.

»So kommst du mir nicht davon«, rief er hinter ihr her. »Was soll ich denn sagen, wer mich derart zugerichtet hat?«

»Sag einfach die Wahrheit«, hatte sie ihm über ihre Schulter zugerufen.

Charlotte trieb Laila noch ein wenig an und schüttelte den Kopf, als könnte sie damit die Erinnerung loswerden. Natürlich wusste sie, dass Ronald niemandem erzählen würde, woher er die Kratzer im Gesicht hatte. Sie hätte auch nicht gewollt, dass Alice davon erfuhr. Ebenso wenig ihre Eltern oder Frederick. Denn jetzt war ihre Schwester mit diesem Mann verheiratet und erwartete ein Kind von ihm. Jetzt war es zu spät für die Wahrheit.

Während sie durch den Wald ritt, schossen Charlotte Tränen in die Augen. Alice war so sehr in Ronald verliebt gewesen. Vielleicht liebte sie ihn immer noch, auch wenn sie längst bemerkt haben musste, dass er vollkommen anders war als während der Verlobungszeit. Und nun trug ihre süße kleine Schwester ein Kind von diesem Mann unter dem Herzen. Hinter dem Schleier von Charlottes Tränen verschwammen die Bäume zu einem Meer aus Grün.

Sie drückte ihre Absätze noch ein wenig fester gegen Lailas Flanken, als könnte sie vor ihrem Kummer davonreiten. Die Stute wieherte fröhlich und fiel in Galopp. Für Charlotte fühlte es sich an, als würde sie in das Grün eintauchen wie in einen tiefen See. Genau das wollte sie: Im Wasser versinken, wo es vollkommen still war und ihre quälenden Gedanken sie nicht finden konnten.

Sie presste die Absätze ihrer Reitstiefel fester gegen die Flanken der Stute. Laila flog fast über dem Boden. Langsam löste sich der Knoten in Charlottes Magen, sie konnte wieder freier atmen und spürte, wie der Wind ihre Tränen trocknete.

Es passierte vollkommen unerwartet. Mit einem lauten Wiehern warf die Stute den Kopf in den Nacken und stürzte zur Seite. Charlotte wurde durch die Luft geschleudert. Sie landete unsanft auf dem Waldboden. Hinter sich hörte sie ihr Pferd leise schnauben. Oder war das ein Röcheln?

Entsetzt rappelte sie sich hoch und kroch auf Knien und Händen zu Laila. Die Stute lag am Boden, ihre Flanken zitterten, der Atem ging schnell, ihre Augen waren halb geöffnet, schienen aber nichts wahrzunehmen.

»Was ist denn, meine Schöne?« Mit bebenden Fingern berührte Charlotte das Pferd zwischen den Ohren.

Als Laila ihre Stimme hörte, versuchte sie, den Kopf zu heben, ließ ihn jedoch mit einem schmerzlichen Laut, der Charlotte ins Herz schnitt, wieder sinken.

Sie kroch um das Pferd herum, und dann sah sie es: Lailas rechtes Vorderbein steckte zur Hälfte in einem Dachsbau, ein blutiger Knochen hatte das schimmernde Fell durchstoßen und ragte knapp über der aufgewühlten Erde in die Luft.

Mit einem unterdrückten Aufschrei ließ sich Charlotte rückwärts auf die Fersen sinken. Sie war auf einem Gutshof aufgewachsen und wusste, was ein solcher Unfall bedeutete.

Am liebsten hätte Charlotte sich zu einer Kugel zusammengerollt, die Arme um ihren Kopf geschlungen und sich vor der schrecklichen Wahrheit versteckt. War nicht schon alles schwierig genug? Und nun auch noch ihr geliebtes Pferd! Doch zum Verkriechen war jetzt keine Zeit. Laila musste schreckliche Schmerzen haben. Ihr muskulöser Leib zitterte, vor ihren Nüstern stand Schaum, ihr Atem kam röchelnd, und ab und zu löste sich aus ihrer Brust ein Ton, der wie das Wimmern eines Kindes klang.

»Ich hole Hilfe, Laila«, flüsterte Charlotte und rappelte sich hoch. Ihre Hüfte schmerzte, und ihr Kostüm war zerrissen, doch das spielte jetzt keine Rolle.

»Ich bin gleich wieder da. Alles wird gut, Laila.«

Sie atmete tief ein und rannte los. Bis zum Jagdhaus waren es zu Fuß höchstens noch fünfzehn Minuten. Hatte Agata ihr nicht einmal im Scherz gesagt, sie sei eine Kräuterhexe und könne mit den Gewächsen des Waldes so gut wie alles heilen? An diesen Gedanken klammerte sich Charlotte verzweifelt fest, während sie mit schmerzverzerrtem Gesicht durch den Wald lief.

25. Kapitel

Charlotte
Jagdhaus nahe Gut Falkensee, Westpreußen, 27. April 1905

»Da drüben liegt sie.« Mit ausgestrecktem Arm deutete Charlotte auf den großen schwarz-weißen Fleck auf dem Waldboden.

Sie blieb kurz stehen, sammelte all ihre Kraft und lief dann weiter. Agata blieb an ihrer Seite. Als Charlotte vorhin atemlos im Jagdhaus angekommen war und Agata in wenigen Worten das Unglück geschildert hatte, hatte die Polin keine Sekunde gezögert. Sie war in dem kleinen Garderobenzimmer neben der Tür verschwunden und wenig später mit einer abgenutzten Ledertasche und einer Botanisiertrommel um den Hals zurückgekehrt.

»Ich muss Johanne Bescheid sagen, dass sie nach Karol sehen soll«, hatte sie gemurmelt. Kurz darauf war Agata zurückgekommen, und sie hatten das Haus im Laufschritt verlassen.

Nun blickten sie auf das regungslos am Boden liegende Tier hinunter. Im ersten Moment glaubte Charlotte, Laila sei tot. Dann sah sie das Zucken, das den mächtigen Körper überlief, und hörte das Röcheln, als die Stute einatmete.

Agata ließ sich auf den Knien neben dem Dachsbau nieder, der Laila zum Verhängnis geworden war, und betrachtete den blutigen Knochen, der aus dem Vorderbein des Pferdes ragte. Nach kurzer Zeit hob sie den Kopf, sah Charlotte ernst an und stand auf.

»Reden Sie mit ihr. Das wird sie beruhigen. Ich muss ein paar Kräuter suchen.«

Bevor Charlotte fragen konnte, ob Hoffnung für ihr Pferd bestand, war Agata zwischen den Bäumen verschwunden.

»Sie wird dir helfen, Laila«, flüsterte sie der Stute ins Ohr, nachdem sie sich neben sie auf den weichen Boden gekauert hatte. »Hab keine Angst. Alles wird gut.«

Als das Pferd die Stimme seiner Herrin hörte, öffnete es die Augen. Der Blick aus den goldbraunen Augen schien von weit her zu kommen.

Es erschien Charlotte wie eine Ewigkeit, bis Agata zurückkam. In der Hand trug sie ein Kraut, das Charlotte nicht kannte.

Wortlos kniete sie sich auf den Boden, zog die Ledertasche zu sich heran, die sie neben dem Pferd hatte liegen lassen, und holte einen Mörser und einen Stößel hervor. Nachdem sie die grünen Halme in kleine Stücke gerissen hatte, zerrieb sie sie zu einer feinen Masse.

Gebannt beobachtete Charlotte das Tun der Polin, während sie sanft Lailas Hals streichelte. Sie hatte es nicht zu hoffen gewagt, und doch schien es Hilfe für die verletzte Stute zu geben.

»Und das fördert die Heilung ihres Beins?«, flüsterte sie, als Agata den Kopf hob.

»Ach Charlotte, du weißt doch, dass der Beinbruch eines Pferds nicht heilt«, sagte Agata in sanftem Ton und wählte das vertraute »Du«.

»Aber wofür sind dann die Kräuter?« Agatas Worte hatten sie wie ein eisiger Wasserguss getroffen, doch Charlotte war noch nicht bereit, die Hoffnung aufzugeben.

»Dieses Kraut wirkt beruhigend und dämpft den Schmerz. Dann kann sie leichter gehen. Pferde spüren es, wenn wir im Begriff sind, ihnen das Leben zu nehmen.«

»Das Leben nehmen?«, wiederholte Charlotte im Flüsterton. »Aber …«

Am liebsten hätte sie sich auf den Boden geworfen, sich in Agatas Röcke gekrallt und geschrien, dass es eine andere Möglichkeit geben musste. Dass sie nicht noch mehr Unglück ertragen konnte, nun da Frederick wieder so furchtbar krank war. Aber sie war kein Kind mehr, und sie musste für Laila stark sein, auch wenn es schrecklich schmerzte.

»Sie soll nicht unnötig leiden.« Agata sah traurig aus, doch gleichzeitig wirkte sie ruhig und entschlossen. Ein wenig von dieser Ruhe ging auf Charlotte über. Sie nickte.

»Was kann ich tun?«

»Streich ihr das hier aufs Zahnfleisch.«

Charlotte ließ sich den Mörser reichen. Dabei redete sie sanft auf die Stute ein. Tränen brannten in ihren Augen, doch es gelang ihr, sie zurückzuhalten, ebenso wie die Schluchzer, die in ihrer Brust lauerten. Zum Weinen war später Zeit. Jetzt brauchte sie all ihre Kraft für das geliebte Pferd, das sie so weit getragen hatte, bei Wind und Wetter, bei Sonne und Regen. Laila hatte ein Recht darauf, dass ihr der Abschied so leicht wie möglich gemacht wurde, dass sie in ihren letzten Augenblicken Liebe und Frieden spürte.

Charlotte tauchte den Finger in die grüne Paste, schob ihn zwischen die Lippen des Pferdes und verteilte die zerriebenen Kräuter auf dem Zahnfleisch. Dann richtete sie sich auf und sah Agata fragend an. Ihr Blick fiel auf die Pistole, die die Polin plötzlich in der Hand hielt, und sie wollte entsetzt den Kopf schütteln. Doch sie tat es nicht.

Stattdessen stand sie auf und ging zu Agata. »Sie ist mein Pferd. Ich werde es tun.«

»Willst du das wirklich? Ich kann es übernehmen.«

»Nein. Es ist meine Aufgabe. Mein letzter Liebesdienst an Laila.« Charlotte schluckte. Ihr Vorhaben erfüllte sie mit Grauen. Dann schoss ihr der Gedanke durch den Kopf, dass das Schicksal vielleicht dieses Opfer von ihr verlangte, damit Frederick noch einmal gerettet werden konnte. Dass sie nicht nur Laila hergeben, sondern auch den Schmerz auf sich nehmen musste, ihr geliebtes Pferd selbst zu töten. Entschlossen straffte sie die Schultern und sah Agata mit starrem Blick an.

Die reichte ihr die Pistole. »Du kannst damit umgehen und weißt, was zu tun ist?«

»Ja.« Als sie alt genug gewesen war, hatte Papa ihr nicht nur das Schießen beigebracht, sondern ihr auch ihre Pflichten als Reiterin erklärt, die bis zum Gnadentod des Pferdes reichten, das ihr anvertraut worden war.

Schwer und kühl lag die Waffe in ihrer Hand, das Pferd zu ihren Füßen atmete nun ruhiger. Agatas Kräuter taten ihre Wirkung.

Der Schuss hallte durch den Wald, doch sie zuckte nicht zusammen. Auch nicht als sie den Ruck sah, der durch Lailas Körper ging.

Stumm reichte sie Agata die Pistole. Sie wusste, wenn sie jetzt ein einziges Wort sagte, würde sie in Tränen ausbrechen und nicht mehr aufhören können zu weinen. Es war einfach zu viel. Die Angst um Frederick, Lailas Tod.

»Komm mit zu mir. Du kannst mein Pferd nehmen, um nachher zurückzureiten. Laila lässt du am besten die Nacht über hier liegen. Dies ist ein guter und friedlicher Ort.«

Schweigend gingen sie zum Jagdhaus. Dort angekommen, wandte Agata sich sofort in Richtung Küche. »Ich mache dir einen Tee. Du wirst sehen, nachdem du ihn getrunken hast, geht es dir besser.«

Seltsamerweise brachten Agatas Worte Charlottes Augen nun doch zum Überlaufen. »Mein Bruder ist wieder krank«, brach es aus ihr hervor. »Sehr ernsthaft krank. Ronald hat sich kein bisschen geändert ... und jetzt bekommt Alice auch noch ein Kind von ihm. Und nun Laila ...« Sie schluckte krampfhaft. Dennoch kam ein Schluchzer aus den Tiefen ihrer Brust.

»Das Leben ist manchmal sehr grausam zu uns. Und es gibt keinen Trost, außer der Hoffnung, dass es irgendwann besser wird.« Agata legte die Hand auf Charlottes Schulter und lächelte traurig. »Ich mache dir Tee. Mehr kann ich leider nicht tun.«

Charlotte nickte und sah hinüber zur Tür von Karols Krankenzimmer. »Wie geht es ihm?« Fast war sie verwundert, dass es in ihrem Kummer noch Raum für einen Gedanken an Karol gab. Und doch war es so. Als könnte er ihr Leid lindern. Dabei trauerte er selbst um seinen besten Freund und gab sich die Schuld an Jareks Tod.

»Ich habe ihm gestern die Verbände abgenommen. Natürlich müssen wir aufpassen, dass die Infektion nicht wieder aufflammt. Aber es sieht gut aus. Du kannst ihn besuchen, wenn du magst.« Agata nickte Charlotte zu.

Während Agata in der Küche verschwand, klopfte Charlotte an Karols Tür. »Kommen Sie herein, Fräulein von Bargelow.«

Sie drückte die Klinke hinunter und trat ein.

Karol saß an mehrere Kissen gestützt aufrecht im Bett. Sein Gesicht war wieder vollkommen sichtbar, die Augen nur noch leicht geschwollen, und der Schorf begann abzublättern.

»Woher wussten Sie, dass ich es bin?« Sie ging zu seinem Bett und ließ sich auf dem Stuhl nieder, auf dem sie während der vergangenen Woche schon viele Stunden verbracht hatte, wenn sie gekommen war, um Agata zu entlasten.

»Ich habe draußen Ihre Stimme gehört. Was ist passiert? Sie klingen schrecklich traurig und sehen noch viel unglücklicher aus.«

Zu ihrem Entsetzen spürte Charlotte, wie ihr erneut Tränen in die Augen schossen. Sie hatte nicht vor, Karol ihr Leid zu klagen, sondern hoffte aus irgendeinem Grund, seine Nähe würde sie beruhigen.

Stumm breitete er seine Arme in den langen Ärmeln des weißen Hemds aus, mit dem er bekleidet war.

Charlotte zögerte keine Sekunde. Sie ließ sich auf die Bettkante fallen und lehnte ihren Kopf gegen seine Brust, spürte, wie er sie umarmte und festhielt.

Dann ließ sie ihren Tränen freien Lauf. Sie weinte und schluchzte, und es war ihr egal, dass dieser fast fremde Mann sie dabei sah und hörte und sie außerdem sein Hemd vollkommen durchnässte.

Irgendwann richtete sie sich auf und sah ihm ins Gesicht. »Ich musste meine Stute erschießen. Ich weiß, dass es nur ein Pferd war und Sie Ihren besten Freund verloren haben. Trotzdem bin ich schrecklich traurig, dass ich Laila verloren habe. Und auch wegen … Im Moment ist alles schrecklich schwer.«

»Es spielt keine Rolle, um wen oder was wir weinen, wenn wir aus Liebe weinen«, sagte Karol schlicht. Dann beugte er sich vor und tupfte mit seinen Lippen die Tränen von ihren Wangen.

Sie saß ganz still da und ließ es geschehen. Auch als er zart ihren Mundwinkel küsste, rührte sie sich nicht. Es war kein richtiger Kuss, nur eine Andeutung, doch sie bewahrte diese Zärtlichkeit in ihrer Erinnerung, für eine Zukunft, in der es Berührungen wie diese wohl nicht mehr geben würde.

Sie hatte Trost gesucht und ihn bei Karol gefunden. Darüber, dass sie vielleicht noch viel mehr bei ihm gefunden hatte, dachte sie nur für einen winzigen Augenblick nach. Denn schon bald würde sie sich mit Baldur von Krammbach verloben, und dann spielte es keine Rolle mehr, was sie für einen anderen Mann empfand. Dann würde sie, wie es vereinbart war, ihrem Ehemann treu sein. Jenem Ehemann, der erklärt hatte, sie nicht mehr anrühren zu wollen, nachdem sie seinen Sohn zur Welt gebracht hatte. Zum ersten Mal wurde ihr bewusst, wie beleidigend diese Aussage war.

26. Kapitel

Fine
Gut Falkensee, Westpreußen, 2. Mai 1905

»Nu tu nich so, als tät'st nuscht wissen, Fine«, unterbrach Emma Schubbke das Schweigen in der Leutestube, wo einige der Dienstboten nach dem Abendessen noch zusammensaßen.

Erstaunt hob Fine den Kopf von ihrer Näharbeit und zuckte mit den Schultern. »Was soll ich wissen?«

»Wenn du dich wirst dumm stellen woll'n, da hättst du früher damit anfangen soll'n.« Die Köchin nickte energisch. »Es is unser kleines Fräulein Alice, da is es nich gut, uns nuscht zu sagen.«

Fine unterdrückte einen Seufzer. »Ich weiß auch nicht genau, warum Alice wieder da ist.« Da weder Fräulein Bruhns noch Otto Kowalski anwesend waren, erlaubte sie sich, Charlottes Schwester mit dem Vornamen zu benennen. »Nur das, was ihr auch alle wisst. Sie weint den ganzen Tag, und ihr Mann hat sich noch nicht einmal blicken lassen, seit sie hier ist. Da kann man sich den Rest denken.«

Grete lachte. »Wer's glaubt, dass du dir irgendwas denken musst! Du weißt doch alles über die Familie, weil du schon lange so was wie 'ne Vertraute vom Fräulein Charlotte bist.«

Zu ihrem Entsetzen spürte Fine, dass ihr Tränen in die Augen schossen. Es war lange her, seit Charlotte ihr alles anvertraut hatte. Zu Unrecht war sie wegen ihrer alten Freundschaft mit Charlotte von ihrem ersten Tag auf Falkensee an misstrauisch beäugt worden. Man nahm an, dass sie nicht nur mehr wusste als die anderen Bediensteten, sondern dass sie auch Informationen aus dem Souterrain nach oben weitergab.

Inzwischen hatten die meisten Dienstboten begriffen, dass sie keine Petze war, und sie mehr oder weniger in ihren Kreis aufgenommen. Ohnehin überschätzten sie die Sonderstellung, die Fine ihrer Meinung nach genoss, bei Weitem.

Seit Fine als Dienstbotin auf Gut Falkenau lebte, war es zwischen Charlotte und ihr immer schwieriger geworden. Fine gehörte in ihre Mansarde unterm Dach und ins Souterrain, wo Charlotte nach dem Willen ihrer Mutter nichts zu suchen hatte. Die Räume, in denen Charlotte lebte, durfte Fine wiederum nur zum Arbeiten betreten.

Zudem hatte die Zeit in Paris Charlotte verändert. Vielleicht waren sie aber auch nur beide erwachsen geworden, und die Freiheit, die sie als Kinder genossen hatten, war endgültig verloren. Charlotte war von ihrer Welt aufgesogen worden, und Fine blieb eine Gefangene der Welt der Dienstboten, die aus nicht viel mehr als Arbeit und Schlaf bestand.

Fine hob den Kopf und sah Grete über den Tisch hinweg an. »Du musst es ja nicht glauben. Ich weiß nicht, was auf Gut Bernsdorff passiert ist. Siehst du mich irgendwann mit Charlotte von Bargelow in der Halle sitzen, Tee trinken und über Familienangelegenheiten plaudern? Na bitte!«

»Ich glaube, ich weiß, warum sie hier ist«, meldete Olga sich schüchtern zu Wort. Sie war von allen Mädchen die Stillste, weshalb Fräulein Bruhns sie ständig als leuchtendes Beispiel darstellte.

»Diskretion ist die wichtigste Tugend der Dienstboten einer guten Familie«, pflegte die Hausdame mit gespitzten Lippen zu sagen.

An diesem Abend konnte selbst Olga der Versuchung nicht widerstehen und überwand ihre Scheu. Zunächst bekam sie jedoch einen hochroten Kopf, als sämtliche Anwesenden sie interessiert ansahen.

»Nu sag schon!«, forderte Emma Schubbke sie auf.

Inzwischen waren zwei Tage vergangen, seit Alice vollkommen aufgelöst mit mehreren Koffern auf Gut Falkensee eingetroffen war.

Zwei Tage, an denen sie ihr Zimmer nicht verlassen hatte. Die Tabletts, die Emma Schubbke ihr persönlich herrichtete, kamen fast unberührt zurück. Selbst durch die geschlossene Zimmertür hörte man fast den ganzen Tag das laute Schluchzen der jüngeren Bargelow-Tochter, und das Getuschel unter den Dienstboten nahm von Stunde zu Stunde zu.

»Ich wollte nich lauschen«, fing Olga leise an, und Fine konnte sehen, dass sie sich nun, da alle sie neugierig anstarrten, am liebsten unterm Tisch verkrochen hätte.

»Is schon klar.« Bruno nickte ungeduldig. »Und was hast du nu gehört?«

»Ich war in dem kleinen Nebenraum vom Schlafzimmer von der jungen Gnädigen und hab ein Bad für sie vorbereitet. Die Tür zum Zimmer war nur einen Spaltbreit offen, und ich hab die Eimer mit dem heißen Wasser direkt vom Flur zur Wanne getragen. Da hat wohl niemand dran gedacht, dass ich da war.« Hilflos blickte sie in die Runde.

»Vielleicht war es denen egal. Für die Familie sind wir manchmal sogar unsichtbar, wenn wir direkt im Zimmer stehen«, sagte Fine.

»Was war denn nu?«, drängte Emma Schubbke erneut.

»Ich hab zwischendurch ganz kurz ins Zimmer gelinst. Sie liegt die ganze Zeit im Bett«, fuhr Olga mit leiser Stimme fort. »Entweder weint sie oder sie guckt rauf zur Decke.«

»Aber weshalb macht sie das?« Magda durfte im Gegensatz zu Olga nicht in Alices Zimmer. »Das weißt du auch nicht, stimmt's?«

»Doch. Ich war ja nebenan, als Fräulein Charlotte reinkam. Ich konnte hören, wie sie sich auf die Bettkante gesetzt hat. Und dann hat sie gesagt, dass es ihr leidtut, mit dem Ronald, dem Mann von ihrer Schwester.«

»Is dem was passiert? Das hätten wir doch gehört.« Grete schüttelte verständnislos den Kopf. »Und es hätt 'ne Beerdigung gegeben und so.«

»Neee.« Olgas Stimme klang nun klar und deutlich. »Das

Fräulein Charlotte wusste irgendwie, dass es mit dem Mann ihrer Schwester zusammenhängt. Die ganze Geschichte hat sie dann aber doch erst aus der jungen gnädigen Frau, der neuen Frau von Bernsdorff, rausgequetscht.«

Nach einer bedächtigen Pause fuhr Olga fort: »Sie is so schrecklich traurig, die Frau von Bernsdorff. Was ich gut verstehn kann. Jeder konnt sehn, wie sehr sie ihren Mann geliebt hat. Da würd ich auch Tag und Nacht weinen tun …«

»Da wird's einem ja ganz kodderich, so langsam bist du mit dem Reden«, mischte sich Emma Schubbke wieder ein. »Nu sag schon, was passiert is auf Gut Bernsdorff!«

»Das Fräulein … also die Frau von Bernsdorff hat wohl rausgefunden, dass eins von den Hausmädchen in anderen Umständen is. So wie sie selbst auch.«

»Sie selbst auch?« Ein Raunen ging durch die Leutestube. Eigentlich war es üblich, die Bediensteten an den freudigen Ereignissen in der Familie teilnehmen zu lassen. Dennoch hatte bisher keiner von ihnen gewusst, dass Alice von Bernsdorff ein Kind erwartete.

»Weißt du das schon länger?«, wandte Martha sich in drohendem Ton an Olga, die prompt zusammenzuckte.

»Nein doch!«, beteuerte sie eifrig. »Ich hab's nur gehört, als ich die Badewanne …«

Ein Ächzen ging durch den Raum, als Olga wieder anfing, die Situation zu beschreiben, die nun wirklich jeder begriffen hatte. Endlich nahm sie sich zusammen und erzählte, dass Alice nicht nur in Erfahrung gebracht hatte, dass das Hausmädchen ebenfalls ein Kind erwartete, sondern auch, dass dieses Kind denselben Vater hatte wie ihres.

»Der Herr von Gut Bernsdorff hat dem Hausmädchen einen Bankert verpasst?«, staunte Grete und warf vor lauter Entzücken über die aufregenden Neuigkeiten ihre Milchtasse um, die aber zum Glück schon leer war.

»Aber das war doch bestimmt, bevor das gnädige Fräulein ihn

geheiratet hat? Irgendwann vor Weihnachten.« Magda runzelte die Stirn.

»Kann nie nich sein«, widersprach Emma Schubbke. »Dann wär's längst raus. Entweder geboren worden oder mindestens ans Licht gekommen.«

Eine Weile herrschte verblüfftes Schweigen am Tisch, dann lachten alle los. Bis auf Fine, die traurig war, dass Charlotte, die ihr während der vergangenen Tage mehrmals auf dem Hof über den Weg gelaufen war, kein Wort gesagt hatte. Früher hatten sie alles Wichtige miteinander besprochen.

»Die arme Frau von Bernsdorff hat gemeint, das Kind würde im gleichen Monat geboren werden wie ihres.«

»Man hört doch immer wieder, dass das vorkommt. Dann wird das Mädchen aus dem Haus gejagt, obwohl sie sich oft nich mal freiwillig mit dem Herrn eingelassen hat. Und damit is dann alles vergessen und erledigt. Wieso zieht denn auf Gut Bernsdorff die Herrin mit Sack und Pack aus?« Magda schüttelte den Kopf.

»Ich glaub, das is, weil die Frau von Bernsdorff ihren Mann doch so sehr liebt. Und nu hat sie verstanden, dass er nich der is, für den sie ihn gehalten hat.« Olga nickte bedächtig mit dem Kopf.

»Habe ich richtig gehört?« Als von der Tür die scharfe Stimme von Fräulein Bruhns erklang, zuckte nicht nur Olga zusammen. Die aber erschrak so heftig, dass sie auf ihrem Stuhl ein Stück nach vorn rutschte und fast unter den Tisch gefallen wäre. »Wird hier über die junge gnädige Frau getratscht?«

Mit zusammengekniffenen Augen sah die Hausdame die arme Olga an, die knallrot geworden war.

»Ich habe doch nur …«, stotterte sie und wusste nicht weiter.

»… über die Herrschaften plachandert, was niemandem von uns zusteht. Schon gar nicht auf so unbotmäßige Weise. Geh sofort ins Bett, Olga. Ich will nichts mehr von dir hören. Morgen werde ich die Arbeiten, die im Zimmer der jungen gnädigen Frau zu verrichten sind, persönlich übernehmen.«

Die Hausdame seufzte dramatisch. Allen war bewusst, dass dies tatsächlich ein großes Opfer für Fräulein Bruhns darstellte. Sie liebte es gar nicht, mit ihren eigenen Händen zu arbeiten. Wenn die Hausdame sich nun also gezwungen sah, in Alice von Bernsdorffs Zimmer Essen zu servieren, Waschwasser bereitzustellen und andere niedere Arbeiten zu verrichten, würde sie das Olga sehr lange nachtragen.

Mitleidig sah Fine das Hausmädchen an, das nun leichenblass war. Auf ihren Wangen brannten zwei knallrote Flecke, während sie ununterbrochen mit den Augen zwinkerte.

»Ich werd nie wieder …«, murmelte sie verzweifelt vor sich hin, wagte aber nicht, die Hausdame direkt anzusprechen oder auch nur anzusehen. »Ich kann diese Arbeit wirklich weitermachen.«

»Eigentlich kann Olga nichts dafür«, versuchte Fine, für das Hausmädchen in die Bresche zu springen. »Alle wissen, dass sie im Zimmer der gnädigen Frau ein und aus geht, und haben deshalb gefragt …«

»Und sie konnte der Versuchung nicht widerstehen, sich wichtigzumachen, ich verstehe schon«, unterbrach Fräulein Bruhns sie ungeduldig. »Wer in diesem Haus arbeitet, erhält ein Dach über dem Kopf, regelmäßig Essen und Lohn. Deshalb steht den Herrschaften unsere Loyalität zu. Olga kann froh sein, wenn ich nicht dafür sorge, dass sie entlassen wird. Ich sehe nur von einer härteren Strafe ab, weil sie bisher wenig Anlass zur Klage gegeben hat. Und ich denke, hier sitzen einige Personen, die nicht ganz unschuldig an Olgas Indiskretion sind.« Fräulein Bruhns schaute streng in die Runde. »Ich gehe davon aus, dass nichts von dem, was heute Abend hier besprochen wurde, dieses Haus verlässt.« Mit diesen Worten drehte die Hausdame sich um.

Fine sah mit gerunzelter Stirn zu, wie Fräulein Bruhns und die arme Olga die Treppe hinauf verschwanden.

Hedi folgte ihnen nach einem kurzen Gutenachtgruß. Wie Fine aufgefallen war, hatte die Kinderfrau zum ersten Mal wieder unten in der Leutestube gegessen, nachdem sie sich tagelang kaum von Fredericks Bettkante entfernt hatte. Inzwischen ging es dem Kranken deutlich besser, die Familie war erleichtert und hatte den Dienstboten diese erfreuliche Nachricht durch Otto Kowalski offiziell mitteilen lassen. Dennoch war Hedi unruhig und ständig auf dem Sprung. Fine hatte Mitleid mit Wilhelm. Sie hatte bemerkt, dass er während des Essens mehrmals versucht hatte, eine Unterhaltung mit seiner Verlobten zu beginnen. Doch Hedi hatte ihm nur einsilbig geantwortet und hastig weitergegessen.

»Ob Fräulein Bruhns auch schon weiß, weshalb unsere Jüngste wieder hier ist?«, überlegte Emma Schubbke laut, nachdem die Schritte auf der Treppe verklungen waren.

Fine kicherte. »Sie weiß es nicht. Was glaubt ihr, weshalb sie ab morgen selbst in Alices Zimmer Dienst tun will? Wo sie doch gar nicht gern das Bedienen übernimmt.«

Nun mussten alle lachen. Wer schon etwas länger auf Gut Falkensee in Stellung war, wusste, dass Fräulein Bruhns den meist gutmütigen Tratsch im Souterrain, wie er in jedem Herrschaftshaus üblich war, strengstens untersagte. Allerdings war sie selbst sehr neugierig, was das Leben der Familie betraf.

»Ich geh schlafen«, verkündete Emma Schubbke, nachdem sie sich die Lachtränen aus den Augen gewischt hatte. Sie nahm ihre leere Tasse und trug sie in die Küche.

Das war auch für die anderen das Signal zum Aufbruch. Fine legte ihre Schürze zusammen, deren Tasche immer noch nicht fertig angenäht war. Das musste sie nun morgen früh erledigen und deshalb zehn Minuten früher aufstehen.

Nachdem sie ebenfalls ihre leere Tasse ins Spülbecken gestellt hatte, ging sie zum Hinterausgang, um vor dem Schlafengehen noch ein wenig frische Luft zu schnappen.

Sie machte ein paar Schritte durch den stillen Park und atmete tief die frische Nachtluft ein. Als sich Emil Gabrowskis Schatten von einem Baumstamm löste und auf sie zukam, fuhr sie zusammen. Der

Verwalter hielt eine brennende Zigarette in der Hand, deren Glut im Dunkeln rötlich leuchtete.

Unbehaglich sah sie ihm entgegen. Er war ein großer, kräftiger Mann. Seit einer der Nachbarssöhne sie im Alter von fünfzehn Jahren zu Boden gedrückt und versucht hatte, ihren Rock hochzuschieben, bekam sie manchmal Angst, wenn sie allein im Dunkeln einem Mann begegnete. Damals war es ihr gelungen, den Kerl mit einem Biss in den Hals zu vertreiben. Nicht einmal mit Charlotte hatte sie darüber geredet. Als Tochter des Gutsbesitzers konnte Charlotte wahrscheinlich gar nicht nachvollziehen, wie sich eine solche Situation anfühlte. Schließlich war Charlotte nie von ihren Eltern im Dunkeln losgeschickt worden, um nach den Hühnern zu sehen.

Vielleicht war dieses Schweigen damals das erste Anzeichen dafür gewesen, dass ihre Welten immer weiter auseinanderdrifteten, wie Eisstückchen auf dem Falkensee, wenn die Frühlingssonne aus einer großen schimmernden Fläche lauter kleine Scherben machte, die jede für sich im Wasser schwammen, während sie langsam schmolzen.

»Es tut mir leid, wenn ich dich erschreckt habe, Fine«, sagte der Verwalter freundlich. »Aber da ich dir gerade allein begegne … Es ist so, dass ich mir eine bestimmte Frage stelle, seit ich dich zum ersten Mal gesehen habe.«

»Ja?« Gabrowski wirkte nicht bedrohlich. Außerdem waren sie so nahe beim Haus, dass es bestimmt jemand hören würde, wenn sie schrie.

»Ich frage mich, wer deine Mutter ist.«

»Bitte? Ich verstehe nicht.« Sie sah hinüber zum Dienstboteneingang, von dem sie nur ungefähr zehn Schritte trennten. »Meine Mutter lebt im Dorf. Genau wie mein Vater.«

»Ich weiß, dass das komisch klingt. Aber du siehst einer Frau, die ich kenne, unglaublich ähnlich.« Er fuhr sich mit den gespreizten Fingern durch die Haare.

»Nun ja. Das kommt vor. Wer ist die Frau denn?« Jetzt erinnerte sie sich, dass Gabrowski schon mal so eine komische Bemerkung wegen ihrer roten Haare gemacht hatte.

»Sie lebt in der Nähe von Deutsch Eylau, wo ich aufgewachsen bin. Aber sie stammt nicht aus dem Dorf, sondern aus dem Herrenhaus dort und ...«

»Tja. Da war ich noch nie«, unterbrach sie ihn energisch, obwohl er der Verwalter war und sie nur ein Hausmädchen.

Er tadelte sie nicht. »Und deine Eltern? Waren die schon mal dort?«

»Glaub ich nicht. Ist aber auch egal. Ich hab jedenfalls nichts mit der Frau zu tun.« Gabrowski war irgendwie ... seltsam.

»Entschuldige bitte. Es lässt mir keine Ruhe, weil damals, vor ungefähr zwanzig Jahren, als ich acht oder neun war, so viel getuschelt wurde. Wie alt bist du denn?«

»Zwanzig«, antwortete sie verblüfft. Sie verstand immer noch nicht, worauf er hinauswollte.

»Na ja«, sagte er und trat einen Schritt zurück, als wollte er damit deutlich machen, dass die Unterhaltung beendet war. »Manche Menschen sehen sich ähnlich und sind absolut nicht miteinander verwandt.«

»Genau. Ich sehe meinen Eltern kein bisschen ähnlich, und es sind trotzdem meine Eltern. So spielt das Leben. Gute Nacht.«

Fine drehte sich mit einem Ruck um, ging mit langen Schritten zur Tür und trat ins Haus. Der Verwalter folgte ihr nicht. Um diese Zeit hatte er im Herrenhaus nichts zu suchen. Schließlich bewohnte er sein eigenes Haus in der Nähe der Stallungen. Aus diesem Grund begegnete Fine ihm nur selten, was sie gut fand, wenn sie bedachte, wie komisch er daherredete.

27. Kapitel

Veronika
Gut Falkensee, Westpreußen, 18. Mai 1905

Veronika saß an ihrem Sekretär im Gartenzimmer und erledigte wichtige Korrespondenz. Sie musste den Müttern der Bewerber um Charlottes Hand mitteilen, dass ihre Tochter sich demnächst verloben würde. Den Namen von Charlottes Zukünftigem behielt Veronika vorerst für sich. Sie freute sich jedoch schon darauf, ihren Freundinnen und Bekannten mitzuteilen, wer ihr zweiter Schwiegersohn werden würde. Baldur von Krammbach war ein außerordentlich guter Fang, auch wenn er fast zwanzig Jahre älter war als Charlotte. Er war immer noch recht attraktiv, hatte ein angenehmes Wesen und nicht zuletzt ein mehr als ansehnliches Vermögen. Nicht zu vergessen die Tatsache, dass er Charlottes Eigensinn nicht nur akzeptierte, sondern erstaunlicherweise sogar zu mögen schien.

Das Fenster stand einen Spaltbreit offen, und als Veronika Hufgetrappel und das Knirschen von Wagenrädern auf dem Kies hörte, hob sie irritiert den Kopf. Wer mochte das sein? Ihre Nachbarn und Bekannten hatten für unangemeldete Besuche in der Regel viel zu viel zu tun.

Veronika legte ihren Füllfederhalter weg und trat ans Fenster. Als sie sah, wer seinen Einspänner in raschem Trab in die Einfahrt lenkte, schnappte sie erschrocken nach Luft.

Seit Alice vor mehr als zwei Wochen weinend nach Falkensee zurückgekehrt war, hatte Ronald zwei Briefe geschickt. Einer war direkt an seine junge Ehefrau adressiert gewesen, der andere an ihre Eltern. Alice hatte sich geweigert, Ronalds Brief auch nur anzufassen. Falls ihre Mutter Lust hätte, ihn zu lesen, könne sie das ja tun. Veronika hatte deshalb sowohl den an Alice als auch den an Adalbert und sie selbst gerichteten Brief aufmerksam studiert und festgestellt, dass sie sich von Ton und Inhalt her kaum unterschieden. Ronald forderte in knappen Worten die sofortige Rückkehr seiner Ehefrau nach Gut Bernsdorff. Er erklärte, es sei ihre Pflicht, unter seinem Dach zu leben und seinem Haushalt vorzustehen. Auf den Grund für Alices Flucht aus seinem Haus ging er mit keinem Wort ein.

Veronika vertrat die Ansicht, dass eine Ehefrau unter fast allen Bedingungen an der Seite ihres Mannes verharren sollte. Dennoch konnte sie Alices Verhalten verstehen. Wäre ihre Jüngste nicht derart verliebt in ihren künftigen Mann gewesen, hätte sie tun können, was schon viele Frauen in ihrer Situation gemacht hatten: Sie entließen das Hausmädchen, zeigten ihrem Mann für eine gewisse Zeit – oder für immer – die kalte Schulter und führten ansonsten ihr Leben fort. Vielleicht trug Alice bereits einen männlichen Erben für die Bernsdorffs unter dem Herzen. Damit hätte sie ihre diesbezügliche Pflicht erfüllt und könnte Ronald für immer aus ihrem Schlafzimmer verbannen. Wäre da nicht die Liebe gewesen, die sie für ihren Gatten empfunden hatte und wohl immer noch empfand.

Doch selbst wenn Ronald ihre Gefühle schrecklich verletzt hatte, würde Alice sich zusammenreißen und früher oder später in sein Haus zurückkehren müssen. Veronika war bereit, ihrer Jüngsten notfalls noch zwei oder drei Wochen zuzugestehen, um sich hier zu erholen. Danach musste aber Schluss sein.

Die Gutsherrin sah zu, wie Ronald dem verdutzten Bruno, der zum Empfang des Besuchs vor die Tür geeilt war, die Zügel hinwarf und die Treppe zur Haustür hinauflief. Dann erklang in der Halle seine herrische Stimme. Kowalski antwortete in jenem dezenten Ton, der den geschulten Butler auszeichnete.

Veronika kehrte an ihren Schreibtisch zurück und tat, als wäre sie in ihre Arbeit versunken. Gleich darauf klopfte es.

»Ich bitte um Verzeihung, gnädige Frau. Herr von Bernsdorff wünscht Sie zu sprechen. Eigentlich möchte er mit Frau von Bernsdorff reden. Aber ich dachte, vielleicht möchten die gnädige Frau sich persönlich um die Angelegenheit kümmern.«

Veronika zog die Brauen hoch, erhob sich und folgte Kowalski in die Halle, wo Ronald mit großen Schritten auf und ab ging.

»Guten Tag«, begrüßte sie ihn in kaltem Tonfall.

Er unterbrach seine Wanderung, fuhr herum und sah sie an. »Guten Tag. Ich will zu meiner Frau.«

»Ich fürchte, Alice kann niemanden empfangen. Es geht ihr nicht gut«, erklärte sie ihm mit einem verbindlichen Lächeln.

»Ich bin ihr Ehemann. Ich brauche keine Erlaubnis, wenn ich sie sehen will.« Ronald schaute in Richtung Treppe. Offenbar vermutete er Alice in einem der oberen Schlafzimmer, wo sie sich tatsächlich bis vor einigen Tagen verkrochen hatte. Heute jedoch lag sie auf der Ottomane in der Bibliothek, was Veronika für einen großen Fortschritt hielt.

»Es wäre sehr freundlich von dir, wenn du Alice noch etwas Zeit geben würdest. Ich denke, in wenigen Wochen wird sie sich so weit beruhigt haben, dass sie nach Gut Bernsdorff zurückkehren kann.«

»Ich habe genug Geduld gehabt, will ich meinen.« Ronalds Mund war ein schmaler Strich. Er dachte nicht daran, Veronikas Lächeln zu erwidern.

»Alice braucht Ruhe, um die Gesundheit deines Kindes nicht zu gefährden.« Sie bemühte sich um einen gelassenen Ton, obwohl ihr Herz viel zu schnell klopfte.

»Die Mutter meines Kindes gehört nach Gut Bernsdorff. Wo ist sie nun also?«

»Ich rede mit ihr.« Veronika unterdrückte einen Seufzer und wandte sich an Kowalski, der im Hintergrund gewartet hatte: »Bitte servieren Sie meinem Schwiegersohn im Salon eine Tasse Tee.«

»Ich will keinen Tee. Ich will mit meiner Frau sprechen.«

Veronika runzelte die Stirn. »Du trinkst jetzt Tee. Im Salon. Und ich werde mit meiner Tochter sprechen und versuchen, sie zu einer Unterhaltung mit dir zu überreden.«

»Ich will sie nicht nur sprechen, ich will sie mit nach Hause nehmen.« Ronald machte den Eindruck, als wollte er gleich mit dem Fuß aufstampfen wie ein ungezogener Junge, der seinen Willen nicht bekam.

»Auch das werde ich ihr ausrichten.« Veronika sah Kowalski auffordernd an. »Sorgen Sie bitte dafür, dass Herr von Bernsdorff es *im Salon* bequem hat.«

»Wenn Sie mir bitte folgen wollen, gnädiger Herr?« Kowalski, der Ronald um einen halben Kopf überragte, baute sich vor ihm auf.

Widerstrebend folgte der ungebetene Gast dem Butler. Veronika blieb so lange in der Halle stehen, bis sich die Tür hinter Ronald geschlossen hatte. Dann erst wandte sie sich der Bibliothek zu.

Charlotte leistete dort ihrer Schwester Gesellschaft. Schmal und blass und trotz der Wärme bis zur Nasenspitze in eine Decke gehüllt, lag Alice auf der Ottomane. Charlotte saß am Fenster und las ihr aus einem Buch vor.

»Entschuldigt«, sagte Veronika. »Wir haben etwas zu besprechen.«

Nachdem Veronika so schonend wie möglich erklärt hatte, dass Ronald mit seiner jungen Ehefrau reden und sie auf der Stelle mit nach Hause nehmen wollte, stieß Alice einen wehklagenden Ton hervor, der an ein verletztes Kätzchen erinnerte.

Charlotte sprang von ihrem Stuhl auf. Sie bemerkte nicht, dass der aufgeschlagene Roman durch die heftige Bewegung von ihrem Schoß auf den Boden rutschte.

»Auf keinen Fall kann Alice wieder bei diesem Mann leben«, stieß sie empört hervor.

»Sie ist seine Ehefrau, und er darf bestimmen, wo sie lebt«, erklärte Veronika in sanftem Ton. »Wenn sie sich weigert, mit ihm zusammenzuwohnen, kann er die Auflösung der Ehe beantragen.«

Als könne sie sich auf diese Weise schützen, hatte Alice die Decke so weit hochgezogen, dass nur noch ihre weit aufgerissenen Augen und ihre goldblonden Haare hervorschauten.

»Ich will ihn nicht sehen, und ich werde niemals nach Gut Bernsdorff zurückkehren. Niemals! Wenn er sich scheiden lässt – umso besser!« Ihre Stimme klang erstickt, nicht nur weil sie durch die Wolldecke sprach. Aber wenigstens weinte sie nicht mehr. Ihre Augen waren wieder klar, wenn auch voller Wut und Trauer. Vielleicht hatte sie nach all der Zeit in ihrem verdunkelten Zimmer einfach keine Tränen mehr, die sie vergießen konnte.

»Du bist mit ihm vor den Traualtar getreten«, erinnerte Veronika sie. »Vergiss nicht, dass du ein Kind von ihm erwartest.«

»Dieses Kind ist euer Enkel, und es kann hier aufwachsen.« Das klang sehr entschieden. So viel Energie hatte Alice seit ihrer Rückkehr nach Falkensee nicht aufgebracht.

»Ronald wird Alice niemals respektieren und immer wieder betrügen. In einem solchen Haus darf das Kind nicht aufwachsen«, mischte Charlotte sich zum Ärger ihrer Mutter ein.

»Woher willst du wissen, wie Ronald sich in Zukunft verhalten wird?«, fragte Veronika in scharfem Ton.

»Ich weiß es eben.«

»Du hast ihn von Anfang an nicht gemocht, das habe ich wohl bemerkt. Aber es ist nicht deine Angelegenheit. Versuch also bitte nicht, Alice zu beeinflussen.«

Der Ton, den Charlotte daraufhin mit Lippen und Zunge machte, klang äußerst despektierlich, aber Veronika überhörte ihn der Einfachheit halber. Für so etwas hatte sie jetzt keine Zeit.

»Wieso hast du es gewusst, Charlotte?«, wandte Alice sich plötzlich an ihre Schwester. »Was genau hat er getan?«

Verblüfft ließ Veronika den Blick zwischen ihren beiden Töchtern hin und her wandern.

Charlotte beantwortete die Frage ihrer Schwester mit einem Schulterzucken und sagte dann: »Ich kann es dir nicht sagen.«

»Das ist gemein. Du weißt etwas, verrätst es mir nicht und lässt mich in mein Unglück laufen.«

»Du hättest mir sowieso nicht geglaubt.« Charlotte und Alice funkelten einander ein. Was auch immer zwischen den beiden vorging, Veronika musste dafür sorgen, dass Ronald mit irgendeiner Antwort so schnell wie möglich ihr Haus verließ.

»Ich kann versuchen, dir etwas mehr Zeit zu verschaffen, Alice. Was dir passiert ist, haben schon viele Frauen erlebt und überlebt. Du wirst damit fertigwerden und früher oder später zu deinem Mann zurückkehren müssen. Auf jeden Fall noch vor der Geburt deines Kindes.«

Alice wandte stumm den Kopf ab und starrte gegen die Wand.

Leise verließ Veronika die Bibliothek, zog die Tür hinter sich zu und begab sich in den Salon. Hier saß Ronald am Tisch, vor sich eine dampfende Tasse Tee und einen Teller mit Gebäck. Hinter seinem Stuhl stand Kowalski und blickte drein wie ein Hund, der einen Knochen bewachte.

Veronika überlegte, ob sie den Butler wegschicken sollte, fand es aber angenehmer, ihn im Raum zu haben, obwohl er auf diese Weise noch mehr mitbekommen würde.

Als Ronald sie sah, sprang er auf und sah ihr gespannt entgegen.

»Ich kann dich nur um Geduld bitten. Lass ihr Zeit. Hier in ihrem Elternhaus hat sie alles, was sie braucht und was ihr guttut, Ronald.«

»In meinem Haus hat Alice ebenfalls alles, was ihr Herz begehrt. Eine Menge Frauen wären gern an ihrer Stelle.«

Aus irgendeinem Grund war dies der Moment, in dem Veronika wütend wurde, während wenige Sekunden zuvor noch die Sorge um die Zukunft ihrer Tochter und um Falkensee im Vordergrund gestanden hatten.

»Ich weiß nicht, ob so viele Frauen Wert darauf legen, dass ihnen das Herz gebrochen wird«, fauchte sie.

»Ich will solche Sentimentalitäten nicht hören«, rief Ronald, als hätte er nur darauf gewartet, dass sie sich so deutlich auf die Seite ihrer Tochter stellte. »Ich habe Alice umworben, wie es sich gehört. Mit Komplimenten und Süßholzgeraspel. Aber ihr muss doch klar sein, dass es nun mit der Tändelei genug ist. Wir sind verheiratet. Sie wird bald die Mutter meiner Kinder sein. Sie kümmert sich um den Haushalt und das Hauspersonal, ich mich um den Gutsbetrieb. Hat sie geglaubt, ich würde ihr jeden Morgen und jeden Abend Albernheiten ins Ohr säuseln?«

»Sie hat jedenfalls nicht gedacht, dass du jeglichen Respekt ihr gegenüber missen lassen würdest. Eine Entschuldigung für dein Verhalten wäre zumindest ein Anfang. Wenn du ihr erneut schreibst, denk bitte einmal in diese Richtung. Dann würde ich sie überreden, deinen Brief zu lesen.«

»Ich wüsste nicht, was dich das überhaupt angeht.« Ronald stürmte zur Tür und riss sie auf, bevor Kowalski sie ihm öffnen konnte. Im Türrahmen drehte er sich noch einmal um.

»Ich wünsche, Alice spätestens Ende der Woche zurück auf Gut Bernsdorff zu sehen. Sollte sie bis dahin nicht wieder Tisch und Bett mit mir teilen, werde ich die Ehe auflösen lassen. Ich bin sicher, liebe Schwiegermama, du weißt, was das bedeutet: Dann verlange ich die Rückzahlung des Gelds, das ich in euer Gut gesteckt habe.«

Das Lachen, mit dem Ronald sich abwandte, schrillte ihr in den Ohren.

Kowalski begleitete den ungebetenen Gast zur Tür, während Veronika noch einige Minuten bewegungslos im Salon stand. Im Grunde überraschte Ronalds Reaktion sie nicht. Auch wenn sie ihn zu Anfang noch gemocht hatte, war ihr klar gewesen, dass er zu jenen verwöhnten Menschen gehörte, die immer ihren Willen bekommen mussten. Wenn das nicht der Fall war, sorgten sie mit allen Mitteln dafür, dass derjenige, der ihr Spiel nicht mitspielen wollte, seine Strafe erhielt.

Sie würde mit Adalbert darüber reden müssen, wie es sich auf die finanzielle Lage von Gut Falkensee auswirken würde, wenn sie Ronald sein Geld zurückzahlen mussten. Zum Glück gab es in diesem Fall eine naheliegende Lösung: Baldur von Krammbach. Er hatte signalisiert, dass er eine beliebige Summe in Gut Falkensee stecken würde und bereit war, dies schon zum Zeitpunkt der Verlobung zu tun.

Wichtig war nur, dass Charlotte es sich nicht im letzten Moment anders überlegte oder irgendetwas tat, das Baldur dazu brachte, die Verlobung abzusagen.

28. Kapitel

Hedi
Gut Falkensee, Westpreußen, 4. September 1905

»Wenn du hinunter zum See willst, nimm das hier um, am Wasser könnte es kühl sein.« Mit einem dunkelblauen Seidenschal in der Hand eilte Hedi quer durch die Halle hinter Frederick her, der schon fast die hintere Tür zum Park erreicht hatte.

Er wandte sich um und zog eine Grimasse. »Doktor Kramer hat gesagt, ich soll möglichst oft an die frische Luft gehen.«

»Er hat aber nicht gesagt, dass du draußen halb nackt herumlaufen sollst.« Hedi stellte sich auf die Zehenspitzen und knotete den dünnen Schal um Fredericks Hals, wie sie es schon getan hatte, als er noch ein kleiner Junge gewesen war.

»Wirklich, Hedi!«

»Bitte, Fredy!« Sie hielt seine Hand fest, die er gehoben hatte, um den Schal zu lockern oder gar wieder abzunehmen. »Wie hast du übrigens letzte Nacht geschlafen?«

»Ich schlafe nun mal nicht gut. Also nutze ich die Zeit zum Lesen. Das ist gar nicht so schlecht. Auf diese Weise lerne ich eine Menge. Du musst wirklich aufhören, dir ständig Sorgen um mich zu machen. Ich weiß, es war ziemlich schlimm. Aber als Doktor Kramer mir die höhere Dosis von meinem Herzmittel verordnet hat, bin ich schnell wieder auf die Beine gekommen. Also gibt es jetzt ein Heilmittel für mich, und ich werde gesund bleiben.« Lächelnd beugte Frederick sich zu ihr herunter, gab ihr einen Kuss auf die Stirn und verschwand nach draußen.

Durch das Fenster im oberen Teil der Tür sah Hedi, dass er

schon nach wenigen Schritten den Knoten löste und den Schal lässig um seine Schultern flattern ließ. Sie unterdrückte einen Seufzer, entschied sich aber dagegen, ihm zu folgen.

Tatsächlich schien Frederick seit seiner erstaunlich raschen Genesung an die zuverlässige Wirkung seiner Medizin zu glauben. Die schreckliche Angst, die während der Krise in seinen Augen gestanden hatte, schien wie weggeblasen. Doch seit ihrem Gespräch mit der Gutsherrin wusste Hedi, dass Fredericks neuerliche Gesundung möglicherweise nur einen Aufschub bedeutete. Er konnte jederzeit wieder krank werden. Sein Ende konnte direkt bevorstehen – oder noch viele Jahre auf sich warten lassen. Und so betete sie jeden Morgen und jeden Abend verzweifelt darum, dass der liebe Gott ihrem Jungen noch eine möglichst lange Lebenszeit schenkte.

»Hedi«, riss ein Ruf sie aus ihren Gedanken. Die klagende Stimme kam aus der Bibliothek, die Alice seit Monaten zu ihrem bevorzugten Aufenthaltsort auserkoren hatte. Die jüngste Bargelow-Tochter frühstückte im Bett, dann stand sie auf, wusch sich mit Hedis Hilfe und schlüpfte in einen ihrer bestickten Morgenmäntel. Anschließend legte Alice sich auf die Ottomane vor der großen Bücherwand, von wo aus sie einen weiten Blick durch den Park bis hinunter zum See hatte. Allerdings spürte sie niemals das Bedürfnis, einen kleinen Spaziergang zu machen, ganz gleich, wie oft ihre Schwester, ihre Mutter oder auch Hedi sie aufforderten. Sie lag einfach nur da und rief in regelmäßigen Abständen nach Obst, Getränken oder Gesellschaft.

»Was kann ich für dich tun, Alice?«, erkundigte sich Hedi von der Tür aus.

»In meiner Kehle brennt es wie Feuer.« Alice drückte sich die Hand vorne gegen den Hals, um deutlich zu machen, wo sie das Unbehagen spürte.

»Sodbrennen«, stellte Hedi unbeeindruckt fest. »Das wird besser, wenn du aufstehst und ein bisschen herumläufst.«

»Ich kann nicht laufen. Meine Füße sind geschwollen.« Nun deutete Alice auf das untere Ende der Ottomane.

»Dann bringe ich dir etwas Milch«, entschied Hedi. »Das hilft auch.«

»Mit Honig. Und ein paar Kekse. Oder ein Stück Kuchen.« Zufrieden lehnte Alice sich in den Kissen zurück.

Als Hedi sich umwandte, stand Herr von Bargelow direkt hinter ihr.

»Gnädiger Herr.« Sie deutete einen Knicks an.

»Lass dir Zeit mit der Milch. Ich habe mit meiner Tochter zu reden.« Er verzog den Mund zur Andeutung eines Lächelns, doch der Ausdruck in seinen Augen war so ernst, dass Hedi erschrak.

Nickend zog sie sich zurück, schloss die Tür zur Bibliothek jedoch nicht ganz. Hedi hatte noch nie gelauscht, doch sie konnte es neben all den anderen Sorgen nicht auch noch verkraften, sich Gedanken über Alices Schicksal zu machen.

Also hielt sie ihr Ohr in die Nähe des Spalts und wandte ihr Gesicht der Halle zu. Auf diese Weise würde sie rechtzeitig bemerken, wenn jemand kam.

»Hallo Papa«, hörte sie von drinnen Alices Stimme. »Kommst du mich besuchen? Das ist lieb von dir.«

Die Federn des Sessels neben der Ottomane knarrten, als Adalbert von Bargelow sich setzte. »Ich habe ernsthaft mit dir zu reden, mein Kind.«

Alice stieß einen demonstrativen Seufzer aus, sagte aber nichts.

»Dein Mann war vorhin bei mir.«

»Ronald ist nicht mehr mein Mann«, erklärte Alice in jenem trotzigen Ton, den sie stets anschlug, wenn jemand Ronald erwähnte.

»Doch, das ist er«, erwiderte der Gutsherr streng. »Du weißt, dass er während der vergangenen Wochen mehrmals bei mir vorgesprochen hat, um mich aufzufordern, dich zurück nach Gut Bernsdorff zu bringen.«

»Das wirst du nicht tun, Papachen, stimmt's?« Jetzt klang Alices Stimme erschrocken. »Wenn du das versuchst, werde ich schreien und kratzen und beißen. Ich gehe nicht dorthin zurück. Und Ronald will ich nie wiedersehen.«

»Du bringst mich damit in eine äußerst schwierige Lage, Alice.« Adalbert von Bargelow räusperte sich.

»Das tut mir leid, Papa. Aber meine Lage ist auch schwierig.« Fast sah Hedi vor sich, wie Alice bei dieser Bemerkung die Arme vor der Brust verschränkte.

»Du weigerst dich also weiterhin, deinen Pflichten als Ehefrau nachzukommen? Ronald hat mir heute ein Ultimatum gestellt.«

»Das tut er doch dauernd!« Alice versuchte erfolglos, gelangweilt zu klingen. Hedi konnte jedoch hören, wie verzweifelt sie in Wahrheit war.

»Weil deine Mutter und ich ihn immer wieder gebeten haben, dir Zeit zu geben. Doch nun ist seine Geduld offenbar ausgereizt. Wenn du bis nächsten Montag nicht wieder bei ihm eingezogen bist, löst er die Ehe und verlangt die Summe zurück, die er in Falkensee investiert hat.«

»Zahl ihm doch das dumme Geld zurück! Dann bin ich wieder frei.« Alices Stimme war plötzlich heiser, wie immer, wenn sie den Tränen nahe war. Denn natürlich war sie nicht so dumm zu glauben, dass es leicht für sie sein würde, plötzlich mit einem Kind und ohne Mann dazustehen. All ihre Träume von einem Leben als Gutsherrin wären damit zerplatzt. Und doch schien es der einzige Weg zu sein, wenn sie nicht bereit war, zu ihrem Mann zurückzukehren.

»Du hast dich für Ronald von Bernsdorff entschieden. Und eine solche Entscheidung gilt für ein ganzes Leben«, sagte der Gutsherr in erstaunlich mildem Ton.

»Ich gehe nicht zu ihm zurück. Niemals! Und ich weiß genau, dass du mich nicht zwingen wirst. Das wirst du doch nicht tun, Papachen, nicht wahr?« Jetzt begann Alice zu schluchzen.

»Nein, mein Kind, natürlich werde ich dich nicht zwingen, nach Gut Bernsdorff zurückzukehren«, hörte Hedi aus der Bibliothek die Stimme des Gutsherrn. »Ich werde einen Weg finden, Ronald das Geld zurückzuzahlen. Du bist und bleibst unsere Tochter, und wenn du dein Kind in deinem Elternhaus großziehen willst, soll es so sein.«

Hedi atmete auf. Alles würde gut werden!

Mit einem entschlossenen Ruck wandte sie sich um und machte sich auf den Weg in die Küche.

Als sie zehn Minuten später das Tablett mit der heißen Milch und einem Stück Napfkuchen nach oben trug, begegnete ihr Wilhelm am Fuß der Dienstbotentreppe.

»Für welche Farbe hast du dich entschieden?«, erkundigte er sich mit jenem Lächeln, das ein warmes Gefühl in ihrer Brust auslöste.

»Welche Farbe?«, fragte sie nervös.

»Die Farbe für die Küche in unserem Haus.« Er musterte sie so erstaunt, als könnte er nicht glauben, dass sie das tatsächlich vergessen hatte. »Wir wollten an unserem nächsten freien Tag die Wände und den alten Küchenschrank streichen.«

»Ich …« Sie wusste nicht weiter und spürte, dass sie vor Verlegenheit rot wurde. Auch wenn sie sich nach all den Jahren, in denen sie allein in ihrem schmalen Bett geschlafen hatte, nur mit Mühe ein Leben als verheiratete Frau vorstellen konnte, so wollte sie es dennoch wagen. Mit ihm. Und doch waren ihre Gedanken und Gefühle viel häufiger bei Frederick und zuletzt auch bei der schwangeren Alice gewesen als bei Wilhelm. Sie hatte versucht, es ihm zu erklären, doch er verstand sie nicht.

»Es sind nicht deine Kinder«, sagte er immer wieder. »Es ist eine Arbeit, für die du bezahlt wirst. Das darfst du nicht verwechseln.«

Als könnte sie sich die Gefühle für einen Menschen, den sie schon als kleines Kind in ihren Armen gehalten, einfach aus dem Herzen reißen, um Platz für einen Mann zu machen.

Es war nicht so, dass sie Wilhelm nicht in ihrem Herzen trug. Doch in diesen Tagen, in denen die Sorge immer wieder über ihr zusammenschlug wie eine eisige Welle, war er nur ein kleines, warmes Licht in der Dunkelheit, das nicht hell genug leuchten konnte, um die Angst zu überstrahlen.

»Du hast dich so über das kleine Haus am See gefreut, aber jetzt scheint es dir egal zu sein. Und für mich hast du fast nie mehr Zeit.« Er trat einen Schritt zurück und sah sie forschend an.

»Es gibt schrecklich viel Arbeit, und ich habe eine Menge anderes im Kopf. Vielleicht sollten wir den Hochzeitstermin um ein paar Monate verschieben.« Unglücklich sah sie ihn an und schaute schnell wieder weg, weil sie den Zweifel und den Ärger, die sie in seinen Augen las, nicht ertragen konnte.

»Ich will nicht warten«, sagte er nach langem Schweigen. »Und ich will dich nicht heiraten, wenn du mich nicht wirklich willst. Wenn ich für dich nicht der wichtigste Mensch bin. Du musst dich entscheiden.«

Sie schaute hinunter auf die Milchtasse, die schon aufgehört hatte zu dampfen. »Ich wünsche mir eine hellblaue Küche«, flüsterte sie. »Meinst du, das geht?«

»Ich werde blaue Farbe besorgen.« Sie suchte in seinem Gesicht nach einem Lächeln, konnte aber nicht die leiseste Spur davon entdecken.

Eine Weile sahen sie einander stumm an, dann wandte er sich ab und verließ das Haus durch die Hintertür. Sie stand noch eine Weile regungslos da, bevor sie sich mit ihrem Tablett auf den Weg zur Bibliothek machte. Dabei dachte sie darüber nach, ob Frederick für den bald hereinbrechenden Abend nicht doch zu leicht bekleidet war.

29. Kapitel

Charlotte
Jagdhaus nahe Gut Falkensee, Westpreußen, 4. September 1905

Charlotte trabte auf einem der Reitpferde ihres Vaters den Waldweg entlang. Durch die Baumstämme schimmerten bereits die hellen Mauern des Jagdhauses, wohin sie unterwegs war. Sie war vor der Unruhe und der Geschäftigkeit, die auf Gut Falkensee herrschten, geflüchtet. Und vor den Gedanken an eine Ehe, die unausweichlich war, der sie aber wenig freudig entgegenblickte.

Seit das Verlobungsdatum feststand, kam Baldur zwei Mal pro Woche zum Tee. Diese regelmäßigen Treffen sollten dem Paar ermöglichen, sich besser kennenzulernen. Wenn sie allein in einem Zimmer waren, musste selbstverständlich die Tür geöffnet sein, und gemeinsame Spaziergänge fanden in Sichtweite des Hauses statt. Charlotte wusste nicht, ob Baldur die strengen Regeln ihrer Mutter störten. Sie hatten sich noch kein einziges Mal richtig geküsst, und er schien nichts zu vermissen. Wahrscheinlich, weil er nur die künftige Mutter seines Erben in ihr sah und an ihr persönlich wenig Interesse hatte. Sie gab sich Mühe, das beruhigend zu finden, doch tief in ihrem Inneren war sie verletzt. Auch weil er so entschieden erklärt hatte, nach der Geburt eines Erben ihr Schlafzimmer nicht mehr betreten zu wollen.

Andererseits war mangelnde Leidenschaft vielleicht sogar von Vorteil. Alice hatte bei ihrer Verlobung vor Glück so sehr gestrahlt, dass man fast geblendet gewesen war. Von diesem Glück war nach wenigen Monaten nichts geblieben als ein gebrochenes Herz.

Ronald hatte mithilfe der weitreichenden Beziehungen seiner Familie innerhalb kürzester Zeit die Ehe auflösen lassen. Er hatte erklärt, kein Interesse an dem Kind zu haben, das Alice von ihm erwartete. Der Anwalt der Bargelows hatte daraufhin dafür gesorgt, dass Adalbert von Bargelow als vorläufiger Vormund eingesetzt wurde. Es blieb zu hoffen, dass Ronald sich auch nach der Geburt nicht einmischen würde, sodass Alice ihren Sohn oder ihre Tochter in Frieden im Haus ihrer Eltern großziehen konnte.

Immerhin, dachte Charlotte, würde durch ihre Heirat mit Baldur von Krammbach Gut Falkensee der Familie erhalten bleiben. Alice und ihr Kind würden ein Zuhause haben. Ebenso wie Mama und Papa. Und Frederick konnte sein Erbe antreten, wenn die Zeit gekommen war.

Bei diesem Gedanken krampfte sich ihr Herz schmerzhaft zusammen. Mama hatte ihr von der furchtbaren Erbkrankheit erzählt, die Frederick womöglich schon seit seiner Geburt in sich trug.

»Zurzeit geht es ihm gut«, hatte Mama sie getröstet. »Vielleicht dauert es noch zehn oder mehr Jahre, bis die Krankheit voll ausbricht. Möglicherweise noch länger.«

»Aber wenn ich einen Sohn bekomme und er trägt diese Krankheit in sich …« Hilfesuchend hatte Charlotte ihre Mutter angesehen.

Doch Veronika von Bargelow hatte sie beruhigt. Nur sehr wenige der Bargelows erkrankten, und nur die männlichen Familienmitglieder gaben die Krankheit weiter. Wenigstens um die Gesundheit ihrer zukünftigen Kinder musste Charlotte sich also keine Sorgen machen.

Mit einem unterdrückten Seufzer ließ sie sich vor dem Jagdhaus aus dem Sattel gleiten, band ihr Pferd im Schatten fest und ging durch den Nebeneingang ins Gebäude. Es hatte sich längst eingebürgert, dass sie bei ihren häufigen Besuchen nicht mehr an der Vordertür klopfte.

Nach mehreren Rückfällen mit hohem Fieber war es Agata dank ihrer Salben und Kräuter gelungen, den Wundbrand zu heilen, der ihren Neffen fast das Leben gekostet hätte. Die schwere Entzündung der Wunden war auskuriert. Dennoch kam Karol nur sehr langsam wieder zu Kräften und verbrachte den größten Teil des Tages in einem Sessel am Fenster.

Zudem suchten ihn immer wieder dunkle Stimmungen heim. Manchmal weigerte er sich zu essen und redete davon, kein Recht auf Genesung zu haben, weil sein Freund Jarek tot war. Durch seine Schuld, wie er glaubte.

Es tat ihm gut, wenn er so oft wie möglich Gesellschaft hatte und am Grübeln gehindert wurde. Auch Charlotte fand in seiner Gegenwart Ruhe oder zumindest Ablenkung. Jeder von ihnen kämpfte gegen seine eigenen Dämonen, und auf geheimnisvolle Weise erleichterte es Charlottes Bürde, wenn sie in der Stille des alten Hauses neben Karol saß.

Wenn Charlotte zu Besuch kam, zog sich Agata zumeist wortlos in ihr Zimmer zurück. So war es auch an diesem Spätnachmittag gewesen.

»Noch etwas von dem kalten Braten?«, forderte Charlotte den Genesenden auf, nachdem sie eine Weile über die bevorstehende Ernte geplaudert hatten. Sie hielt den Teller hoch, den Agata auf dem kleinen Tisch neben dem Lehnstuhl bereitgestellt hatte. Um wieder zu Kräften zu kommen, musste Karol reichlich und regelmäßig essen. Er hatte jedoch oft keinen Appetit.

Heute nahm Karol einen der Brothappen mit Braten, schob ihn sich in den Mund und kaute lustlos darauf herum, während er durchs Fenster hinaus in den Wald sah. Die Sonne stand schon so tief, dass sie auf der Spitze einer hohen Tanne zu balancieren schien. Charlotte hatte sich erst spät von den Verlobungsvorbereitungen auf Falkensee loseisen können. Deshalb würde sie schon bald zurück nach Hause reiten müssen, um nicht unterwegs von der Dunkelheit überrascht zu werden. Doch es fiel ihr mit jedem Mal ein bisschen schwerer zu gehen.

Während sie Karol beim Essen zusah, fragte sie sich, ob sie ihn auf das ansprechen sollte, was sie über den Grund für seine Verletzung herausgefunden hatte. Sie wusste nun, warum er sich bei seiner Tante verstecken musste. Die Neugier hatte ihr keine Ruhe gelassen. Wie gut, dass ihr Vater alle Zeitungen aufbewahrte, um sie am Jahresende binden zu lassen. Es war nicht schwierig gewesen, mehrere Artikel zum Thema zu finden.

In den Artikeln wurde über eine Protestaktion berichtet, mit der sich einige Polen gegen die Beschränkungen aufgelehnt hatten, die neuerdings in Westpreußen für sie galten. Charlotte verstand, dass Karol und seine Landsleute wütend waren, weil sie auf dem Gebiet, das früher zu ihrem Vaterland gehört hatte, nicht einmal mehr ein Haus bauen durften. Doch wieder und wieder fragte sie sich, ob sie akzeptieren konnte, wenn dies zu Gewalt führte. Karol und seine Gruppe hatten sich dabei offenbar selbst in Gefahr gebracht, und einer von ihnen hatte sein Leben lassen müssen. Sie hatten Polizisten verletzt und möglicherweise auch unbeteiligte Menschen.

Die Folgen dieser Tat zogen immer weitere Kreise. Konnte Agata bestraft werden, weil sie ihrem Neffen Unterschlupf gewährt und ihn gesund gepflegt hatte? Und sie selbst? Sie hatte geschwiegen, war nicht zur Polizei gegangen. Auch das konnte vermutlich Konsequenzen haben.

Nachdenklich betrachtete sie Karol. Bis auf eine leichte Rötung am linken oberen Lid war sein Blick wieder klar und unverstellt, und in seinem Gesicht waren nur noch drei schmale rote Narben zu erkennen.

Als er ihre Musterung bemerkte, zog er fragend die Brauen hoch.

»In der Zeitung stand, dass die Polen es waren, die bei der Protestversammlung angefangen haben zu schießen. Und sie haben eine Rohrbombe geworfen«, platzte sie heraus.

»Hat Agata Ihnen das erzählt?« Er verzog keine Miene.

»Ich habe in einigen alten Zeitungen darüber gelesen. Es passte vom Datum her. Und es war von einem Toten und einem geflohenen Schwerverletzten die Rede.«

Jetzt fixierte er sie mit wütendem Blick. »Ich habe Ihnen gesagt, es ist besser, wenn Sie nichts Genaues wissen. Was ist daran so schwer zu verstehen?«

Nur kurz ließ sie sich von seinem Zorn verunsichern. Dann warf sie den Kopf in den Nacken. »Ich komme seit Wochen her und kümmere mich um Sie. Deshalb habe ich ein Recht zu erfahren, was Sie getan haben.«

»Tatsächlich? Sie haben ein Recht?« Er funkelte sie an, als würde hinter dem Grau seiner Augen ein Gewitter toben. »Ich habe Sie nicht gebeten zu kommen. Und ich habe Sie darauf aufmerksam gemacht, dass Sie sich nicht zur Mitwisserin machen sollen.«

»Ich entscheide selbst, was ich wissen will und was nicht. Also, erzählen Sie es mir.«

Charlotte fuhr mit einer heftigen Handbewegung durch die Luft, sodass sie den Teller mit den letzten Bratenstücken zu Boden warf. Aber sowohl Karol als auch sie ignorierten das Klirren und die Scherben. Viel zu sehr waren sie damit beschäftigt, einander wütend anzustarren.

»Gut. Sie wollen es nicht anders.« Karol kniff die Augen zusammen. »Wir protestierten gegen das Verbot der polnischen Sprache an deutschen Schulen. Zuvor war wenigstens der Religionsunterricht in unserer Muttersprache abgehalten worden. Ich hatte eine Rohrbombe besorgt, die wir ins Fenster der örtlichen Schule werfen wollten. Um klarzumachen, dass es uns ernst ist.«

Entsetzt schnappte Charlotte nach Luft. »In eine Schule? Aber die Kinder …?«

»Wofür halten Sie mich? Es war am späten Nachmittag, als längst kein Unterricht mehr stattfand. Doch die Gendarmerie hatte Wind von der Sache bekommen. Jarek wurde erschossen. Ich konnte nach einem längeren Kampf entkommen.«

Jedes einzelne seiner Worte hatte Karol voller Wut hervorgestoßen. Selbst den Tod seines Freundes schien er in diesem Moment als Waffe gegen sie zu richten. Als wollte er sie für ihr Verlangen, die Wahrheit zu erfahren, bestrafen, indem er ihr wehtat und sie bewusst schockierte.

Obwohl das Entsetzen ihr die Kehle zuschnürte, versuchte Charlotte, sich nichts anmerken zu lassen. Den Gefallen würde sie ihm nicht tun! Dieser Mann war voller Finsternis und Zorn. Er war bereit gewesen, Gewalt für die Sache der Polen anzuwenden. Und die Wut loderte immer noch tief in ihm, das konnte sie in seinen Augen sehen.

»Warum haben Sie das getan?« Die Frage war auf ihren Lippen, bevor sie etwas dagegen tun konnte.

Karol betrachtete sie einen Moment lang schweigend. Dann begann er zu ihrer Verblüffung, leise etwas auf Polnisch zu singen.

»Das ist der Anfang eines alten Lieds«, erklärte er gleich darauf. »Wir Polen singen es schon lange, und meistens dann, wenn wir uns gegen Unrecht erheben. Auf Deutsch bedeuten die Worte ungefähr: *Noch ist Polen nicht verloren, solange wir leben. Was uns fremde Macht entriss, werden wir uns mit dem Säbel zurückerobern.*«

Charlotte wusste nicht, was sie darauf erwidern sollte.

»Seit 1794 Preußen und Russen in einer Schlacht über Polen siegten, existiert mein Heimatland nicht mehr. Es ist von der Landkarte verschwunden. Als ich geboren wurde, als mein Vater und mein Großvater geboren wurden, kamen wir als Polen auf die Welt, aber es gab kein Land, in das wir gehörten. Der Hof meiner Eltern liegt nun in Westpreußen, und schon unter Bismarck wurde alles getan, um uns das Leben schwerzumachen. Und jetzt verbieten sie uns auch noch unsere Sprache. Demnächst werden Sie und Ihre Landsleute uns unsere Höfe nehmen.«

Sie konnte die Bitterkeit in seiner Stimme fast auf ihrer Zunge schmecken.

»Ich habe nichts damit zu tun«, erklärte sie empört.

»Sie, Charlotte, gehören zu dem Volk, das uns die Identität nehmen will. Das nennt sich *Germanisierung*. Ein Wort, hinter dem sich der Versuch verbirgt, unsere Kultur endgültig auszulöschen.«

In Charlotte kämpften Wut, Mitgefühl und Abscheu wegen Karols Tat miteinander. Er warf Bomben und gab ihr ebenso wie ihrer Familie und der Regierung ihres Landes die Schuld daran.

»Westpreußen ist meine Heimat. Ich möchte nicht, dass dieses Land für uns verloren geht. Das ist mein Recht. Unser Recht!«, erklärte sie entschieden. »Marienwerder und auch der Grund rund um Falkensee waren schon immer deutsch.«

»Mag sein. Dennoch würden Ihr Vater und Ihr Bruder bewaffnet losziehen und uns vertreiben, wenn es darum ginge, ihr eigenes Land zu schützen. Oder wollen Sie das bestreiten?«

Charlotte wusste nicht, was sie erwidern sollte. Eine Weile schwiegen sie beide verbissen.

»Ich kämpfe seit Jahren gegen Ihresgleichen«, sagte Karol dann mit einer Härte, die sie zusammenzucken ließ. »Nur bei Ihnen ist es mir von Anfang an schwergefallen, Sie als Feindin zu betrachten. Und ich weiß nicht einmal, warum. Vielleicht weil ich manchmal das Gefühl habe, Sie würden mich verstehen.«

»Das tue ich«, flüsterte sie. »Aber ich bin dennoch nicht bereit, meine eigenen Landsleute zu verraten. Es macht mich traurig, aber wir zwei stehen auf verschiedenen Seiten.«

Um seine Lippen legte sich ein Lächeln, dessen Wehmut ihr wie ein Messer ins Herz schnitt.

Sie musste an jenen Tag denken, an dem sie an seiner Schulter geweint und er sie getröstet hatte. Später hatten sie nie wieder über diese Momente gesprochen, hatten einander nicht wieder berührt und sich schon gar nicht geküsst. Doch seit damals wusste Charlotte: Dieser Mann war dunkel und hell, freundlich und böse, voller Wut und voller Zärtlichkeit. Mit jeder Begegnung wurde ihr klarer, dass er etwas an sich hatte, in dem sie sich selbst erkannte: die Charlotte, in der es oft brodelte wie in einem Vulkan, selbst wenn sie nach außen hin wohlerzogen lächelte.

Spontan beugte sie sich vor und hauchte ihm einen Kuss auf die Lippen. Damit er wusste, dass sie trotz allem niemals seine Feindin sein würde.

Als er die Hand um ihren Hinterkopf legte, sie festhielt und ihren Kuss leidenschaftlich erwiderte, vergaß sie alles um sich herum – ebenso wie ihren festen Vorsatz, ihm nie wieder so nahe zu kommen.

30. Kapitel

Fine
Gut Falkensee, Westpreußen, 4. Oktober 1905

Fine kniete neben einem der kahlen Gemüsebeete und deckte die Erde mit den Tannenzweigen ab, die Burckhardt ihr im Park geschnitten hatte. Bis auf die eine Ecke, wo Porree und Grünkohl wuchsen, war alles abgeerntet. In einigen geschützten Winkeln blühten noch späte Astern und die letzten Rosen.

Es war ein sonniger Tag, doch die kühle Luft prickelte schon auf den Wangen. Fine genoss es, ein letztes Mal allein hier draußen zu arbeiten, bevor sie für den Winter wieder in die Riege der Hausmädchen eingeordnet wurde.

Es war ihr egal, dass die Hausmädchen ein paar Mark mehr verdienten und im Rang über den Küchenmädchen standen. Nur zu gern hätte sie auch im Winter weiter zum Küchenpersonal unter Emma Schubbkes strengem Regiment gehört. Sie legte keinen Wert darauf, in den oberen Räumen dafür zu sorgen, dass die Familie es bequem und sauber hatte. Sie wollte nicht auf Zehenspitzen herumschleichen, um die Gnädige oder die übel gelaunte Alice, die kurz vor der Geburt stand, nur nicht zu stören. Es war auch traurig, Charlotte im Haus zu begegnen und vor den Augen ihrer Eltern so tun zu müssen, als hätten sie niemals kichernd nebeneinander auf der Bank hinter Fines Elternhaus gesessen und einander Geheimnisse anvertraut.

Vor allem aber war Fine an diesem sonnigen Herbsttag froh, ungestört nachdenken zu können. Über das, was sie gestern an ihrem freien Tag erfahren hatte und was diese Neuigkeiten für sie bedeuteten. Sie hatte lange mit sich gerungen, ob sie ihrer Mutter die Frage stellen sollte, die sie mittlerweile fast ununterbrochen beschäftigte und nachts kaum in den Schlaf finden ließ.

Und nun, da sie die Antwort kannte, war sie so durcheinander, dass sie es fast bereute, die Ungewissheit nicht ausgehalten zu haben.

Als sie am späten Nachmittag in die Küche der kleinen Kate am Dorfrand getreten war, hatte ihre Mutter mit einer Näharbeit am Fenster gesessen. Fine hatte absichtlich diesen Tag gewählt, weil sie wusste, dass ihr Vater am Dienstag im Dorfkrug war, wo sich die Männer einmal im Monat zum Kartenspiel trafen.

»Wie schön, dass du kommst, Fine«, hatte ihre Mutter gesagt, auf den Stuhl auf der anderen Tischseite gedeutet und sofort wieder nach ihrer Nadel gegriffen.

Mit einem seltsamen Gefühl im Bauch hatte Fine sich gesetzt und sich aus der angestoßenen Porzellankanne eine Tasse Kräutertee eingegossen.

»Ich muss dich was fragen«, hatte sie dann mit einer ganz kleinen Stimme gesagt, für die ihre Kehle fast zu eng war. »Wegen meiner roten Haare und einer Frau in Deutsch Eylau, der ich angeblich unglaublich ähnlich sehe.«

Während sie sprach, tat Fines Herz seltsame Dinge. Es schlug viel zu schnell, dann ganz langsam und veranstaltete zwischendurch einen wilden Trommelwirbel, als wollte es aus ihrer Brust hüpfen.

»Wahrscheinlich ist es an der Zeit, dass du die Wahrheit erfährst, Josefine«, sagte ihre Mutter, nachdem sie beide eine Weile durchs Fenster in die Dämmerung gestarrt hatten. Doch sie sprach nicht weiter.

»Ich bin also tatsächlich das Kind einer anderen Frau«, stieß Fine nach einer Weile hervor, als ihre Mutter immer noch nichts gesagt hatte.

»Du bist mein Kind, und du wirst immer mein Kind sein.« Mathilde Meyerhoff steckte die Nadel in den Stoff der Bluse, in deren Ärmel sie einen Flicken genäht hatte, und legte ihre Hand auf Fines Arm.

»Aber du hast mich nicht geboren. Wie kann das sein? Wo komme ich her?« Verzweifelt sah Fine die Frau an, die sie liebte, die aber plötzlich nicht mehr ihre Mutter war.

»Dein Vater und ich haben uns nach unserer Hochzeit fast drei Jahre lang ein Kind gewünscht, aber es funktionierte nicht. Andere Frauen im Dorf, die lange nach mir geheiratet hatten, hatten längst dicke Bäuche oder trugen ihre Kinder in Tragetüchern die Straße entlang. Nur ich nicht. Ich kam mir nutzlos und hohl vor wie eine Nuss ohne Kern, die man aussortiert und wegwirft.«

Fine öffnete den Mund, doch ihr fiel nichts ein, was sie hätte sagen können. Also wartete sie stumm, bis Mathilde fortfuhr: »Da klopfte es eines Tages an unserer Haustür. Es war der neue Pfarrer, der vor wenigen Wochen aus Deutsch Eylau in unser Dorf versetzt worden war. Eines Tages fragte er unverhofft, ob wir uns ein Kind wünschten. Nun ja, es war nicht so schwierig zu erraten, weil im Dorf schon darüber getuschelt wurde, dass die Wiege, die meine Eltern uns zur Hochzeit geschenkt hatten, immer noch leer war.«

»Der Pastor sagte uns, wir könnten ein Kind haben. Es gäbe nur eine Bedingung – dass wir keine Fragen stellen würden. Wenn wir einverstanden wären, würde er das Kind in ungefähr zwei Monaten zu uns bringen, und wir sollten es aufziehen, als hätte ich es auf die Welt gebracht.«

Mathilde sah hinaus in die samtblaue Dunkelheit, als könnte sie durchs Fenster in die Vergangenheit sehen.

»Ich sagte sofort Ja. Dieses Kind wünschte ich mir von ganzem Herzen. Ein Kind, das die eigene Mutter nicht wollte.«

Ein liebevolles Lächeln verklärte Mathildes Züge und ließ ihr von den Jahren und der schweren Arbeit auf dem Feld und im Stall gezeichnetes Gesicht von innen heraus leuchten.

»Der Pastor riet mir, meinen Bauch auszustopfen und im Dorf herumzuerzählen, ich wäre endlich in anderen Umständen. So würde es keine lästigen Fragen geben. Das tat ich dann auch. Und weil es nur noch zwei Monate dauern sollte, bis unser Kind zu uns kam, behauptete ich, wir hätten das Geheimnis so lange gewahrt, weil ich Angst gehabt hätte, das Kind zu verlieren. Zwei Wochen vor dem errechneten Geburtstermin fuhr ich weg. Angeblich in die Stadt, zu meiner Tante, um dort in einem Krankenhaus mein Kind zur Welt zu bringen. Der Pastor hatte mir Geld für eine kleine Pension gegeben, wo ich auf deine Geburt wartete.«

»Aber wer war die Frau, die mich zur Welt gebracht hat, und wieso hat sie mich weggegeben?« Fine liebte die Frau, die sie großgezogen und liebevoll für sie gesorgt hatte. Doch Mathilde hatte ihr die Wahrheit vorenthalten. Das schien in diesem Moment schwerer zu wiegen als alles andere.

»Ich weiß es nicht«, antwortete Mathilde. »Wir hatten versprochen, keine Fragen zu stellen, und das taten wir auch nicht. In einer dunklen Nacht brachte der Pastor mir ein winzig kleines Mädchen mit einem Schopf knallroter Haare in die Pension, und am nächsten Morgen fuhr ich überglücklich mit dir nach Hause.«

»Habt ihr nie versucht herauszufinden, woher ich kam?«

Mathilde schüttelte heftig den Kopf. »Wir nahmen dich als unser Kind an, und schon bald vergaßen wir, dass nicht ich, sondern eine andere Frau dich zur Welt gebracht hatte.«

»Aber ich muss doch wissen, woher ich in Wirklichkeit komme.« Verzweifelt biss Fine sich auf die Unterlippe.

»Die Frau, die dich geboren hat, hat dich weggegeben und sich nicht dafür interessiert, was aus dir geworden ist. All die Jahre nicht. Wieso willst du nun etwas über sie wissen? Kannst du sie nicht einfach vergessen, so wie dein Vater und ich sie vergessen haben?«

Mathilde hatte ihr tröstend übers Haar gestrichen wie früher, wenn Fine sich die Knie aufgestoßen hatte.

Und nun fragte Fine sich wieder und wieder, ob Mathilde recht hatte. Ob es besser war, ihre leibliche Mutter zu vergessen. Doch würde sie jemals aufhören, sich zu fragen, wer diese Frau war, warum sie sie weggegeben und nie wieder nach ihr gefragt hatte?

Nachdenklich legte Fine einen weiteren Tannenzweig über die

schwere, fruchtbare Erde des abgeernteten Gemüsebeets. Vielleicht war es wirklich besser, nie mehr an die Andeutungen zu denken, die Emil Gabrowski über die rothaarige Frau aus dem Herrenhaus in der Nähe von Deutsch Eylau gemacht hatte. Die andere Möglichkeit wäre, ihn nach dem Namen der Frau zu fragen und herauszufinden, wo sie jetzt lebte. Aber wenn sie ihre leibliche Mutter fand, war es dann nicht wahrscheinlich, dass die sie wegschickte? Schließlich hatte sie sie vor über zwanzig Jahren fortgegeben und nicht ein einziges Mal versucht, mit ihr Kontakt aufzunehmen.

Als ein Schatten über die grünen Zweige fiel, die sie vor sich ausgebreitet hatte, hob Fine erstaunt den Kopf.

»Charlotte!«

Es war Monate her, seit Charlotte zuletzt mit ihr im Küchengarten gearbeitet und sie dabei so wie früher geredet hatten. Warum kam sie ausgerechnet heute? Und würde Fine noch genug Vertrauen in die ehemalige Freundin haben, um sie nach Rat zu fragen?

»Darf ich dir helfen?« Charlotte klang fast schüchtern.

»Sicher.«

Fine rutschte ein Stück zur Seite. Da Charlotte keine Schürze trug, wahrscheinlich nicht einmal eine besaß, hatte sie einen leeren Sack aus dem Stall mitgebracht. Sie breitete ihn neben Fine auf dem Boden aus, strich ihr Reitkleid glatt und kniete sich vor das abgeerntete Beet.

Ein paar Minuten arbeiteten sie stumm. Fine bereitete die Zweige vor, indem sie sie flach drückte und mit dem Messer zurechtschnitt, Charlotte legte sie leicht überlappend auf das Beet.

»Es gibt da einen Mann, den ich nicht aus dem Kopf bekomme«, sagte Charlotte leise, während Fine noch überlegte, wie sie am besten mit der Geschichte anfangen sollte, dass sie nicht das Kind ihrer Eltern war.

Überrascht wandte Fine den Kopf. »Sollte es nicht so sein, dass du oft an den Mann denkst, den du heiraten wirst?«

»Es ist nicht Baldur von Krammbach. Es ist ein anderer.« Charlotte starrte den Tannenzweig in ihrer Hand an und schien vergessen zu haben, was sie damit vorhatte.

»Bist du in ihn verliebt?«, erkundigte Fine sich interessiert.

Charlotte runzelte die Stirn. »Wie kommst du denn auf so etwas? Natürlich nicht!«

»Aber er geht dir nicht aus dem Kopf. Das heißt doch, dass er dir etwas bedeutet. Und warum ist das so? Weshalb denkst du an ihn und nicht an den Mann, den du heiraten wirst?«

Die Falten auf Charlottes Stirn wurden noch tiefer. »Weil ... Ich glaube, weil er ist wie ich. Er kämpft mit aller Kraft um das, was ihm etwas bedeutet. Aber vielleicht geht es auch einfach nur darum, dass da von Anfang an – eigentlich schon als ich ihn zum ersten Mal sah – dieses Gefühl war.« Sie legte die Hand auf ihre Brust.

»Und nun willst du deine Verlobung lösen?« Fine ließ sich rückwärts auf die Fersen fallen.

»Auf keinen Fall! Ich *muss* Baldur von Krammbach heiraten, denn ich werde nicht zulassen, dass meine Familie Gut Falkensee verliert. Außerdem würde das mit dem anderen Mann und mir nicht gutgehen. Er ist ...« Sie brach ab und zuckte mit den Schultern.

Fine bemerkte, dass Charlotte ihr gegenüber den Namen des Mannes nicht aussprach. Dass sie ihr nicht sagte, wer er war und woher sie ihn kannte. Einen Teil der Wahrheit hielt sie, anders als früher, zurück.

»Und er?«, fragte sie nach einer langen Pause, während der sie beide nachdenklich ins goldene Herbstlicht gestarrt hatten. »Was empfindet er für dich?«

»Das ist vollkommen egal. Wir können niemals ein Paar werden. Und deshalb werde ich ihn nur noch einmal sehen, um mich von ihm zu verabschieden. Für immer. Es ist besser so.« Charlottes leiser Seufzer klang wie fernes Rascheln im Herbstlaub.

»Du gibst zu leicht auf. Es klingt, als solltest du diesen anderen Mann besser kennenlernen, um herauszufinden, was du wirklich für ihn fühlst. Und wenn das zwischen euch etwas Echtes und Großes ist, muss es einen Weg geben, mit ihm zusammen zu sein.«

»Nein, Fine. Die Ehe mit Baldur von Krammbach ist die einzige Möglichkeit, die ich habe. Das verstehst du nicht, weil deine Familie nicht viel zu verlieren hat. Deshalb bist du freier als ich, wenn es um … Herzenssachen geht.«

»Na sicher!« Fine spürte die Wut in ihrer Kehle wie ein heftiges Kratzen. »Als ob ich mich in jeden beliebigen Mann verlieben und ihn heiraten dürfte! Angenommen, ich würde mein Herz an jemanden verlieren, der reich ist. Den dürfte ich niemals heiraten. Seine Familie würde kopfstehen, wenn er mit dem Hausmädchen ankäme. Kann sein, dass sich das irgendwann mal ändert, aber bis es so weit ist, bin ich genauso wenig frei wie du.«

Fine spürte, dass Charlotte sie von der Seite musterte, doch sie sah starr nach unten auf die grünen Zweige.

»Tut mir leid«, sagte Charlotte schließlich und berührte Fine flüchtig an der Schulter. »Natürlich kannst du genauso wenig frei über dein Leben entscheiden wie ich. Vielleicht können das nicht einmal die Männer.«

Eine Weile schwiegen sie beide und legten Zweige auf die kahle Erde.

Gerade holte Fine Luft, um Charlotte zu erzählen, dass der Pastor eines Nachts Mathilde Meyerhoff ein neugeborenes rothaariges Mädchen in die Arme gelegt hatte, da kam Olga mit wild rudernden Armen um die Hausecke gerannt.

»Gnädiges Fräulein«, schrie sie mit sich überschlagender Stimme. »Das Kind kommt.«

Charlotte sprang auf. »Hat man schon nach Doktor Kramer geschickt?«

»Ich glaub ja. Aber die gnädige Frau von Bernsdorff schreit immerzu nach Ihnen, gnädiges Fräulein. Da hat die gnädige Frau gesagt, ich soll das gnädige Fräulein holen.« Olga schnappte verzweifelt nach Luft.

Fine verzog den Mund. Kein Wunder, dass die arme Olga vor lauter gnädigen Menschen im Haus ganz durcheinanderkam.

»Alles Gute für deine Schwester«, wandte sie sich an Charlotte. Die war schon fast am Hintereingang und antwortete nicht.

Fine griff nach einem Tannenzweig, um ihre Arbeit endlich zu Ende zu bringen. Gleich darauf drang durch eines der geschlossenen Fenster im ersten Stock ein gellender Schrei. Alice schien es nicht leicht zu haben, wenn sie jetzt schon unter so starken Schmerzen litt.

Seit Monaten tyrannisierte Charlottes Schwester die Dienstboten und ihre Familie. Auch Fine hatte sie mit ihren Wünschen nach Herbstäpfeln im August und Erdbeeren im September fast in den Wahnsinn getrieben.

Dennoch tat Alice allen leid.

Vor knapp vier Wochen war auf Gut Bernsdorff ein kräftiger Junge zur Welt gekommen. Die Mutter des Knaben, eine der Mägde, machte kein Hehl daraus, dass der Vater der Gutsherr persönlich war. Allerdings, dachte Fine, würde sie bald herausfinden, dass Ronald von Bernsdorff seinen Sohn weder zum Erben machen noch eine Magd heiraten würde. Es war schon ein Wunder, dass er sie nicht entlassen hatte.

Als wieder ein spitzer Schrei ertönte, biss sich Fine auf die Unterlippe. Es gab Situationen, in denen es einer Frau auch nichts half, aus einer reichen Familie zu stammen.

31. Kapitel

Charlotte
Gut Falkensee, Westpreußen, 4. Oktober 1905

Alice umklammerte Charlottes Hand und bohrte die Fingernägel in ihre Handfläche. Das tat weh, doch am meisten litt Charlotte darunter, zusehen zu müssen, wie ihre kleine Schwester litt. Alice hatte einen hochroten Kopf, Schweiß strömte über ihr Gesicht, und sie kniff die Augen fest zu, während sie laut stöhnte und zwischendurch immer wieder spitze Schreie ausstieß.

Von der anderen Seite beugte Hedi sich über das Bett und tupfte Alices Stirn mit einem feuchten Tuch ab. Doch die schüttelte unwillig den Kopf.

»Will das nich«, stieß sie im Ton eines weinerlichen Kindes hervor. »Ich will, dass es aufhört.«

Die Wehen hatten bei Alice erst vor einer knappen Stunde eingesetzt, und Charlotte fragte sich, ob die Schmerzen nach so kurzer Zeit schon so heftig sein konnten. Alice war als kleines Mädchen in Tränen ausgebrochen, wenn es beim Haarebürsten geziept hatte. Sie war sehr empfindlich, und alle hatten darauf Rücksicht genommen. Aber eine Geburt verlief, wie sie verlaufen musste – da mochte Alice noch so sehr klagen und jammern.

Die Tür öffnete sich, und Mama trat ins Zimmer. Sie warf einen sorgenvollen Blick auf Alice und beugte sich zu Charlotte herunter, um ihr etwas ins Ohr zu flüstern. »Wilhelm ist aus dem Dorf zurück. Er hat Doktor Kramer nicht mitgebracht. Offenbar wurde er zu einer anderen Geburt gerufen. Seine Frau weiß nicht, wo er ist und wie man ihn erreichen kann.«

»Was ist?« Alice richtete sich in den Kissen auf. Ihre weit aufgerissenen Augen waren fast schwarz vor Angst und Schmerz.

»Es ist alles in Ordnung«, behauptete Veronika. »Du bist sehr tapfer, mein Kind.« Sie strich ihrer Tochter eine schweißnasse Haarsträhne aus der Stirn.

»Ich will nicht tapfer sein. Ich will …« Was auch immer Alice wollte, ging in einem Ton irgendwo zwischen Röcheln und Stöhnen unter.

Veronika runzelte besorgt die Stirn.

»Ich schicke etwas zu trinken für Alice.« Sie eilte zur Tür, während die Gebärende sich keuchend aufbäumte.

Als die Wehe vorüber war, entspannte sich Alices Körper unter dem Laken, das Hedi über ihr ausgebreitet hatte. Ihre Augen blieben jedoch geschlossen, und sie atmete rasselnd ein und aus.

»Nass«, stieß sie hervor. »Alles ist nass.«

Beherzt zog Hedi das Laken beiseite und starrte gemeinsam mit Charlotte den dunklen Fleck an, der sich zwischen Alices Beinen ausgebreitet hatte.

Charlotte schnappte erschrocken nach Luft.

»Ich glaube, das ist normal. Das Kind ist im Bauch umgeben von Wasser, und während der Geburt fließt es heraus.« Hedi nickte beruhigend. »Wir sollten dafür sorgen, dass Alice wieder trocken liegt.«

Das war nicht so einfach. Alice jammerte zwar über das nasse Laken, weigerte sich aber, kurz aufzustehen.

Zum Glück tauchte Veronika zusammen mit Olga auf. Das Hausmädchen trug einen Stapel Handtücher, und die Gutsherrin hatte eine Teekanne in der Hand, die sie hastig auf den runden Tisch vor dem Fenster stellte.

Während eine weitere Wehe Alice zum Schreien brachte, gelang es Charlotte und Hedi mit vereinten Kräften, ihre Beine hochzuziehen, sodass Olga mehrere Handtücher auf dem nassen Fleck ausbreiten konnte.

Anschließend verschwand Olga wieder, während Veronika sich Charlotte gegenüber auf der anderen Bettseite niederließ und Alices andere Hand hielt. Hedi versuchte, Alice etwas Tee einzuflößen, doch die wollte nichts trinken. Sie wollte nur weg, wollte, dass es sofort aufhörte, und ein Kind wollte sie schon gar nicht.

Eine Stunde verging, eine zweite ebenfalls. Doktor Kramer kam nicht. Alice war inzwischen so schwach, dass sie zwar ununterbrochen wimmerte, aber nur gelegentlich laut schrie. Zwischen den Wehen lag sie wie bewusstlos da, die bläulichen Lider geschlossen, die Lippen farblos, die Stirn schweißbedeckt.

Plötzlich riss sie die Augen weit auf und starrte Charlotte ins Gesicht, als würde sie ihre Schwester zum ersten Mal sehen. »Du musst mir … etwas versprechen, … Lottchen.«

Charlotte erschrak, als ihre Schwester plötzlich so sanft und leise sprach und gar nicht mehr schimpfte und jammerte. Abgesehen davon war es das erste Mal seit dem großen Streit, dass Alice sie wieder mit ihrem Kosenamen anredete.

»Was soll ich dir versprechen?« Zärtlich streichelte Charlotte Alices Wange.

»Wenn ich sterbe … Dann sollst du … mein Kind großziehen. Ich will … meine Tochter soll werden wie du.«

Alices weiße Finger tasteten suchend über die Bettdecke, und Charlotte schob ihr ihre Hand entgegen. Nun war sie diejenige, die die Hand der Schwester fest umklammerte, denn Alice schien keine Kraft mehr zu haben. Ihre Finger lagen schlaff und feucht in Charlottes, während ihre Lider sich flatternd wieder schlossen.

»Du wirst nicht sterben«, sagte Charlotte mit fester Stimme. »Wie kommst du nur auf solche Gedanken? Eine Geburt ist schmerzhaft und dauert lange, aber Mama hat drei davon überstanden, und andere Frauen noch viel mehr.«

Veronika nickte heftig, sagte aber nichts.

»Versprich es … mir«, wiederholte Alice und suchte mühsam Charlottes Blick.

»Ich muss es dir nicht versprechen, weil …«

»Versprich es!«

Ein Schrei, ein Wimmern, doch noch immer schaute Alice ihre Schwester flehend an.

»Ich werde dir mit dem Kind helfen, wenn es da ist. Du wirst mit dem Würmchen nicht allein sein«, meldete Hedi sich von der anderen Seite des Bettes zu Wort.

»Charlotte … versprich es!« Alices Satz endete mit einem lauten Schrei. Endlich gab sie Charlottes Blick frei. Gleich darauf begann sie, den Kopf auf dem Kissen hin und her zu werfen, als könnte sie auf diese Weise dem Schmerz ausweichen.

»Ich verspreche es«, rief Charlotte notgedrungen und starrte auf den roten Fleck, der auf dem Laken rasch größer wurde. Das war Blut. Eine Menge Blut.

Entsetzt sahen Charlotte und Hedi einander an. Veronika presste sich die Hand vor den Mund und sprang auf. »Wir müssen Hilfe holen. Wenn Doktor Kramer nicht aufzufinden ist, kann uns vielleicht jemand anderes helfen«, sagte sie leise.

Doch offenbar hatte Alice den Namen des Arztes gehört. »Doktor Kramer«, stieß sie hervor. »Er soll kommen … mir helfen.« Mit letzter Kraft krallte sie sich an Charlottes Arm fest, als diese versuchte aufzustehen.

»Ich schicke jemanden los.« Entschieden löste Charlotte die feuchten Finger von ihrem Ärmel, während gleichzeitig ihre Mutter Alices Hände zwischen ihre nahm. »Nur fünf Minuten, Alice. Ich bin gleich wieder da.«

Charlotte eilte aus dem Zimmer, die Treppe hinunter und durch den Hinterausgang in den Garten. Hier war Fine gerade dabei, ihre Gartengeräte zusammenzupacken, nachdem sie den hinteren Teil des Gartens vollkommen mit Tannenzweigen bedeckt hatte.

»Fine«, rief Charlotte schon von der Tür aus. »Wer hilft den Frauen im Dorf bei Geburten? Gibt es in Falkensee eine Hebamme?«

Erstaunt wandte Fine sich um. »Das macht doch in eurer Familie immer Doktor Kramer. Du hast mir erzählt, dass er schon dich und deine Geschwister auf die Welt geholt hat.«

»Wir können ihn nicht erreichen. Und Alice … Sie blutet ganz schrecklich und redet vom Sterben. Wir wissen nicht, was wir tun sollen.«

»Die meisten Frauen im Dorf können sich den Doktor nicht leisten. Sie rufen Liese Harms. Die ist zwar keine richtige Hebamme, hilft aber schon seit vielen Jahren bei Geburten und Krankheiten, egal ob Mensch oder Tier. Vor allem kennt sie sich mit Kräutern aus.«

»Kräuter?« Charlotte runzelte die Stirn. Wieso hatte sie nicht vorher daran gedacht? Agata kannte sich bestens mit Heilkunde aus. Sie hatte mithilfe von Wildkräutern dafür gesorgt, dass Laila ruhig hatte gehen können. Und Karol hatte sie ebenfalls kuriert.

»Ich kenne auch jemanden. Ganz in der Nähe. Wilhelm muss hinfahren und sie holen.« Mit fliegenden Röcken lief sie los. Erst als sie die Remise schon fast erreicht hatte, bemerkte Charlotte, dass Fine ihr gefolgt war.

»Solange noch niemand anders da ist, könnte ich versuchen zu helfen. Ich war im Dorf schon öfter bei Geburten dabei.«

»Ja. Das wäre gut«, stieß Charlotte atemlos hervor. Bis zu Agatas Eintreffen würde es mindestens eine halbe Stunde dauern. Eine schrecklich lange Zeit, wenn sie an das viele Blut und die Angst in den Augen ihrer Schwester dachte.

»Dann gehe ich mich schnell waschen und umziehen.«

Während Fine im Haus verschwand, lief Charlotte weiter zur Remise. Wilhelm war damit beschäftigt, eine der Kutschen zu putzen. Mit zitternder Stimme befahl sie ihm, sofort anzuspannen.

»Fahren Sie so schnell es geht zum Jagdhaus und sagen Sie Frau Jatznakowski, es ist sehr, sehr eilig. Sie wird bei einer schwierigen Geburt gebraucht.«

Nachdem sie sich vergewissert hatte, dass der Kutscher die

Dringlichkeit des Auftrags verstanden hatte, raffte Charlotte die Röcke, rannte zurück ins Haus und die Treppe hinauf. Im oberen Flur lief ihre Mutter mit bleichen Wangen und gefurchter Stirn auf und ab, die Hände vor der Brust gefaltet, als würde sie stumm beten. Aus dem Zimmer war Hedis Stimme zu hören, die auf Alice einredete.

»Wieso Fine?«, stöhnte Veronika, als das Hausmädchen fast gleichzeitig mit Charlotte auftauchte. »Wir brauchen jemanden, der Erfahrung hat. Wenigstens eine Hebamme.«

Charlotte starrte die geschlossene Tür an, durch die soeben ein langgezogener Schrei drang. Fine wandte sich wortlos um und verschwand in Alices Zimmer.

Eilig erklärte Charlotte ihrer Mutter, dass sie den Kutscher losgeschickt hatte, um eine Frau zu holen, die sich mit Heilkunde auskannte. So lange würden sie mit Fine vorliebnehmen, die schon bei einigen Geburten geholfen hatte.

Veronika nickte und nahm ihre Wanderung vor Alices Tür wieder auf. Offenbar konnte sie die Hilflosigkeit angesichts der Leiden dort drinnen ähnlich schlecht ertragen wie Charlotte.

Als Charlotte ins Zimmer kam, war das Laken verschwunden, mit dem Alice zuvor bedeckt gewesen war. Fine hatte der Gebärenden mehrere dicke Kissen hinter den Rücken gestopft. Sie sagte ein paar beruhigende Worte zu Alice und zog Charlotte zur Seite. Ein Blick in Fines besorgtes Gesicht ließ Charlotte zusammenzucken.

»Kannst du ihr helfen?« Die Sorge schnürte ihr die Kehle zu.

»Ich glaube, in ihrem tiefsten Inneren will sie dieses Kind nicht zur Welt bringen. Fast fürchte ich, sie will lieber sterben.«

»Aber, das ist doch …« Charlotte stockte. Nachdem Alice aufgehört hatte, täglich viele Stunden zu weinen, hatte sie kein Wort mehr über ihr künftiges Leben mit Kind verloren. Als ihre Mutter Anweisung gegeben hatte, die Familienwiege vom Dachboden zu holen, hatte Alice das nicht interessiert. Sie wollte nicht über die

Einrichtung des Kinderzimmers reden und überließ es Mama, sich nach einer Säuglingsschwester und einer Amme umzusehen. Nicht ein einziges Mal hatte Charlotte sie liebevoll ihren Bauch berühren sehen. Sie hatte sich nur über ihre Rückenschmerzen beklagt, über ihre geschwollenen Beine und andere Probleme, die ihr Zustand mit sich brachte.

Niemand aus der Familie hatte gewagt, Alice gegenüber das Thema anzusprechen, das ihr wahrscheinlich viel mehr Kummer bereitete als ihre körperlichen Beschwerden. Alice würde womöglich den Rest ihres Lebens als alleinstehende Mutter auf Gut Falkensee verbringen. Vielleicht würde in den Herrenhäusern der Umgebung das Getuschel über die Vorfälle auf Gut Bernsdorff und die Auflösung ihrer Ehe irgendwann aufhören. Dennoch schien das, was sie sich so sehr gewünscht hatte, nun fast unerreichbar für Alice. Die Wahrscheinlichkeit, dass sie irgendwann wieder Herrin eines prunkvollen Hauses sein und glanzvolle Diners und Bälle geben würde, war gering.

Hatte Fine recht? Wollte Alice ihr Kind gar nicht in den Armen halten und wünschte sich insgeheim den Tod? Charlotte hatte so viele andere Sorgen gehabt, dass sie nicht darüber nachgedacht hatte, wie es für Alice sein musste, dieses Kind zur Welt zu bringen. Das Kind eines Mannes, den sie geliebt hatte und der ihr die Zukunft genommen, sie tief verletzt und im Stich gelassen hatte?

Vom Bett her kam ein Schrei, der in ein lautes Stöhnen überging. Charlotte eilte an die Seite ihrer Schwester. Sie packte Alice bei den Schultern und beugte sich über sie. »Alice«, rief sie so laut, dass sie das Ächzen ihrer Schwester übertönte. »Hör mir zu!«

Alices suchender Blick kehrte von der Decke zu Charlotte zurück, während die Wehe verebbte und das Stöhnen verstummte.

»Du musst dein Kind jetzt auf die Welt bringen. Es will geboren werden, und du kannst nichts tun, um das zu verhindern. Also mach es dir und uns nicht so schwer. Kannst du einfach tun, was Fine dir sagt? Bitte?«

»Ich will das nicht.« Alice war viel zu erschöpft, um sich noch zu wehren, als Hedi ihr die schweißnasse Stirn trocknete. »Außerdem lasse ich mir ... von dir ... nichts sagen. Du bist schuld ... an all dem.«

Charlotte zuckte zusammen, als Alice sich plötzlich daran erinnerte, dass sie mit ihrer Schwester zerstritten war.

»Du kannst wütend auf mich sein, so viel du willst. Aber bring jetzt dieses Kind auf die Welt!« Charlotte schrie Alice fast an.

Alice öffnete den Mund, vielleicht um wieder zu protestieren, doch eine weitere Wehe hinderte sie daran. Fine drängte sich neben Alice, schob das blutbefleckte Nachthemd hoch und zerrte die schmalen Schenkel auseinander.

»Und jetzt pressen!«, schrie auch sie die junge Frau auf dem Bett an. »Tief Luft holen und pressen.«

Zu Charlottes Überraschung gab Alice ihren Widerstand auf und arbeitete ab diesem Moment mit. Auf Fines Befehl hin hielt sie die Luft an oder atmete, presste oder hörte auf damit. Selbst ihre Schmerzensschreie wurden leiser und seltener, weil sie sich endlich auf das konzentrierte, was sie tun musste.

Kaum eine halbe Stunde später tat ein zartes Mädchen mit goldblonden Locken seinen ersten Schrei. Auch Veronika war längst wieder im Zimmer, um zu helfen und ihr erstes Enkelkind zu begrüßen.

Vollkommen erschöpft, schmal und blass lag Alice auf dem Bett. Als Fine ihr den Säugling, den sie abgewischt und in ein sauberes Handtuch gewickelt hatte, in den Arm legen wollte, wandte sie den Kopf ab.

Charlotte wechselte einen traurigen Blick mit ihrer Mutter. Dann sah sie wieder auf das Bett hinunter und stellte entsetzt fest, dass der ohnehin schon riesige Blutfleck sich weiter auf dem Laken ausbreitete.

Auch Fine bemerkte es und drückte Hedi das kleine Mädchen gegen die Brust. Sofort war Veronika da und nahm ihr den Säugling ab. Inzwischen schob Fine ein dickes Kissen unter Alices Hüften, rollte ein Handtuch zusammen und drückte es der jungen Mutter zwischen die Schenkel, um das Blut aufzufangen.

Charlotte musste sich beherrschen, um sich vor Alice ihre Angst nicht anmerken zu lassen. Es durfte auf keinen Fall geschehen, dass sie nun zwar das Kind auf die Welt geholt hatten, am Ende aber Alice verloren.

»Lotte? Lottchen?« Alices Stimme war fast nicht zu hören.

»Ja? Was ist, Lissi?« Charlotte sank neben dem Bett auf die Knie nieder.

»Du denkst daran, was du mir versprochen hast? Du kümmerst dich um sie, nicht wahr?«

»Ich muss nicht daran denken, weil ich nicht erlauben werde, dass du dich einfach aus dem Staub machst.«

»Das hast du nicht zu bestimmen.« Um Alices Mund spielte ein zartes Lächeln. Obwohl sie blass und verschwitzt war und die goldblonden Locken feucht an ihrem Kopf klebten, war sie nie schöner gewesen.

»Doch, das habe ich. Zusammen mit meiner wunderschönen kleinen Nichte. Du hast immer noch nicht gesagt, wie sie heißen soll.«

»Gib du ihr einen Namen.« Müde schloss Alice die Augen.

»Ganz bestimmt nicht! Das ist deine Aufgabe, denn du bist ihre Mutter.«

Alice antwortete nicht. Ihre Brust hob und senkte sich nur ganz leicht, so flach atmete sie.

Wo blieb nur der verdammte Doktor Kramer? Und warum kam Wilhelm nicht endlich mit Agata zurück?

»Saperlipopette!«, fluchte Charlotte leise, wie sie es manchmal immer noch tat. Nur verschaffte ihr das in dieser schrecklichen Situation keine Erleichterung.

Veronika trat mit dem Neugeborenen auf den Armen neben Alices Bett und sah angstvoll auf sie hinunter.

Da klopfte es leise, und Olga streckte den Kopf ins Zimmer. »Eine Frau Jatznakowski ist da. Sie sagt, sie komme, um bei der Geburt zu helfen.«

Mama sah Charlotte fragend an. »Wir brauchen sie nicht mehr. Das Kind ist da. Den Rest wird Doktor Kramer machen.«

»Sie soll kommen. Ganz schnell«, sagte Charlotte hastig.

Mit raschen Schritten verließ sie das Zimmer und ging Agata entgegen.

Die Polin wartete unten in der Halle. Sie hatte die abgeschabte Ledertasche bei sich, die Charlotte an dem Tag bei ihr gesehen hatte, als Laila im Wald hatte sterben müssen. Als Agata von den starken Blutungen hörte, unter denen Alice litt, nickte sie mit ernster Miene.

»Bring mich zu ihr. Ich werde sehen, was ich tun kann.«

32. Kapitel

Charlotte
Jagdhaus nahe Gut Falkensee, Westpreußen, 9. Oktober 1905

Charlotte legte die Bücher übereinander, in denen Karol vor ihrem Eintreffen gelesen hatte. Dann schob sie den Stapel an den Rand des kleinen Tischs in Agatas Salon. Dabei sah sie Karol an, der ihr gegenübersaß.

Mittlerweile war sein Gesicht bis auf einige unauffällige Narben vollkommen verheilt. Er plante, das Jagdhaus in wenigen Tagen zu verlassen.

Sie deutete auf die ledergebundenen Bände, die sie beiseitegeschoben hatte. »Vielleicht solltest du nicht ständig Bücher über Politik lesen.« Längst waren sie zum vertraulichen »Du« übergegangen. »Das heitert dich nicht gerade auf.«

Er lachte auf eine Weise, die tatsächlich nicht sonderlich fröhlich klang. »Die politische Situation ist alles andere als zufriedenstellend. Wieso sollte ich da heiter sein?«

»Weil es schön sein muss, sich glücklich zu fühlen«, murmelte Charlotte vor sich hin.

»Geht es dir denn gut?«, erkundigte er sich. Offenbar hatte er ihr Gemurmel sehr wohl verstanden.

Trotz Charlottes festem Vorsatz, ihm nie wieder zu nahe zu kommen, hatten sie sich noch weitere Male spontan geküsst. Es passierte einfach, und sie konnte nichts dagegen tun. Diese Augenblicke waren gleichzeitig verwirrend und wunderschön gewesen. Und die Erinnerung an die leidenschaftlichen Küsse machte Charlotte das, was sie ihm heute sagen musste, noch schwerer.

Karol schaute sie unverwandt an, während er auf eine Erwiderung wartete, und sein Blick sorgte dafür, dass sich alle Härchen an ihrem Körper aufrichteten. Dies war einer jener Momente, in denen sie im Nebelgrau seiner Augen seine Leidenschaft und seine Zärtlichkeit zu erkennen meinte.

Als Antwort auf seine Frage hob Charlotte die Schultern und ließ sie wieder sacken. Natürlich ging es ihr mit ihrer Ehesituation nicht sonderlich gut, doch darüber wollte sie nicht mit ihm diskutieren. Entschlossen atmete sie tief durch. Es wurde Zeit, ihm das zu sagen, was ihr so unendlich schwerfiel.

Doch Karol kam ihr zuvor. »In Warschau wurden im September ein paar Arbeiter wegen politischer Straftaten hingerichtet«, sagte er unvermittelt und deutete auf die alten Zeitungen, die sie ihm zum Lesen mitgebracht hatte.

Ein eisiger Schreck durchfuhr sie beim Gedanken daran, was passieren würde, falls Karol doch noch aufgespürt und vor Gericht gestellt wurde. Bisher hatte sie diese Vorstellung stets hastig beiseitegeschoben.

»Wie schrecklich«, stieß sie hervor.

»Natürlich ist das furchtbar«, stimmte er ihr zu. »Nach den Hinrichtungen wurde ein Generalstreik ausgerufen. Unsere Sache wird also mittlerweile von großen Teilen der polnischen Bevölkerung unterstützt. Insofern war der Tod dieser tapferen Männer wenigstens nicht umsonst.«

»Hör auf!«, rief sie und hielt sich demonstrativ die Ohren zu. »Ich kann das nicht hören, und ich will es mir nicht vorstellen.«

»Willkommen in meinem Leben«, sagte er in bitterem Ton. »Manche Situationen lassen sich nicht friedvoll lösen. Und dann muss man sich fragen, ob man bereit ist, zum Äußersten zu greifen. Sei froh, wenn du noch nie vor dieser Wahl gestanden hast.«

»Versprich mir etwas«, flüsterte sie.

Schweigend wartete er, dass sie fortfuhr.

»Kämpfe für deine Sache. Mit Argumenten. Aber bring dich nicht wieder in Gefahr. Dich nicht und andere nicht.«

Er zögerte kurz, dann schüttelte er den Kopf. »Das kann ich dir nicht versprechen. Niemand weiß, was meinem Volk noch widerfahren wird. Und wenn es wirklich schlimm kommt, werde ich kämpfen.«

»Aber ...« Obwohl ihr Mund ganz trocken war, musste sie schlucken. Sie wusste, sie würde diesen Mann nicht davon abbringen, notfalls den Tod zu riskieren für die Dinge, die ihm wichtig waren.

Mit einem Seufzer wechselte sie das Thema und spürte, wie ihre Kehle noch enger wurde – falls das nach der vorangegangenen Unterhaltung überhaupt möglich war. »Ich muss dir etwas Wichtiges sagen.«

»Ja?« Karol strich energisch eine dunkle Haarsträhne zurück, die ihm ins Gesicht gefallen war.

»Es ist so ...« Sie betrachtete angestrengt ihre Hände, die sie im Schoß gefaltet hatte. »Ich werde mich demnächst verloben.«

Erst als sie nach Luft schnappen musste, wurde ihr bewusst, dass sie den Atem angehalten hatte.

»Aha«, erwiderte Karol. Sonst nichts.

»Deshalb muss ich mich heute von dir verabschieden. Wir werden uns nicht mehr sehen.«

»Und du findest, dass es allein deine Entscheidung ist, ob wir uns sehen oder nicht?«, fragte er nach einer langen Pause, in der sie ratlos ihre oval gefeilten Fingernägel studiert hatte.

Sie nickte. »Als verlobte Frau werde ich nicht mehr hierherkommen, um dich zu sehen. Das ist meine Entscheidung, und ich werde sie nicht ändern.«

Für Sekunden presste er seine Lippen zu einem Strich zusammen. »Liebst du ihn?«, fragte er dann.

»Er ist höflich und großzügig, und er hat mir versprochen, alles zu tun, um Falkensee zu retten.« Entschlossen hob sie den Kopf und sah Karol an. Seine Miene war undurchdringlich.

Das Schweigen, das sich zwischen ihnen ausbreitete, lastete schwer wie Blei auf Charlottes Schultern.

Langsam stand Karol auf, kam um den Tisch herum und blieb neben ihrem Stuhl stehen. Als würde sie von unsichtbaren Fäden gezogen, erhob auch sie sich, sodass ihre Gesichter nur wenige Zentimeter voneinander entfernt waren.

Als Karols Mund sich ihrem näherte, wollte Charlotte sich abwenden, war aber nicht in der Lage, sich zu rühren. Das hier durfte nicht geschehen. Ein letzter Kuss würde für immer in ihre Erinnerung eingebrannt sein. Noch viel schmerzlicher und intensiver als die Küsse zuvor. Und doch hatte sie weder die Kraft noch den Willen, es zu verhindern.

Erst spürte sie seinen warmen Atem wie einen zärtlichen Hauch, dann den festen Druck seiner Lippen. In diesen wenigen Sekunden fühlte sie noch einmal alles, was von Anfang an unausgesprochen zwischen ihnen gewesen war. Von der seltsamen Verheißung ihrer ersten Begegnung auf dem Bahnsteig bis hin zu den Stunden, die sie neben seinem Bett verbracht hatte, als er schwach und fiebernd dagelegen hatte. Die Erinnerung an die langen Gespräche und das beredte Schweigen während der vielen gemeinsamen Nachmittage hier in Agatas Haus. Sie mussten in diesen Kuss alles hineinlegen, was unter anderen Umständen, in einem anderen Leben, noch zwischen ihnen hätte geschehen können.

Als sie sich voneinander lösten, strömten Tränen über Charlottes Wangen. Sie wischte sie nicht fort, und sie schämte sich nicht dafür. Karol wusste ohnehin, dass sie seinetwegen noch viele Tränen vergießen würde.

»Werde glücklich, Charlotte«, sagte er leise, als sie ihn nach einer Weile immer noch schweigend anstarrte.

Seine Worte sorgten dafür, dass ihr Herz sich plötzlich ganz wund anfühlte. Er wünschte ihr ein glückliches Leben mit einem anderen Mann. Das war schlimmer als alles, was er zuvor gesagt hatte.

Wortlos wandte sie sich um und ging zur Tür. Dort hielt sie inne und sah ihn ein letztes Mal an. Groß und aufrecht stand er da und erwiderte ihren Blick. Seine Miene war unbewegt.

»Leb wohl«, formte er mehr mit den Lippen, als dass er es laut aussprach.

»Leb wohl.« Sie wirbelte herum, stürmte aus dem Zimmer und quer durch die Halle zur Tür. Doch bevor sie den Ausgang erreichte, kam ihr Agata mit einem Stapel frisch gewaschener Laken über dem Arm entgegen.

»Du hast dich von ihm verabschiedet«, sagte sie, als sie Charlottes tränenüberströmtes Gesicht sah.

Charlotte blieb stehen und nickte stumm.

»Es tut mir so leid.« Tröstend berührte Agata mit ihrer freien Hand Charlottes Schulter.

»Ich will nicht darüber reden.« In der Tasche ihres Reitkleids fand Charlotte ein sauberes Tuch, mit dem sie sich ziellos im Gesicht herumwischte.

»Wie geht es deiner Schwester und ihrer kleinen Tochter? Sie ist jetzt eine knappe Woche alt, nicht wahr?« Offenbar wollte Agata sie von ihrem Schmerz ablenken, indem sie das Thema wechselte.

Charlotte brauchte all ihr Kraft, um stehenzubleiben und Agata zu antworten. Eigentlich wollte sie nur fort, sich irgendwo verstecken und weinen.

»Die Kleine ist quietschfidel. Weil Alice sich weigerte, ihr einen Namen zu geben, hat Mama sie Isabella genannt. Nochmals vielen, vielen Dank, dass du Alice geholfen hast, als sie nach der Geburt drohte zu verbluten. Ich habe mich heute für immer von Karol verabschiedet, aber die Freundschaft mit dir werde ich nie aufgeben.« Bei der Erwähnung von Karols Namen schoss ein scharfer Schmerz durch Charlottes Körper. Erneut stiegen ihr Tränen in die Augen, und sie fixierte sehnsüchtig die Tür nach draußen, weil sie endlich fortwollte.

»Warten wir es ab.« Agata sah sie ernst an. »Du wirst bald heiraten. Wahrscheinlich wird dein Ehemann nicht begeistert sein, wenn du Kontakt zu einer Polin mit zweifelhafter Vergangenheit hast.«

»Das hat er nicht zu bestimmen!«, erklärte Charlotte mit heftigem Kopfschütteln. Den Gedanken, nun auch noch Agata zu verlieren, wollte sie auf keinen Fall zulassen.

»Wir werden sehen.« Agata lächelte traurig.

Sekundenlang trafen sich ihre Blicke, dann sagte Agata: »Karol wird nächste Woche auf das Gut seiner Eltern zurückkehren. Da dort bisher niemand nach ihm gesucht hat, kann man davon ausgehen, dass die Polizei seinen Namen nicht kennt und nach einem Unbekannten fahndet. Wenn er fort ist, schicke ich dir eine Nachricht.«

Charlotte nickte und spürte, dass sie sich schon jetzt mit jeder Faser ihres Körpers nach Karol sehnte.

»Er hat vor, sich eine Anstellung auf einem großen Gehöft zu suchen. Das Gut kann nur seine Eltern und die Familie seines älteren Bruders ernähren. Vor Generationen war es noch üblich, dass der zweitgeborene Sohn Offizier wurde, doch das ist für Karol nicht möglich, weil es keine polnische Armee mehr gibt. Also wird er nach seinem Studium nun einen anderen Weg beschreiten müssen. Er versteht eine Menge von Pferdezucht und wird sicher eine gute Stelle finden.«

Traurig verabschiedete sich Charlotte von Agata, warf einen letzten Blick zurück und verließ endlich das Haus.

33. Kapitel

Charlotte
Kahlberg, Danziger Nehrung, Westpreußen, 10. Februar 1906

Baldur hatte Charlotte eine Hochzeitsreise nach Paris vorgeschlagen. Da sie sich die Erinnerung an die Unbeschwertheit ihres Studienjahrs in der französischen Hauptstadt erhalten wollte, hatte sie abgelehnt und die Entscheidung für einen anderen Ort ihm überlassen. Ohnehin wäre sie am liebsten zu Hause geblieben – zumindest in der Nähe ihres Zuhauses, denn fortan würde sie in Baldurs Landhaus leben, mit der Kutsche eine halbe Stunde von Gut Falkensee entfernt.

So war Charlotte also am Abend ihrer Hochzeit, während die Gäste auf Gut Falkensee noch tanzten und lachten, mit Baldur in Marienwerder in den Nachtzug gestiegen. Sie hatte keine Ahnung vom Ziel ihrer Reise, und im Grunde war es ihr auch vollkommen egal.

Schon die Hochzeit war wie hinter einer Glaswand an ihr vorbeigezogen. Baldur in seinem schwarzen Frack hatte imposant ausgesehen und sie den ganzen Tag über freundlich angelächelt, wann immer sie ihn angeschaut hatte. Dennoch war es ein merkwürdiges Gefühl gewesen, an seinem Arm die Kirche zu verlassen und zu wissen, dass sie nun seine Frau war.

Auch der restliche Tag war nur eine verschwommene Erinnerung: das große Hochzeits-Diner, der Ball im Haus ihrer Eltern, die vielen festlich gekleideten Gäste, die ihr gratulierten und alles Gute für die Zukunft wünschten.

Nachdem sie einmal umgestiegen waren, erreichten sie in den

frühen Morgenstunden ihr Ziel: den Badeort Kahlberg in der Danziger Nehrung.

»Du erwähntest irgendwann, dass du gern einmal im Winter am Meer spazieren gehen würdest. Außerdem schienst du keinen Wert auf eine weite Reise in eine Großstadt zu legen«, erklärte Baldur in fast entschuldigendem Ton, während er ihr vor einem großen, doch nicht sonderlich prunkvollen Hotel aus der Droschke half. Ihr Gepäck hatte er schon in der vergangenen Woche vorausgeschickt.

Erstaunt sah Charlotte ihn von der Seite an, bevor sie zögernd nickte. Sie hatte nicht damit gerechnet, dass Baldur einen kleinen Ort am Wasser als Ziel ihrer Hochzeitsreise wählen würde. Noch dazu mitten im Winter.

Allerdings war sie nicht sicher, ob sie es nicht angenehmer gefunden hätte, die bevorstehenden zwei Wochen mit Baldur in einer lebhaften Stadt zu verbringen, wo es zahlreiche Ablenkungen gab und sie nicht gezwungen sein würde, ständig mit ihm allein zu sein. Bei der Kälte konnte man nicht einmal für längere Zeit draußen bleiben. Oder war das gerade der Grund für seine Wahl des Reiseziels gewesen?

Im Nachtzug hatten sie zwar ein Privatabteil gehabt, jedoch keinen Schlafwagen. Zudem hatten sie umsteigen müssen. Daher war die Hochzeitsnacht zu Charlottes Erleichterung stillschweigend auf die erste Nacht an ihrem Zielort verlegt worden.

Ein Page führte sie in ihr Hotelzimmer, wo bereits ihr Gepäck auf sie wartete. Beim Anblick des Doppelbetts schnürte es Charlotte die Kehle zu.

Am Tag vor der Trauung hatte Mama sie beiseitegenommen, um mit ihr über die Hochzeitsnacht zu reden. Allerdings waren die vagen Andeutungen und die Art, wie ihre Mutter immer wieder peinlich berührt den Blick abwandte, nicht sonderlich hilfreich gewesen.

Da Charlotte auf dem Land aufgewachsen war, wusste sie natürlich, worum es ging. Allerdings war ihr der Akt, bei dem die Fohlen entstanden, immer sehr grob vorgekommen, und oft hatten die Stuten zwischendurch versucht, sich vor dem zudringlichen Hengst in Sicherheit zu bringen.

Schon jetzt verspürte sie ebenfalls den Wunsch, vor Baldur zu fliehen. Da es jedoch ihre Aufgabe war, ihm einen Erben zu gebären, würde sie die Sache wohl einige Male durchstehen müssen.

Flüchtig erinnerte sie sich an das Gefühl, das in ihr aufgestiegen war, als Karol sie in seine Arme gezogen und geküsst hatte. Bei ihm hätte sie keine Angst vor dem gehabt, was kommen konnte.

Hastig verdrängte sie die Erinnerung. Sie würde Karol niemals wiedersehen, und es war besser, auch nicht mehr an ihn zu denken. Ab jetzt ging es einzig und allein um Baldur, ihren Ehemann, dem gegenüber sie ihre Pflicht erfüllen musste.

Im Speisesaal des Hotels nahmen sie in Gesellschaft einiger anderer Gäste das Frühstück ein und machten anschließend einen ersten Spaziergang auf der Promenade.

Zu ihrem Erstaunen genoss Charlotte die eisige Luft, die nach Wasser und Freiheit duftete. Baldur störte sie dabei kaum. Schweigend ging er an ihrer Seite und reichte ihr den Arm, wenn sie eine Stufe oder eine andere unwegsame Stelle überwinden musste, ließ sie aber immer wieder los – wohl weil er spürte, dass es ihr lieber war.

Zwischendurch nahmen sie eine Erfrischung in einem kleinen Café und kehrten zum Mittagessen ins Hotel zurück. Als Baldur sie anschließend fragte, ob sie sich zu einem Nickerchen zurückziehen wollte, da sie nachts nur ein wenig im Zug geschlafen hatte, wehrte sie entschieden ab und behauptete, kein bisschen müde zu sein. Sie befürchtete, dass er die Gelegenheit ergreifen würde, mitten am Tag die Hochzeitsnacht zu zelebrieren.

Irgendwann nach dem Tanztee – beim dem sie jedoch nicht tanzten, weil Charlotte sich nun doch für erschöpft erklärte – und einer weiteren köstlichen Mahlzeit im Hotel war es dann doch Zeit, sich für die Nacht zurückzuziehen.

»Ich werde noch ein Getränk an der Bar zu mir nehmen«, erklärte Baldur und lächelte sie freundlich an. »Oben wartet bereits die gefüllte Wanne auf dich. Du kannst in Ruhe baden und dich vorbereiten. Ich werde nicht vor zehn Uhr nach oben kommen.«

Charlotte nickte wortlos. Ohnehin war ihre Kehle schon wieder so eng, dass sie nichts hätte sagen können.

Sie hatte darauf verzichtet, Olga als Hilfe beim Umkleiden und Frisieren mitzunehmen. Stattdessen hatte Baldur eine der Zofen für sie engagiert, die beim Hotel angestellt waren.

Als Charlotte gegen neun Uhr die Zimmerflucht bestehend aus Schlaf- und Wohn- und Badezimmer betrat, hatte die Zofe Anneliese tatsächlich bereits das Bad eingelassen. Das dampfende Wasser duftete nach Jasmin, ihrem Lieblingsduft, den Baldur offenbar an ihr wahrgenommen hatte. Manchmal erschien ihr das Verhalten ihres frischgebackenen Ehemanns fast unheimlich. Er war ihr gegenüber geradezu fürchterlich aufmerksam. Warum gab er sich so viel Mühe, wo er doch angeblich gar kein Interesse an der intimen Seite der Ehe mit ihr hatte? Jedenfalls nicht mehr, nachdem sie ihm einen Sohn geboren hatte?

Anneliese half ihr beim Entkleiden, wandte sich diskret ab, als sie in die Wanne stieg, und hielt ihr nach dem Bad ein riesiges weiches Handtuch hin.

»Ich habe auf dem Bett das schöne Nachthemd zurechtgelegt«, erklärte sie dann. Charlotte wurde zu ihrem Ärger rot und wandte sich rasch ab.

Während Anneliese im Bad aufräumte, schlüpfte Charlotte in das spitzenbesetzte Seidenhemd. Sie stellte sich vor den Spiegel und stellte fest, dass sich durch den dünnen Stoff ihre Brüste viel zu deutlich abzeichneten. Rasch griff sie nach ihrem Morgenmantel und warf ihn über.

»Möchten Sie, dass ich Ihnen die Haare für die Nacht frisiere?«

Als sie unvermittelt die Stimme des Mädchens hinter sich hörte, fuhr sie erschrocken zusammen.

Sie nickte zögernd. »Ganz schlicht, bitte.«

Anneliese bürstete ihre Haare, flocht sie zu Zöpfen und legte die dicken, glänzenden Flechten zu einer Art Krone um Charlottes Kopf. Das wirkte nicht gerade schlicht, gefiel ihr jedoch.

Nachdem das Mädchen das Bett aufgedeckt hatte, verabschiedete es sich mit einem Knicks.

Eine Weile stand Charlotte unschlüssig mitten im Zimmer. Dann streifte sie den Morgenmantel ab, legte sich ins Bett und zog die Decke bis zum Kinn hoch.

Es dauerte nicht lange, bis Baldur nach einem diskreten Klopfen, auf das sie mit seltsam piepsiger Stimme antwortete, das Zimmer betrat.

Er warf einen kurzen Blick in Richtung Bett, murmelte etwas vor sich hin und verschwand im Badezimmer. Während Charlotte auf ihn wartete, bewegte sie sich unruhig unter der Bettdecke. Ihr wurde abwechselnd heiß und kalt, und mehrmals musste sie den Drang unterdrücken, einfach wegzulaufen. Aber selbstverständlich würde sie vernünftig sein. Baldur hatte schon Monate vor der Hochzeit mit einer mehr als großzügigen Summe Gut Falkensee für ihre Familie gerettet. Nun war es an ihr, ihren Teil der Abmachung zu erfüllen. Wenn der Arzt bald feststellte, dass sie guter Hoffnung war, würden peinliche Situationen wie diese der Vergangenheit angehören.

Als sich die Tür öffnete und Baldur in einem dunkelblauen Seidenpyjama zurückkam, hätte Charlotte sich am liebsten unter der Bettdecke versteckt. Wieder beherrschte sie sich und blieb stocksteif liegen.

Baldur trat an die linke Seite des Betts und schlüpfte ohne weitere Umstände zu ihr unter die Decke.

»Gibt es etwas, worüber du vorher mit mir sprechen möchtest?«, erkundigte er sich.

»Sprechen?« Sie wandte den Kopf und starrte ihn im Licht der kleinen Lampen auf den Nachtkästchen verblüfft an. »Worüber willst du denn sprechen?«

»Vielleicht gibt es Fragen, die du klären möchtest. Dinge, die du ablehnst. Etwas in der Art.«

Sie lachte auf. »Ich bin deine Frau. Schätzungsweise gibt es nicht viel, was ich ablehnen kann, wenn du zu mir ins Bett kommst. Jedenfalls nicht, solange ich dir keinen Erben geliefert habe.«

Sie hörte ihn neben sich schlucken. »Ich hätte nichts dagegen, wenn es dir auch ein wenig gefällt«, sagte er leise.

»Hör zu.« Sie stützte sich auf den Ellenbogen, und für den Moment kümmerte es sie nicht, dass ihre Brüste unter dem dünnen Seidenhemd fast nackt waren, wenn die Bettdecke nach unten rutschte. »Ich möchte es einfach hinter mich bringen. Nicht mehr und nicht weniger.«

»Gut.« Plötzlich klang seine Stimme hart und fast zornig. »Schnell kann ich, wenn du es ausdrücklich wünschst.«

Mit einem Ruck warf sie sich wieder auf den Rücken und zog sich erneut die Decke bis unters Kinn. Dabei wandte sie ihm das Gesicht zu, denn sie wollte wissen, wenn es so weit war.

Seine Finger flogen über die Knopfleiste seiner Pyjamajacke, und im nächsten Moment hatte er die Jacke abgestreift. Dann bewegte er sich kurz unter der Decke, wahrscheinlich um die Seidenhosen auszuziehen.

Sie konnte kaum noch atmen, lag starr auf dem Rücken und hoffte, dass es bald vorbei war.

Doch anstatt sich auf sie zu rollen, wie sie es erwartet hatte, legte Baldur sich auf die Seite, schob die Hand zu ihr herüber und strich vom Schlüsselbein über Brust und Bauch bis hinunter zum Schenkel.

Als sie durch den dünnen Stoff seine Finger auf ihrer Brust spürte, schnappte sie nach Atem. Als er ihren Bauch berührte, blieb ihr die Luft weg, und als seine Hand noch weiter nach unten wanderte, schwanden Charlotte fast die Sinne. Sie wollte nicht von diesem fast fremden Mann angefasst werden. Das war seltsam und auf keinen Fall das, womit sie gerechnet hatte.

»Bitte«, sagte sie. »Können wir einfach anfangen.«

Wortlos strich er die knisternde Seide bis zu ihrem Bauch nach oben. Mama hatte ihr geraten, unter dem Nachthemd nichts anzuziehen. Das gäbe nur unnötige Peinlichkeiten und Komplikationen. Also lag sie jetzt bis zur Taille nackt unter der Decke.

Baldur rollte sich auf sie, sein Gewicht drückte sie fest in die Matratze. Instinktiv presste sie die Schenkel zusammen, doch er war viel stärker als sie, teilte ihre Beine und schob sich dazwischen.

Erschrocken riss sie die Augen auf, als sie einen Ruck und einen brennenden Schmerz spürte. Etwas in ihr schien zu zerreißen. Sie hatte sich geschworen, keinen Laut von sich zu geben, aber nun schrie sie doch unterdrückt auf.

»Gleich tut es nicht mehr so weh«, murmelte Baldur über ihr. Einen Moment lang verharrte er regungslos in seiner Position, während sie immer noch den Druck und den Schmerz fühlte.

Fest kniff sie die Augen zusammen und dachte an Gut Falkensee. An die wogenden Weizenfelder im Sommerwind. An das kühle Wasser des Sees im Herbst, an ihre Ausritte im Winter, wenn die Luft vor Kälte knisterte. Sie versuchte, Baldur und sein Tun zu ignorieren und sich vollkommen auf Falkensee zu konzentrieren. Doch es gelang ihr nicht.

Sie nahm jede seiner ruckartigen Bewegungen wahr, sein schneller und lauter werdendes Stöhnen, seinen heißen Atem an ihrer Schläfe.

Dann war es tatsächlich vorbei. Einen Augenblick lag er noch bewegungslos auf ihr, um sich dann auf seine Seite des Betts zurückzurollen. Er brauchte einen Moment, um wieder zu Atem zu kommen. »Ist alles in Ordnung, Charlotte? Geht es dir gut?«

Wortlos schlug sie die Decke zurück, sprang auf und eilte ins Badezimmer. Dort ließ sie sich viel Zeit damit, das Blut abzuwaschen, das ihre Schenkel verklebte. Ihre Mutter hatte ihr erklärt, dass die Schmerzen nur beim ersten Mal so heftig wären und sie später auch nicht mehr bluten würde. Dennoch wusste sie schon jetzt, dass auch die nächsten Male, wenn Baldur von seinen ehelichen Rechten Gebrauch machte, um einen Erben zu zeugen, nicht sonderlich angenehm für sie verlaufen würden. Andererseits war es nicht ganz so schlimm gewesen, wie sie befürchtet hatte. Und schließlich hatte alles im Leben seinen Preis.

Mit einem Seufzer strich sie ihr Nachthemd glatt und ging zurück ins Schlafzimmer, wo Baldur hoffentlich schon eingeschlafen war.

34. Kapitel

Charlotte
Landhaus Krammbach, Westpreußen, 3. September 1907

Charlotte legte ihr Besteck weg und sah Baldur über den Tisch hinweg an. Zu ihrem eigenen Erstaunen genoss sie die gemeinsamen Mahlzeiten mit ihm zunehmend. In den vergangenen Monaten hatten sie sich angewöhnt, ausschließlich im Frühstückszimmer zu essen. Das offizielle Speisezimmer, in dem bis zu zwanzig Personen Platz hatten, fanden sie beide ungemütlich.

Außerdem hatten sie sich darauf geeinigt, dass nicht ständig ein Diener im Hintergrund stehen musste, um bei Bedarf die Platten zu reichen oder Getränke nachzuschenken. Nach dem Auftragen der Speisen bedienten sie sich selbst, und falls sie einen zusätzlichen Wunsch hatten oder abgeräumt werden sollte, läuteten sie. Auf diese Weise konnten sie sich während der Mahlzeiten auch über vertrauliche Themen austauschen, ohne befürchten zu müssen, dass im Haus getratscht wurde. Baldur erzählte häufig von seiner Arbeit in der Fabrik und hörte sich gern an, was Charlotte dazu zu sagen hatte. Sie genoss es, dass er ihre Ratschläge ernst zu nehmen schien. Einige davon hatte er schon erfolgreich umgesetzt.

Seit allerdings vor drei Monaten der kleine Ludwig geboren worden war, drehte sich die Unterhaltung häufig um ihr Kind. Baldur ließ sich jedes Lächeln beschreiben, das er während seiner Abwesenheit versäumt hatte, und schmiedete jetzt schon Pläne für die Zukunft seines Sohnes.

Auch Charlotte war zu ihrer eigenen Überraschung ganz verzaubert von dem Kleinen. Sie konnte nicht anders, als mindestens jede

Stunde einmal ins Kinderzimmer zu schleichen. Dort kümmerte sich eine äußerst zuverlässige Säuglingsschwester um das Kind, die inzwischen schon etwas unwillig auf die häufigen Besuche der jungen Mutter reagierte. Doch Charlotte ignorierte das. Es waren ihr Haus und ihr Kind, und ihr Mann zahlte den Lohn der Säuglingsschwester.

Auch jetzt, während sie noch mit Baldur am Mittagstisch saß, wanderten ihre Gedanken kurz zu ihrem Sohn. Sie legte die Serviette zusammen und erwiderte Baldurs Lächeln. »Hat es dir geschmeckt?«

»Hervorragend. Ich frage mich, wie es dir gelungen ist, Frau Kasimske dazu zu bringen, so gut zu kochen. Früher gab es nur versalzene Suppen, zerkochtes Gemüse und zähes Fleisch.«

»Ich habe ihr erklärt, wie wir unser Essen haben möchten, und mache jede Woche einen Speiseplan mit ihr.« Das klang einfacher, als es tatsächlich gewesen war. Die Köchin war ziemlich stur, aber Charlotte konnte noch viel sturer sein, wenn sie wollte.

Ihr Mann zog seine Taschenuhr hervor, klappte sie auf und warf einen Blick darauf. Sie hatte ihm die Uhr mit einer Gravur zu Weihnachten geschenkt und wusste, dass er sie gern benutzte. Denn eigentlich hätte er sie gar nicht aus der Tasche ziehen müssen, weil ihm gegenüber die große Wanduhr hing.

»Es wird Zeit für mich. Ich habe eine Besprechung mit dem Vorarbeiter.« Er erhob sich, und Charlotte stand ebenfalls auf. »Aber zuerst verabschiede ich mich von Ludwig.«

»Das wird Fräulein Brandke nicht gefallen. Er hält um diese Zeit seinen Mittagsschlaf.« Charlotte lächelte, weil sie ziemlich genau wusste, was Baldur jetzt entgegnen würde.

»Schläft ein Kind in dem Alter nicht ohnehin fast den ganzen Tag? Wenn es nach Fräulein Brandke ginge, würden wir unseren eigenen Sohn nur fünf Minuten am Tag sehen, und sie würde bestimmen, wann genau das ist.«

Charlottes Mundwinkel gingen noch ein Stückchen weiter in die Höhe.

Baldur hielt ihr den Arm hin, und sie hakte sich bei ihm unter. Seite an Seite stiegen sie die breite Treppe zum ersten Stock hinauf.

Tatsächlich traf sie ein böser Blick der Säuglingsschwester, als sie leise die Tür öffneten und eintraten. Die junge Frau aus Danzig hatte eine hervorragende Ausbildung genossen und war äußerst zuverlässig, was die Pflege des Kindes betraf. Sie badete und puderte den Säugling mit großer Sorgfalt, schob den Kinderwagen jeden Tag genau eine Stunde durch den Park und versuchte, den kleinen Ludwig dazu zu bringen, zu festgelegten Zeiten zu schlafen und zu trinken. Bezüglich des letzten Punkts war sie auf die Mitarbeit ihres Schützlings und seiner Eltern angewiesen, deshalb funktionierte das mit den Fütterungs- und Schlafenszeiten nur sehr bedingt.

Da Charlotte sich zum Erstaunen ihrer Mutter geweigert hatte, eine Amme einzustellen, brachte Fräulein Brandke ihr das Kind regelmäßig alle vier Stunden, nachts erst nach sechs Stunden. Wenn Charlotte zwischendurch im Kinderzimmer auftauchte und ihr Sohn schrie, versuchte die Säuglingsschwester sie energisch daran zu hindern, seinen Hunger zu stillen.

»Ein Kind kann nicht früh genug Disziplin lernen. Aus einem verwöhnten Säugling wird ein unartiges Kleinkind und ein Erwachsener ohne Selbstbeherrschung«, pflegte sie streng zu sagen. Manchmal hörte Charlotte auf sie, meistens jedoch nicht. Ihr Mutterherz konnte es nicht ertragen, wenn sie ihr Kind so leicht trösten konnte, diesen Trost aber aus wissenschaftlich nicht erwiesenen Gründen verweigern sollte.

»Glaubst du, man hat uns als Säuglinge verwöhnt und deshalb sind wir so disziplinlos und wollen dauernd unser Kind sehen?«, fragte Charlotte, nachdem sie und Baldur sich gemeinsam für einige Minuten über das Bettchen gebeugt und stolz ihren Sohn betrachtet hatten. Zum Glück hatte Ludwig sich nicht beim Schlafen stören lassen, sodass sie ohne weitere böse Blicke der Schwester wieder gehen konnten.

»Ich kann mir ehrlich gesagt nicht vorstellen, dass mein Vater dauernd im Kinderzimmer herumlungerte. Und Mama war viel zu sehr mit der Vorbereitung ihrer Tee- und Abendgesellschaften beschäftigt. Wir wurden unseren Eltern noch mit sechs Jahren Punkt halb sechs Uhr abends für eine halbe Stunde vorgeführt. Hübsch angezogen, frisch gekämmt und gewaschen.« Baldur lachte leise vor sich hin, während sie wieder nach unten gingen.

»Ganz so strikt ging es bei uns nicht zu, aber wir durften auch erst mit zwölf Jahren am Erwachsenentisch essen.« Charlotte stand neben der Garderobe und sah zu, wie Baldur in seinen dunklen Mantel schlüpfte und vor dem Spiegel den Hut aufsetzte. Dann begleitete sie ihn zur Haustür und hielt ihm die Wange hin, auf die er einen Kuss hauchte.

Lächelnd schloss sie die Tür und machte sich auf den Weg in die Küche, um zu kontrollieren, ob Frau Kasimske für den Nachmittag wie besprochen Kuchen gebacken hatte. Agata würde zum Tee kommen.

*

Beim Tee plauderten Charlotte und Agata über dies und das. Dann holte Charlotte ihren Sohn aus dem Kinderzimmer nach unten, worauf Fräulein Brandke – wie üblich – mit einer säuerlichen Miene reagierte, was Charlotte – wie üblich – ignorierte.

Als sie mit ihrem Kind im Arm das Zimmer betrat, legte sich für Sekunden ein Schleier über Agatas Augen. Charlotte wusste, dass sie darüber nachdachte, wie es gewesen wäre, ein anderes Leben zu leben und selbst Kinder zu haben. Doch der Moment war schnell vorbei, denn Agata war bereit gewesen, alles für den Mann zu opfern, den sie liebte. So wie Charlotte alles für die Rettung von Gut Falkensee gegeben hatte und nun feststellte, dass das Opfer vielleicht gar nicht so groß gewesen war.

Es gab zwar immer wieder Momente, in denen sie eine Sehnsucht spürte, die schmerzte wie ein Schnitt in der Seele. Doch diese Augenblicke gingen schnell vorbei, denn sie war glücklich mit ihrem Kind. Und auch das Zusammenleben mit Baldur fand sie mittlerweile recht angenehm. Seit der Schwangerschaft schliefen sie – wie abgemacht – in getrennten Schlafzimmern und küssten einander nur noch keusch auf die Wange. Doch sie unterhielten sich über interessante Dinge, Baldur hörte ihr bei allen Themen aufmerksam zu, sie waren sich einig, was Ludwigs Erziehung und seine Zukunft betraf, und sie konnten miteinander lachen.

Wider Erwarten gefiel es Charlotte sogar, dem Haushalt vorzustehen und die Dienstboten anzuleiten.

»Die kleine Isabella ist inzwischen sicher schon ein großes Mädchen.« Agata wiegte Ludwig in ihren Armen.

»Sie sieht aus wie ein Engelchen und springt den ganzen Tag fröhlich im Haus herum. Nur Alice …« Charlotte legte die Stirn in Falten. »Meine Schwester ist immer noch traurig und verletzt. Sie kann sich nicht einmal an ihrem süßen Kind erfreuen. Und die Trennung ist doch schon so lange her. Dennoch geht Alice immer noch allen Freunden und Nachbarn aus dem Weg und verbringt fast jeden Tag im Haus. Selbst wenn Mama Gäste einlädt, lässt sie sich meist entschuldigen. Obwohl in Gegenwart unserer Eltern niemand wagen würde, auch nur über sie zu tuscheln.«

»Sie hat ihn geliebt, und er hat sie auf eine Weise verletzt, die nicht leicht zu verwinden ist.«

»Immerhin hat sie ihre kleine Tochter. Das muss sie doch trösten.« Charlotte ging zu Agata, um ihren Sohn auf den Arm zu nehmen. Sie vergrub ihr Gesicht in seinen weichen Haaren und atmete tief seinen süßen Geruch ein. Solange sie Ludwig hatte, würde sie niemals unglücklich sein.

»Ich bin sicher, deine Schwester liebt ihre Tochter von ganzem Herzen. Aber es könnte dennoch schwer für sie sein, diese Liebe zuzulassen,« sagte Agata nachdenklich.

»Und jetzt ist auf Gut Falkensee die Stimmung noch gedrückter, weil Frederick seit letzter Woche wieder das Bett hütet. Es ging ihm schon während der vergangenen Monate oft nicht gut, aber er konnte meistens aufstehen. Nun ist er zu schwach dazu. Es ist wieder sein Herz. Inzwischen kann sich niemand mehr vormachen, dass er nicht die Erbkrankheit hat, die in der Familie meines Vaters umgeht – letale familiäre Insomnie.« Es fiel Charlotte immer noch schwer, die furchtbaren Worte auszusprechen.

Doktor Kramer hatte der Familie erklärt, dass es trotz der schwierigen Phase, in der Frederick sich erneut befand, noch Jahre dauern konnte, bis er der Krankheit erlag. Zumal das Herzmittel bei ihm gut anschlug und die Dosis noch erhöht werden konnte. Dennoch musste Charlotte ständig daran denken, dass früher oder später der Tag des Abschieds kommen würde.

»Das muss sehr schwer für deine Familie sein«, stellte Agata mitfühlend fest.

Beide Frauen schwiegen nachdenklich, während Charlotte ihr Kind in den Armen wiegte. Als der kleine Ludwig sie zwischen seinen dichten dunklen Wimpern anblinzelte, ging es ihr gleich ein wenig besser.

Sie atmete tief durch. »Hast du in letzter Zeit von Karol gehört?«, fragte sie leise.

»Du denkst immer noch an ihn?« Agata sah sie erstaunt an.

Tatsächlich hatte Charlotte ihn seit ihrer Hochzeit Agata gegenüber nicht mehr erwähnt, und auch Agata hatte während ihrer Besuche niemals von ihrem Neffen gesprochen.

»Manchmal.« Sie wich dem forschenden Blick der Polin aus und zupfte an der kleinen Schleife des Babyjäckchens.

»Er schreibt mir regelmäßig. Anfangs hat er mehrmals nach dir gefragt, aber ich habe ihm immer nur geantwortet, dass es dir gut geht. Irgendwann erwähnte er deinen Namen nicht mehr. Allerdings bin ich mir ziemlich sicher, dass auch er noch an dich denkt.« Versonnen sah Agata durchs Fenster hinaus in den Park.

»Was macht er, und wo lebt er?«, drängte Charlotte. Seit sie Karols Namen ausgesprochen hatte, war es, als wäre in ihrem Inneren ein Damm gebrochen.

»Er ist Verwalter auf einem Gut in Posen, aber es scheint ihm dort nicht sonderlich zu gefallen. In seinem letzten Brief schrieb er mir, dass er vorhat, sich eine neue Stelle zu suchen.«

Mit Mühe verkniff sich Charlotte die Frage, ob Karol inzwischen ebenfalls verheiratet war.

»Wie es aussieht, muss der kleine Mann dringend ein Schläfchen machen. Ich bringe ihn nach oben, dann lasse ich uns noch eine Kanne Tee bringen.«

Während Charlotte mit Ludwig auf dem Arm zur Tür ging, spürte sie Agatas nachdenklichen Blick auf dem Rücken.

35. Kapitel

Hedi
Gut Falkensee, Westpreußen, 5. September 1907

Veronika von Bargelow schaute üblicherweise nachmittags vor der Teestunde im Zimmer ihres kranken Sohnes vorbei. Die Gelegenheit, wenn Frederick Gesellschaft von seiner Mutter hatte, nutzte Hedi, um in Fredericks Schrankzimmer frisch gewaschene Wäsche zusammenzulegen oder für den Kranken etwas aus der Küche zu besorgen. Sie hatte gelernt, sich nicht allzu viel Zeit zu lassen, denn die gnädige Frau blieb selten länger als zehn Minuten. Hedi wusste, es lag nicht daran, dass Veronika von Bargelow nicht bei ihrem Sohn sein wollte. Es kostete die Mutter nur sehr viel Kraft, ihren Schmerz zu verbergen und heiter zu plaudern, obwohl Frederick oft gar nicht auf ihre Worte reagierte.

Als Hedi an diesem Nachmittag mit einer Kanne frisch gebrühtem Melissentee und einigen Butterbrothäppchen aus der Küche zurückkam, erhob sich die Gutsherrin aus dem Sessel neben dem Bett, hauchte ihrem Sohn einen Kuss auf die Stirn und ging zur Tür.

Von dort aus bat sie Hedi mit leiser Stimme nach draußen. Zögernd folgte die Kinderfrau ihr auf den Flur. Sie ließ Frederick höchst ungern allein.

»Es dauert nicht lange, ich habe nur eine kurze persönliche Frage«, bemerkte die Gutsherrin, als sie Hedis nervösen Blick zur Tür von Fredericks Zimmer bemerkte.

Hedi war davon ausgegangen, dass Frau von Bargelow bezüglich der Krankenpflege mit ihr sprechen wollte. Während sie der Gutsherrin zu der kleinen Sitzecke in der nächstgelegenen Nische unweit von Fredericks Zimmer folgte, flatterte ihr Herz unruhig.

Veronika von Bargelow ließ sich in einem der kleinen Sessel nieder und deutete auf den zweiten ihr gegenüber. Hedi strich ihr Kleid glatt und hockte sich auf die Kante.

»Es geht um das kleine Haus unten am See«, begann Frau von Bargelow das Gespräch.

Obwohl Hedi gewusst hatte, dass irgendwann die Rede auf das Häuschen kommen würde, zuckte sie zusammen. Dann nickte sie.

»Wilhelm und du habt nun schon zwei Mal den Hochzeitstermin verschoben und das Häuschen auch nicht fertig eingerichtet, wie ich gehört habe.«

»Nun ja, seit ich weiß, dass Frederick unter der Erbkrankheit leidet und mit der Zeit wohl eher kränker werden wird ...« Hedi stockte und schloss für einen Moment die Augen. »Ich möchte Wilhelm heiraten, aber ich kann Frederick nicht im Stich lassen.«

Veronika von Bargelow schüttelte verständnislos den Kopf. »Wir hatten doch besprochen, dass du weiter hier arbeiten kannst, auch wenn du verheiratet bist. Darum das Häuschen am See. Damit du dich auch nach deiner Heirat um Frederick kümmern kannst, wie du es willst. Und Herrn Karrasch möchten wir ebenfalls nicht verlieren. Was ist also das Problem?«

Hedi atmete tief durch. »Das mit der Hochzeit – im Augenblick geht es einfach nicht.«

Abwartend sah die Gutsherrin sie an, sagte aber nichts.

»Weil ich dann nicht so für Frederick da sein kann, wie ich es möchte«, fuhr Hedi entschlossen fort. »Wilhelm hätte kein Verständnis dafür, dass ich jede Nacht hier sein muss. Er versteht schon jetzt nicht, dass ich für andere Dinge keinen Kopf habe, solange es Frederick schlecht geht.«

»Wenn ihr verheiratet wärt, hättest du die Pflicht, dich zumindest einige Zeit am Tag um deinen Mann zu kümmern. Und du solltest im Allgemeinen auch die Nächte dort verbringen, wo er ist.«

Die Gutsherrin betrachtete nachdenklich das Porträt eines Vorfahren, für das im Speisesaal offenbar kein Platz mehr gewesen war. »Wir können eine zusätzliche Pflegerin einstellen. Das werden wir sowieso früher oder später tun müssen. Du kannst nicht vierundzwanzig Stunden am Tag bei Frederick sein.«

Hedi schüttelte heftig den Kopf. »Ich habe ihn großgezogen, und ich kann ihn beruhigen, wenn er Angst hat. Wenn ich nicht bei ihm sein kann, werde ich unruhig, und er auch, glaube ich.«

Beide Frauen schwiegen eine Weile.

»Ich frage wegen des Hauses, weil der Großknecht und eine der Mägde heiraten möchten. Der Verwalter rät dazu, diese Heirat zu erlauben, weil beide fleißig arbeiten und auf diese Weise dem Gut erhalten bleiben. Da das Haus am See immer noch leersteht, möchte der Gutsherr es den beiden geben.«

Hedi schnappte nach Luft. Wenn sie das Häuschen verloren, war es endgültig. Dann musste sie Wilhelm sagen, dass sie nicht seine Frau werden konnte, solange Frederick am Leben war. Der Gedanke an das Aus, an die endgültige Trennung von Wilhelm schnürte ihr die Kehle zu.

»Dann sollen sie das Häuschen haben«, sagte sie leise.

»Möchtest du vorher noch einmal mit Wilhelm sprechen?« Veronika von Bargelow zupfte einen unsichtbaren Fusel von ihrem Rock.

Hedi sprang auf. »Ich werde mit ihm reden. Aber Sie können dem Oberknecht und seiner Braut das Haus ruhig schon geben.«

Sie knickste und wartete, dass die Gutsherrin sie aus dem Gespräch entließ. Veronika von Bargelow stand in aller Ruhe auf und sah sie dabei forschend an.

»Ich denke, du solltest dir diese Entscheidung noch für ein oder zwei Tage überlegen.«

Hedi schüttelte den Kopf. »Das brauche ich nicht. Darf ich gehen? Ich muss zu Frederick. Sein Tee wird kalt.«

Die Gutsherrin nickte, und nach einem weiteren Knicks lief

Hedi eilig zurück in Fredericks Zimmer. Hier spielte sich in diesen Wochen ihr ganzes Leben ab.

Stumm ließ sie sich neben dem Bett nieder und griff nach Fredericks Hand. Für einen Moment schaute er sie an und lächelte kaum merklich. Dann sah er wieder nach oben, wie er es meistens tat. Als würde an der weißen Zimmerdecke für ihn ganz allein ein Theaterstück aufgeführt.

*

Hedi hatte gebeten, dass eines der Stubenmädchen sie abends für eine halbe Stunde an Fredericks Bett ablöste. Pünktlich zur vereinbarten Zeit kam Olga, und Hedi huschte nach unten. Zu ihrer Enttäuschung traf sie Wilhelm nicht mehr in der Leutestube an. Er war offenbar direkt nach dem Essen in die Remise gegangen, wo im ausgebauten Dachboden sein Zimmer lag.

Noch nie war Hedi in seiner Kammer gewesen. Das schickte sich nicht. Heute würde sie notfalls die schmale Treppe hinaufsteigen und bei ihm anklopfen. Sie musste das Gespräch, das sie mit ihm zu führen hatte, hinter sich bringen.

Als sie sich der Remise näherte, sah sie bereits von Weitem im rotgoldenen Abendlicht Wilhelms große, kräftige Gestalt. Er stand vor der offenen Tür und rauchte eine Zigarette. Offenbar hatte er ihr Kommen noch nicht bemerkt.

Leise trat sie neben ihn. Erst als sie ihn am Ärmel berührte, wandte er sich um.

»Hedi«, sagte er mit tonloser Stimme, der sie nicht entnehmen konnte, ob er sich freute.

»Ich muss mit dir reden, Wilhelm.« Sie sah in seine Augen und hatte plötzlich Sehnsucht nach ihm. Sehnsucht, ihn zu berühren, seine Wärme und seine Nähe zu spüren. Doch nach dem Gespräch, das sie gleich mit ihm führen würde, war es damit sicher für alle Zeit vorbei.

Er nickte, ging zu einigen Heuballen, die seitlich vom Stall lagen, und ließ sich auf einem davon nieder. Da er sich in die Mitte gesetzt hatte, sodass neben ihm kein Platz mehr war, musste Hedi einen anderen Ballen wählen, der fast einen Meter von seinem entfernt lag.

»Ich weiß gar nicht mehr, wann wir zuletzt mehr als ein paar flüchtige Worte im Vorbeilaufen gewechselt haben.« Er gab sich keine Mühe, die Bitterkeit in seiner Stimme zu verbergen.

»Es ist viel zu lange her, und das tut mir sehr leid«, sagte sie leise. Sie musste ihm nicht erklären, weshalb sie keine freie Minute für ihn hatte. Er wusste es, und er konnte es nicht akzeptieren. Damit hatte er sicher recht. Welchen Sinn hatte eine Beziehung, wenn sie beide keine Zeit miteinander verbrachten? Wie sollte eine Ehe funktionieren, wenn sie kaum jemals Fredericks Krankenzimmer verließ?

Die Stille, die sich zwischen ihnen ausbreitete, war so schwer, dass Hedi kaum atmen konnte. Sie musste es ihm sagen, doch wie sollte sie das, wenn sie keine Luft bekam?

»Ich habe vor, nach Danzig zu gehen und mich bei der Firma zu bewerben, die dort neuerdings Kraftdroschken betreibt«, sagte Wilhelm, als sie nach einer Weile immer noch kein Wort herausgebracht hatte.

»Du gehst fort?« Sie konnte nur krächzen.

Er nickte.

»Heißt das, du löst unsere Verlobung?«

»Wenn du mit mir nach Danzig kommst, können wir dort heiraten.«

Es kostete sie Mühe, seinen Blick auszuhalten, doch es gelang ihr für kurze Zeit. Aber sie konnte nichts sagen, konnte ihm nicht versprechen, mit ihm zu gehen.

»Ich würde mich freuen«, fügte er hinzu.

»Du weißt, dass ich nicht von hier fortkann. Und du weißt auch, warum das so ist.« Sie biss sich so heftig auf die Unterlippe, dass sie vor Schmerz zusammenzuckte.

Er nickte. Dann stand er langsam auf.

Sie erhob sich ebenfalls und machte einen halben Schritt auf ihn zu. Er wich ebenso weit zurück. Wahrscheinlich war es besser so, obwohl sie sich nach einer Berührung zum Abschied sehnte. Nach irgendeiner Geste der Versöhnung. Es musste kein Kuss sein, aber eine Umarmung wäre schön gewesen. Doch ganz offensichtlich hatte Wilhelm nicht die Absicht, ihr noch einmal nahezukommen.

»Ich kann dich verstehen, Wilhelm. Es ist meine Schuld, und ich bitte dich um Verzeihung.«

»Nun, da geht es dir besser als mir. Ich kann dich nicht verstehen«, erwiderte er mit unbewegter Miene, wandte sich ab und verschwand im Dämmerlicht der Remise.

»Weißt du schon, wann du gehst?«, rief sie ihm hinterher, doch er antwortete nicht. Vielleicht hatte er sie nicht gehört, vielleicht wollte er auch einfach nicht mehr mit ihr sprechen.

36. Kapitel

Charlotte
Landhaus Krammbach/Gut Falkensee, Westpreußen, 7. September 1907

Charlotte lief mit schnellen Schritten auf den Stall des krammbachschen Landhauses zu. Da Baldur mittlerweile zwei Automobile angeschafft hatte, die nun anstelle der Kutschen ihren Platz in der Remise hatten, blieben die Boxen leer, in denen früher die Kutschpferde gestanden hatten.

Inzwischen hatte Charlotte wieder ein eigenes Reitpferd. Baldur hatte herausgefunden, dass sie sich bis über beide Ohren in die dreijährige Stute Esmeralda verliebt hatte, die aus der bargelowschen Zucht stammte und mit Laila verwandt war. Sie war ein wenig traurig gewesen, als ein Tuchfabrikant aus Marienwerder Esmeralda für seine Tochter gekauft hatte. Aber es war wichtig, dass ihr Vater Geld mit der Pferdzucht verdiente, und die wunderschöne Stute hatte ihm eine stolze Summe eingebracht.

Als Esmeralda am Morgen von Charlottes Geburtstag mit geflochtener Mähne vor der Freitreppe gestanden hatte, war Charlotte vor Entzücken Baldur um den Hals gefallen.

Später hatte sie erfahren, dass der Tuchfabrikant erst nicht bereit gewesen war, den bereits unterschriebenen Kaufvertrag für die Stute rückgängig zu machen. Daraufhin war Baldur persönlich nach Marienwerder gefahren und hatte dem Mann das Pferd abgekauft. Was er ihm geboten und wie er ihn überredet hatte, verriet er nicht.

Charlotte fragte sich oft, wieso der Mann, mit dem sie eigentlich eine reine Zweckehe führte, sich so viel Mühe gab, sie immer wieder zu überraschen. Auch Charlotte tat Dinge, die über die getroffenen Vereinbarungen hinausgingen. Es machte ihr Freude, dafür zu sorgen, dass ihrem Ehemann regelmäßig seine Lieblingsspeisen serviert wurden und dass die Bettwäsche nicht mehr zu sehr gestärkt wurde, weil er das hasste. Sein Geburtstagsgeschenk ging jedoch deutlich über Schmorbraten, Hühnerpastetchen und weiche Laken hinaus.

An diesem Morgen hatte Charlotte es eilig. Wie schon während der vergangenen vierzehn Tage wollte sie auf Gut Falkensee beim Einbringen der Ernte helfen. Deshalb stand pünktlich um fünf Uhr Esmeralda gesattelt für sie bereit.

Vor gut zwei Wochen waren die polnischen Erntehelfer ins Insthaus eingezogen. Männer, Frauen und Kinder.

Als Charlotte am ersten Morgen zur Erntearbeit auf dem Feld erschienen war, hatte sie festgestellt, dass bei den Polen Kinder mitarbeiteten, die deutlich jünger als zwölf Jahre waren. Geschickt banden schon die Acht- und Neunjährigen die geschnittenen Halme zu Garben. Normalerweise war das Aufgabe der Frauen.

Beim Anblick der polnischen Kinder hatte sie ihren Vater beiseitegenommen. »Du kannst nicht erlauben, dass Kinder unter zwölf bei der Ernte helfen. Das ist seit 1904 in Deutschland verboten«, hatte sie ihm zugeflüstert.

»Wir brauchen jede Hand«, hatte ihr Vater ungeduldig erwidert. »Es ist Sache der Eltern, ob sie ihre Kinder auf dem Feld arbeiten lassen. Zudem glaube ich nicht, dass die Wanderarbeiter ihre Kinder in die hiesige Dorfschule schicken, wenn ich sie nicht beschäftige.«

Charlotte schüttelte energisch den Kopf. »Ich werde heute Abend beim Lehrer im Dorf vorbeireiten und ihn fragen, ob er die polnischen Kinder in seiner Klasse unterrichten kann.«

Adalbert von Bargelow hatte ein schnaubendes Lachen hervorgestoßen. »Auch wenn du es nur ungern hörst: Als Frau siehst du die Dinge recht verklärt. Das ist für niemanden hilfreich.«

»Es ist auch nicht hilfreich, Gesetze zu übertreten«, hatte Charlotte gereizt erwidert. »Ich habe gehörte, dass Fritz Haberkuk einige Pächter ermahnt und ihre Kinder vom Feld direkt in die Schule geschickt hat.«

»Was hat Fritz Haberkuk damit zu tun?« Adalbert runzelte die Stirn.

»Er ist immerhin der Dorfpolizist und muss dafür sorgen, dass die Gesetze eingehalten werden.«

»Du glaubst nicht ernsthaft, dass der Dorfpolizist den Gutsherrn anklagt, weil er ein paar polnische Kinder Garben binden lässt?«

»Er könnte es nach Marienburg melden.« Sie zuckte mit den Schultern. »Ich weiß nicht, ob man dort so nachsichtig gegenüber Gutsherren ist.«

Schließlich hatte Adalbert von Bargelow die Kinder unter zwölf weggeschickt. Angeblich ging ein Teil von ihnen nun sogar in die Dorfschule. Charlotte war nicht nur froh darüber, dass die Kinder Zeit zum Lernen und Spielen hatten. Fast ebenso wichtig war ihr die Tatsache, dass ihr Vater schließlich auf ihren Rat gehört hatte.

Mittlerweile neigte sich die Weizenernte ihrem Ende entgegen, doch ein großer Teil der Wanderarbeiter wurde auch bei der anschließenden Haferernte noch gebraucht.

Nun ging es aber erst einmal darum, die Weizenernte trocken einzubringen. Zwar waren die Preise durch die stetig steigenden Einfuhren weiterhin niedrig. Da es jedoch ein gutes Jahr für Weizen gewesen war und sie viel ernten würden, würde der Verkauf dennoch einiges einbringen. Falls nicht ein Teil des Weizens feucht wurde und verdarb.

Noch zwei Tage Arbeit, hatte Charlottes Vater am Vorabend geschätzt. Der größte Teil der Felder war bereits abgeerntet. Übrig war nur noch ein breiter Randstreifen, den die Männer mit Sense oder Sichel mähen mussten. Wie üblich hielten sich die Frauen und die älteren Kinder bereit, die Garben zu binden. Anschließend lehnten sie mehrere Garben zu Hocken gegeneinander, sodass die Ähren

Wind und Sonne ausgesetzt waren und trocknen konnten. Als Kind hatte Charlotte es geliebt, sich in den Hocken, die wie kleine, spitze Zelte aussahen, zu verstecken.

Da während der gesamten Ernte kein Regen gefallen war und die Ähren schön reif und trocken waren, musste der Wind nur kurz durch die Garben streichen. Notfalls konnte der Weizen unter diesen Bedingungen auch sofort eingefahren werden.

Am Nachmittag wurde die klare Luft plötzlich feuchter und auffallend schwül, sodass der Gutsherr, der ebenso wie Charlotte auf dem Feld mit anpackte, immer wieder besorgt zum Himmel blickte, an dem sich aber nur vereinzelte weiße Wölkchen zeigten.

»Mit diesen paar Männern schaffen wir es auf keinen Fall, den gesamten Weizen noch heute einzubringen«, sagte er. »Und am späten Abend oder in der Nacht wird es mit hoher Wahrscheinlichkeit regnen. Dann verlieren wir den Rest der Ernte. Und das wäre ungefähr die Menge, die wir brauchen, um die niedrigen Preise auszugleichen.«

»Wir können ein paar Pächter aus dem Dorf zu Hilfe holen«, schlug Charlotte vor. »Die meisten haben ihre eigene Weizenernte längst beendet.«

Ihr Vater zögerte und nickte dann.

»Ich reite schnell hin.« Charlotte sah hinüber zu Esmeralda, die unter einer Baumgruppe am Feldrand graste. »Am besten nehme ich Fine mit. Sie kennt die Leute im Dorf und weiß sicher, wen ich ansprechen sollte.«

»Gut. Beeilt euch.« Adalbert wirkte erleichtert, als wäre auf diese Weise bereits die größte Gefahr gebannt.

*

Nachmittags fielen einige dicke Tropfen aus grauen Wolken, die zu Charlottes Erleichterung jedoch mit dem auffrischenden Wind weiterzogen. Immer wieder rollte Donnergrollen aus der Ferne heran, und die Menschen auf dem Feld hoben besorgt die Köpfe, um gleich darauf eilig mit ihrer Arbeit fortzufahren. Gemeinsam hatten Charlotte und Fine innerhalb kurzer Zeit im Dorf fünf Pächter und zwei Pächterfrauen gefunden, die nun beim Einbringen des letzten Weizens halfen. Einige volle Erntewagen waren schon zum Gut gefahren worden, doch ein viel zu großer Teil des Weizens war noch in Gefahr.

Als es dämmerte, wurden die Bewegungen der Männer und Frauen, die seit mehr als fünfzehn Stunden auf dem Feld standen, immer langsamer.

Charlotte arbeitete wie in Trance, während sie mit den anderen Frauen in einer Reihe stand und eine endlose Zahl von Garben zusammenband. Ihre Hände, die mit zahllosen kleinen Rissen und Schnitten übersät waren, brannten wie Feuer. Sie war schweißgebadet. Obwohl die Sonne nicht mehr schien, lag die stickige Luft schwer über dem Feld. Ihr Rücken fühlte sich an, als würde er im nächsten Moment durchbrechen, doch sie machte weiter und weiter. Wenn sie es nicht tat, konnte sie es von den Arbeitern und Pächtern ebenfalls nicht erwarten.

Auch ihr Vater war sich dieser Pflicht bewusst. Er hatte stundenlang ohne Unterlass die Sense geschwungen. Nun stand er auf einem der Leiterwagen und nahm die Garben an, die die Arbeiter ihm mit den Heugabeln nach oben warfen. Sein Gesicht glänzte vor Schweiß, den er sich immer wieder mit dem Arm von der Stirn wischte.

Inzwischen waren auch sämtliche Diener und Hausmädchen auf dem Feld, um so gut es ging zu helfen.

Selbst Alice schien an diesem Tag ihren Kummer vergessen zu haben. Soeben sprang sie am Feldrand vom Wagen und wuchtete mit erstaunlicher Energie die Körbe hinunter auf den Feldrain, in denen sich große Kannen mit Kaffee und kaltem Wasser befanden.

Inzwischen spendete ihnen nur noch der Mond Licht. Seit etwa einer Stunde zuckten in regelmäßigen Abständen am Horizont Blitze durch das Schwarzblau des Himmels. Charlotte musste sich zusammennehmen, um nicht allzu oft besorgt in Richtung der grellen Zickzacklinien zu blicken.

Emil Gabrowski hatte mit einem der Leiterwagen, den er nach dem Weizentransport leer zum Feld zurückgefahren hatte, einige Planen mitgebracht, mit denen im Notfall das Getreide abgedeckt werden konnte.

»Los, los, wir schaffen es, aber jetzt muss es wirklich schnell gehen«, rief Papa und schwang sich auf den letzten Wagen, um die Garben entgegenzunehmen. Außer ihm standen bereits zwei weitere Männer dort oben, pflückten mit beiden Armen die gebündelten Ähren, die ihnen zugeschleudert wurden, aus der Luft und stapelten sie auf.

Mittlerweile waren die restlichen Arbeiter mit dem Mähen fertig, und es lagen kaum noch Halme am Boden. Wenn jede der Frauen noch vier oder fünf Garben band, würde ihre Arbeit erledigt sein.

Als ein dicker Regentropfen auf ihrer Nase zerbarst, hätte Charlotte beinahe vor Wut aufgeschrien. Es durfte erst anfangen zu regnen, wenn alle Garben auf dem Wagen lagen und mit der Plane abgedeckt waren. Sie brauchten das Geld so dringend und konnten sich derart große Verluste auf keinen Fall leisten. Charlotte atmete tief durch, schob mit beiden Händen ein weiteres Bündel zusammen und umwickelte es mit einigen Halmen, bevor sie die fertige Garbe auf den Haufen in der Nähe des Erntewagens warf. Als sie sich wieder bücken wollte, sah sie, dass unter den fleißigen Händen der Frauen auch die letzten Ähren vom Boden verschwunden waren.

Mit einem unterdrückten Stöhnen stemmte sie sich die Hände in den Rücken, während sie sich umschaute, wo sie jetzt noch helfen konnte.

»Werft mir eine der Planen nach oben«, rief der Gutsherr. »Wir können sie schon über den hinteren Teil des Wagens breiten.« Der Regen fiel nun bereits in dünnen Schnüren.

Mit lautem Knistern zuckte ein Blitz durch die bläuliche

Schwärze, die das letzte Licht des Tages verschluckt hatte. Der Mond war verschwunden, und die Umrisse der Männer und Frauen waren nur noch als vage Schatten zu erkennen.

Charlotte kniff die Augen zusammen und sah hinüber zum Wagen. Jetzt ging es um jede Sekunde.

»Die Plane!«, brüllte ihr Vater in das Rollen des Donners hinein. Sie sah, wie er sich weit über den Rand des Leiterwagens beugte, um Emil Gabrowski das schwere Bündel abzunehmen.

Im nächsten Moment glitt der Herr von Gut Falkensee durch die Luft, die Arme immer noch nach unten gestreckt, wie ein Schwimmer, der mit einem Kopfsprung in die Fluten tauchen wollte.

Der Schrei, der sich aus Charlottes Kehle drängte, ging in den erschrockenen Tönen unter, die mehrere Dutzend Männer und Frauen gleichzeitig hervorstießen.

Kurz darauf bildeten ihre Silhouetten einen Halbkreis um die am Boden liegende Gestalt.

»Lasst mich durch«, hörte Charlotte sich selbst wie aus weiter Ferne rufen. »Lasst mich zu meinem Vater.«

Noch bevor sie ihn erreichte, öffnete der Himmel endgültig seine Schleusen, und der Regen strömte auf sie herab. Auf die Arbeiter, die Pächter, die Diener und die Mädchen aus dem Herrenhaus, auf den reglos daliegenden Gutsherrn und auf seine Tochter, die mit einem Schluchzen neben ihm auf die Knie sank.

»Papa?«, flüsterte sie, doch er antwortete nicht.

Sie legte ihre bebenden Finger an seinen Hals und meinte, ein zartes Flattern zu spüren, war sich aber nicht sicher, ob es nicht ihr eigener Puls war, den sie fühlte.

»Jemand muss ins Dorf reiten und Doktor Kramer holen«, stieß sie mit zitternder Stimme hervor und blinzelte gegen das Wasser an, das ihr über das Gesicht strömte. »Jemand anders besorgt im Herrenhaus etwas Hartes, Flaches. Notfalls hängt eine Tür aus. Wir brauchen etwas, um ihn für den Transport darauf zu legen. Sein Rücken könnte verletzt sein.«

Sie war selbst erstaunt, wie klar ihre Gedanken und Worte waren. Es war gut, über praktische Fragen nachzudenken, zu überlegen, welche Handlung als nächste und als übernächste wichtig war. Daran konnte sie sich festhalten, wenn die Angst sie zu überwältigen drohte. Die Furcht, dass sie ihren Vater bereits verloren hatte und jede Hilfe zu spät kommen würde.

Dass der restliche Weizen mittlerweile patschnass sein musste, war ihr plötzlich vollkommen egal.

37. Kapitel

Charlotte
Landhaus Krammbach, Westpreußen, 16. Oktober 1907

»Mach's gut, mein kleiner Liebling. Ich komme wieder, sobald ich kann.« Charlotte hauchte Ludwig einen Kuss auf die Wange und fuhr ihm zärtlich mit den Fingern durch die seidigen Löckchen. Ihr Sohn stieß einen glucksenden Ton hervor, machte sich auf ihrem Arm steif, lehnte den Oberkörper nach hinten und wandte den Kopf seiner Kinderschwester zu, die im Hintergrund wartete.

»Vergiss deine Mama nicht ganz«, flüsterte Charlotte und konnte nicht verhindern, dass ihr Tränen in die Augen stiegen. Seit fast vier Wochen lebte sie nun ständig auf Gut Falkensee und kam nur gelegentlich, wenn die Arbeit es zuließ, für wenige Stunden nach Hause zu ihrem Kind. Der Weg war nicht weit, doch es hatte sich herausgestellt, dass sie ohnehin nur zum Schlafen ins Haus ihres Mannes kam und das Hin- und Herfahren eine zusätzliche Belastung war.

Ludwig schien unter der Abwesenheit seiner Mutter nicht zu leiden. Schließlich hatte er Fräulein Brandke, die sich liebevoll um ihn kümmerte, und seinen Vater, der täglich mehrere Stunden mit ihm verbrachte. Baldur trug ihn im Haus herum, ließ ihn durch die Luft fliegen, kitzelte ihm das Bäuchlein und ließ einen kleinen bunten Ball auf dem Boden herumrollen.

Traurig sah Charlotte der Schwester hinterher, die ihren Sohn davontrug. Auf den Armen der vertrauten Pflegerin gluckste er fröhlich vor sich hin. Als sich die Tür schloss, tat Charlottes Herz ein paar schwere, dumpfe Schläge, und sie musste sich zusammennehmen, um nicht hinter ihrem Kind herzulaufen und es an sich zu reißen.

Als sie sich Baldur zuwandte, sah sie ihn nur verschwommen. Dieses Mal gelang es ihr nicht, die Tränen zurückzudrängen. Ihr Mann legte die Zeitung weg und erhob sich aus seinem Sessel.

»Ernst wartet mit dem Automobil in der Auffahrt auf dich«, sagte er, als könnte er nicht erwarten, dass sie ging. Ihre Tränen beachtete er nicht.

Wut stieg in Charlotte auf. Natürlich wusste Baldur, was er hätte tun können, um ihr die innere Zerrissenheit zu ersparen, mit der sie seit vier Wochen leben musste.

»Könnte ich ihn nicht wenigstens für eine Woche mitnehmen?«, versuchte sie es wieder einmal. »Fräulein Brandke müsste natürlich mit nach Gut Falkensee kommen. Dort ist genug Platz, Ludwig könnte seine kleine Cousine kennenlernen …«

Stumm schüttelte Baldur den Kopf. Seine Miene war eisig, seine Lippen bildeten einen schmalen Strich.

»Ein Kind in diesem Alter braucht seine Mutter«, kämpfte Charlotte weiter.

»Das liegt allein in deiner Hand. Du musst nur einfach nach Hause zurückkehren. Falls du das hier noch als dein Zuhause ansiehst«, sagte Baldur langsam und mit einer Ruhe, die Charlottes Zorn weiter anfachte. Warum reagierte er so wenig verständnisvoll auf ihre Abwesenheit? Sie lebte erst seit einem Monat auf Falkensee, er aber tat, als wäre sie seit mindestens einem Jahr dort.

»Aber ich vermisse Ludwig so schrecklich«, stieß sie hervor und fand es unwürdig, dass sie darum betteln musste, mit ihrem Sohn zusammen sein zu dürfen. »Und ich habe Angst, eines Tages erkennt er mich nicht mehr und fängt an zu schreien, wenn ich ihn auf den Arm nehmen will.«

Baldur zuckte mit den Schultern. In seinen Augen erkannte sie Wehmut und einen Rest der Zuneigung, die er ihr während des vergangenen Jahrs gezeigt hatte. »Es ist allein deine Schuld, dass du seit einem Monat nur noch gelegentlich hier auftauchst, ein bisschen mit Ludwig spielst und wieder verschwindest.«

»Du weißt doch genau, dass sich jemand von der Familie um Falkensee kümmern muss.«

»Vor allem weiß ich, dass das Gut deiner Eltern dir wichtiger ist als dein Kind, deine Aufgaben in meinem Haus und unsere Ehe.« Der Blick, mit dem er sie ansah, war plötzlich kühl und abweisend, als wollte er seine wahren Gefühle vor ihr verbergen.

»Welche Ehe?«, rief sie wütend und krallte ihre Hände in den feinen Stoff ihres Nachmittagskleids. »Du hast mich geheiratet, damit ich dir einen Erben gebäre. Das habe ich getan. Außerdem warst du einverstanden, dass ich auf Falkensee nach dem Rechten sehe, solange mein Vater dazu nicht in der Lage ist.«

»Ich hatte keine Ahnung, dass du wochenlang nach dem Rechten sehen wolltest«, sagte er mit jener stoischen Ruhe, die sie den letzten Rest ihrer Beherrschung kostete.

»Auf keinen Fall darf durch den Unfall meines Vaters Falkensee wieder in Nöte geraten.« Sie schüttelte heftig den Kopf. Das musste Baldur doch verstehen.

Er wischte jedoch mit einer energischen Geste all ihre Argumente fort. »Du bist meine Frau«, sagte er leise. Sein Blick streifte sie flüchtig, als könnte er ihr nicht in die Augen sehen.

»Dein Platz ist in meinem Haus«, fuhr er in energischem Ton fort. »Du glaubst nicht ernsthaft, ich würde zulassen, dass du Ludwig mit nach Falkensee nimmst? Dann würde ich euch beide wahrscheinlich nie wiedersehen und müsste dich verklagen, damit ich meinen Sohn zurückbekomme. Du weißt, das Gesetz ist auf meiner Seite. Ich bin der Vater dieses Kindes, und ich bestimme, wo Ludwig lebt und wer sich um ihn kümmert.«

Charlotte begann zu ahnen, worum es Baldur ging. »Hast du etwa Angst, dass ich … nicht zurückkomme?«

Er stieß einen verächtlichen Ton aus. »Was soll ich denn denken, wenn meine Frau die erstbeste Gelegenheit nutzt, um sich mir zu entziehen? Natürlich habe ich Verständnis dafür, dass du deinem kranken Vater beistehen möchtest. Aber du solltest meine Intelligenz nicht unterschätzen, Charlotte. Uns ist beiden klar, dass Gut Falkensee einen Verwalter hat. Dieser Mann ist durchaus in der Lage, die Geschäfte auch ohne dich weiterzuführen und ...«

»Papa sagt, es ist besser, wenn jemand von der Familie das Gut leitet. Und das sehe ich genauso«, fiel sie ihm ins Wort. »Außerdem ist das meine Gelegenheit, einige Neuerungen einzuführen. Wenn wir zum Beispiel eine von diesen neuen Erntemaschinen hätten ... Oder endlich das Land unten am See urbar machen würden ...«

»Genau das ist der Punkt. Es geht hier nicht um einen Notfall. Es geht darum, dass du dir rücksichtslos deinen Traum erfüllst. Die Krankheit deines Vaters verschafft dir die Chance, das Gut zu leiten. Jenes Gut, dass ich mit meinem Geld gerettet habe.«

»Dafür bin ich dir sehr dankbar«, unterbrach sie ihn hastig. »Du solltest froh sein, dass ich versuche, den Betrieb wieder richtig in Schwung zu bringen.«

Mit einer knappen Handbewegung gebot Baldur ihr Einhalt. »Ich glaube eher, du versuchst – genau wie deine Schwester – für immer nach Falkensee zurückzukehren. Ich habe gezahlt, und nun brauchst du mich nicht mehr. Dass du vor Gott und den Menschen geschworen hast, an meiner Seite zu sein, ist dir offenbar gleichgültig. Aber eine Abmachung ist eine Abmachung. Und eine Ehe beruht vor allem auf Anstand und Ehrlichkeit. Wenn du nicht mehr mit mir zusammenleben willst, sag es doch einfach. In diesem Fall lösen wir die Ehe auf. Ich bekomme mein Geld zurück und du deine Freiheit.«

Bei seinem letzten Satz schnappte Charlotte nach Luft, brachte aber kein Wort heraus. Hilflos vor Angst und Zorn zerriss sie ihr Spitzentaschentuch.

»Falls du«, fuhr er mit einem bitteren Lächeln fort, »aus finanziellen oder aus anderen Gründen mit mir verheiratet bleiben möchtest, dann ist dein Platz hier. An meiner Seite. Und Ludwig wird so oder so bei mir bleiben. Er ist mein Sohn.«

»Jetzt zeigst du also dein wahres Gesicht!« Charlotte schnaubte vor Wut. »Du erpresst mich, indem du mir mit dem Verlust meines Kindes drohst. Weil du genau weißt, dass ich als Mutter diesen Gedanken nicht ertragen kann. Du willst keine Frau mit einer eigenen Meinung. Ich soll keine Interessen haben, die über den Lavendelduft deiner Laken und den Rinderbraten zum Abendessen hinausgehen. Du bist genau wie all die anderen Männer, die eine Frau wollen, die ihnen ausgeliefert und von ihnen abhängig ist. Schlimmer noch – du bist ein selbstgerechter Heuchler. Ich hasse dich.«

Der letzte Satz kam über ihre Lippen, ohne dass sie vorher darüber nachgedacht hatte. Wahrscheinlich war es dumm, den Streit mit Baldur auf die Spitze zu treiben. Doch sie würde ihre Worte nicht zurücknehmen, denn genau so fühlte sie in diesem Moment.

Es kostete sie schier unmenschliche Kraft, sich der Tür zuzuwenden und zu gehen. Doch sie tat es. Ohne ein weiteres Wort und ohne sich noch einmal umzudrehen. Hinter ihr stand Baldur bewegungslos mitten im Zimmer.

Vor dem Portal stieg Charlotte ins Automobil und gab dem Fahrer das Zeichen, loszufahren. Normalerweise plauderte sie unterwegs mit ihm, doch an diesem Nachmittag hing sie stumm ihren Gedanken nach. Seit ihr Vater an jenem Gewitterabend vom Erntewagen gestürzt war, leitete sie mithilfe des Verwalters das Gut. Nach seinem Unfall hatte Adalbert von Bargelow zwei Wochen mit einer schweren Kopfverletzung und furchtbaren Rückenschmerzen im verdunkelten Zimmer gelegen und täglich von Doktor Kramer Morphin erhalten. In dieser Zeit war er kaum ansprechbar gewesen, und Emil Gabrowski hatte akzeptieren müssen, dass die älteste Tochter des Gutsherrn im Namen ihres Vaters Entscheidungen traf.

Charlotte war selbst erstaunt, wie glatt letztlich alles gelaufen war. Wahrscheinlich hätte sie ohne Gabrowskis Unterstützung eine Bauchlandung erlitten. Aber dank seiner Hilfe funktionierte es irgendwie. Was auch daran lag, dass sie viele Stunden im Arbeitszimmer ihres Vaters verbracht hatte, um dort die Bücher und weitere Unterlagen für Lieferungen, Bestellungen und die Pferdezucht zu studieren.

Seit knapp zwei Wochen war Adalbert von Bargelow so weit genesen, dass er es ohne starke Schmerzmittel aushielt. Er schlief immer noch viel, und Doktor Kramer kündigte an, der Gutsherr werde wegen seiner Rückenverletzung noch etwa ein halbes Jahr liegend verbringen müssen. Eine endgültige Heilung sei dennoch nicht sicher.

Sobald Adalbert wieder klar denken und Tageslicht ertragen konnte, ließ er einen kleinen Tisch neben seinem Bett aufstellen, der Charlotte während ihrer täglichen Besuche an seinem Krankenlager als Schreibtisch diente. Dort saß sie mit ihren Unterlagen, erstattete ihm Bericht, erledigte die Korrespondenz und besprach alle wichtigen Entscheidungen mit ihm.

Sie hatte befürchtet, ihr Vater würde darauf bestehen, dass alles haargenau so gemacht wurde wie gewohnt. Erstaunlicherweise akzeptierte er jedoch einige ihrer Vorschläge für Neuerungen. Ideen, die ihr bei der Durchsicht der Unterlagen gekommen waren. Möglicherweise zeigte er sich aus Schwäche kompromissbereit. Und weil er sie als vertrauenswürdige Mittlerin zwischen der Familie und den Angestellten brauchte. Doch das war ihr gleichgültig. Es ging darum, Falkensee zu retten. Denn Baldurs Finanzspritze garantierte nicht, dass der Gutsbetrieb in Zukunft zuverlässig Gewinne machen würde.

Gelegentlich hatte Adalbert von Bargelow während der vergangenen Tage bedauert, dass Frederick nicht helfen konnte. Schließlich war er der offizielle Erbe von Falkensee.

»Das wäre gut«, pflegte Charlotte dann zu sagen. »Wir könnten uns gegenseitig unterstützen.«

Anschließend sahen Vater und Tochter einander kummervoll an und stießen gleichzeitig einen tiefen Seufzer aus. Frederick war schon seit Monaten nicht mehr kräftig genug, um auch nur einen Spaziergang durch den Park zu machen. Obwohl Doktor Kramer die Dosis seines Herzmittels mehrmals erhöht hatte, kostete ihn selbst der Weg hinunter ins Speisezimmer so viel Kraft, dass er die Mahlzeiten meistens in seinem Zimmer einnahm. Oft war er sogar zum Lesen zu müde, weshalb Charlottes Eltern sich schweren Herzens entschieden, den Hausunterricht zu beenden und Herrn Schliemeier zu entlassen.

Mittlerweile wusste auch Alice von der Erbkrankheit, die bei ihm nun zweifellos ausgebrochen war. Doch niemand sprach darüber, welch furchtbarer Abschied ihnen zu einem noch unbestimmten Zeitpunkt bevorstand und was dann werden sollte.

Der Wagen hielt mit einem sanften Ruck vor dem Portal ihres Elternhauses.

Die Tür schwang auf, ein Arm streckte sich ihr entgegen, und sie legte ihre Finger in die kräftige Hand, die sie stützte, während sie ausstieg. Ein seltsames Gefühl durchzuckte sie, als sie die Berührung des Chauffeurs spürte. Dabei hatte Ernst, der junge Mann mit den schiefen Zähnen und den fröhlichen Segelohren, sie schon Dutzende von Malen auf ebendiese Weise angefasst.

Sie richtete sich auf, wandte den Kopf und erstarrte mitten in der Bewegung.

»Karol?« Verwirrt blinzelte sie.

»Charlotte«, erwiderte er ernst.

»Was machst du hier?« Sie hatte kaum genug Luft, die wenigen Worte hervorzustoßen.

»Dein Vater hat mich heute eingestellt. Als Experten für den Ausbau der Zucht.«

»Aber … Das geht nicht.« Automatisch nickte sie Ernst zu, der sich an die Mütze tippte und wieder in den Wagen stieg, nachdem er ihren Koffer zur Tür getragen hatte.

Karol schwieg und hob die Brauen, während er sie unverwandt ansah.

»Ich führe zurzeit das Gut. Mein Vater bespricht alle wichtigen Entscheidungen mit mir.« Sie hoffte, dass er das Zittern ihrer Stimme nicht bemerkte.

»Diese Entscheidung offenbar nicht. Herr von Bargelow meint, es ist jemand vonnöten, der sich mit Pferden auskennt. Bist du anderer Ansicht?«

»Ich halte es für keine gute Idee, dass du und ich ... dass wir ....«

Er nickte, und sein Blick wurde nachdenklich. »Du siehst nicht aus, als ob du glücklich wärst. War dein Ehemann doch keine so gute Wahl?«

Hastig trocknete sie ein weiteres Mal ihre Wangen. »Ach, Karol«, entfuhr es ihr mit einem Seufzer. Musste sie ihn ausgerechnet an diesem Tag wiedersehen, an dem ihre Welt zusammengebrochen war?

Er kniff die Lider zusammen, als könnte er auf diese Weise ihre Gedanken lesen. »Es war deine Entscheidung, nun musst du damit leben«, sagte er leise.

Dann verbeugte er sich knapp. »Entschuldige mich bitte. Ich muss mich mit den Gegebenheiten im Pferdestall vertraut machen.«

Sekundenlang sah sie ihm hinterher. Dann eilte sie zur Freitreppe, durch die offenstehende Tür in die Halle und hinauf in den ersten Stock. Sie musste umgehend mit ihrem Vater sprechen. Auch wenn sie dringend jemanden brauchten, der Adam beim Ausbau der Pferdezucht unterstützte – Papa musste dafür sorgen, dass Karol so schnell wie möglich wieder das Gut verließ.

38. Kapitel

Karol
Gut Falkensee, Westpreußen, 28. Oktober 1907

»Die Laterne näher halten«, befahl Karol und beugte sich tiefer über die im Stroh liegende Stute. Aus dem Augenwinkel bemerkte er, dass Adam unruhig von einem Fuß auf den anderen trat. Er wandte sich dem altgedienten Stallmeister zu. »Das Fohlen scheint falsch zu liegen, aber ich weiß, was zu tun ist.«

Adam nickte. »Ich müsste mal kurz weg. Nur für fünf Minuten. Kann ich einen der Stallburschen holen, damit der so lange mit anpackt und die Laterne hält?«

»Es wäre aber gut, wenn Sie möglichst bald wieder da wären. Wir müssen die Stute dazu bewegen aufzustehen und sie dann herumführen. Auf diese Weise dreht sich das Fohlen oft von selbst in die richtige Geburtsposition.«

»Wir haben meistens versucht, eine Schlinge um einen der Vorderhufe zu legen und das Fohlen zu drehen«, gab Adam zu bedenken.

»Das können wir im Notfall immer noch tun. Aber mit etwas Bewegung und Entspannung ist es viel ungefährlicher und angenehmer für Muttertier und Fohlen.«

»Ich schicke Fritz.« Adam stellte die Laterne auf den Boden und eilte die Stallgasse entlang.

Karol hockte sich neben den Kopf der schönen dunkelbraunen Stute Diana und streichelte sanft ihre Nüstern. Das Tier atmete schwer, verdrehte die Augen und bewegte heftig die Hinterbeine, als eine neuerliche Schmerzwelle seinen Körper durchfuhr.

»Steh auf«, sagte Karol sanft, packte das Halfter und zog den Kopf der Stute nach oben. Das Tier wieherte unwillig, kam aber erstaunlich leicht auf die Beine. Als der Stallbursche Fritz mit vom Schlaf verstrubbelten Haaren auftauchte, führte Karol die Stute schon die breite Stallgasse entlang.

»Schnell, Fritz«, rief Karol über seine Schulter. »Nimm das Halfter an der anderen Seite. Sie versucht, sich hinzulegen.«

Bevor Fritz ihn erreichte, öffnete sich die Stalltür, und Charlotte stand im Eingang. Die Laterne in ihrer Hand verlieh dem Haar, das sie für die Nacht zu Zöpfen geflochten hatte, einen rötlichen Schimmer.

»Was machst du …« Er biss sich auf die Zunge und verbesserte sich nach einem schnellen Blick in Fritz' Richtung: »Gnädige Frau?« Gleichzeitig hielt er mit beiden Händen das Halfter der Stute fest.

Seit zwei Wochen arbeitete Karol nun auf Gut Falkensee, und ebenso lange ging Charlotte ihm aus dem Weg. Er ahnte, dass sie versucht hatte, bei ihrem Vater seine Entlassung zu erreichen. Da sie ihrem Herrn Papa allerdings schwerlich von den Küssen erzählen konnte, war klar gewesen, dass der Gutsherr sich weigern würde, den neuen Stallmeister wegzuschicken.

Wenn sie beide während der letzten Wochen keine andere Möglichkeit gesehen hatten, als miteinander zu reden, war Charlotte wortkarg geblieben und seinem Blick ausgewichen. Ihm fiel es schwer, sich auf die Arbeit zu konzentrieren, wenn er sie sah. Ihr Anblick brachte seine Haut zum Kribbeln, ihr Duft nach Jasmin nahm ihm den Atem.

Und nun tauchte sie plötzlich mitten in der Nacht im Pferdestall auf und packte beherzt das Halfter der Stute. Sie schien sofort begriffen zu haben, dass sie Diana daran hindern mussten, sich hinzulegen.

Schweigend gingen sie mit dem Pferd auf und ab. Adam war ebenfalls wiederaufgetaucht. Er wartete mit Fritz in der Nähe der

Geburtsbox, in die Diana auf Karols Anweisung hin vor zwei Wochen einquartiert worden war.

»Adam hat die Anweisung, mich wecken zu lassen, wenn die Geburt eines Fohlens nicht glatt verläuft«, sagte Charlotte, als sie ihren Weg durch die Stallgasse zum vierten Mal wiederholten.

»Sie vertrauen mir also nicht«, stellte er ruhig fest.

»Ich leite das Gut, und es ist meine Aufgabe, wichtige Vorgänge zu überwachen.« Auch sie sprach betont kühl.

»Im Nachthemd«, entfuhr es ihm, denn inzwischen hatte er die weiße Seide bemerkt, die unter dem alten Mantel hervorblitzte.

»Möchten Sie über meine Kleidung diskutieren?« Der kalte Spott in ihrer Stimme traf ihn wie ein Peitschenhieb.

»Ich bitte um Entschuldigung.« Er musste endlich die Gefühle vergessen, die zwischen ihnen entstanden waren, als er seine Verletzungen auskuriert hatte. Charlotte war die Tochter des Gutsherrn, und er der Angestellte ihres Vaters – ein polnischer Katholik, der selbst als reicher Mann für sie nicht infrage gekommen wäre. Vor allem aber war Charlotte inzwischen eine verheiratete Frau.

Er hatte lange gezögert, Adalbert von Bargelows Angebot anzunehmen. Doch letztlich war es die einzige gute Stelle gewesen, die ihm aufgrund seiner Anzeige in einem landwirtschaftlichen Fachblatt angeboten worden war. Er war nicht bereit, irgendwo als unterbezahlter Knecht zu schuften, nur um Charlotte nicht zu begegnen. Schließlich war sie diejenige gewesen, die im Alleingang beschlossen hatte, dass sie sich nicht wiedersehen durften. Ihn schreckte der Gedanke nicht sonderlich. Wenn er ganz ehrlich zu sich selbst war, hatte ihm die Vorstellung einer Begegnung mit Charlotte sogar gefallen, als er die Arbeit auf Gut Falkensee angenommen hatte.

Karol winkte Adam herbei, damit er Charlotte beim Festhalten der Stute helfen konnte, während er selbst die Lage des Fohlens kontrollierte.

»Es hat sich umgedreht«, verkündete er erfreut. »Sie darf sich wieder hinlegen. Nun dauert es nur noch wenige Minuten.«

»Die Eihaut ist noch nicht geplatzt, ich werde sie zerreißen müssen«, stellte er wenig später fest, als sich zwischen den Flanken der Stute eine weiße Blase zeigte.

Charlotte, die ohne Rücksicht auf ihr teures Nachthemd neben Diana im Stroh saß und beruhigend die Nüstern der Stute streichelte, hob den Kopf. »Zeigen Sie mir, wie es geht. Ich werde das machen.«

»Warum?« Erstaunt runzelte er die Stirn.

»Weil ich es als Gutsherrin können sollte.«

Wieso bezeichnete sie sich als Gutsherrin? Besitztümer wurden nur an ein männliches Familienmitglied vererbt. Und nur Männer waren berechtigt, einen Besitz zu leiten – das war bei den deutschen Großgrundbesitzern nicht anders als bei den polnischen. Zudem war Charlotte verheiratet. Falls es tatsächlich keinen männlichen Bargelow als Erben gab, würde ihr Ehemann für die Leitung des Guts verantwortlich sein. Als Frau konnte sie ohne die Zustimmung ihres Mannes keine rechtskräftigen Verträge abschließen oder auch nur ein Bankkonto eröffnen.

Karol war sich nicht sicher, ob Charlotte die Nerven haben würde, die zähe Eihaut durchzureißen. Doch nachdem er ihr erklärt hatte, was sie tun sollte, streifte sie ihre Ärmel hoch, griff beherzt zu und sorgte dafür, dass die Nüstern des Fohlens frei lagen.

»Wie schön!«, flüsterte sie, als das braune Fohlen mit der weißen Blesse schon wenige Minuten später, noch ein wenig schwankend, auf seinen langen, dünnen Beinen stand.

Karol sah sie nur kurz an und unterdrückte das sehnsüchtige Gefühl, das in ihm aufstieg. Sie hatte mehr als deutlich gemacht, dass die Stunden im Jagdhaus für sie der Vergangenheit angehörten und in der Gegenwart keine Rolle mehr spielten.

Eine knappe Stunde später verließen Charlotte und Karol gemeinsam den Pferdestall. Adam und Fritz waren schon vor einiger Zeit zurück in ihre Betten gegangen, aber Charlotte hatte sich vergewissern wollen, dass mit dem Fohlen auch wirklich alles in Ordnung war. Und Karol hatte sowieso vor, bis zum Morgen stündlich nach der Stute und dem Neugeborenen zu sehen.

Im Hof erwartete sie die blauschwarze Dunkelheit jener geheimnisvollen Stunde vor der Morgendämmerung. Am Himmel funkelten zahllose Sterne, und wie auf Verabredung atmeten sie beide gleichzeitig tief die kühle, klare Luft ein, wandten einander im Licht der Hoflaterne die Gesichter zu und sahen sich schweigend an. Dennoch spürte Karol keine Verlegenheit, weder bei sich selbst noch bei ihr. Es war, als hätte das Wunder, das sie beide schon dutzende Male erlebt hatten und das doch immer wieder berührend war, jedes kleinliche Gefühl vertrieben.

»Danke«, sagte Charlotte nach einer stummen Minute.

»Wofür?«, erkundigte er sich. »Ich habe nur meine Arbeit getan.«

»Du hast deine Arbeit *gut* gemacht. Ich war schon einmal dabei, als das Fohlen falsch lag und gewendet werden musste. Das wurde mithilfe eines Seils und einer Schlinge gemacht, und es war eine Quälerei für die Stute. So war es viel besser.«

»Es ist tatsächlich viel besser.« Er nickte und freute sich fast widerwillig über ihre Anerkennung.

»Der Vater des Fohlens heißt Lancelot«, fiel ihm ein. »Da Diana ein Pferdemädchen zur Welt gebracht hat, könnte sie Lotte heißen. Ein Name mit L, und du hast schließlich geholfen.«

Ihr leises Lachen hüpfte durch die Nacht. »Na ja. Mal sehen.«

Eine Weile schwiegen sie beide und sahen hinauf zum Nachthimmel.

»Wieso bist du zurückgekommen?«, sagte sie schließlich.

»Ich brauchte eine neue Stelle. Und das Angebot deines Vaters war das beste, das ich bekam«, entgegnete er nach einer Weile. Er hatte nicht vor, sich für seine Anwesenheit auf Gut Falkensee zu entschuldigen. Andererseits sollte Charlotte nicht denken, dass er ihretwegen hier war.

»Es war so merkwürdig, dich wiederzusehen. Ausgerechnet an

dem Tag, an dem ich das Gefühl hatte, den Boden unter den Füßen zu verlieren.« Ihr Seufzer klang wie der ferne Ruf eines Nachtvogels.

»Was ist passiert?« Im Stillen verfluchte er die Dunkelheit, weil er ihren Gesichtsausdruck nicht genau erkennen konnte.

»Ich hatte einen schlimmen Streit mit meinem Mann. Er will nicht zulassen, dass ich meinen Sohn mit nach Falkensee bringe.«

»Das tut mir leid«, sagte er und war nicht sicher, ob er sich nicht auch ein kleines bisschen darüber freute, dass ihre Ehe nicht zu funktionieren schien. Er hob den Kopf und fixierte einen besonders hellen Stern, der direkt über dem Herrenhaus stand. »Das heißt aber nicht, dass es für uns irgendeine Möglichkeit gibt!« Ihre Stimme klang gepresst. »Ich muss bei meinem Mann bleiben, weil ich unter keinen Umständen mein Kind aufgeben werde. Es ist nicht gut, dass du hier bist, aber wir werden lernen, damit umzugehen.«

Sie wandte sich ab und eilte zur Hintertür des Gutshauses. Als sie schon längst im Gebäude verschwunden war, meinte er immer noch, den Saum ihres weißen Nachthemds in der Dunkelheit schimmern zu sehen. Er unterdrückte einen Fluch und ging in den Stall zurück, um noch einmal nach Lotte zu sehen, wie er das Fohlen in Gedanken bereits nannte.

39. Kapitel

Charlotte
Gut Erkenbrecht bei Marienburg, Westpreußen, 12. November 1907

Die Droschke brachte Charlotte von Marienburg aus innerhalb einer knappen Stunde nach Gut Erkenbrecht. Als der Wagen in den Hof zwischen den Wirtschaftsgebäuden einfuhr, reckte sie neugierig den Hals. Es waren bereits zahlreiche Interessenten anwesend. Zum größten Teil handelte es sich um elegant gekleidete Herren, die umherschlenderten oder in Grüppchen plaudernd zusammenstanden.

Am Rand des Hofs waren mit Gattern etwa ein Dutzend rechteckige Flächen abgegrenzt, in denen die Pferde standen, die zum Verkauf angeboten wurden. Zu diesem über die Grenzen Westpreußens bekannten Pferdemarkt, den der Herr von Gut Erkenbrecht seit vielen Jahren organisierte, reisten einige Züchter mit ihren Tieren über Hunderte von Kilometern an. Die Interessenten legten oft noch weitere Entfernungen zurück.

Charlotte bezahlte die Droschke und vereinbarte mit dem Kutscher, dass er sie gegen Abend abholen und zurück nach Marienburg fahren sollte. Dort hatte sie sich in einem Hotel in Bahnhofsnähe ein Zimmer genommen.

Als sie feststellte, dass sie als einzige Frau ohne männliche Begleitung zwischen all den fremden Herren stand, war sie leicht verunsichert. Sie zupfte nervös am Kragen ihres dunkelblauen Reisekostüms und überprüfte den Sitz ihres Huts, eines Filz-Toques mit Sammeteinfassung und Agraffe. Sie hatte sich einige Gedanken über ihre Kleidung gemacht. Als Frau, die mit Männern Geschäfte tätigen wollte, durfte sie nicht zu damenhaft und nicht zu elegant wirken, musste jedoch andererseits einen wohlhabenden Eindruck erwecken. Sie fand, dass sie diese Aufgabe recht gut gelöst hatte. Zudem hatte sie bei der Auswahl ihrer Kleider darauf geachtet, dass sie sie ohne Hilfe an- und ausziehen konnte.

Sie plante diesen Ausflug nach Marienburg seit Wochen und hatte ihrem Vater ebenso lange im Voraus mitgeteilt, dass sie zum Pferdemarkt fahren und dort vom Erlös der Ernte die dringend benötigten Zuchtstuten kaufen würde.

Adalbert von Bargelow hatte sich überraschend schnell mit ihrem Plan einverstanden erklärt. Immerhin hatte sie während ihrer Kindheit zahllose Stunden im Pferdestall verbracht und war eine hervorragende Reiterin. Zudem brauchte sie als verheiratete Frau keine Anstandsdame mehr.

Am Abend vor ihrer Abreise verabschiedete sie sich von ihrem Vater und erinnerte ihn auf diese Weise zwangsläufig an den Pferdemarkt. Er starrte sie überrascht an. »Du willst immer noch fahren? Es gibt keinen Grund mehr für dich, diese Aufgabe zu übernehmen, Charlotte. Dafür haben wir jetzt Karol Darranowski. Zwar kommt der Pferdemarkt auf Gut Erkenbrecht etwas zu früh für ihn, weil er sich erst mit den Gegebenheiten in unserer Zucht vertraut machen muss. Aber dann wird er eben zu einem späteren Markt fahren, um weitere Zuchtstuten zu kaufen.«

»Es ist alles vorbereitet, und du hast zugestimmt, dass ich nach Marienburg fahre und Stuten auswähle.«

Obwohl Papa immer noch in seiner bestickten Brokatjacke in den Kissen lehnte, schien er auf geheimnisvolle Weise jeden Tag ein wenig größer zu werden und schon fast auf Augenhöhe mit ihr zu sein, wenn er sie ansah. Charlotte warf den Kopf in den Nacken und erwiderte entschlossen seinen Blick.

»Dann tu das in Gottes Namen, wenn dir so viel daran liegt«, hatte er gesagt, und sie war in ihr Zimmer geeilt, um mit Olgas Hilfe zu packen, bevor er es sich anders überlegte.

Die Reise und die Übernachtung im Hotel waren angenehm

verlaufen. Nun jedoch stand sie etwas unschlüssig auf dem Hof und schaute sich suchend um. An den Gattern steckten kleine Schilder mit den Namen des Verkäufers, der Zucht, aus der die Pferde stammten, und einer Auflistung der angebotenen Stuten und Hengste. Die Zuchtbücher konnten in der Halle des Herrenhauses eingesehen werden.

Charlotte holte ihr Notizbüchlein und einen Stift hervor.

Aufmerksam studierte sie die Schilder und betrachtete die Pferde in den einzelnen Arealen. Eine lackschwarze Stute mit weißer Blesse scharrte temperamentvoll im Sand und schüttelte ab und zu die lange Mähne. Ihre Bewegungen waren kraftvoll und harmonisch. Laut Erklärung auf dem Schildchen am Zaun hieß sie Aurelia. Sogar der Name gefiel Charlotte, obwohl das bei ihrer Entscheidung natürlich keine Rolle spielen würde.

Wenn sie es zu einem einigermaßen akzeptablen Preis bekam, musste sie dieses Tier unbedingt haben! Natürlich würde sie sich zuvor den Stammbaum ansehen und das Pferd auf dem Gelände hinten im Hof herumführen lassen, um zu sehen, ob es gleichmäßig auftrat.

Charlotte fragte sich zu Freiherr von Blankede durch. Sie erklärte ihr Interesse an Aurelia und reagierte gelassen auf seine Frage, ob sie tatsächlich allein gekommen sei, um das Geschäft zu tätigen.

»Ich habe eine Vollmacht von meinem Vater. Er vertraut mir vollkommen.« Zum Glück hatte sie sich ein entsprechendes Schreiben frühzeitig von ihrem Vater unterzeichnen lassen.

Nachdem sie die Stute Aurelia auf dem Vorführplatz begutachtet hatte, einigte sie sich mit dem Freiherrn auf den Kaufpreis. Sie besiegelten ihr Geschäft mit dem üblichen Handschlag, und so hatte Charlotte bereits eine Stunde nach ihrem Eintreffen einen zufriedenstellenden Kauf getätigt. Auf der Suche nach weiteren Zuchttieren schlenderte sie über das Gelände.

Gerade betrachtete sie eine schwarz-weiß gefleckte Stute, die sie in die nähere Auswahl nehmen wollte, als sie aus dem Augenwinkel eine hochgewachsene Gestalt bemerkte, die rasch näher kam. Hoffentlich interessierte dieser Mann sich nicht ebenfalls für die Stute. Sie wandte den Kopf und fuhr erschrocken zusammen, als sie den Mann erkannte, der nun neben ihr stand.

»Karol! Wo kommst du her?« Wie immer, wenn sie nicht aufpasste, duzte sie ihn automatisch.

»Direkt vom Bahnhof. Bevor du wütend wirst: Es war nicht meine Entscheidung, dir zu folgen. Dein Vater schickt mich, und da er nun einmal mein Arbeitgeber ist, blieb mir nichts anderes übrig, als nach Marienburg zu fahren und diesen Pferdemarkt zu besuchen.«

»Wie willst du Pferde kaufen, wenn ich das Geld habe?« Unauffällig klopfte sie auf die Stelle unter ihrer Jacke, wo das Lederfutteral mit den Geldscheinen steckte. Auf dem Pferdemarkt wurde bar bezahlt, und sie hatte die Summe aus dem Tresor in Papas Arbeitszimmer genommen. Wie viel die Tiere insgesamt kosten durften, hatte sie schon vor Wochen mit ihrem Vater besprochen.

»Ich soll dich beraten«, verriet er nach kurzem Zögern. »Aber mir ist klar, dass du nur auf mich hören wirst, wenn wir einer Meinung sind. Ohnehin gehe ich davon aus, dass du durchaus in der Lage bist, gute Zuchtstuten auszusuchen.«

»Ich habe schon eine gekauft. Sie ist wunderschön und sieht gesund und kräftig aus.«

»Zeigst du sie mir? Dann zeige ich dir eine, die du dir unbedingt ansehen solltest. Sie steht da hinten, ist schwarz wie die Nacht und heißt Aurelia.«

Charlotte musste so laut lachen, dass sich die Umstehenden erstaunt zu ihr umdrehten.

»Komm mit. Ich zeige dir die Stute, die ich gekauft habe und die demnächst auf Gut Falkensee einziehen wird.«

Plötzlich fand sie den Gedanken, zusammen mit Karol Pferde auszuwählen, gar nicht mehr so schrecklich.

*

Hotel Krone, Marienburg, Westpreußen, 12. November 1907

Charlotte strich sich eine Locke aus der Stirn und sah Karol, der ihr in einem schlichten dunklen Anzug im Restaurant des *Hotel Krone* gegenübersaß, nachdenklich an. Sie aßen Rinderbraten mit Nudeln, tranken roten Wein und redeten über die drei Stuten, die sie nach eingehender Beratung auf dem Pferdemarkt erstanden hatten.

Sie fühlte sich ein wenig unbehaglich, denn sicher war es nicht richtig, dass die verheiratete Tochter des Gutsbesitzers mit einem Angestellten ihres Vaters in einem Hotel zu Abend aß, in dem sie beide auch nächtigen würden. Doch das hier war so viel besser als ihr erster Abend hier im Hotel, als sie ganz allein an einem kleinen Tisch gesessen und eilig ihre Mahlzeit verschlungen hatte. Außerdem gab es wegen der Pferdekäufe noch viel zu besprechen.

Während sie an ihrem zweiten Glas Wein nippte, schoss Charlotte der Gedanke durch den Kopf, dass sie während der Stunden mit Karol keinen Gedanken an die Vergangenheit und an die Zukunft verschwendet hatte. Es gab nur ihn und sie, an einem Ort, an dem niemand sie kannte.

Erst kurz vor Mitternacht, als alle anderen Gäste längst gegangen waren, verließen sie das Restaurant.

Charlottes Zimmer lag in einem Seitengang nur wenige Meter vom Speisesaal entfernt. Zu dieser späten Stunde wirkte das Hotel wie ausgestorben. Selbst die Rezeption war verwaist.

»Gute Nacht«, sagte Karol vor ihrer Zimmertür, nachdem er höflich ihren Schlüssel entgegengenommen und für sie aufgeschlossen hatte.

Sie schaute ihn an und öffnete den Mund, um ihm ebenfalls eine gute Nacht zu wünschen. Doch unvermittelt verlor sie sich im Nebelgrau seiner Augen.

»Das war ein schöner Abend«, brachte sie schließlich hervor.

»Und ein schöner Tag«, erwiderte er.

»Deine Augen ...« Sie stockte verwirrt. »Da sind diese Pünktchen ... goldene Pünktchen.«

»Pünktchen?«, wiederholte er amüsiert.

Sie errötete und nickte verlegen.

»Entweder sind sie heute Nacht zum ersten Mal da, oder du hast vorher nie richtig hingeschaut.« Sein Lächeln sorgte dafür, dass ihr heiß wurde.

Plötzlich hatte Charlotte das Gefühl, dass alles, was bis zu diesem Moment zwischen Karol und ihr geschehen war, genau hierhergeführt hatte. Dass selbst die bösen Worte, die zwischen Baldur und ihr gefallen waren und die immer noch zwischen ihnen standen, hatten ausgesprochen werden müssen, damit sie sich in dieser Nacht, an diesem Ort endlich jene Gefühle gestattete, die sie so lange unterdrückt hatte.

Blind tastete Karol an ihr vorbei und drückte die Klinke hinunter. Dabei wandte er nicht eine Sekunde den Blick von ihrem Gesicht. Auch sie war nicht in der Lage wegzuschauen. Wieso nur war es immer wieder so furchtbar schwer, sich von Karol Darranowski zu verabschieden?

Seine Augen sprachen von Sehnsucht und einem Gefühl, dem sie vorsichtshalber keinen Namen gab. So wie sie lieber nicht darüber nachdachte, was sie selbst in diesem Augenblick empfand.

Sie trat rückwärts in die Dunkelheit des Zimmers. Obwohl sie ihn nicht berührte, ihn nicht festhielt oder gar mit sich zog, folgte Karol ihr, als würde auch er das Band spüren, das sich zwischen ihnen spannte, sobald sie sich voneinander entfernten.

Mit dem Fuß stieß er die Tür hinter sich zu, dann standen sie einander im Dunkeln gegenüber. Sie hörte seine Atemzüge, und automatisch nahm ihr Atem den gleichen Rhythmus an.

Durchs Fenster fiel der schwache Schein einer Straßenlaterne, und allmählich gewöhnten sich ihre Augen an das vage Licht. Sie erkannte seine Silhouette, bemerkte, dass er näher rückte.

Plötzlich war sie in seinen Armen, spürte seinen Kuss und

wusste, die Entscheidung war gefallen. Was von ihrer ersten Begegnung an unausweichlich gewesen war, würde endlich geschehen.

Als diese Erkenntnis sie traf, entspannte sich ihr Körper, und sie sank Karol entgegen, während sie die Augen schloss und nur noch fühlte.

40. Kapitel

Charlotte
Hotel Krone, Marienburg, Westpreußen, 13. November 1907

Im matten Dämmerlicht streifte er ihr die Kleidung ab. Ohne jede Hast öffnete er die Haken und Ösen, die Knöpfe und Schnüre und berührte jedes Fleckchen ihrer Haut, das er vom Stoff befreit hatte, mit seinen Lippen. Mal tupfte er nur einen flüchtigen Kuss auf die Stelle, mal malte er mit der Zungenspitze kleine Kreise und Bögen auf ihre Arme und Schultern, den Nacken und den Rücken.

Als sie nur noch ihr Korsett, das Leibchen und die Unterhosen trug, hatte sie das Gefühl, lichterloh in Flammen zu stehen. Sie schloss die Augen und hielt sich an Karols Schultern fest, weil ihre Beine drohten, unter ihr nachzugeben.

»Charlotte?«, flüsterte er. »Soll ich aufhören?«

»Nein. Nicht aufhören!« Sie schüttelte so heftig den Kopf, dass sich die letzten Nadeln aus ihren ohnehin schon zerzausten Haaren lösten und die üppigen dunklen Wellen auf die Schultern fielen.

Da sie ohne Zofe reiste, trug sie nur ein leichtes Mieder, das vorn geschlossen wurde. Als Karol den Knoten der Schnürung löste, gab es einen leichten Ruck, und Charlotte hielt die Luft an. Für einen winzigen Moment dachte sie an den dunklen Park und an Ronald, doch das war sofort vorbei, weil sie spürte, wie vorsichtig und geschickt Karol mit den Schnüren und Haken hantierte. Wie von Zauberhand war plötzlich auch der Rest ihrer Kleidung verschwunden. Neben ihr fiel mit einem Rascheln Karols Anzug auf den Boden. Sie wandte den Kopf und stellte fest, dass auch Karols nun nackter Körper ein vager heller Umriss in der Dämmerung war.

Er bewegte sich zum Fenster und schloss zu ihrem Erstaunen die Vorhänge, sodass sie vollkommen von Dunkelheit umgeben war. Dann flammte die kleine Lampe neben dem Bett auf.

»Ich will dir in die Augen sehen können«, sagte er dabei.

Erschrocken sog sie die Luft ein, und als er auf sie zukam, wollte sie schützend die Arme vor der Brust verschränken. Doch bei einem Blick in sein Gesicht ließ sie sie wieder sinken. In dieser Nacht wollte sie sich als diejenige zeigen, die sie wirklich war. Auch ihren Körper, den sie zu der Zeit, als sie mit Baldur das Bett geteilt hatte, möglichst vor seinen Blicken verborgen hatte.

Karol führte sie an der Hand zum Bett, wo er sich dann neben ihr ausstreckte. Und tatsächlich sah er ihr die ganze Zeit in die Augen, als wolle er keine Regung verpassen, die sich darin spiegelte. Nicht das Erstaunen, als er ihren Körper mit seinem bedeckte und sie so viel Nähe spürte wie nie zuvor. Nicht die Leidenschaft, die sie gnadenlos mit sich riss. Und nicht die Zärtlichkeit, als sie sich erschöpft und glücklich an ihn schmiegte, bevor ihre Augen zufielen und sie in einen tiefen, entspannten Schlaf glitt.

*

Noch bevor sie vollständig wach war, spürte Charlotte, dass etwas anders war als sonst. Ihr ganzer Körper kribbelte und summte. Sie fühlte sich lebendig, voller pulsierender Energie.

Vorsichtig drehte sie den Kopf zur Seite und atmete auf, als sie sah, dass Karol noch schlief. Sein Gesicht war ihr zugewandt. Sie betrachtete seine entspannten Züge. Die dunklen Bartstoppeln auf den Wangen, die langen, dichten Wimpern seiner geschlossenen Augen und den leicht geöffneten Mund. Beim Anblick seiner Lippen kehrte die Erinnerung an die vergangene Nacht so plötzlich zurück, dass sie die Luft anhielt.

Sie hatten bis zum Morgengrauen kein einziges Wort gesprochen. Doch nun, im Licht des neuen Tags, wurde Charlotte fast schwindelig von den Tausenden Fragen, die durch ihren Kopf wirbelten. Und so sehr sie sich auch mühte, ihr fiel auf alle diese Fragen nur eine einzige Antwort ein.

Sie legte die Hand auf Karols Schulter und rüttelte ihn sanft. Als er die Augen aufschlug und ihr ins Gesicht schaute, war für einen winzigen Moment Erstaunen in seinem Blick. Dann sah sie, wie er erschauderte, und wusste, dass er ebenso wie sie in der Sekunde des Erwachens die Empfindungen der Nacht wiedergefunden hatte.

»Was sollen wir nur tun?« sagte sie leise.

Ihre Worte vertrieben den letzten Rest von Schläfrigkeit aus seinem Blick. Er richte sich auf, zog die Brauen hoch und betrachtete sie prüfend.

»Fragst du mich das ernsthaft?« Sein Lächeln zuckte nur kurz und vorsichtig in den Mundwinkeln.

Sie setzte sich ebenfalls auf. »Ja. Was schlägst du vor?« Plötzlich pochte ihr Herz noch schneller und unruhiger als ohnehin schon.

»Ich bin ein freier Mann. Und ich will mit dir zusammen sein. Jeden Tag und jede Nacht. Wie ist es mit dir?« Er musterte sie unter halbgeschlossenen Lidern.

Erschrocken schnappte sie nach Luft. »Wie du weißt, bin ich nicht frei«, stieß sie mit rauer Stimme hervor.

»Und warum liegen wir dann miteinander im Bett?« Sein Ton klang drohend. »Du hast mich im Haus meiner Tante geküsst und auf eine Weise angesehen, die mir all deine Gefühle gezeigt hat. Dann bist du losgerannt, um einen anderen Mann zu heiraten. Und in der vergangenen Nacht hast du mich mit deiner Zärtlichkeit und deiner Leidenschaft fast um den Verstand gebracht. Willst du jetzt aus dem Bett steigen, zum Bahnhof fahren, und das war's dann wieder? Hast du vor, zu dem Mann zurückzukehren, der dich zutiefst unglücklich macht? War das hier nur eine kleine Abwechslung für dich?«

Bei seinen letzten Worten war sie aus den Kissen hochgefahren. »Hältst du mich für so … schlecht, dass ich das hier als ein kleines, harmloses Vergnügen betrachte? Ich begehe Ehebruch. Das ist ein großes Unrecht und eine Sünde. Und doch habe ich es getan, weil meine Gefühle mich auf eine Weise überwältigt haben, die ich niemals für möglich gehalten hätte.«

Karol nickte langsam. »Genauso geht es mir auch. Und weil es etwas zu bedeuten hat, dass wir nicht in der Lage sind, unsere Empfindungen zu unterdrücken, sollten wir reinen Tisch machen.«

Erschrocken starrte sie ihn an. »Reinen Tisch? Was meinst du damit?«

»Die Wahrheit sagen und der Liebe folgen«, erklärte er in einem Ton, als wäre es die normalste Sache der Welt, öffentlich einen Ehebruch zuzugeben, eine Ehe zu beenden und mit dem Geliebten ein neues Leben zu beginnen.

»Das geht nicht, Karol.« Sie krallte beide Hände in den weißen Bezug und zog sich die Bettdecke über die nackten Brüste bis hinauf zum Kinn. »Du wirst es nicht verstehen, aber ich kann meinen Mann nicht verlassen.«

»Ich verstehe sehr wohl, dass dir immer alles wichtiger sein wird als die Liebe zu einem nicht sonderlich reichen polnischen Mann. Deine Stellung in der Gesellschaft, das Gut deiner Eltern, das Geld deines Mannes.«

»Hör auf!«, rief sie. »Du bist ungerecht.«

»Bin ich das?« Er sprang aus dem Bett, lief nackt durchs Zimmer und sammelte seine Kleidung vom Boden auf.

Charlotte wandte den Blick ab, schaute aus dem Fenster und fragte sich, was sie tun konnte, um ihn aufzuhalten. Wollte sie überhaupt etwas tun? Er konnte nicht wirklich erwarten, dass sie auf der Stelle mit ihm durchbrannte. Sie war eine verheiratete Frau, sie hatte, zumindest solange ihr Vater noch bettlägerig war, die Verantwortung für Gut Falkensee übernommen. Und sie hatte ein Kind, das sie auf keinen Fall im Stich lassen würde. Das musste ihm doch klar sein.

»Karol«, sagte sie, als er wenig später vollständig bekleidet neben das Bett trat, in dem sie immer noch saß.

»Ja?« Sein Blick war kalt.

»Versteh mich doch. Bitte!«

»Tut mir leid. Das kann ich nicht. Ich bereue die vergangene Nacht nicht. Und wenn diese Nacht alles war, was wir miteinander teilen werden, dann werde ich damit klarkommen. Womit ich hingegen nicht klarkommen werde, ist, immer weiter dein schmutziges kleines Geheimnis zu sein. Deine Affäre, die dir hilft, das kalte Leben, das du führst, ein wenig erträglicher zu machen. Das hier war es also. Leb wohl, Charlotte.«

Sein Blick sengte ihr ein Loch in die Seele. Dennoch schaute sie nicht weg. Sie wollte ihn bitten zu bleiben und nach einer Lösung zu suchen. Aber natürlich wusste sie, dass es keinen gemeinsamen Weg für sie gab.

»Leb wohl, Karol«, flüsterte sie schließlich.

Mitten im Raum blieb er stehen und wandte sich noch einmal um. »Ich werde meine Stelle auf Falkensee nicht aufgeben. Nicht wegen dem hier«, sagte er fast verächtlich. »Wir werden uns also sehen. So wie vorher auch. Was hat sich schon geändert?«

»Alles«, flüsterte sie, als er nach einem vorsichtigen Blick nach draußen schon durchs Fenster verschwunden war. Er würde durch die Halle zurück ins Hotel spazieren, das Gepäck aus seinem Zimmer holen und wie vereinbart hinaus nach Gut Erkenbrecht fahren, um den Transport der Stuten nach Falkensee zu organisieren. Sie selbst hatte eine Fahrkarte für den Mittagszug nach Bischofswerder.

Charlotte stieg aus dem Bett, warf ihren Morgenmantel über und suchte ihre Kleidung zusammen. Plötzlich fühlten sich ihre Glieder schwer wie Blei an, und die wunderbare Energie, die sie beim Erwachen gespürt hatte, war verschwunden.

Als es klopfte, zuckte sie zusammen. Karol war zurückgekehrt, um noch einmal mit ihr zu reden! Doch im nächsten Moment wurde ihr bewusst, wie wenig wahrscheinlich es war, dass er es sich anders überlegt hatte.

Sie vergewisserte sich, dass die Knöpfe und der Gürtel ihres

Morgenmantels schicklich geschlossen waren, zog die Decke auf dem zerwühlten Bett glatt und öffnete die Tür. Draußen stand ein Hausdiener des Hotels und hielt ihr auf einem silbernen Tablett einen Umschlag entgegen. Ein Telegramm. Sie nahm das Kuvert, gab dem Diener ein Trinkgeld und bedankte sich.

Das Telegramm konnte nur aus Falkensee kommen. Niemand sonst wusste, wo sie zu erreichen war. Was hatte man ihr kurz vor ihrer Heimkehr so Dringendes mitzuteilen?

Sie ließ sich auf den Hocker vor der Frisierkommode sinken und riss den Umschlag auf. Als sie die wenigen Sätze überflogen hatte, stieß sie einen erstickten Ton hervor.

Das Telegramm war von ihrer Mutter, die sie aufforderte, sofort den nächsten Zug nach Hause zu nehmen. Was war geschehen? Hatte ihr Vater einen Rückfall erlitten? Ging es Frederick schlechter? Oder war etwas Schreckliches auf dem Gut geschehen?

Nun würde sie sich während der gesamten Zugfahrt den Kopf zermartern und sich die schlimmsten Möglichkeiten ausmalen. Warum erklärte ihre Mutter nicht, worum es ging? Ein paar Worte mehr hätten kein Vermögen gekostet. Oder war die Neuigkeit so entsetzlich, dass sie es nicht in ein Telegramm schreiben konnte?

Charlotte wusch sich flüchtig und kleidete sich an. Dabei scheiterte sie wegen ihrer zitternden Finger mehrmals an den Häkchen des Korsetts und kämpfte verzweifelt mit ihren Haaren, die noch widerspenstiger waren als sonst. Ihre Kleider stopfte sie irgendwie in den Koffer, und obwohl bis zur Abfahrt des Zuges noch fast zwei Stunden Zeit waren, verließ sie kurz darauf ohne Frühstück das Hotel und ließ sich von einer Droschke zum Bahnhof fahren. Die Erinnerung an die Nacht mit Karol war fast vollständig in ihren Sorgen und Befürchtungen untergegangen. Mit einem gewaltigen Knall war sie in ihr Leben zurückgekehrt, in dem es für den Polen mit den nebelgrauen Augen keinen Platz gab.

41. Kapitel

Hedi
Gut Falkensee, Westpreußen, 13. November 1907

Seit über zwei Stunden saß Hedi auf dem harten Stuhl in der Ecke des Zimmers. Von hier aus konnte sie nicht viel mehr als Fredericks linkes Ohr sehen, über dem sich eine seiner blonden Locken kringelte. Diese Locken, über die sie so oft gestrichen hatte, dass sie ganz genau wusste, wie sich die seidig kühle Glätte an den Fingerspitzen anfühlte. Sie wagte nicht, den Blick vom Bett zu lösen. Solange sich der kleine Teil der Decke, den sie ebenfalls sehen konnte, kaum merklich hob und senkte, war Frederik noch am Leben.

Es war stickig im Zimmer, und sie hätte gern das Fenster geöffnet, doch das wagte sie nicht. Schließlich war auch Doktor Kramer anwesend, der in einiger Entfernung an dem kleinen runden Tisch saß. Wäre der Arzt der Meinung gewesen, dass frische Luft vonnöten war, hätte er sicher etwas gesagt.

»Frederick.« Alice beugte sich über ihren Bruder und starrte ihm angestrengt ins Gesicht. »Ich habe dich lieb. Bitte werde wieder gesund.«

»Quäl ihn nicht«, sagte Frau von Bargelow mit müder Stimme, der viel von ihrer üblichen Bestimmtheit fehlte.

Alice schluchzte auf, und Hedi konnte sehen, dass Frederick den Kopf leicht in Richtung seiner Schwester wandte. »Nicht weinen. Es wird mir gut gehen. Endlich.«

Alice versuchte, ihr Schluchzen mit einem winzigen Spitzentüchlein zu ersticken. Die Laute ihres Jammers füllten jedoch das ganze Zimmer.

Hedi biss sich auf die Lippen. Warum sorgte niemand dafür, dass Frederick Ruhe hatte? Warum kühlte ihm niemand die Stirn? Das hatte ihm immer geholfen, wenn es ihm nicht gutging. Sie warf Doktor Kramer einen hilfesuchenden Blick zu, doch für den Arzt war sie genauso unsichtbar wie für den Rest der Familie, die sich um Fredericks Sterbelager versammelt hatte.

Herr von Bargelow saß mit durchgedrücktem Rücken am Fußende des Betts. Ab und zu bewegte er kaum merklich die Lippen, als würde er beten. Doktor Kramer hatte ihm erlaubt, sein Bett, in dem er bis zur vollständigen Genesung ausharren sollte, ausnahmsweise zu verlassen.

Frau von Bargelow redete mit leiser Stimme auf Alice ein. Oder sprach sie mit Frederick? Hedi konnte sie nicht verstehen.

In ihrer Brust tobte ein wildes Durcheinander aus Gefühlen. Sie war schrecklich traurig, sie hatte Angst, und sie war wütend. Vielleicht war die Wut sogar am stärksten. Darüber, dass das Schicksal diesem unschuldigen jungen Mann, der schon so viel erlitten hatte, nicht einmal ein paar gute Jahre gönnte. Es machte sie aber auch zornig, wie man ihr Frederick schon vor seinem Tod entriss. Dass man sie von seiner Seite drängte und ihr keine Möglichkeit mehr gab, das zu machen, was sie seit so vielen Jahren für ihn tat: mit allen Kräften sein Leid zu lindern. Er war an ihre tröstenden Worte gewöhnt, an ihre ruhige Nähe und ihre Hände, die ihm kühle Getränke reichten und ihm den Schweiß von der Stirn tupften.

Als der Gutsherr unvermittelt einen erstickten Ton ausstieß, der fast einem Schluchzer ähnelte, stand seine Frau auf und trat neben ihn. Sie legte die Hand auf seine Schulter, als wollte sie ihm Trost spenden, den sie selbst ebenso sehr brauchte.

Nun konnte Hedi ihren Frederick sehen, und der Zorn wich einem überwältigenden Gefühl der Liebe für den Jungen, der blass und schmal, mit halb geöffneten Augen dalag. Die Umrisse seines Körpers zeichneten sich unter der dicken Decke kaum ab, so abgemagert war er.

Sie war mit Frederick einen langen und schweren Weg gegangen, und nun hatten sie einen Punkt erreicht, an dem er nicht mehr die Kraft hatte weiterzugehen. Er stand vor einer Schwelle, über die sie ihm nicht folgen konnte.

Entschlossen näherte Hedi sich dem Bett, während Veronika von Bargelow zurück zu dem Stuhl ging, von dem sie kurz vorher aufgestanden war. Gleichzeitig erreichten sie das gepolsterte Sitzmöbel. Hedi legte die Hand auf die Rückenlehne und zuckte mit keiner Wimper, als der erstaunte Blick der Gutsherrin sie traf.

»Entschuldigung«, sagte sie möglichst bestimmt. »Ich muss in seiner Nähe sein. Er braucht mich.«

Veronika von Bargelow benötigte einige Sekunden, bis sie schließlich erwiderte: »Ich bin seine Mutter. Und da wir das Schlimmste befürchten müssen ...« Sie sah hinunter aufs Bett und beendete ihren Satz nicht. Frederick starrte mit verschleiertem Blick zur Decke und schien nichts von dem zu bemerken, was um ihn herum geschah.

»Genau deshalb sollte ich dort sein, wo ich während all der Tage und Nächte gewesen bin, als er krank war.« Fest umklammerte Hedi das geschnitzte Holz der Lehne.

Die Gutsherrin wischte mit einer nervösen Handbewegung durch die Luft. Dabei starrte sie die Frau, die ihre Kinder großgezogen und Frederick durch viele Jahre der Krankheit begleitet hatte, aus zusammengekniffenen Augen an.

Hedi jedoch war in diesem Augenblick nicht die Dienstbotin, die auf eine knappe Geste hin so funktionierte, wie ihre Herrin es wünschte. Sie war eine Frau, die ihrem Kind helfen wollte, auch wenn sie dieses Kind nicht zur Welt gebracht hatte. Doch selbst wenn es nicht so gewesen wäre, sie war entschlossen, um ihr Recht als liebender Mensch zu kämpfen.

»Frederick ist mein Sohn, und es ist meine Pflicht ...« Dieses Mal konnte die Gutsherrin ihren Satz nicht zu Ende bringen, weil aus den Kissen eine schwache Stimme aufstieg.

Die beiden Frauen, die einander eben noch entschlossen angesehen hatten, wandten sich dem Bett zu.

»Was sagst du, mein Liebling?« Veronika von Bargelow beugte sich zu ihrem Sohn hinab und näherte ihr Ohr seinem Mund.

Hedi hatte das eine Wort verstanden, welches Frederick hervorgestoßen hatte. Sie hoffte, dass es ihn nicht zu viel Kraft kostete, noch einmal ihren Namen zu sagen.

»Hedi. Ich ... Hedi hier haben.« Seine Stimme war nur ein Hauch in der stickigen Luft des dämmerigen Zimmers.

»Hedi ist hier.« Veronika von Bargelow zögerte nur kurz, bevor sie zur Seite trat. In ihren Augen schimmerten Tränen. Hedi wusste, es war nicht nur der Kummer wegen des schmerzlichen Abschieds von ihrem Sohn, sondern auch das verletzte Herz einer Mutter und die Erkenntnis, dass es zu spät war, Versäumtes nachzuholen.

»Danke«, flüsterte Hedi und ließ sich auf der Kante des Stuhls nieder, den die Gutsherrin ihr notgedrungen überlassen hatte.

Obwohl Frederick immer noch hinauf zur Decke schaute, musste er gespürt haben, dass sie ihren angestammten Platz eingenommen hatte. Seine schmalen Finger tasteten suchend in Richtung Bettkante, und sie fing sie in ihrer warmen Hand auf.

So oft hatte sie mit allen Mitteln versucht, sein Fieber zu senken. Doch heute war seine Hand eisig. Dennoch standen Schweißperlen auf seiner Stirn.

Mit der Linken suchte Hedi in ihrer Schürzentasche nach dem frischen Leinentuch, das sie immer bei sich trug, und tupfte ihm vorsichtig das Gesicht ab.

Sie hörte das Geräusch von Stuhlbeinen, die über den Parkettboden schrammten. Jemand hatte für Fredericks Mutter einen weiteren Stuhl neben das Bett gerückt. Nun saß sie näher bei seinen Füßen als bei seinem Kopf. Hedi gegenüber kauerte Alice. Sie hatte die Ellenbogen auf die Bettkante gestützt, die Stirn gegen die gefalteten Hände gelehnt und weinte still vor sich hin.

»Wo ist Charlotte?« Plötzlich war Fredericks Stimme erstaunlich klar.

»Charlotte ist auf dem Weg zu dir«, sagte Veronika von Bargelow hastig. »Sie war bei einem Pferdemarkt in der Nähe von Marienburg. Aber ich habe ihr telegrafiert. Spätestens heute Abend müsste sie eintreffen.«

Frederick richtete den Blick auf Hedi. Seine Augen waren dunkler als ein See im tiefsten Schatten des Waldes – das Blau darin nur noch ein vager Schimmer im Schwarz.

Sie krampfte ihre Hand um seine Finger. Alles in ihr drängte danach, ihn festzuhalten, dafür zu sorgen, dass er wieder in die andere Richtung, ins Licht sah.

»... möchte Charlotte etwas sagen. Aber ... weiß nicht, ob ich warten kann, ... sie hier ist.«

Alice schluchzte auf, Veronika von Bargelow sog scharf die Luft ein, ihr Mann stöhnte kaum hörbar. Einzig Hedi gab keinen Ton von sich. Sie wartete nur, was Frederick wollte und was er brauchte.

»Sie wird alles tun, um so schnell wie möglich hier zu sein.« Hedi wusste, wie sehr es Charlotte treffen würde, wenn sie sich nicht von ihrem Bruder verabschieden konnte.

»Ich weiß.« Um Fredericks Lippen zuckte ein kaum wahrnehmbares Lächeln.

»Wenn du willst, kannst du mir sagen, was ich ihr ausrichten soll, falls ...« Es gab keine Worte, um zu beschreiben, was Frederick sowieso wusste.

»Sag ihr ...« Frederick runzelte die Stirn. »Ich weiß ... Charlotte ... wird den richtigen Weg finden. Für sich und ... Falkensee.«

Hedi spürte, wie ein Schauer den geschwächten Körper und die Hand durchlief, die sie hielt.

»Sag ihr das ... von mir.« Ein silbriger Schweißtropfen perlte auf Fredericks Schläfe. Eilig tupfte sie ihn weg.

»Du wirst es ihr selber sagen«, flüsterte sie.

»Sagst du mir auch etwas, Frederick? Bitte!« Alices Stimme

klang wie die eines kleinen Mädchens, das um Trost bettelte, nachdem es sich die Knie aufgeschlagen hatte.

»Ich hab dich ... lieb. Und ich ... wünsch dir und Isabella ... alles Gute. Ich hab ... euch alle lieb.« Mit jedem Wort wurde Fredericks Stimme ein wenig leiser. Dann ließ er erschöpft den Kopf zur Seite fallen.

Hedi musste sich beherrschen, um ihn nicht anzuflehen, dass er noch einmal alle Kraft zusammennahm und gegen die Krankheit ankämpfte, die er so oft niedergerungen hatte. Noch ein Mal. Damit es ein paar weitere Wochen oder Monate geben würde, in denen sie sein Lächeln sehen konnte und ihn manchmal lachen hörte.

Aber sie hielt nur vorsichtig seine Hand. Drückte sie nicht zu fest, denn sie wusste, sie konnte ihn nicht halten, konnte ihm nur zeigen, dass er nicht allein war.

Als er sie verließ und über die Schwelle ging, spürte sie es so deutlich, als hätte jemand ein Stück ihres Herzens herausgerissen. Seine schlaffe Hand wurde zwischen ihren Fingern ein wenig schwerer, und sein letzter Atemzug war ein wenig lauter und mühsamer, bevor die große Stille kam.

Sorgsam legte sie seine Hand zurück auf die weiße Decke und stand auf.

»Es ist vorbei«, sagte sie mit vollkommener Sicherheit.

»Nein!«, rief Alice, während Veronika von Bargelow verzweifelt den Kopf schüttelte und die Miene des Gutsherrn noch mehr versteinerte. Doktor Kramer stand auf und näherte sich mit seinem Stethoskop dem Bett. Ohne das Ergebnis seiner Untersuchung abzuwarten, verließ Hedi das Zimmer. Sie würde später wiederkommen, um die Nacht bei Frederick zu verbringen. Die letzte Nacht nach so vielen anderen, in denen sie bei ihm gewacht hatte.

Gedankenverloren stieg sie die Treppe hinunter. Im selben Moment, in dem sie die Halle erreichte, klopfte es an der Eingangstür. Mit raschen Schritten näherte sich Kowalski, doch Hedi war schneller.

Charlotte wirkte aufgelöst und verängstigt. Ein Teil ihrer Haare hatte sich aus dem nachlässig aufgesteckten Knoten gelöst, der Hut saß schief, und ihr Kostüm war offensichtlich morgens nicht ausgebürstet worden.

Kurz fragte Hedi sich, warum sie in diesem Moment auf solch nebensächliche Dinge achtete. Wohl aus Gewohnheit, vielleicht aber auch, um für ein oder zwei Sekunden den Schmerz in den Hintergrund zu drängen.

»Wer ist es?«, stieß Charlotte hervor.

Hedi öffnete den Mund, brachte aber kein Wort hervor.

»Frederick«, sagte Charlotte. Sie hatte es in Hedis Augen gesehen, und übergangslos rollten Tränen über ihre Wangen.

Weit breitete Hedi die Arme aus, wie sie es immer getan hatte, wenn eines der Kinder Kummer gehabt hatte. Und als Charlotte sich trostsuchend an sie schmiegte, konnte auch sie endlich weinen.

42. Kapitel

Charlotte
Gut Falkensee, Westpreußen, 9. Januar 1908

Charlotte schlang sich gegen den kühlen Abendwind ein Tuch um den Kopf und durchquerte die Halle in Richtung Hintertür.

»Wohin verschwindest du eigentlich jeden Tag nach dem Abendessen? Mama hat neulich vorgeschlagen, abends mal wieder Karten zu spielen. Das wäre immerhin eine Ablenkung. Aber zu zweit macht es keinen Spaß.«

Als sie hinter sich Alices Stimme hörte, fuhr Charlotte erschrocken herum. Ihre Schwester stand in der Tür zur Bibliothek.

»Ich gehe spazieren«, sagte Charlotte. Natürlich war ihr klar gewesen, dass ihre allabendliche Abwesenheit irgendwann auffallen würde, und sie hatte längst über eine glaubwürdige Ausrede nachgedacht. »Frische Luft und Bewegung scheinen momentan das Einzige zu sein, was mir hilft, nachts wenigstens etwas Schlaf zu finden.«

»Nimmst du kein Schlafpulver?«, erkundigte sich Alice und kniff die Augen zusammen, während sie langsam auf ihre Schwester zukam. Charlotte spürte, wie sich ihr Magen verkrampfte. Wieso schaute Alice sie so misstrauisch an?

»Dann kann ich tagsüber nicht arbeiten.« Das war nicht einmal geschwindelt. Sie brauchte einen klaren Kopf, um die Aufgaben auf dem Gut zu erledigen. Besonders Fredericks letzte Worte spornten sie an weiterzumachen.

Seit der Beerdigung ihres Bruders waren zwei Monate vergangen. Während der ersten Wochen war das Herrenhaus bis in den letzten Winkel von tiefer Trauer erfüllt gewesen. Die Stimmen klangen gedämpft, die Schritte vorsichtig. Niemand lachte, gelächelt wurde nur selten, und selbst die kleine Isabella spielte nur leise und jauchzte fast nie mehr.

Erst in letzter Zeit hatte es hin und wieder Momente gegeben, in denen die Sonne ein wenig heller zu leuchten schien und von irgendwoher leises Lachen zu hören war. Dennoch fürchtete Charlotte sich immer noch vor den langen Nächten, in denen sie dalag, ins Dunkel starrte und an Frederick dachte.

Inzwischen hatte sie sich notgedrungen mit der Tatsache abgefunden, dass sie zu spät gekommen war, um sich von ihrem geliebten Bruder zu verabschieden. Er hatte ihr in den Minuten seines Todes eine Nachricht hinterlassen, und sie würde ihn niemals vergessen. Also kam es vielleicht nicht so sehr darauf an, dass der Zug nicht ein wenig früher gefahren und die Droschke vom Bahnhof nicht schneller gewesen war.

»Wenn ein Spaziergang hilft, besser zu schlafen, komme ich mit.« Alice läutete nach Kowalski, um sich aus dem Garderobenraum Jacke und Tuch bringen zu lassen.

Während Alice sich die geknöpften Stiefeletten anzog, stand Charlotte neben dem Hinterausgang und fragte sich, wie sie verhindern konnte, dass ihre Schwester sie begleitete. Aber es gab wohl keine Möglichkeit. Also würde sie in der Abenddämmerung mit Alice durch den Park gehen müssen, bis ihre Schwester genug hatte.

Seltsamerweise hatte Alice während der vergangenen Wochen einen Teil der Lethargie abgestreift, die sie seit ihrer Rückkehr von Gut Bernsdorff wie einen schwarzen Schleier getragen hatte. Als hätte die Trauer um Frederick den Schmerz um ihre gescheiterte Ehe in den Hintergrund gedrängt.

Jetzt trat sie neben Charlotte und schob den Arm unter den ihrer Schwester. »Es kann losgehen.«

Während sie durch den Park hinunter zum See spazierten, erzählte Alice von Isabella, die anfing, die ersten Worte zu sprechen. Charlotte hatte ein schlechtes Gewissen, weil sie ihre kleine Nichte viel zu selten sah. Die Arbeit auf dem Gut hielt sie von morgens bis abends auf Trab.

Während Alice von den hübschen Kleidchen erzählte, die sie für Isabella nähen lassen wollte, blickte Charlotte heimlich hinüber zur Remise. Unten, wo die Kutschen standen, brannte noch Licht, hinter dem Fenster des Kutscherzimmers im ersten Stock herrschte dagegen Dunkelheit.

Seit Wilhelm das Gut verlassen hatte, um sich in Danzig als Droschkenkutscher zu verdingen, wohnte Karol dort oben allein. Man hatte beschlossen, keinen neuen Kutscher einzustellen. Adam, dem Karol einen Teil seiner Arbeit abnahm, hatte sich bereit erklärt, bei Bedarf die Kutsche zu fahren. Ohnehin kam es in letzter Zeit selten vor, dass jemand in die Stadt wollte. Papa sprach ständig davon, dass er ein Automobil kaufen wolle, sobald Doktor Kramer ihm endlich erlaubte, das Haus zu verlassen. Immerhin konnte er schon fast den ganzen Tag im Sessel sitzen, und an Fredericks Beisetzung hatte er im Rollstuhl teilgenommen.

War das da drüben zwischen Stall und Remise ein Schatten? Karols Schatten? Hastig sah Charlotte nach vorn, damit ihre Schwester nicht aufmerksam wurde.

»Wer war das?« Alice blieb stehen.

Unwillkürlich zuckte Charlotte zusammen, auch wenn sie sich gleich darauf wieder im Griff hatte. Hoffentlich hatte ihre Schwester diese Reaktion nicht bemerkt. »Wo? Ich habe nichts gesehen.« Absichtlich schaute sie in eine andere Richtung und ging dabei weiter, sodass Alice nichts anderes übrig blieb, als sich ebenfalls wieder in Bewegung zu setzen.

»Da war jemand bei der Remise. Karol Darranowski wohnt dort jetzt allein, nicht wahr?« Alices Ton klang lauernd.

»Keine Ahnung«, behauptete Charlotte und wusste sofort, dass das ein Fehler gewesen war. Ihr oblag momentan die Führung des

Guts. Daher wusste sie natürlich auch über die Quartiere des Personals Bescheid.

»Komisch. Ich habe dich an den letzten Abenden drei Mal von meinem Fenster aus in die Remise gehen sehen. Im Dunkeln, wenn du angeblich einen Spaziergang machst.«

Charlottes Herz sank bei den Worten ihrer Schwester: Das hatte ihr gerade noch gefehlt. Es war auch so alles schon schwierig genug.

»Offenbar hast du Halluzinationen!«, fauchte sie.

Für diese schwache Erwiderung hatte Alice nur ein verächtliches Schnauben übrig. »Es kann nicht dein Ernst sein, dass du eine Affäre mit dem polnischen Stallmeister hast.«

»Was hat es damit zu tun, dass er Pole ist?« Schon wieder ein Fehler! »Was du dir nur einbildest!«, schob Charlotte eilig hinterher.

»Ich kenne dich schon mein ganzes Leben, und so etwas hätte ich dir niemals zugetraut.« Wieder traf sie ein seltsamer Seitenblick aus Alices Richtung.

»Und damit hast du völlig recht.« Charlotte nickte energisch.

»Du bist eine verheiratete Frau, und dein Mann hat es nicht verdient, hintergangen zu werden. Niemand hat das verdient.« Wieder blieb Alice stehen. Sie verschränkte die Arme vor der Brust und funkelte Charlotte wütend an. Natürlich dachte sie daran, wie sehr Ronald sie mit seinem Betrug verletzt hatte. Und sie hatte recht.

»Ich kann nur hoffen, dass ich mich irre«, beendete Alice die Unterhaltung, wandte sich mit einem Ruck um und ließ ihre Schwester stehen.

»Das tust du allerdings«, rief Charlotte ihr hinterher und fühlte sich in diesem Moment noch schlechter als ohnehin schon. Nicht nur wegen ihres Verhaltens und ihrer Lügen. Sie fragte sich auch, was Alice tun würde, wenn sie sie tatsächlich ertappte oder ihren Verdacht als bestätigt ansah.

Alice drehte sich im Licht einer der Laternen am Wegrand noch einmal um und sah Charlotte lange an. Dann zischte ihre Stimme durch die graue Dämmerung: »Ich habe nicht vergessen, wie du zugelassen hast, dass ich in die Falle getappt bin. Du wusstest über Ronald Bescheid und hast mir nichts gesagt. Ich werde möglicherweise nicht zulassen, dass dein Mann mit einer Lüge lebt.«

Während Charlotte nach Luft schnappte, verschwand ihre Schwester in Richtung Haus.

Charlotte wartete noch einen Moment, dann drehte sie sich um und schlug einen großen Bogen um die Remise, sodass sie sich dem Gebäude von der Rückseite näherte, die man vom Haus aus nicht sehen konnte.

Es war falsch und unwürdig, was sie tat, aber die Sehnsucht war stärker als ihr Gewissen und ihre Angst vor Entdeckung. So war es beim ersten Mal in Marienburg gewesen und immer wieder auch hier auf dem Hof ihrer Eltern. Nun kam noch hinzu, dass ihre Schwester die Wahrheit ahnte und ihr gedroht hatte, sie zu verraten. Würde Alice das wirklich tun? Beim Gedanken, dass Baldur ihr Ludwig für immer entziehen könnte, wurde ihr übel. Inzwischen hatten ihr Mann und sie sich wieder so weit angenähert, dass Charlotte ihren Sohn mehrmals in der Woche besuchen durfte. Sie hatte Baldur versprochen, in sein Haus zurückzukehren, sobald ihr Vater wieder voll einsatzfähig war und das Gut ohne ihre Hilfe leiten konnte. Schon jetzt übernahm ihr Vater einen großen Teil der Tätigkeiten, die er im Sitzen ausführen konnte, während sie die Arbeiten außerhalb des Hauses beaufsichtigte.

Als Charlotte die Hintertür der Remise erreicht hatte, legte sie die Hand auf die Klinke und zögerte. Würde Alice versuchen, sie hier mit Karol zu überraschen? Eher nicht. Ihre Schwester fürchtete sich, allein im Dunkeln herumzulaufen. Außerdem wartete Karol auf sie, und sie musste mit ihm sprechen.

Als sie Karol das erste Mal nach dem Tod ihres Bruders über den Weg gelaufen war, hatte sie am späten Abend im Stall bei ihrer Stute Esmeralda Trost gesucht. Karol war zufällig noch dort gewesen, um nach dem entzündeten Hufgelenk eines der Pferde zu sehen.

Als sie ein leises Geräusch gehört und ihr tränenüberströmtes Gesicht aus Esmeraldas Mähne gehoben hatte, hatte er nur einen Schritt von ihr entfernt gestanden und sie stumm angesehen. Ohne auch nur eine Sekunde zu überlegen, hatte sie sich mit geschlossenen Augen in seine Arme gestürzt, hatte seine Wärme, seinen gleichmäßigen Herzschlag gespürt und jenen Trost gefunden, den sie nach dem Tod ihres Bruders so dringend gebraucht hatte.

Und Karol schien vergessen zu haben, dass er keinerlei Nähe mehr gewollt hatte. Er tröstete sie, hörte ihr zu, hielt sie im Arm, schenkte ihr Nähe und Verständnis. Sie waren wie zwei Süchtige, die sich nach Zärtlichkeit gesehnt hatten und jetzt mehr und mehr davon brauchten. Deshalb hatten sie sich immer wieder getroffen. Bald schon jeden Abend.

Als Charlotte nun in die schwach beleuchtete Remise trat und sich suchend umsah, schlug ihr Herz schneller und ihr Atem ging rascher. Wie immer sehnte sie den Moment herbei, in dem sie ihn sehen und spüren würde. Heute aber fürchtete sie sich noch viel mehr als sonst vor dem Abschied. Denn das hier musste aufhören, sonst würde es in einer Katastrophe enden.

Karols Gestalt löste sich vom Hintergrund der großen Kutsche, und er kam langsam auf sie zu. Gemeinsam machten sie zwei Schritte in die kleine Nische, die man von der Tür aus nicht einsehen konnte. Mit einem tiefen Seufzer lehnte sie sich gegen ihn und spürte, wie allein durch seine Anwesenheit ein Teil der schrecklichen Anspannung von ihr abfiel.

»Lass uns nach oben gehen«, sagte sie aber schon nach wenigen Sekunden und warf einen nervösen Blick hinter sich. Karols Kammer ließ sich zum Glück abschließen.

Hand in Hand stiegen sie die schmale Treppe hinauf und traten in die Schlafkammer. Karol schloss die Tür und drehte den Schlüssel um.

Zum letzten Mal, hämmerte es in Charlottes Kopf. Sie würde ihn zum letzten Mal spüren, sich zum letzten Mal so verlieren, wie sie es nur bei ihm konnte. Vielleicht würde sie nie wieder in ihrem Leben so empfinden.

Eng umschlungen sanken sie auf das schmale Bett, und als Karol ihr die Kleider abstreifte, hörte sie – wie immer in diesen kostbaren Minuten – auf zu denken.

Später ruhte ihr Kopf an seiner Schulter, und er streichelte sanft ihren Arm. Es kostete sie all ihre Kraft, ihm zu sagen, was sie zu sagen hatte. Doch sie sah keinen anderen Weg.

»Es ist etwas passiert. Etwas Schlimmes«, begann sie schließlich vorsichtig. Sie spürte, wie sich sein Körper bei ihren Worten anspannte.

»Alice hat das mit uns herausgefunden. Zumindest hat sie eine Vermutung. Und sie wird nicht eher ruhen, als bis sie es genau weiß.«

»Aber sie ist deine Schwester. Wird sie dich verraten?«

»Sie hat gedroht, zu Baldur zu gehen. Wenn sie das tut, wird er mir Ludwig wegnehmen. Du weißt, diesen Gedanken kann ich nicht ertragen.« Sie schaute hinauf zur Decke, auf der ein Fleck in Form eines schiefen Herzens zu sehen war, den sie schon oft betrachtet hatte. »Ich könnte alles für dich aufgeben, aber niemals mein Kind.«

»Wir fliehen gemeinsam. Du, ich und dein Sohn. Wenn es sein muss ins Ausland.« Karol sprang aus dem Bett, machte zwei Schritte bis zur Wand, kehrte um und marschierte in die entgegengesetzte Zimmerecke.

»Baldur würde uns bis ans Ende der Welt verfolgen. Und das Gesetz wäre auf seiner Seite. Als Vater bestimmt er allein über unser Kind. Ludwig gehört ihm. Wenn ich bei meinem Sohn sein will, muss ich mich Baldur fügen.«

»Ich will und ich werde dich nicht aufgeben«, stieß Karol hervor. »Baldur ist nicht allmächtig. Wieso sollten wir es nicht schaffen, uns vor ihm zu verstecken? Die Welt ist groß.«

Charlotte schluckte. »Auch ich will mehr als alles andere mit dir zusammen sein«, gestand sie dann leise. Noch nie hatte sie ihm so offen gesagt, was sie fühlte. Doch gerade weil dies das Ende war, das Ende sein musste, wollte sie rückhaltlos ehrlich sein. »Aber ich kann meinem Sohn nicht zumuten, seine ganze Kindheit auf der Flucht zu verbringen. Bitte versteh das. Sobald mein Vater wieder das Haus verlassen und das Gut ohne meine Hilfe führen kann, kehre ich zu Baldur und zu meinem Sohn zurück. Und jetzt, wo Alice Verdacht geschöpft hat, beenden wir es eben ein bisschen früher.« Sie biss sich auf die Lippen und drängte die Tränen zurück, die in ihren Augen brannten. »Es bricht mir das Herz«, flüsterte sie so leise, dass Karol sie vielleicht gar nicht hörte.

Er machte einen großen Schritt auf sie zu und riss sie in seine Arme. »Es muss eine Lösung geben«, sagte er mit dem Gesicht in ihren Haaren.

»Aber welche?« Sie schüttelte den Kopf.

»Ich will nicht, dass das hier endet. Ich kann warten, Charlotte. Du hast einen älteren Mann geheiratet. Eines Tages wirst du Witwe sein. Dann bist du frei.«

»Baldur ist gerade mal 40. Und er ist gesund. Das kann viele Jahre dauern. Ich möchte nicht, dass du dein Leben mit Warten verbringst.«

»Nun, das ist meine Entscheidung, denkst du nicht? Und sowieso: Manchmal geschehen unvorhergesehene Dinge. Er könnte schwer krank werden. Oder einen Unfall haben. Das soll vorkommen.«

»Einen Unfall? Wie meinst du das? Karol, bitte! Du wirst nichts Unbedachtes tun, oder?«

Sie blickte zu ihm auf, wartete auf seine Bestätigung. Doch er schwieg. In seinen grauen Augen stand eine ungewohnte Härte.

»Du gibst also einfach auf?«, fragte er nach einem Moment.

»Karol, du musst das verstehen. Ich kann und werde meinen Sohn nie im Stich lassen.«

»Dann soll es das wirklich gewesen sein?« Das klang wütend

und weiterhin so, als würde er ihre Entscheidung nicht akzeptieren.«

»Ach, Karol.« Sie unterdrückte einen Seufzer. »Manche Dinge kann man nicht ändern. Und Träume bleiben oft Träume.«

Traurig wandte sie sich von ihm ab, zog ihr Kleid an und steckte vor dem kleinen Wandspiegel ihre Haare hoch.

Als sie sich Karol wieder zuwandte, hatte er sich ebenfalls angekleidet. Sie stellte sich dicht vor ihn und sah ihn lange an. In seinen Augen brannte ein Feuer, von dem sie nicht wusste, ob es Flammen der Liebe oder des Zorns waren.

»Ich werde dich nie vergessen«, flüsterte sie. »Ich liebe dich.«

Ein letztes Mal küsste sie ihn mit all der Zuneigung und Hoffnungslosigkeit, die sie in diesem Augenblick fühlte. Karol erwiderte ihren Kuss ebenso verzweifelt. Dann riss sie die Tür auf und eilte die Treppe hinunter. Vor ihren Augen verschwammen die schmalen Stufen, weil sie sich endlich gestattete zu weinen.

43. Kapitel

Fine

Gut Falkensee/Deutsch Eylau, Westpreußen, 26. März 1908

Nervös zupfte Fine an ihrem Sonntagskleid herum, während sie zur Remise hinüberstarrte, wo Emil Gabrowski zusammen mit Adam die Pferde vor den kleinen Wagen spannte.

Es war der freie Tag des Verwalters, und Fine hatte gebeten, ebenfalls frei zu bekommen. Natürlich hatte Fräulein Bruhns gefragt, weshalb sie unbedingt zusammen mit Gabrowski Ausgang haben wollte. Weil sie auf keinen Fall die Wahrheit sagen wollte, war Fine keine Begründung eingefallen. Als Ergebnis ihrer Stotterei war Fräulein Bruhns zu der Ansicht gelangt, dass Emil Gabrowski und sie eine Liebelei angefangen hatten. Da sie als Hausdame für die Moral der weiblichen Dienstboten verantwortlich war, hatte sie Fine eindringlich ins Gewissen geredet, verboten hatte sie den gemeinsamen Ausflug aber glücklicherweise nicht.

»Willst du ausgehen, Fine?« Auf dem Weg vom Herrenhaus tauchte Charlotte auf und betrachtete sie in ihrem Sonntagskleid.

»Ich …« Fine erinnerte sich an den Tag, als sie nicht dazu gekommen war, Charlotte von Emil Gabrowskis Verdacht zu erzählen. Jetzt wollte sie es auch nicht mehr tun. Seit Monaten hatten Charlotte und sie kaum ein persönliches Wort gewechselt. Fine hatte nicht die leiseste Ahnung, wie es im Leben ihrer ehemaligen Freundin zuging und was Charlotte dachte und fühlte.

»Ich mache einen Ausflug mit Herrn Gabrowski. Nach Deutsch Eylau.« Sie sah Charlotte direkt in die Augen und schwenkte leicht den Korb in ihrer Hand, in dem Emma Schubbke ihnen Essen für den Tag mitgegeben hatte.

»Oh«, machte Charlotte und dachte nun sicherlich auch, dass Fine und der Verwalter ein Liebespaar waren. »Dann wünsche ich dir viel Vergnügen.«

»Danke. Das werde ich sicher haben.« Fine warf den Kopf in den Nacken und lächelte harmlos.

»Gabrowski ist ein netter Mann. Jedenfalls meistens. Er kann auch ziemlich eigensinnig sein.« Prüfend sah Charlotte sie an und erwartete nun sicher, dass sie etwas über Emil Gabrowski und ihr Verhältnis zu ihm erzählte. Doch da konnte sie lange warten.

»Ich komme gut klar mit ihm«, erklärte Fine lächelnd. »Und wie sieht es bei dir aus?«

»Was meinst du?« Charlotte runzelte die Stirn. »Meinst du, wie ich mit dem Verwalter auskomme? Oder mit meinem Ehemann?«

Fine zuckte mit den Schultern und lächelte wieder. Ihr war klar, dass Charlotte ihr sicher nichts Persönliches anvertrauen würde.

»Dann nochmals viel Spaß«, sagte Charlotte nach einer langen Pause und setzte ihren Weg zum Pferdestall fort.

Kurz darauf fuhr Emil Gabrowski den Phaeton vor, hielt neben Fine an und deutete auffordernd auf den Nebensitz.

Während sie einstieg, spürte Fine das unruhige Flattern ihres Herzens und fragte sich zum hundertsten Mal, ob es richtig war, diese Fahrt zu unternehmen.

Emil Gabrowski klang sehr überzeugend, wenn er behauptete, sie würde der Komtess von Bielau geradezu unglaublich ähnlich sehen. Falls das stimmte – würde die Komtess sofort ihre verlorene Tochter in ihr erkennen? Die Tochter, die sie angeblich mit fünfzehn bekommen hatte – was bis heute Anlass für Getuschel bot? Vermutlich schauderte es die Komtess beim bloßen Gedanken an dieses Kind, das ihr Leben ruiniert hatte.

Jedes Mal wenn Fine mit ihren Grübeleien an diesem Punkt ankam, wollte sie am liebsten aus der Kutsche springen und zu Fuß nach Gut Falkensee zurücklaufen. Doch sie blieb auf der Kutschbank sitzen. Nachdem Emil Gabrowski ihr von der Geschichte erzählt hatte, würde sie ohnehin keine Ruhe haben, bis sie die Wahrheit herausgefunden hatte.

Sie legten die Fahrt nahezu schweigend zurück. Der Verwalter war kein Mann vieler Worte, wenn es nicht gerade um landwirtschaftliche Themen ging. Und Fine war mit ihren Gedanken weit fort.

Eine Stunde vor Deutsch Eylau machten sie eine Pause und aßen, was Emma Schubbke ihnen mitgegeben hatte. Es gab Käsebrote, Gemüsepasteten, die vom gestrigen Abendessen der Familie übrig geblieben waren, Kartoffelsalat, zwei Äpfel und eine Flasche mit süßer Zitronenlimonade.

»Wie soll ich es anstellen, dass sie mich sieht und vielleicht sogar mit mir spricht?«, wagte Fine schließlich zu fragen. Sie hatte vor Aufregung keinen Appetit und stocherte nur in ihrem Kartoffelsalat herum.

Emil Gabrowski hatte ihr zwar gesagt, er werde dafür sorgen, dass sie und die Komtess einander begegneten, doch je weiter sie sich Deutsch Eylau näherten, umso mehr zweifelte Fine daran, dass die Sache funktionieren würde. Schließlich konnte sie nicht einfach bei der Grafenfamilie anklopfen und erklären, dass die Komtess möglicherweise ihre Mutter war.

»Meine Schwester sagt, die Komtess geht immer noch jeden Donnerstagnachmittag ins Dorf und besucht die Kranken«, antwortete Gabrowski auf Fines Frage. »Wie es die Frauen aus dem Herrenhaus seit Jahrzehnten tun, bringt sie ihnen Kuchen, Suppe und Obst. Also werden wir der Komtess heute irgendwo im Dorf begegnen.«

»Aber ich kann mich doch nicht einfach vor sie hinstellen und … Was soll ich sagen?« Fine wurde immer verzweifelter.

»Ich würde ihr überlassen, dich anzusprechen. Wenn sie dich sieht, wird sie dich erkennen. So wie ich sofort erkannt habe, dass du aussiehst wie sie vor zwanzig Jahren.«

»Das funktioniert niemals. Sie wird einfach an mir vorbeigehen.« Fine biss sich die Unterlippe blutig.

Sie hatte sich von ihren Träumen mitreißen lassen. Allein die Vorstellung, womöglich aus einem vornehmeren Haus zu stammen als Charlotte, war reizvoll. Obwohl das natürlich nicht viel zu bedeuten hatte, da sie, falls überhaupt, eine illegitime Tochter war. Ein Bastard, von ihrer Mutter und deren Eltern verstoßen.

Und dann war alles ganz anders, als sie es sich vorgestellt, erträumt oder befürchtet hatte. Wie versprochen brachte der Verwalter sie in das Dorf Bielau in der Nähe des gräflichen Besitzes. Es bestand aus etwa fünfzig Häuschen mit kleinen Gärten, in denen die Besitzer Gemüse anbauten. Zudem besaßen fast alle einen Schweineverschlag und einen kleinen Hühnerstall. Es sah so ähnlich aus wie in Falkensee, nur waren dort die Häuser nicht ganz so ärmlich.

Fine ging an der Seite des Verwalters die einzige Straße im Dorf entlang. Da öffnete sich die Tür einer Hütte, und eine hochgewachsene, schlanke Frau trat heraus. Sie trug ein dunkelgrünes Seidenkleid, das wunderbar zu ihren roten Haaren passte, die locker aufgesteckt unter dem kleinen, ebenfalls grünen Samthut hervorschauten. Über ihrem Arm hing ein großer Korb. Sie beugte sich zu der windschiefen Pforte im Zaun hinunter, der den kleinen Garten von der Straße abgrenzte, öffnete sie, trat hindurch und schloss sie wieder.

Fine stand bewegungslos da und sah die Frau an. Nun begriff sie, was Emil Gabrowski mit der hervorstechenden Ähnlichkeit gemeint hatte. Im gleichen Moment hob die Frau den Kopf. Ihr Blick fiel auf Fine, und sie erstarrte.

In Wirklichkeit dauerte es sicher nicht länger als eine Minute, doch Fine kam es wie eine Ewigkeit vor, bis sie sich beide gleichzeitig in Bewegung setzten, langsam aufeinander zugingen und direkt voreinander stehen blieben.

»Wer sind Sie?« Die Stimme der Komtess war tief und ein wenig heiser.

»Josefine Meyerhoff.« Fine zögerte und fügte dann hinzu: »Meine Eltern haben mir vor kurzem erzählt, dass ich nicht ihr leibliches Kind bin.«

Die Komtess presste sich die Fingerspitzen gegen die Lippen, als müsste sie einen Aufschrei unterdrücken.

»In welchem Jahr wurden Sie geboren?«, stieß sie hervor.

Fine nannte das Datum, das sie für den Tag ihrer Geburt hielt. Sie wusste nicht, ob der Pastor ihren Eltern den echten Geburtstag genannt hatte oder ob Herbert und Mathilde Meyerhoff sich einfach einen Tag ausgedacht hatten.

Als sie Jahr und Tag hörte, hob die Komtess erneut die Hand, als wollte sie ihren Mund damit bedecken. Doch dann ließ sie den Arm wieder fallen und fing an zu weinen.

Hilflos stand Fine da und sah zu, wie der eleganten Frau die Tränen über die Wangen strömten.

»Wir müssen miteinander reden«, stieß die Komtess schließlich, immer noch weinend, hervor. »Komm mit mir ins Herrenhaus. Dieses Mal werde ich nicht erlauben, dass meine Eltern mir den Kontakt mit dir untersagen.«

»Ich muss nachher mit unserem Verwalter zurück nach Gut Falkensee fahren. Dort bin ich in Stellung«, erklärte Fine hastig und sah sich nach Emil Gabrowski um, der die Szene von Weitem beobachtete. Gut Falkensee war ihre Heimat und egal, was geschah, dorthin würde sie zurückkehren.

Sie verabredete mit Emil Gabrowski Zeit und Ort für die Rückfahrt, dann folgte sie der Komtess zu dem Landauer, der am Dorfrand auf sie wartete. Der auf dem Bock dösende Kutscher fuhr hoch, sprang auf den Boden und half seiner Herrin beim Einsteigen. Bei Fines Anblick in ihrem schlichten dunklen Kleid zog er die Brauen hoch. Ein knapper Befehl seiner Herrin brachte ihn dazu, Fine ebenfalls die Hand zu reichen, damit sie leichter in die Kutsche klettern konnte.

Die Tür wurde geschlossen, und schon fuhren sie auf das schlossähnliche Gebäude zu, das etwa eine Viertelstunde Kutschfahrt vom Dorf entfernt auf einem kleinen Hügel thronte. Es war mindestens doppelt so groß wie das Herrenhaus von Gut Falkensee. In Fines Brust kämpften Aufregung, Angst, Unsicherheit und der Wunsch, einfach davonzulaufen, miteinander. Doch sie blieb neben der fremden Frau sitzen, die möglicherweise ihre Mutter war, und sah durch das Fenster des Landauers nach vorn.

44. Kapitel

Hedi
Gut Falkensee, Westpreußen, 3. April 1908

Hedi hatte sich vorgenommen, beim Abschied nicht zu weinen. Während der vergangenen Monate hatte sie so viele Tränen vergossen, dass sowieso keine mehr übrig waren. Diese Annahme stellte sich allerdings als Irrtum heraus.

Als sie sich im Souterrain von den anderen Dienstboten verabschiedet hatte, war es ihr noch gelungen, die Tränen zurückzudrängen. An ihrer Stelle hatte Emma Schubbke herzzerreißend geschluchzt und immer wieder gesagt: »Das kann ich nie nich glauben! Nach all den Jahren geht sie einfach fort von uns.«

Auch Grete und Olga hatten feuchte Augen gehabt, und selbst Burckhardt musste sich mehrmals räuspern, als er ihr zum Abschied die Hand reichte.

Hedi war fast fünfundzwanzig Jahre auf Gut Falkensee in Stellung gewesen. Normalerweise suchten sich Kinderfrauen eine neue Herrschaft, wenn ihre Zöglinge groß genug waren, um sich selbst anzuziehen und zu waschen. Dann übernahm ein Hauslehrer oder ein französisches Fräulein die weitere Erziehung. Bei ihr war das wegen Frederick anders gewesen. Nach seinem Tod hatte die gnädige Frau ihr gesagt, sie könne für immer auf Gut Falkensee bleiben. Sie hatte ihr angeboten, Alices kleine Tochter zu hüten. Zur allgemeinen Überraschung hatte Hedi jedoch abgelehnt.

Kurz nach Fredericks Tod hatte sie nämlich einen Brief von Wilhelm bekommen, in dem er ihr mitteilte, dass er in Danzig eine gute Stelle als Droschkenkutscher gefunden hatte. Demnächst wolle er lernen, ein Automobil zu steuern, sodass er schon bald eine der neuen Kraftdroschken mit Taxameter fahren konnte, die man auch in Danzig immer häufiger sah.

Das Wichtigste an seinem Brief stand am Ende der eng beschriebenen Seite: »Ich liebe dich noch immer, Hedi, und ich kann dich nicht vergessen. Wenn du zu mir nach Danzig kommen würdest, wäre ich überglücklich. Wir könnten sofort heiraten und uns eine kleine Wohnung suchen.«

Obwohl Gut Falkensee seit so vielen Jahren die einzige Heimat war, die sie kannte, hatte Hedi nicht lange überlegen müssen. Sie hatte Frederick bis ans Ende seines Weges begleitet, und Charlotte kam – ebenso wie Alice – ohne sie zurecht. Die kleine Isabella war ein reizendes Mädchen, aber Hedi wollte nicht wieder ihr Herz an ein Kind hängen. Es sollte von nun an allein Wilhelm gehören, in einem neuen Leben an einem anderen Ort.

Zudem fühlte sie sich seit Fredericks Tod auf Falkensee seltsam fremd. Viele Jahre hatte sie das Gefühl gehabt, ein Teil der Familie zu sein. Mehr als die anderen Dienstboten, denn die Kinder der Bargelows hingen an ihr. Doch nun stand sie einsam am Rande. Sie gehörte nicht zu den Dienstboten und erst recht nicht zu den Herrschaften, obwohl die Grenzen zwischen diesen beiden Welten neuerdings zunehmend zu verschwimmen schienen. Immer mehr ehemalige Knechte und Stubenmädchen gingen in die Stadt, um in einer Fabrik zu arbeiten. Dort verdiente man gut, hatte einen regelmäßigen Feierabend und sonntags frei. Niemand konnte einen rund um die Uhr herbeiklingeln. Und wenn die Arbeit in einer anderen Fabrik besser erschien, ging man eben dorthin.

Hedi wusste noch nicht, was sie in Danzig tun wollte. Wilhelm wünschte sich, dass sie für ihn den Haushalt führte. Vielleicht fand sie eine Arbeit, die sie nebenher verrichten konnte. Sicher gab es in der Stadt Frauen, die für einige Stunden am Tag jemanden brauchten, der nach ihren Kindern sah. Das würde sich finden, und zu ihrem eigenen Erstaunen freute Hedi sich auf ihr neues Leben, auch wenn sie gleichzeitig Angst davor hatte.

Die Gutsherrin und der Gutsherr hatten sich bereits von ihr verabschiedet. Veronika von Bargelow war etwas schmallippig gewesen, wie immer, wenn etwas nicht so lief, wie sie es sich vorgestellt hatte. Sie hatte Hedi ein Angebot gemacht, und diese hatte es einfach abgelehnt. Doch auch eine von Bargelow musste sich an die neuen Zeiten gewöhnen. Hedi würde heiraten und fortan bei dem Mann leben, den sie von Herzen mochte. Da mussten die Herrschaften auf Falkensee eben sehen, dass sie eine andere Kinderfrau für ihre Enkelin fanden.

Der Gutsherr hatte ihr einen Umschlag in die Hand gedrückt, in dem einige Geldscheine knisterten.

»Als Starthilfe in der Stadt«, hatte er dazu gesagt.

Dann waren Herr und Frau von Bargelow gegangen, und nun fielen ihr Charlotte und Alice abwechselnd um den Hals und wollten sie nicht weglassen, obwohl Adam in der Kutsche wartete, um sie zum Bahnhof zu fahren.

»Warum lässt du uns allein, Hedi?«, schluchzte Alice. »Bitte bleib doch. Niemals finde ich für Isabella eine so wunderbare Kinderfrau wie dich.«

Hedi blinzelte die Tränen weg, die nun doch in ihren Augen standen. »Dann musst du ihr eben eine wunderbare Mutter sein. Das kannst du, Alice. Hab dein Kind so lieb, wie ich euch geliebt habe und immer noch liebe.«

Daraufhin kullerten selbst der sonst so beherrschten Charlotte Tränen über die Wangen. Noch einmal schlang sie Hedi die Arme um den Hals. »Danke für alles«, flüsterte sie ihr ins Ohr. »Ich werde Ludwig eine gute Mutter sein. So wie ich es von dir gelernt hatte.«

»Ich muss jetzt gehen, sonst verpasse ich meinen Zug. Wilhelm will mich in Danzig mit der Droschke vom Bahnhof abholen.« Energisch wischte sie sich mit dem Handrücken über die Augen.

Charlotte und Alice begleiteten sie zur Tür und beteuerten, sie würden oft schreiben und sie in Danzig besuchen.

Hedi war sich nicht sicher, dass sie das auch tatsächlich tun würden. Im ersten Jahr würde sie sicher noch einige Briefe von ihnen erhalten. Vielleicht sogar ein oder zwei Besuche. Doch im Laufe der Jahre würde die Erinnerung an sie verblassen und das Leben viele neue Eindrücke für die beiden jungen Frauen bereithalten.

Vielleicht irrte sie sich aber auch. Die Zukunft würde es zeigen. Sie jedenfalls würde »ihre Kinder« niemals vergessen und ihnen regelmäßig schreiben, selbst wenn sie keine Antwort bekam.

Dann standen Charlotte und Alice in der offenen Tür und sahen zu, wie ihre ehemalige Kinderfrau in den Landauer stieg. Ihr Gepäck hatte Adam schon verstaut.

Hedi winkte den beiden jungen Frauen ein letztes Mal zu, dann wandte sie sich nicht mehr um, während sich die Pferde in Bewegung setzten und sie ihrem neuen Leben an Wilhelms Seite entgegenfuhr.

45. Kapitel

Karol
Gut Falkensee, Westpreußen, 20. Juni 1908

Karol sprang von Tymons Rücken auf den weichen Untergrund der Koppel. Wie nach jedem Ritt bedankte er sich bei seinem Hengst mit einem Tätscheln des Halses und einem freundlichen Wort.

Seit fast zehn Jahren war Tymon sein Pferd. Das Tier stammte aus der Hannoveraner-Zuchtlinie auf dem Hof seines Vaters. Karol hatte bei Tymons Geburt geholfen, als er zufällig in den Stall kam, während alle Bewohner des Guts auf dem Feld gewesen waren. Von jenem Tag an hatte er das Fohlen, das er selbst auf den Namen Tymon getauft hatte, fast täglich im Stall oder auf der Weide besucht. Zu seinem darauffolgenden Geburtstag hatte sein Vater ihm Tymon geschenkt, und es hatte keinen stolzeren und fürsorglicheren Pferdebesitzer als Karol gegeben.

Karol war froh, dass Adalbert von Bargelow ihm gestattet hatte, sein eigenes Pferd nach Gut Falkensee zu holen. Leider hatte er Tymon viele Jahre nur selten auf dem Hof seiner Eltern besuchen können. Es war die Zeit seines Studiums gewesen und die Phase, als er gemeinsam mit Gleichgesinnten den Protest gegen die geplante Germanisierung seiner polnischen Landsleute organisiert hatte.

»Noch ist Polen nicht verloren«, flüsterte er seinem Hengst ins Ohr und gab ihm einen leichten Klaps auf die Kruppe. Tymon lief ein paar Schritte über die Koppel und senkte dann den Kopf, um zu grasen. Nachdenklich betrachtete Karol das schöne Tier. Es wurde Zeit, neue Protestaktionen zu organisieren. Jarek hätte nicht gewollt, dass er aufgab. Sein Freund sollte nicht umsonst gestorben sein.

Bevor er sich den trächtigen Stuten zuwandte, drehte Karol automatisch den Kopf in die Richtung, in der das Landhaus Krammbach lag. Dort lebte Charlotte seit knapp sechs Wochen wieder bei ihrem Ehemann und ihrem Sohn. Seit ihrem Abschied in seinem Zimmer über der Remise hatten sie kein persönliches Wort mehr gewechselt. Was in seinem Sinne war. Von Anfang an hatte er Charlotte ganz oder gar nicht gewollt. Auf keinen Fall war er bereit, sich mit ein paar Krümeln ihrer Zuneigung zufriedenzugeben, wenn ihr Mann gerade nicht hinschaute. Dass er sich für einige Wochen mit einer schmutzigen kleinen Affäre begnügt hatte, war schlimm genug. Der Schmerz, den er spürte, wenn er an sie dachte oder sie aus der Ferne vorübergehen sah, würde vergehen.

Die Koppel lag am Rande der Ländereien von Falkensee. Durch die Bäume sah Karol in der Ferne die Lichter der krammbachschen Villa schimmern. Sofort stellte er sich vor, dass Charlotte in einem der hell erleuchteten Zimmer saß, mit ihrem Sohn spielte oder mit ihrem Mann sprach.

Wahrscheinlich war Baldur von Krammbach um diese Zeit aber noch in der Fabrik. Schon einige Male hatte Karol während eines Besuchs bei den Pferden erlebt, dass Charlottes Ehemann erst zu später Stunde in seinem Automobil heimkehrte. Jedes Mal waren die Pferde vom Motorenlärm aufgescheucht worden, was jetzt, da einige Muttertiere trächtig waren, gefährlich werden konnte. Wenn eines der Pferde versuchte, in Panik über das Gatter zu setzen, und sich ein Bein brach oder ein Fohlen zu früh zur Welt kam und starb, war das ein hoher finanzieller Verlust für das Gut. Die hochsensiblen Tiere waren den Motorenlärm der Automobile nicht gewohnt, ganz besonders nicht, wenn der Fahrer sich einen Spaß daraus machte, mit hoher Geschwindigkeit die Gerade vor der Koppel entlangzurasen.

Karol hatte deswegen vor einigen Tagen bereits in der Villa Krammbach vorgesprochen. Er war sich nicht sicher, ob er auch bei einem anderen Automobilisten seinem Ärger nachgegeben und um eine Unterredung mit dem Hausherrn gebeten hätte. Dafür hatte er einen Tag gewählt, an dem er sicher war, dass Charlotte sich zu einem kurzen Besuch auf dem elterlichen Gut aufhielt. Er war besorgt um die Pferde, für die er Verantwortung trug, vielleicht ging es aber auch darum, sich Charlottes Ehemann aus der Nähe anzusehen.

Baldur von Krammbach war ihm mit einem offenen Lächeln in der Halle entgegengekommen, nachdem ein Diener ihm den unangekündigten Besuch des Stallmeisters von Gut Falkensee gemeldet hatte. Als der Hausherr begriff, dass es sich nicht um Adam handelte, versteinerte seine Miene.

»Sie wünschen?« Unter hochgezogenen Brauen musterte Baldur von Krammbach ihn.

Mit knappen Worten brachte Karol sein Anliegen vor.

»Nun«, erwiderte von Krammbach nach kurzem Überlegen. »Ich fürchte, in dieser Angelegenheit kann ich nichts für Sie tun. Die Straße ist zum Fahren da, und ich fahre mit dem Automobil von meiner Fabrik zu meinem Haus. Wenn das die Pferde so sehr stört, liegt es in Ihrer Verantwortung, sie woanders grasen zu lassen.«

»Ich bitte Sie nur, etwas langsamer zu fahren und auf der Geraden vor der Weide nicht noch zusätzlich Gas zu geben.« Karol dachte nicht daran, dem eisigen Blick des Fabrikbesitzers auszuweichen. Wut stieg in ihm auf, doch er versuchte, sich nichts anmerken zu lassen.

Er sah, dass der Hausherr die Hände zu Fäusten geballt hatte, seine Miene aber weiter unbewegt wirkte. Nur seine Augen verrieten ihn. In ihnen loderte Zorn gemischt mit etwas, das verdächtig nach Schmerz aussah. Ahnte der Mann etwas?

»Es gibt einige Dinge im Leben, die ich zu meinem größten Bedauern hinnehmen muss«, sagte Baldur von Krammbach langsam. »Ganz gewiss werde ich mir jedoch von Ihnen nicht vorschreiben lassen, in welchem Tempo ich fahre und wann ich Gas gebe. Ich denke, damit ist diese Unterredung beendet. Mein Diener wird Sie zur Tür geleiten.«

Damit hatte er Karol in der pompösen Eingangshalle seiner Villa stehenlassen. Und selbstverständlich fuhr er weiterhin mit viel Getöse an der Koppel vorbei. Da den Tieren bisher nichts passiert war, hatte Karol davon abgesehen, sie auf eine andere Weide zu bringen.

In der Abenddämmerung, die bereits tief in den Bäumen am Rand der Weide hing, sah er sich nach Aurelia um, der Stute, die Charlotte und er an jenem wunderbaren Tag getrennt voneinander auf dem Pferdemarkt gefunden hatten. Das wunderschöne Tier war nach einer angemessenen Eingewöhnungszeit auf Gut Falkensee bereits beim ersten Deckversuch trächtig geworden und würde in etwa drei Wochen abfohlen.

Er erspähte die lackschwarze Stute am Rand der Koppel, wo sie mit einigen anderen Pferden ruhig unter einer der Eichen stand, und ging über den federnden Boden zu den Tieren. Er hatte die kleine Gruppe fast erreicht, als er das verhasste Knattern hörte, das einige besonders Automobilverrückte sogar als Wohlklang bezeichneten.

Zu dieser Zeit konnte das eigentlich nur Baldur von Krammbach auf dem Weg zu seiner Villa sein.

Die besonders ängstliche Stute Mirabel stieg auf die Hinterbeine. Daraufhin liefen zwei andere Tiere wiehernd über die Weide, andere wichen, heftig die Mähnen schüttelnd, rückwärts unter die Baumgruppe zurück. Karol heftete seinen Blick auf Aurelia, die zunächst zögerte und dann ebenfalls über die Wiese galoppierte.

Langsam, um das Tier nicht noch mehr zu ängstigen, folgte Karol der schwarzen Stute über die Weide.

Aus dem Augenwinkel beobachtete er Tymon, der in der Nähe des Zauns stand, sich aber gut hielt. Jedenfalls trug er nicht zur allgemeinen Panik bei.

Immer noch war das viel zu laute Motorengeräusch zu hören. Der Wind stand ungünstig und wehte die Misstöne von der Straße direkt auf die Koppel.

Zum Glück waren die Tiere inzwischen stehengeblieben und drängten sich am anderen Ende der Weide in einer kleinen Gruppe zusammen.

Karol atmete auf und beschloss, Aurelia gleich morgen in ihre Geburtsbox auf dem Gut zu bringen. Es war ohnehin fast an der Zeit.

Plötzlich kreischten Bremsen, eine Hupe ertönte, es klirrte und schepperte, und gleich darauf waren laute Männerstimmen zu hören.

Die Pferde wurden erneut unruhig, liefen aber nicht wieder los, sondern drängten sich noch enger zusammen. Karol redete beruhigend auf sie ein. Gleichzeitig lauschte er in Richtung Straße. Hatte es einen Unfall gegeben? Was waren das für Stimmen? War ein zweites Automobil an dem Unglück beteiligt, oder hatten die Männer alle in einem Wagen gesessen? Vielleicht war es doch nicht Baldur von Krammbach gewesen, der allein unterwegs nach Hause war. Karol fuhr zusammen, als er einen rauen Aufschrei hörte. Gab es Verletzte, die Hilfe brauchten?

Er lief er zu Tymon und schwang sich in den Sattel. Dieses Mal machte er sich nicht die Mühe, das Gatter zu öffnen, sondern trieb den Hengst auf den brusthohen Zaun zu, den Tymon souverän übersprang.

Auf der Straße angekommen, wandte Karol das Pferd in die Richtung, aus der er immer noch Männerstimmen hörte. Wenig später sah er in der Ferne die Unfallstelle. Er erkannte einen einzelnen Wagen, der schräg zur Fahrtrichtung stand und dessen Scheinwerfer die Büsche am Wegrand hell beleuchteten. Um das Automobil, dessen vier Türen weit geöffnet waren, liefen mehrere Gestalten herum. Dann hörte er den Motor spucken und stottern, als würde jemand versuchen, ihn in Gang zu bringen.

»Kann ich helfen?«, rief er schon von Weitem, während er sich dem Fahrzeug näherte. Mittlerweile erkannte er das schwarze Dach und den dunkelroten Lack des Wagens. So ein Automobil besaß Baldur von Krammbach, doch er konnte ihn nirgends entdecken.

Dann hörte er einen gurgelnden Laut, der sofort wieder erstarb. Nach kurzer Pause folgte ein schmerzerfüllter Hilferuf.

Wieso kümmerten sich die anderen Männer nicht darum, dass einer von ihnen Hilfe benötigte?

»Hau'n wir ab«, rief stattdessen jemand. »Die Karre kriegen wir sowieso nich in Gang. Is wohl kaputt.«

Als Karol neben dem Wagen vom Pferd sprang, verschwanden soeben drei Männer im Gebüsch. Zu seinen Füßen hörte er ein unterdrücktes Stöhnen. Als er sich bückte, entdeckte er im Gras einen vierten Mann. Er lag am Rand des Lichtkegels der Scheinwerfer. Auf seinem weißen Hemd zeichnete sich ein großer dunkler Fleck ab, sein Gesicht war blutüberströmt.

Karol kniete sich neben den Verletzten und erkannte Baldur von Krammbach. Neben ihm lag ein langes Messer mit blutiger Klinge.

»Hören Sie mich?« Vorsichtig berührte Karol die Schulter des Verletzten.

Die geschlossenen Lider flatterten, Krammbach gelang es jedoch nicht, die Augen zu öffnen. Aus seinem Mund kam ein schwaches Stöhnen.

Er hockte neben dem Verletzten und starrte ihn an. Baldur von Krammbach atmete nur noch flach. Falls er keine Hilfe bekam, würde er wahrscheinlich innerhalb kürzester Zeit sterben.

Karol stand auf und wandte sich ab. Wenn er einfach zur Koppel zurückkehrte, würde niemand wissen, dass er hier gewesen war oder auch nur irgendetwas von dem Geschehen auf der Straße mitbekommen hatte.

Mit schnellen Schritten ging er zurück zu Tymon, der geduldig am Straßenrand wartete. Als er den Hengst fast erreicht hatte, hielt er inne. War das ein Stöhnen gewesen? Ein besonders schwerer Atemzug des verletzten Mannes dort am Boden? Eine Sekunde oder zwei kämpfte Karol noch mit sich. Dann drehte er sich entschlossen um, ging zurück und kniete wieder neben dem Fabrikanten nieder.

Baldur von Krammbach kämpfte mit offenem Mund um jeden Atemzug, der Blutfleck auf seinem Hemd war deutlich größer geworden. Hastig zerrte Karol sein Taschentuch hervor. Er hatte es am Morgen aus der Schublade genommen und noch nicht benutzt. Seine Finger zitterten ein wenig, als er Baldurs Hemdknöpfe öffnete und den blutverschmierten Stoff beiseiteschob. Hellrotes Blut quoll aus der Brustwunde des Fabrikanten. Karol presste das Leinentuch fest auf den tiefen Messerstich. Es war schon nach kurzer Zeit rot durchweicht.

Karol fragte sich, was hier passiert war.

Hatten Banditen Baldurs Wagen zum Anhalten gezwungen, ihn aus dem Automobil gezerrt, mit dem Messer attackiert und ausgeraubt? Ein reicher Mann wie von Krammbach besaß auf jeden Fall eine kostbare Taschenuhr und hatte stets ein Bündel Geldscheine bei sich. Wenigstens war es den Straßenräubern nicht gelungen, mit dem Wagen abzuhauen.

»Ich hole Hilfe«, sagte er zu dem Mann im Gras, von dem er nicht wusste, ob er ihn hörte oder längst bewusstlos war.

Auf dem Pferd brauchte er zehn Minuten bis ins Dorf. Wenn er Doktor Kramer antraf, könnte er innerhalb einer knappen halben Stunde mit dem Arzt zurück sein. Das war für den Verletzten eine lange Zeit, aber eine andere Möglichkeit gab es nicht. Das Automobil fuhr nicht, und er hätte auch nicht gewusst, wie er es in Gang setzen sollte. Auf dem Pferd konnte er den Schwerverletzten nicht ins Dorf bringen. Das würde ihm unerträgliche Schmerzen bereiten und den Blutfluss noch verstärken.

»Ich mache es Ihnen etwas bequemer.« Karol warf durch eine der offenstehenden Türen einen Blick ins Innere des Wagens, entdeckte auf dem Beifahrersitz eine Jacke und nahm sie, um den Verletzten damit zuzudecken.

Als er sich umdrehte, bemerkte er verblüfft den Fremden, der direkt hinter ihm stand. Wo war der Mann hergekommen? Und was war das in seiner Hand? Ein Messer? Karol konnte den Blick nicht von der Klinge wenden.

»Was wollen Sie?«, herrschte er den Mann schließlich an.

War einer der Banditen zurückgekommen, um sein Werk zu

vollenden? Wollte er das Auto? Wollte er den Verletzten umbringen, damit er keine Aussage machen konnte? Dann würde er auch ihn töten.

Was für eine seltsame Laune des Schicksals, gleichzeitig Charlottes Ehemann und ihren Geliebten in den Tod zu schicken. Und wie merkwürdig, dass ihm dieser Gedanke durch den Kopf ging, während er von einem entschlossen dreinblickenden Mann mit dem Messer bedroht wurde.

»Umdrehen«, kommandierte der Fremde knapp und wackelte drohend mit der Klinge.

Zögernd folgte Karol dem Befehl. Hatte der Bandit vor, ihn von hinten zu erstechen, weil er dann nicht in das Gesicht seines sterbenden Opfers schauen musste?

Karol biss die Zähne aufeinander und spürte die Anspannung bis in seinen Kiefer. Während er den scharfen Schmerz erwartete, mit dem sich das Messer in seinen Körper bohren würde, hielt er den Atem an. Er wollte die Augen schließen, doch sein Blick blieb an Baldur von Krammbach hängen, der vor ihm auf dem Boden lag. Die Augen des Fabrikbesitzers waren halb geöffnet und starrten leer in den Nachthimmel. War Charlottes Mann bereits tot?

Karols letzter Gedanke galt der Frau, die er so sehr liebte, dass es schmerzte. Das entsetzliche Krachen und der scharfe Schmerz in seinem Kopf kamen überraschend. Dann raste der Schotter der Straße auf ihn zu, eine tiefe Dunkelheit, schwarz wie Samt, senkte sich über ihn.

46. Kapitel

Charlotte
Landhaus Krammbach, Westpreußen, 21. Juni 1908

Das Ticken der großen Wanduhr dröhnte wie Hammerschläge in Charlottes Ohren. Seit mehr als einer Stunde saß sie bewegungslos auf dem harten Holzstuhl neben dem offenen Sarg. Obwohl sich zehn Dienstboten und ihr kleiner Sohn in der Villa aufhielten, war außer dem endlosen Ticktack kein Laut zu hören. Als wäre sie vollkommen allein auf der Welt.

In den Wochen nach Fredericks Tod hatte Charlotte oft geweint. Wenn sie unvermittelt sein schiefes Lächeln vor sich gesehen oder an sein heiseres Kichern gedacht hatte, waren sofort Tränen über ihre Wangen gerollt.

Doch seit Baldurs langjähriger Butler den Leichnam ihres Mannes nach Hause gebracht hatte, war sie wie erstarrt. Keine einzige Träne hatte sie vergossen. Wieder und wieder fragte sie sich, ob sie die Schuld am Tod ihres Ehemannes trug. Sie trauerte, aber sie konnte es nicht reinen Herzens tun. Dazu war während der vergangenen Monate zu viel geschehen.

Aus einer arrangierten Ehe, die überraschend harmonisch verlaufen war, hatte sich innerhalb kürzester Zeit eine problematische Beziehung entwickelt, über der dunkle Wolken schwebten. Baldur hatte Ludwig, ihr Kind, als Druckmittel verwendet, um sie an seiner Seite zu halten. Vielleicht hatte er es aus Angst getan, weil er fürchtete, sie zu verlieren. Vielleicht als Rache, weil er etwas von ihrer Affäre geahnt hatte. Aber selbst wenn Baldur aus Liebe zu ihr gehandelt hatte, änderte das nichts. Auch Liebe rechtfertigte nicht alles.

Und nun lag er vor ihr im Sarg, und in dem schrecklichen Durcheinander, das in ihrem Kopf herrschte, brachte ihr nicht einmal der Gedanke an ihr Kind Trost. Wie denn auch, wenn sie schuld daran war, dass Ludwig nun vaterlos aufwachsen musste?

»Es tut mir leid, Baldur. Das wollte ich nicht. Wie konnte ich ahnen, dass er dich umbringen würde?« Verzweifelt betrachtete sie das stille weiße Gesicht ihres Mannes.

Als sie am Vorabend vom Salon aus gehört hatte, wie jemand mit der Faust gegen die Vordertür schlug, hatte sie nicht geahnt, in welches Gefühlschaos sie wenig später stürzen würde. Einer der Diener öffnete, dann hörte sie aufgeregte Stimmen und schnelle Schritte. Noch bevor sie nachschauen konnte, was da los war, ging nach einem kurzen Klopfen auch schon die Tür auf, und Elisabeth Seibold, die Hausdame, trat ein. Offenbar hatte man sie aus dem Bett geholt. Sie trug einen geblümten Morgenmantel, und ihr sonst zu einem strengen Knoten aufgestecktes Haar war zu zwei albernen Zöpfen geflochten. Als Charlotte sah, dass die Hausdame sich nicht die Zeit genommen hatte, sich anzuziehen und etwas an ihrer Frisur zu verändern, stieg eine schreckliche Ahnung wie eisiges Wasser in ihr auf.

»Der gnädige Herr«, stammelte Frau Seibold und umklammerte wie haltsuchend einen ihrer Zöpfe. »Armbruster hatte seinen freien Nachmittag und kam auf dem Fahrrad aus dem Dorf zurück. Er fand den gnädigen Herrn neben seinem Automobil.«

Ein Unfall! Baldur fuhr in seinem Automobil oft viel zu schnell.

»Hat Armbruster ihn hergebracht? Wir müssen sofort Doktor Kramer rufen.« Sie wollte zur Tür eilen, doch Frau Seibold hielt sie zurück.

In einer anderen Situation hätte die Hausdame sich nicht erlaubt, ihre Herrin am Arm zu packen, zu einem Sessel zu führen und darauf niederzudrücken. Jetzt tat sie es, und Charlotte ließ es sich gefallen.

»Armbruster hat den gnädigen Herrn in seinem Automobil hergefahren«, sagte die Hausdame leise. »Er hat sofort Doktor Kramer angerufen und die Polizei.«

Für einen Moment ließ die eisige Kälte in Charlottes Gliedern nach, und sie spürte wieder Blut durch ihre Adern fließen. Doktor Kramer war unterwegs und würde Baldur helfen. Wie gut, dass die Villa mit allen modernen Errungenschaften ausgestattet war. Baldur hatte sein Haus, sobald es möglich war, ans Stromnetz anschließen und vor zwei Jahren eine Telefonleitung legen lassen. Die Kosten waren hier – außerhalb der Stadt – gewaltig gewesen, aber das spielte für ihn keine Rolle.

Charlotte runzelte die Stirn. »Wieso die Polizei? War noch jemand an dem Unfall beteiligt?«

»Es war kein Unfall. Der gnädige Herr wurde in seinem Automobil angehalten und niedergestochen. Armbruster hat den Mann, der es getan hat, niedergeschlagen und gefesselt am Straßenrand zurückgelassen. Die Polizei muss ihn nur noch abholen.«

Charlotte sprang auf, um an Baldurs Lager zu eilen. Als seine Frau war es ihre Pflicht, nach ihm zu sehen, wenn er verletzt war. Vielleicht konnte sie etwas für ihn tun, bis der Arzt kam. Doch Elisabeth Siebold wollte sie nicht fortlassen. Wieder umklammerte sie ihren Arm. Dieses Mal riss sich Charlotte energisch los und lief zur Tür.

»Wo ist er?« Sie wartete die Antwort nicht ab, sondern stürmte hinaus in die Halle.

Schon von Weitem bemerkte sie die offenstehende Tür zu Baldurs Arbeitszimmer. Im Licht, das in die dämmerige Halle fiel, sah sie Schatten, die sich durchs Zimmer bewegten. Wie erstarrt blieb Charlotte im Türrahmen stehen.

Sie hatten Baldur auf das dunkelbraune Ledersofa gelegt. Armbruster und der Hausdiener Heiner wandten sich ihr zu.

»Kommt Doktor Kramer?« Sie musste sich räuspern, bevor sie den kurzen Satz herausbekam.

Der Butler nickte, aber ein Blick in sein Gesicht zeigte ihr, dass es nicht eilig war. Nicht mehr. Charlotte hatte es schon vorher gewusst, hatte es an der fernen Stille gespürt, die den Mann auf dem Sofa umgab. Sie wagte kaum, ihn anzusehen. Und doch musste sie es tun. Musste sich mit eigenen Augen überzeugen.

Ihr linker Fuß setzte sich vor den rechten. Dann der rechte vor den linken. Wie eine Marionette durchquerte sie das Zimmer. Heiner wich zurück, als sie das Sofa erreichte.

Sie stand stocksteif da und starrte den Mann an, den sie nicht aus Liebe geheiratet hatte, sondern aus Pflichtbewusstsein, und mit dem sie eine kurze gute Zeit verbracht hatte. Den Mann, der sie später verletzt hatte. Den Mann, den sie betrogen hatte.

Als sie das Blut in seinem Gesicht sah, das einer der Männer nur notdürftig abgewischt hatte, schnappte sie nach Luft. Sie wusste nicht, warum sie es tat, doch sie streckte ihre zitternde Hand aus und zog die Decke weg, die jemand über den starren Körper gebreitet hatte. Der Anblick der riesigen roten Wunde in der nackten Brust ihres Mannes brachte sie ins Wanken. Sie ließ die Decke fallen, stützte sich auf die Lehne des Sofas und wandte sich Armbruster zu. Er schien sich hin und her zu bewegen, als würde starker Seegang herrschen. Doch wahrscheinlich war sie es, die unsicher schwankte.

»Haben Sie den Täter gesehen?«, stieß sie hervor

Der Butler nickte. »Als ich mich auf meinem Rad näherte, sah ich, wie der Mann sich in das Automobil beugte. Er suchte wohl nach Wertsachen. Der gnädige Herr lag verletzt am Boden. Wenn ich ein wenig früher gekommen wäre, hätte ich es vielleicht verhindern können.« Hilflos zog er die Schultern hoch. »Aber ich habe dafür gesorgt, dass der Verbrecher seiner Strafe zugeführt wird. Habe ihn mit seinem eigenen Messer gezwungen, sich umzudrehen, ihn dann von hinten mit einem Ast niedergeschlagen und anschließend gefesselt. Die Polizei wird sich um ihn kümmern.«

»Kannten Sie den Mann, der ihm das angetan hat?« Ihre Stimme war so heiser, als hätte sie tagelang geweint.

Der Butler nickte und nannte den Namen des Mannes, den er am Tatort mit einem blutigen Messer vorgefunden hatte.

Charlotte schnappte nach Luft. Dann wurde ihr schwarz vor Augen. Sie versuchte, sich an die Lehne des Sofas zu klammern, doch ihre Finger hatten keine Kraft mehr. Stumm sackte sie in sich zusammen, spürte den weichen Teppich unter ihrer Wange und tauchte in gnädiges Vergessen ein.

*

Am nächsten Morgen kam ein Gendarm, um sie zu befragen. Elisabeth Seibold versuchte ihn wegzuschicken. Doch Charlotte, die appetitlos am Frühstückstisch saß, rief durch die offene Tür, sie wolle den Polizisten empfangen.

Ihre Ohnmacht hatte nur kurz angedauert. Als Doktor Kramer gekommen war, um den Leichenschein für Baldur auszustellen, war sie längst wieder bei Bewusstsein gewesen.

»Nur ein Schwächeanfall«, stellte der Arzt fest und reichte der Hausdame eine kleine Papiertüte. »Geben Sie ihr einen Teelöffel davon in einem Glas Wasser, dann schläft sie bis morgen früh durch.«

Charlotte hatte sich geweigert, das Schlafmittel zu nehmen. Sie durfte sich nicht ins Vergessen flüchten, musste ihre Schuld sühnen, obwohl das eigentlich nicht möglich war. Seit sie Karols Namen gehört hatte, wusste sie, dass sie verantwortlich für den Tod ihres Ehemanns war.

Sie hatte Ehebruch begangen, und ihr Geliebter hatte ihren Mann getötet, nachdem sie ihm gesagt hatte, dass sie Baldur wegen ihres Kindes nicht verlassen konnte und wollte. Mit brennenden Augen lag sie in ihrem Bett, starrte in die Dunkelheit, lauschte in die Stille des Hauses hinein, dachte an den Körper, der kalt und einsam unten lag, und hörte in ihrem Kopf immer wieder die Worte, die Karol gesagt hatte. Darüber, dass nur der Tod ihres Mannes ihnen die Möglichkeit verschaffen würde, zusammen zu sein. Sie hatte Karol gesagt, dass Gewalt kein Weg war, doch er hatte nicht auf sie gehört, hatte die Lösung gewählt, die die einzige zu sein schien. Das tat ihr auf eine Weise weh, die schlimmer war als der Schmerz über Baldurs Tod. Weil sie nicht bereit war, einen Mann zu lieben, der kaltherzig einen anderen Menschen tötete, weil er ihm im Weg war.

Doch es war nicht so einfach, mit der Liebe zu Karol aufzuhören. Weil dieses Gefühl sich wie mit unzähligen kleinen Häkchen in ihrem Herzen und ihrer Seele verankert hatte. Weil sie wusste, dass Karol auch und vielleicht vor allem ihretwegen getötet hatte. Damit sie frei war und mit ihrem Kind glücklich leben konnte. Weil sie schon so lange versuchte, Karol nicht mehr zu lieben, und es einfach nicht konnte.

Als der Morgen graute, quälte sie sich aus dem Bett. Es war so früh, dass ihre Zofe noch schlief. Sie rief das Küchenmädchen vom Anfeuern des Küchenherds weg, damit sie ihr das Korsett schnürte und die Haken des schwarzen Kleides schloss.

Dann saß sie neben Baldurs Leichnam, bis Frau Seibold sie anflehte, wenigstens einen Bissen Brot zu essen und eine Tasse Tee zu trinken. Doch sie rührte das Brot nicht an, und der Tee schmeckte bitter.

Als der Mann von der Polizei kam, war sie fast erleichtert, weil sie gezwungen war, sich zusammenzunehmen und mit ihm zu reden.

Doch als er Karols Namen nannte und sie fragte, ob sie sich vorstellen könne, wieso der Stallmeister ihres Vaters Baldur überfallen und erstochen haben könnte, war sie vollkommen unfähig, etwas zu sagen. Aus geschwollenen, feuchten Augen starrte sie den Gendarmen an.

»Ich weiß nicht«, stieß sie schließlich mühsam hervor, als der Mann immer noch geduldig auf ihre Antwort wartete.

»Wissen Sie, ob Karol Darranowski Schulden hatte oder in zweifelhaften Kreisen verkehrte? Hatte er möglicherweise persönliche Gründe, Ihren Mann anzugreifen? Streitigkeiten? Neid?«

Stumm zuckte sie mit den Schultern, und zu ihrem Erstaunen gab der Polizeibeamte sich damit zufrieden. Wahrscheinlich hatte er nicht erwartet, mehr von ihr zu erfahren. Er stand auf, erklärte nochmals sein Beileid und verschwand.

Später kam der Leichenbestatter mit der Totenfrau. Er erklärte, er werde Baldur für den Abschied herrichten. Wo er in seinem Sarg aufgebahrt werden solle?

Charlotte entschied sich für den Salon. Sie bestand darauf, der Totenfrau beim Waschen ihres toten Ehemannes zu helfen. Es war nicht viel, was sie jetzt noch für ihn tun konnte, ihr Gewissen erleichterte es nicht.

Als Baldur in dem schwarzen Anzug, den er zur Hochzeit getragen hatte, im offenen Sarg lag, nahm sie erneut ihren Platz neben ihm ein. Sie sah es als Teil ihrer persönlichen Buße, auf dem harten Stuhl zu sitzen und den Mann ansehen zu müssen, an dessen Tod sie zumindest mitschuldig war.

Drei Tage nach seinem Tod wurde Baldur begraben. Charlotte trug einen dichten schwarzen Schleier vor dem Gesicht, wie es sich für eine Witwe geziemte.

Baldur von Krammbach hatte nur wenige noch lebende Verwandte, doch um sein Grab versammelten sich unzählige Menschen. Sämtliche Arbeiter seiner Zuckerfabrik waren gekommen, und viele von ihnen hatten feuchte Augen. Seine ältliche Sekretärin schluchzte, als hätte sie ihren Sohn verloren.

Charlotte klammerte sich an den Arm ihres Vaters, der sie stützte, während der Pastor am offenen Grab sprach. Es tat ihr leid, dass Adalbert, der kaum den Tod seines Sohnes überwunden hatte, ihr nun bei der Beerdigung seines Schwiegersohnes beistehen musste und zudem wusste, dass sein eigener Stallmeister ihn getötet hatte.

Es gab immer wieder Momente, in denen Charlotte zweifelte, ob Karol tatsächlich Baldur ermordet hatte, um den Weg für eine Liebe mit ihr freizumachen. Sie hatte ihn als Mann kennengelernt, der offen zugab, dass er in manchen Situationen Gewalt als einzige Lösung sah und dass er bereit war, diese Gewalt anzuwenden.

Zum Beispiel um sein Vaterland vor dem endgültigen Untergang zu retten. Andererseits war er ein warmherziger, mitfühlender Mensch, der Tiere nicht leiden sehen konnte und Kinder tröstete, wenn sie hingefallen waren. Doch vielleicht hatte ihn gerade dieses Mitgefühl zu der Tat getrieben. Denn er hatte gesehen, wie sie darunter litt, bei Baldur bleiben zu müssen, um ihren Sohn nicht zu verlieren. Hatte er daher beschlossen, ihr mit dem Mord an Baldur zu einem Leben voller Hoffnung und Liebe zu verhelfen?

So gingen ihre Gedanken pausenlos im Kreis, während der Pastor sprach und die Anwesenden mit gesenkten Köpfen um das offene Grab standen.

Als das letzte Gebet gesprochen worden war und jeder der Trauergäste eine Schaufel Erde auf den Sarg geworfen hatte, formte sich eine lange Schlange. Alle wollten der Witwe ihr Beileid aussprechen.

Charlotte streckte ihre Hand vor und vermied es, hinter ihrem Schleier dem Menschen, der gerade mit ihr sprach, ins Gesicht zu sehen. Sie sagte kein Wort, nickte nur an den richtigen Stellen und biss sich die Lippen blutig.

»Krawuttke. Ich bin Vorarbeiter in der Fabrik.« Der Mann, der jetzt vor ihr stand, redete lauter als die anderen. Und er murmelte nicht nur etwas von Beileid und tragischem Schicksal vor sich hin.

»Es tut uns allen furchtbar leid, was dem Herrn von Krammbach passiert ist.« Krawuttke trat nervös von einem Fuß auf den anderen. »Er war ein guter Mensch und ein guter Chef, und wir machen uns Sorgen, wie es nun weitergeht.«

Charlotte musterte den aufgeregten Mann. Er hatte sich zu Baldurs Beerdigung in einen schwarzen Anzug gequetscht, der ihm deutlich zu eng war. Offenbar hatten ihn die anderen Arbeiterinnen und Arbeiter vorgeschickt.

Dies war der Moment, in dem sie begriff, dass es Pflichten gab, die sie nicht vernachlässigen durfte. Schon allein wegen Ludwig nicht. »Ich werde mich darum kümmern«, sagte sie mit fester Stimme.

»Danke, gnädige Frau, und nichts für ungut.« Krawuttke atmete auf und verbeugte sich.

»Ich komme in den nächsten Tagen in die Fabrik, dann reden wir darüber, wie es weitergeht.« Es tat gut, sich auf das Notwendige zu konzentrieren, auf ihre Pflicht. Denn das war es, was für die Bargelows schon immer wichtig gewesen war: Pflichtbewusstsein.

47. Kapitel

Charlotte
Gut Falkensee, Westpreußen, 19. März 1909

»Lässt er immer noch niemanden in den Sattel?« Während sie Tymon eine Möhre hinhielt, die der Hengst nur zögernd annahm, sah Charlotte fragend zu Adam hinüber, der soeben mit einer Schubkarre voller Heu die Stallgasse entlangkam.

Er schüttelte stumm den Kopf. »Wird wohl nuscht mehr.«

»Ich versuche es heute Nachmittag noch mal. Sonst muss er wieder an der Longe laufen.«

Tymon trauerte um seinen Herrn. Anders war es nicht zu erklären, dass er noch mehr als sechs Monate nach Karols Verschwinden niemandem erlaubte, ihn zu reiten. Adam hatte es mit Geduld und gutem Zureden, mit strenger Hand und allen Tricks versucht, die er kannte. Tymon blieb der Sieger. Wenn es dem Stallmeister oder einem Stallburschen gelang, sich in den Sattel zu schwingen, landete der Reiter wenige Sekunden später unsanft auf dem Boden.

Charlotte wusste von Karol, dass er Tymon als Dreijährigen selbst zugeritten hatte. Wahrscheinlich hatte niemals jemand anderes als Karol auf Tymons Rücken gesessen.

Sie streichelte die seidenweichen Nüstern des Hengstes. Bildete sie sich die Traurigkeit in seinem Blick nur ein?

»Er hat dich nicht vergessen«, flüsterte sie. »Eines Tages kommt er, um dich zu holen.«

Der Gedanke, dass Karol seinen geliebten Hengst verlassen hatte, um ihr nicht wiederbegegnen zu müssen, war wie ein Stich ins Herz. Sofort nach seiner Freilassung war Karol verschwunden und hatte mit seiner Vergangenheit nicht nur sie, sondern auch sein Pferd und all seine Habseligkeiten auf Falkensee zurückgelassen.

Er würde ihr niemals verzeihen, dass sie ihn für den Mörder ihres Mannes gehalten hatte. Sie, die ihm ihre Liebe gestanden und doch kein Vertrauen in ihn gehabt hatte.

Denn sonst hätte sie auf den Brief reagiert, den er ihr aus dem Gefängnis geschrieben hatte, während er auf seinen Prozess wartete. Weil er damit rechnen musste, dass die Post, die er von seiner Zelle aus verschickte, kontrolliert wurde, war sein Schreiben förmlich und knapp gewesen. Dennoch hatte sie sein Flehen um ihr Vertrauen zwischen den Zeilen deutlich wahrnehmen können.

Verehrte Frau von Krammbach!

Heute wende ich mich an Sie, weil mir der Gedanke, Sie könnten ebenso wie die Polizei davon ausgehen, ich hätte Ihren Gatten getötet, keine Ruhe lässt.

Bitte glauben Sie mir, dass ich mich an jenem Ort, an dem ich festgenommen wurde, nur aufhielt, um Herrn von Krammbach zu helfen.

Ich bedauere den Tod Ihres Gatten von ganzem Herzen und wünschte, meine Bemühungen zu seiner Rettung wären nicht vergeblich gewesen.

Es ist von größter Bedeutung für mich, dass Sie, geehrte gnädige Frau, an meine Unschuld glauben. Der Gedanke, Sie könnten mich für den Mörder Ihres Gatten halten, bereitet mir mehr Sorge als der bevorstehende Prozess. Ich hoffe, in der Verhandlung wird sich meine Unschuld erweisen, doch noch mehr wünsche ich mir, dass Sie mir jetzt schon glauben.

Hochachtungsvoll
Karol Darranowski

Charlottes erster Impuls war gewesen, den Brief zu verbrennen. Er hatte sie wütend gemacht. Was für ein kluger Schachzug von Karol, ihr schriftlich seine Unschuld zu beteuern, denn selbstverständlich hatte die Polizei den Brief gelesen, bevor er ihr zugestellt worden war.

Doch sie hatte das Schreiben nicht ins Feuer geworfen. Wieder und wieder hatte sie seine Zeilen gelesen. Sie klangen ehrlich, und Charlotte wünschte sich inständig, dass sein Brief der Wahrheit entsprach.

Aber wie wahrscheinlich war das? Der Gendarm, der sie befragt hatte, hatte ihr erklärt, es stünde außer Frage, dass der Festgenommene die Tat begangen hatte. Karol war neben dem Sterbenden angetroffen worden, und außer ihm hatte sich niemand am Tatort befunden.

Zwar fragte man sich, wohin Wertgegenstände verschwunden waren, die man bei Baldur vermutet hatte, vor allem Bargeld. Doch selbst sie hatte nicht sagen können, ob ihr Mann immer Geld bei sich hatte, wenn er den kurzen Weg von der Fabrik nach Hause in seinem Wagen zurücklegte.

Wie Charlotte es in ihren Gedanken auch drehte und wendete, die Wahrscheinlichkeit, dass Karol ihren Mann umgebracht hatte, war bei kühler Überlegung groß.

Die Einzige, mit der sie über ihre quälenden Gedanken hatte sprechen können, war Agata gewesen. Inzwischen hatte Charlotte ihr gestanden, dass Karol und sie eine Liebesbeziehung gehabt hatten.

»Er ist kein Mörder«, hatte Karols Tante energisch gesagt. »Auch nicht aus Liebe zu dir.«

Damals war ihr Agatas Vertrauen in Karol naiv erschienen, im Nachhinein beschämte sie die Unbeirrbarkeit, mit der die Polin an ihren Neffen geglaubt hatte.

Kurz bevor Karol der Prozess gemacht werden sollte, nahm die Polizei in der Nähe von Marienwerder eine Bande fest, die sich darauf spezialisiert hatte, auf einsamen Straßen Automobile oder Kutschen anzuhalten und die Fahrer auszurauben. Die Banditen gestanden unter anderem den Überfall auf Baldur. Daraufhin wurde Karol umgehend freigelassen.

Als Charlotte gehört hatte, was geschehen war, hatte sie zum ersten Mal seit Wochen durchatmen können. Es war eine große Erleichterung gewesen, sich nicht mehr am Tod ihres Ehemanns schuldig fühlen zu müssen. Ebenso hatte das Wissen um Karols Unschuld für ein Gefühl der Befreiung gesorgt. Seit dem Tag seiner Freilassung hatte sie unruhig auf Karols Rückkehr nach Falkensee gewartet. Hier wohnte sie inzwischen mit ihrem Sohn. Denn allein in Baldurs Landhaus hatte sie das Gefühl gehabt, verrückt zu werden.

Sie fürchtete sich davor, Karol gegenüberzutreten. Ihm würde klar sein, dass sie ihn für Baldurs Mörder gehalten hatte, nachdem sie seinen Brief ignoriert hatte. Er musste sie hassen, mehr als er sie jemals geliebt hatte. Und das konnte sie ihm nicht verdenken.

Die Zeit verstrich, und Karol tauchte nicht auf Falkensee auf. Inzwischen waren seit seiner Freilassung sechs Monate vergangen, und er blieb verschwunden. Auch Agata hatte angeblich nichts von ihm gehört, aber Charlotte war nicht sicher, ob sie nicht für ihren Neffen lügen würde, falls er sie darum gebeten hatte.

In Karols Kammer über der Remise lagen noch seine Sachen. Als Adalbert schließlich einen neuen zweiten Stallmeister eingestellt hatte, der sich um die Pferdezucht kümmern sollte, hatte Fräulein Bruhns Karols Besitztümer aus dem Schrank räumen lassen. Sein Koffer stand nun in der Sattelkammer, und sein Hengst trauerte um ihn.

Charlotte vergrub sich in Arbeit. Es gab mehr als genug zu tun, und Arbeit war das Einzige, was sie von ihren Grübeleien ablenkte und sie so müde machte, dass sie manchmal sogar traumlos schlief. Meistens jedoch träumte sie von Karol.

Im Traum sah sie sein Gesicht vor sich und streckte die Hand aus, um seine Wange zu streicheln. Sie hatte sie oft berührt und wusste, dass sie immer ein wenig rau von den dichten schwarzen Bartstoppeln war, die sofort wieder sprossen, nachdem er sich rasiert hatte.

Meistens jedoch schreckte sie hoch, bevor sie ihn fühlte, und sein Gesicht löste sich in der Dunkelheit ihres Zimmers auf, als würde Wasser über eine Tuschezeichnung fließen.

Dann lag sie mit klopfendem Herzen da und wartete, dass ihr Atem sich beruhigte. Anschließend dauerte es lange, bis sie wieder einschlafen konnte. Oft stand sie in der Morgendämmerung auf, wusch sich mit kaltem Wasser, weil die Zimmermädchen erst später warmes Wasser in die Schlafzimmer brachten, zog sich an und machte sich an die Arbeit.

Die Mahlzeiten mit der Familie lenkten sie ebenfalls von ihren nagenden Gedanken ab. Zugleich war die gemeinsame Zeit mit ihren Eltern und Alice aber auch schwierig. Ihre Familie verstand zwar, dass sie eine trauernde Witwe war, es durfte jedoch niemand wissen, wie sehr ihre Schuld gegenüber Karol sie quälte. Obwohl sie sich die Liebe zu einem vermeintlichen Mörder verboten hatte, war es ihr nicht gelungen, Karol aus ihren Gedanken zu verbannen.

»Es ist nicht nötig, dass du von morgens bis abends arbeitest, Charlotte«, sagte ihr Vater, als sie nach dem Mittagessen alle gemeinsam noch einen Kaffee tranken. »Du hilfst mir auf dem Gut und kümmerst dich um die Zuckerfabrik. Dann ist da dein Sohn, und wir dürfen nicht vergessen, dass du dich noch mitten im Trauerjahr befindest.«

Adalbert von Bargelow faltete die Zeitung zusammen, in der er gelesen hatte. Von ihrem Platz aus konnte sie die Schlagzeile lesen.

Amtseinführung von William Howard Taft als 27. Präsident der Vereinigten Staaten und Nachfolger von Theodore Roosevelt

Charlotte zuckte mit den Schultern. »Es geht mir gut, Papa.«

Der Gutsherr runzelte die Stirn, sagte aber nichts. Auch ihre Mutter hatte längst aufgegeben, sich in Charlottes Angelegenheiten zu mischen. Als Witwe galt Charlotte als erwachsene, unabhängige Frau, die die meisten Dinge in ihrem Leben selbst entscheiden durfte.

Zurzeit plante sie die Urbarmachung einer großen, verwilderten Wiese, um mehr Anbaufläche zu gewinnen. Nötig war das jetzt nicht mehr unbedingt, denn sie hatte von Baldur so viel Geld geerbt, dass sie Gut Falkensee großzügig unterstützen konnte, wann immer es nötig war. Zwar verwaltete sie das Geld mit Unterstützung des Notars lediglich für ihren Sohn. Doch der Notar hatte erklärt, in einem vertretbaren Rahmen seien finanzielle Zuwendungen für Falkensee gerechtfertigt, da Ludwig später zumindest einen Teil des Guts erben würde. Dennoch war Charlotte sich mit ihrem Vater einig, dass Falkensee sich selbst tragen musste.

Sie waren auf einem erfolgversprechenden Weg. Die Pferdezucht brachte immer mehr Fohlen hervor, für die es zahlreiche Interessenten gab. Noch blieben die jungen Pferde jedoch in ihrer kleinen Herde. Sie sollten frühestens als Einjährige verkauft werden.

Die letzte Weizenernte war gut gewesen, wenn auch die Verkaufspreise immer noch niedrig waren. Es mussten also größere Erträge erzielt werden. Charlotte versuchte auch zu berechnen, was es bringen würde, andere Getreidesorten oder mehr Zuckerrüben anzubauen. Darüber führte sie lange Gespräche mit ihrem Vater.

Mindestens einmal in der Woche fuhr sie in die Fabrik und vergewisserte sich, dass dort alles in Ordnung war. Nach Baldurs letztem Willen sollten sein langjähriger Anwalt und der Geschäftsführer, der bisher Baldur unterstützt hatte, sich um das Unternehmen kümmern, bis Ludwig alt genug war, selbst die Leitung zu übernehmen.

Charlotte kümmerte sich vor allem um das Wohlergehen der Arbeiter und Angestellten. Sie führte einen warmen Mittagstisch ein und gestaltete den Pausenraum neu. Außerdem plante sie, ein Nebengebäude, in dem früher die Schnitzelpresse gestanden hatte, renovieren zu lassen und für die Kinderbetreuung auszubauen.

Hier sollten die Arbeiterinnen ihre Kinder in guter Obhut wissen, während sie in der Fabrik waren. Viele dieser Kinder würden später ebenfalls dort arbeiten.

»Du weißt, dass ich Freude an der Arbeit habe und dass mir Falkensee und die Fabrik am Herzen liegen, Papa.« Charlotte lächelte ihren Vater müde an.

»Die Sonne scheint. Wollen wir ein bisschen mit den Kindern in den Park gehen, Charlotte?«, mischte sich an dieser Stelle Alice ein. »Aber du bist mit deinen Gedanken wahrscheinlich schon wieder bei Zuckerrüben und neuen Erntemaschinen oder was weiß ich. Glaubst du wirklich, die Fabrik und das Gut funktionieren nicht ohne dich? Es gibt genug Männer, die sich um alles kümmern können.« Alice verdrehte die Augen und schüttelte den Kopf.

Verwundert, dass ihre Schwester sie zu einem gemeinsamen Spaziergang einlud, kniff Charlotte die Augen zusammen. Allmählich kam die alte Alice wieder zum Vorschein, nachdem sie mehr als zwei Jahre nur ein Schatten ihrer selbst gewesen war. Allerdings trug Alice immer noch einen gewissen Groll mit sich herum. Nach wie vor hatte sie Charlotte nicht verziehen, dass diese ihr nicht die volle Wahrheit über Ronald gesagt hatte. Umgekehrt konnte Charlotte nicht vergessen, dass Alice gedroht hatte, sie an Baldur zu verraten. Es war offenbar bei einer Drohung geblieben – Alice hatte nicht ernst gemacht. Aber das änderte nichts daran, dass das Verhältnis zwischen den Schwestern nun angespannt war. Sie gingen zwar höflich miteinander um und ließen sich vor ihren Eltern nichts anmerken. Vertrauliche Gespräche gab es jedoch nicht mehr.

Ansonsten kehrte Alice langsam in ihr altes Leben zurück. Vor einigen Monaten hatte sie sich endlich überwunden, an Abendeinladungen in ihrem Elternhaus und auf Gütern in der Umgebung teilzunehmen. Wider Erwarten schien sich nach all den Monaten niemand daran zu stören, dass Alice auf geheimnisvolle Weise der Ehemann abhandengekommen war und sie mit ihrer kleinen Tochter bei den Eltern lebte. Wahrscheinlich lag das daran, dass Alice ihr Lächeln wiedergefunden hatte, mit dem sie mühelos die Menschen bezauberte.

Charlotte fragte sich, ob sie die Einzige war, die bemerkt hatte, dass Alices reizende Naivität in letzter Zeit aufgesetzt wirkte. Schon mehr als einmal hatte sie eine ganz neue Härte im Blick ihrer Schwester entdeckt, wenn Alice sich unbeobachtet wähnte. Sicher würde Alice niemals wieder auf einen Mann wie Ronald hereinfallen.

Ronald von Bernsdorff hatte im vergangenen Jahr die siebzehnjährige Tochter eines wohlhabenden Gemischtwarenhändlers aus Marienwerder geheiratet. Vor drei Wochen war ihr erstes Kind zur Welt gekommen. Darüber verlor auf Gut Falkensee niemand ein Wort.

Schon kurz nach der Scheidung von Alice hatte Adalbert seinem ehemaligen Schwiegersohn einen Brief geschrieben. Was darin stand, verriet er seiner Familie nicht. Der Gutsherr sagte Alice nur, sie müsse keine Sorge haben, Ronald in Zukunft bei Bekannten oder Freunden zu begegnen. Tatsächlich hatte Alice ihn seit der Trennung nicht gesehen, auch nicht, als sie endlich wieder das Haus verließ und Besuche machte.

Charlotte lächelte ihre Schwester vorsichtig an. Sie war nicht sicher, ob Alices Vorschlag ein erster Schritt zur Versöhnung sein sollte. Vielleicht hatte Alice aber auch einfach nur Langeweile und brauchte Gesellschaft. »Gern. Lass uns mit den Kindern einen Spaziergang durch den Park machen. Ich fahre einfach eine Stunde später in die Fabrik. Kommst du mit, Mama?«

Die Einladung an ihre Mutter war eine Vorsichtsmaßnahme, denn sie traute Alice nicht wirklich und hatte keine Lust auf spitze Bemerkungen und verbale Seitenhiebe. Eine Viertelstunde später schlenderten die drei Frauen durch den sonnigen Park. Die Bäume waren noch kahl, aber der Frühling war zu erahnen. Die beiden

Kinder liefen fröhlich um sie herum. Ludwig stolperte auf seinen kurzen, kräftigen Beinchen tollpatschig hinter einem kleinen Ball her, den er immer wieder mit dem Fuß anstieß. Seine Cousine tanzte leichtfüßig dahin. Es war unschwer zu erkennen, dass sie Alices Tochter war, die Miniaturausgabe einer goldhaarigen Fee.

»Ich flechte einen Kranz für dich«, rief sie und hockte sich neben einem Nest aus Krokussen ins Gras. Der Rock ihres hellen Kleids breitete sich um sie aus, sodass sie selbst an eine Blume erinnerte.

»Setzen wir uns für einen Moment in den Pavillon. Von dort aus können wir die Kinder sehen und uns in Ruhe unterhalten.« Veronika deutete mit ihrem geschlossenen Sonnenschirm auf das offene Gartenhäuschen. Nach dem Winter hatten die Diener vor ein paar Tagen den kleinen Tisch und die beiden gepolsterten Sitzbänke ins Freie gebracht.

»Ihr wisst, dass ihr mir mit meinen beiden Enkeln ein wunderbares Geschenk gemacht habt.« Veronika ließ ihren Blick zwischen dem herumtobenden Ludwig und Isabella, die ganz versunken die Blumen bestaunte, hin und her wandern.

Charlotte kannte ihre Mutter gut genug, um zu wissen, dass ein Aber folgen würde. Es dauerte einige Zeit, bis Veronika fortfuhr. Dabei sah sie weder Alice noch Charlotte an, sondern blickte hinunter zum See, der hellblau zwischen den Bäumen schimmerte.

»Noch glücklicher könnte mich nur machen, euch beide an der Seite fürsorglicher Ehemänner zu wissen.«

Charlotte hörte, wie Alice leise seufzte. Sie selber presste die Lippen aufeinander, konnte dann aber doch nicht an sich halten.

»Ich bin in Trauer. Baldur ist noch nicht mal ein Jahr tot.« Sie starrte ihre Mutter herausfordernd an.

»Ich weiß. Entschuldige bitte, mein Kind.« Veronika rückte ihren Hut zurecht, obwohl er perfekt saß.

Automatisch strich sich Charlotte eine widerspenstige Strähne aus der Stirn. Sie hatte so viel zu tun, dass sie sich selten Gedanken um ihr Äußeres machte. Sie trug immer noch Schwarz und hatte die Trauerkleidung, die sie nach Baldurs Tod bei der Schneiderin in Auftrag gegeben hatte, so weit nähen lassen, dass sie sich nicht allzu fest schnüren musste. Ohnehin würde sie nie so zerbrechlich aussehen wie Alice, die trotz einer Geburt ihre Mitte weiterhin fast mit den Händen umfassen konnte. Selbst Mamas Taille war schmaler als Charlottes. Womöglich nicht ohne Korsett, aber auf jeden Fall nachdem Olga sie eingeschnürt hatte. Was jeden Morgen geschah, egal ob sie zu Hause blieb oder sich in der Öffentlichkeit zeigte.

»Dennoch ...« Die Gutsherrin richtete den Blick ihrer Augen, die fast im gleichen Hellblau glänzten wie der See, nun doch auf Charlotte und machte eine längere Pause, bevor sie fortfuhr: »Dennoch sollten wir uns schon jetzt Gedanken über die Zukunft machen. Auch dein Vater ist dieser Meinung.«

»Es geht um Gut Falkensee«, stieß Charlotte mit plötzlich heiserer Stimme hervor. Die Enttäuschung machte ihre Kehle eng.

»Es geht tatsächlich auch um unseren Besitz«, gab Veronika zu. »Jedoch nicht nur. Wir sind eure Eltern, und wir wollen euer Glück. Eine Frau ohne Ehemann hat es schwer.«

Charlotte sagte nichts mehr und versuchte, ihre Enttäuschung so gut es ging zu verbergen.

»Wer sollte mich denn noch nehmen?«, mischte sich Alice ein.

»Es wird nicht schwierig sein, einen Mann zu finden, der dir zugetan ist und auch deine reizende Tochter akzeptiert. Ich habe die Blicke einiger durchaus interessanter Bewerber gesehen. Um der Wahrheit die Ehre zu geben: Es wird für die Herren wahrscheinlich nicht einfach sein, ihre Eltern von dir als Schwiegertochter zu überzeugen. Doch wie sagt man so schön: Die Liebe versetzt Berge.« Veronika lächelte ihrer jüngsten Tochter zu, und Alice lehnte sich zufrieden zurück.

»Und auch für dich wird sich nach Ablauf des Trauerjahrs ein geeigneter Bewerber finden«, wandte Mama sich wieder an Charlotte.

»Ich denke nicht, dass ich an einer weiteren Ehe interessiert bin.« Energisch schüttelte Charlotte den Kopf.

»Papa ist nicht mehr der Jüngste, und seit seinem Unfall ist er nicht mehr so kräftig wie früher. Spätestens in fünf Jahren sollte er die Leitung des Guts in jüngere Hände legen, darüber sind er und ich uns einig.«

Charlotte presste die Lippen aufeinander, während ihr der Gedanke durch den Kopf schoss, warum ihre durchaus jungen Hände nicht gut genug waren. Doch sie wusste, es hatte keinen Sinn, sich auf diese Diskussion einzulassen. Ihre Eltern waren immer noch der Meinung, das Gut müsse von einem Mann geführt werden. Und das, obwohl Baldur testamentarisch dafür gesorgt hatte, dass sie ein Mitspracherecht bei der Führung der Fabrik bekam, bis Ludwig alt genug war, um die Leitung zu übernehmen. Zumindest in Geschäftsdingen hatte ihr Baldur also bis zum Schluss vertraut. Warum konnten ihre Eltern das nicht? Schließlich arbeitete sie schon seit geraumer Zeit auf dem Gut mit. Und nun wollten ihre Eltern sie so schnell wie möglich wieder unter die Haube bringen, damit ihr künftiger Ehemann den Betrieb führen konnte.

Diese Erkenntnis fühlte sich an, als hätte ihr jemand einen Eimer kaltes Wasser über den Kopf geschüttet.

»Ich werde ganz gewiss nicht heiraten, damit irgendein Mann Gut Falkensee führen kann.« Sie warf den Kopf in den Nacken und spürte, dass sich weitere Strähnen aus ihrer schlichten Aufsteckfrisur lösten. »Dann soll eben Alices künftiger Ehemann das Gut leiten.«

Hastig sah sie hinüber zum Gebäude, damit die beiden anderen Frauen die Tränen in ihren Augen nicht sahen.

»Tante Charlotte, Tante Charlotte.« Mit vorgestreckten Armen kam Isabella auf den Pavillon zugelaufen. »Sieh mal, was ich für dich gemacht habe.« Mit leuchtenden Augen und glühenden Wangen hüpfte sie die Stufen herauf, blieb vor Charlotte stehen und hielt ihr einen etwas schiefen, aber frühlingsbunten Kranz hin.

»Für mich? Bist du sicher, dass nicht lieber deine Mama den Kranz haben soll?«

Isabella ließ beim Kopfschütteln die blonden Locken wild tanzen. »Das ist für dich, Tante Charlotte. Du bist die Prinzessin von Falkensee. Du reitest über die Felder und bestimmst Sachen.«

Verblüfft betrachtete Charlotte das kleine Mädchen. Dann sah sie ihre Schwester an, doch Alice schien kein bisschen beleidigt. Sie lächelte.

»Du musst den Kopf zu mir runterbeugen, damit ich dir deine Blumenkrone aufsetzen kann«, sagte Isabella.

Als der Kranz auf ihren wahrscheinlich sehr unordentlichen Haaren saß, klatschte das kleine Mädchen in die Hände. »Das sieht schön aus, Tante Charlotte.«

Mama und Alice nickten, und Charlotte schaute durch die Bäume zum See. Komplimente machten sie verlegen.

Dann atmete sie tief durch und schaute entschlossen ihre Mutter an. »Sogar Isabella sieht, dass ich auf Falkensee viel bewege. Warum seid ihr als meine Eltern immer noch der Meinung, ich bräuchte unbedingt einen Ehemann, um später das Gut zu leiten?«

Verblüfft runzelte Veronika von Bargelow die Stirn. »Du weißt doch, wie die Gesetze sind, Charlotte. Als Frau kannst du keinen so großen Besitz leiten. Wie soll das gehen? Wir dürfen ohne Zustimmung unserer Männer keine größeren Geschäfte machen und keine Verträge abschließen.«

»Wenn wir unsere Situation stillschweigend akzeptieren, wird sich nie etwas ändern.« Herausfordernd schob Charlotte das Kinn vor. »Es gäbe Mittel und Wege, wie ich zumindest inoffiziell das Gut führen könnte, indem mich ein Notar unterstützt.«

»Damit wäre Papa nie einverstanden«, erklärte Alice. »Sei doch froh, dass du dich mit solchen Dingen nicht belasten musst.«

Finster erwiderte Charlotte den Blick ihrer Schwester. Natürlich freute Alice sich, dass Charlotte ihren Willen nicht bekam.

»Ich fahre jetzt in die Fabrik«, beschloss Charlotte und stand auf. »Baldur hat jedenfalls dafür gesorgt, dass ich in die Geschäfte einbezogen werde.«

»Ach Kind«, seufzte ihre Mutter, während Charlotte die Stufen des Pavillons hinunterstieg.

Charlotte wandte sich nicht um. Mit einem leisen Seufzen war ihr auch nicht geholfen.

48. Kapitel

Charlotte
Gut Falkensee, Westpreußen, 8. August 1909

»Meine Eltern sind mit Alice und den Kindern in der Sommerfrische am Meer«, erwähnte Charlotte nun schon zum zweiten Mal an diesem Abend.

Es war nicht zu übersehen, dass Fine sich im Wintergarten des Herrenhauses unbehaglich fühlte. Charlotte hatte wegen des lauen Sommerwetters heute das Essen hier servieren lassen. Sie verstand nicht, dass Fine so gehemmt wirkte. Schließlich arbeitete sie schon seit über einem Jahr nicht mehr als Stubenmädchen auf dem Gut. Zudem verbrachten Charlotte und sie den Abend zu zweit. Fast war es wie früher, als sie gemeinsam getuschelt und gekichert hatten. Nur dass eben doch irgendwie alles anders war.

»Warum bist du nicht mitgefahren? Ich würde zu gern mal das Meer sehen.« Die großen Glastüren zum Park standen offen, und Fine sah sehnsüchtig hinunter zum See.

»Jemand muss hier sein, wenn die neue Erntemaschine geliefert wird. Gabrowski kann und soll nicht allein entscheiden, ob wir mit dem Gerät zufrieden sind«, entgegnete Charlotte. »Wir könnten nächsten Sommer zusammen ans Meer fahren. Ich lade dich ein, Fine«, fügte sie hinzu.

»Vielen Dank, aber ich glaube, ich würde mich unter den Menschen am Strand und auf der Promenade nicht wohlfühlen. Wir Pächterkinder durften doch früher nicht mal auf dieser Seite des Sees baden, wo ihr und eure Gäste auch heute noch ganz unter euch ins Wasser springt.«

Charlotte biss sich auf die Lippen. Tatsächlich hatte ihre Mutter streng darauf geachtet, dass sie und Fine nicht gemeinsam im See badeten. Wenn sie zusammen schwimmen wollten, mussten sie das auf der anderen Uferseite tun, wo das Dorf lag.

Charlotte ging davon aus, dass Fine den Ausflug ans Meer gewagt hätte, wenn die Einladung von ihrer leiblichen Mutter, der Komtess von Bielau, gekommen wäre. Doch obwohl die adlige Dame sich Fine gegenüber zur Mutterschaft bekannte, hielt sie in der feinen Gesellschaft weiterhin die Existenz ihrer Tochter geheim. Die unverheiratete Komtess, die immer noch bei ihren Eltern lebte, hatte sich lediglich bereiterklärt, Fine von ihrem eigenen Legat eine kleine monatliche Unterstützung zukommen zu lassen. Es war genug Geld, um nicht mehr als Dienstmädchen arbeiten zu müssen und ein kleines Haus mieten zu können.

»Wann musst du zurück ins Lehrerinnenseminar?« Charlotte goss ihrem Gast noch etwas von dem gekühlten Weißwein ein. Sie hatte den Dienern gesagt, sie würde sich nach dem Servieren der Speisen selbst um alles kümmern. Doch obwohl keiner der Dienstboten, die früher mit ihr in der Leutestube am Tisch gesessen hatten, im Hintergrund stand, rutschte Fine unruhig in ihrem Korbsessel herum.

»Am nächsten Montag.« Diese Aussicht schien Fine nicht sonderlich zu begeistern.

»Gefällt dir die Ausbildung nicht? Du hast dich doch aus freien Stücken dazu entschlossen und warst so glücklich, als deine … Mutter dafür gesorgt hat, dass du das Seminar besuchen darfst, obwohl du die formalen Voraussetzungen nicht erfüllst.«

»Es ist der einzige angesehene Beruf, den ich als Frau ausüben darf, wenn ich nicht mehr als Dienstmädchen arbeiten will.« Fine verzog keine Miene.

»Wenn ich dich richtig verstanden habe, müsstest du gar nicht arbeiten, weil deine Mutter dir genug Geld für ein selbstständiges Leben gibt.«

»Würde *dir* das gefallen?« Herausfordernd sah Fine sie an. »Einfach nur dasitzen und warten, dass der Tag vergeht? Ich könnte nicht mal in Falkensee in der Nähe meiner Eltern bleiben. Stell dir das Gerede vor, wenn ich plötzlich ohne jede Arbeit im Dorf leben würde, noch dazu in meinem eigenen Haus. Und bei meinen Eltern möchte ich auch nicht dauerhaft wohnen. Es ist eng dort, und ich bin erwachsen.«

»Ich könnte dir eine Stelle anbieten«, fiel Charlotte ein. »Uns fehlt eine Lehrerin für die Kinderbetreuung in der Zuckerrübenfabrik. Ich möchte, dass die älteren Kinder dort nachmittags ihre Hausaufgaben machen und dabei Unterstützung bekommen.«

»Oh«, entgegnete Fine. Sie schien Charlottes Freude über diesen spontanen Einfall nicht zu teilen.

»Es gibt in der Nähe der Fabrik kleine Häuser für die Arbeiter. Wenn eines davon frei wird, könntest du …«

»Nimm es mir bitte nicht übel, Charlotte. Aber ich möchte nicht wieder deine Angestellte sein.« Fine sah in ihr volles Glas, während sie sprach. Sie hatte den Wein kaum angerührt.

»Entschuldige.« Charlotte fühlte sich unbehaglich, obwohl sie keinen Grund sah, sich für ihr Angebot zu schämen.

»Ich sollte mich auf den Weg zurück ins Dorf machen. Weil ich nur so kurz hier bin, beklagen meine Eltern sich über jede Stunde, die ich nicht mit ihnen verbringe.« Endlich verzog Fine den Mund zur Andeutung eines Lächelns, das Charlotte erleichtert erwiderte.

Fine stand auf und trat in die offene Tür zum Park, wo die Grillen in der matten Dämmerung schon den zweiten Akt ihres Abendkonzerts vortrugen.

»Ich kann dich ins Dorf fahren lassen.«

Wieder ein Fehler, denn Fine lachte fast verächtlich auf. »Ich bin den Weg so oft gegangen, als ich hier gearbeitet habe. Kannst du dir den Aufstand vorstellen, wenn ich vor der Kate meiner Eltern aus einem Automobil steige?«

Der Abschied fiel ähnlich beklemmend aus, wie der Abend verlaufen war. Traurig sah Charlotte hinter Fine her, die schon nach kurzer Zeit von der Dämmerung unter den Bäumen verschluckt wurde. Es würde zwischen ihnen wohl nie wieder so werden wie früher. Fine hatte recht. Selbst wenn sie das Angebot angenommen hätte, in der Fabrik die Arbeiterkinder zu unterrichten, wäre da immer noch die unsichtbare Grenze zwischen ihnen gewesen, nur hätten sie beide neue Rollen gehabt: Charlotte die der Witwe des Fabrikbesitzers, und Fine die der Lehrerin, die von Charlotte bezahlt wurde.

Sehnsüchtig dachte Charlotte an die vielen Stunden, die sie während ihrer Kindheit mit Fine verbracht hatte. Voller Vertrauen und Zuversicht, dass es immer so bleiben würde. Damals hatten sie nicht geahnt, dass es ihnen einmal so schwerfallen würde, ihre unterschiedliche Herkunft zu ignorieren und zu überwinden.

Charlotte trat ebenfalls durch die weit geöffneten Türen in den wunderbaren Sommerabend. Der sanfte Abendwind streichelte ihre Wangen und ihre nackten Arme. Sie überlegte, ob sie einen Spaziergang hinunter zum See machen sollte. Fine hatte keine Angst gehabt, im Dunkeln den Weg ins Dorf zu nehmen.

Charlotte fühlte sich nur in der Nähe des Hauses sicher. Auch wenn die meisten Dienstboten längst in ihren Betten lagen, würden sie auf ungewöhnliche Geräusche im Park reagieren. Der See lag jedoch so weit vom Herrenhaus entfernt, dass niemand sie hören würde, wenn sie rief.

Sie atmete tief durch und ging los. Sie musste den Rest der Angst, die sie immer noch begleitete, endlich loswerden. Ronald gehörte für Alice der Vergangenheit an. Sie war mit dem Vorsatz abgereist, in der Sommerfrische einen neuen, wunderbaren Ehemann zu finden. Also würde auch Charlotte endlich die Stunden in der Dunkelheit, in denen Ronald ihr Angst gemacht hatte, hinter sich lassen.

Eine Viertelstunde später stand sie vor dem silbern funkelnden Wasser des Sees, legte den Kopf in den Nacken und betrachtete die Sterne am Himmel. Wie wunderschön ihr Zuhause war! Zum ersten Mal seit langer Zeit spürte sie wieder das Prickeln, das sie früher in ihren glücklichsten Stunden gefühlt hatte. Auf Lailas Rücken, beim Lachen und Scherzen mit Fine, wenn Karol sie umarmt hatte.

Aber Laila war tot, Fines Freundschaft schien sie für immer verloren zu haben, und Karol war ebenfalls aus ihrem Leben verschwunden. Und doch erfüllte sie die vertraute Umgebung mit einem Gefühl des Friedens. Es war schön, hier im Drei-Werder-Gebiet mit seinen sanften Hügeln und Tälern, den weiten, fruchtbaren Feldern, auf denen sich der Weizen im Wind wiegte, und dem schneeweißen Herrenhaus, das selbst in der Nacht sanft leuchtete.

Langsam wandte sie sich um und machte sich auf den Weg zurück zum Haus. Es war Zeit, sich zur Ruhe zu legen. Morgen wurde die Erntemaschine geliefert, und sie würde dabei sein, wenn der Vertreter der Landmaschinenfabrik dem Verwalter und den beiden Großknechten die Funktion erklärte. Auf keinen Fall hatte sie vor, dann schläfrig und weiblich unbedarft zu wirken.

Als sie im tintenschwarzen Schatten der Bäume eine Bewegung wahrnahm, blieb sie erschrocken stehen. Ihr Herz begann, schmerzhaft in ihrer Brust zu hämmern. War das eine Männergestalt?

Sie räusperte sich und sagte mit energischer Stimme: »Wer ist da?«

Keine Antwort. Nur das Flüstern des Winds in den Bäumen. Sie machte einen Schritt vorwärts und wandte dabei ihren Blick nicht von der Stelle ab, an der sie die Bewegung wahrgenommen hatte. Still wie schwarzer Samt lag die Dunkelheit zwischen den Stämmen der Eichen. Hatte ihre Fantasie ihr einen Streich gespielt?

Entschlossen setzte sie den Weg zum Haus fort. Ihr Herzschlag hatte sich beruhigt, und sie konnte schon den Duft des Jasmins wahrnehmen, der am Haus wuchs.

Als sie das Licht einer abgedunkelten Laterne über die Wände des Pferdestalls tanzen sah, blieb sie erneut stehen. Dieses Mal klopfte ihr Herz nicht vor Angst, sondern weil eine große, helle Hoffnung in ihr aufstieg.

Sie raffte ihren Rock und lief auf das Licht zu. Im Stall wieherte ein Pferd. Das musste Tymon sein!

»Karol!«, rief sie, ohne nachzudenken. »Warte auf mich.«

Das Licht erlosch. Sie rannte weiter, bis sie atemlos vor der Stalltür stand.

»Karol«, rief sie erneut in die Dunkelheit. »Ich weiß, dass du es bist. Bitte, rede mit mir!«

Stille. Dann wieherte Tymon hinter der geschlossenen Tür.

Mit zitternden Knien lehnte sich Charlotte gegen die Wand des Pferdestalls. Er war gekommen, um seinen Hengst zu holen, und er würde nicht ohne Tymon gehen. Also musste sie nur hier warten. Und genau das würde sie tun. Notfalls die ganze Nacht.

»Woher weißt du, dass ich es bin?« Seine Stimme war dicht neben ihr, doch sie zuckte nicht einmal zusammen.

»Tymon hat deine Schritte erkannt. Und ich wohl auch«, erwiderte sie leise.

»Tut mir leid, wenn ich dich erschreckt habe. Ich dachte, um diese Zeit schlafen schon alle.«

Als sie den Kopf in seine Richtung wandte, spiegelte sich das Mondlicht in seinen Augen. Hitze breitete sich in ihr aus. Sie hatte sich all die endlosen Monate so nach ihm gesehnt, und nun erinnerte sich ihr Körper an ihn. Leidenschaft entzündete die wohlbekannten Feuer in ihrem Bauch, und ihre kribbelnden Fingerspitzen wollten ihn berühren und festhalten. Gleichzeitig hatte sie Angst davor, ihre Gefühle zuzulassen. Zu sehr fürchtete sie, zurückgestoßen und enttäuscht zu werden. Karol war offenbar nicht hier, um sie zu sehen. Sonst wäre er wohl kaum im Dunkel der Nacht zum Pferdestall geschlichen.

»Ich bin schrecklich froh, dass ich noch nicht schlafe«, sagte sie leise.

»Es dauert nicht lange, dann bin ich wieder fort. Ich hole nur

Tymon aus dem Stall. Wenn ich darf, lasse ich einen Zettel hier, wohin meine Sachen geschickt werden sollen. Aber das ist nicht so wichtig.« Seine vertraute Stimme klang kühl und abweisend.

»Bitte, Karol«, flüsterte sie. »Geh nicht wieder fort.«

Er lachte kurz und bitter auf, öffnete die Tür und verschwand wortlos im Stall.

Charlotte folgte ihm. Auch hier sah sie in der Nachtbeleuchtung nur vage seine Umrisse. Er stand bereits vor Tymons Box. Das Pferd wieherte vor Freude und Aufregung so laut, dass die beiden trächtigen Stuten, die ebenfalls im Stall standen, mit einstimmten.

»Er hat so sehr auf dich gewartet«, sagte sie, als sie neben Karol trat, der mit einer Zärtlichkeit, die ihr die Kehle eng werden ließ, die Nüstern seines Pferds streichelte. »Seit du fort bist, hat er niemanden mehr aufsitzen lassen.«

»Es tut mir leid, mein Guter. Ich konnte nicht eher kommen.«

»Warum nicht? Ich habe auch auf dich gewartet«, sagte sie, obwohl Karol nicht mit ihr, sondern mit seinem Hengst gesprochen hatte.

»Es ist mir sehr schwergefallen, hierher zurückzukehren, weil ich befürchten musste, dich wiederzusehen. Was nun auch passiert ist.«

Entsetzen stieg in ihr auf. Er war immer noch furchtbar wütend auf sie, und sie konnte es verstehen. Dennoch hatte sie gehofft, er würde sie wenigstens erklären lassen, was damals geschehen war, was sie gefühlt und gedacht hatte. Dass er sich ihre Entschuldigung anhören und sie vielleicht sogar annehmen würde.

Karol war schon dabei, Tymon aus der Box zu führen.

»Es tut mir schrecklich leid, dass ich nicht auf deinen Brief geantwortet habe«, begann sie hastig zu reden. »Ich war total schockiert von Baldurs Tod und der Art, wie er gestorben ist. Und nach dem, was du vorher zu mir gesagt hattest, musste ich denken, dass …«

»Ich habe durchaus verstanden, dass du mich für einen Mörder gehalten hast, Charlotte«, fiel er ihr ins Wort. »Ich weiß allerdings nicht, ob du verstehst, wie schmerzlich sich das für mich anfühlte, nach allem, was zwischen uns war. Du hättest mich besser kennen müssen.«

»Ich weiß, dass ich dich furchtbar verletzt habe. Was kann ich tun, um es wiedergutzumachen? Um dir zu zeigen, wie sehr ich es bereue und dass ich ... Dass ich immer noch ...« Sie hasste sich selbst für ihr hilfloses Gestammel.

Schweigend sah er sie an. Wartete er darauf, dass sie ihren Satz beendete? Waren die Worte, die sie nicht über die Lippen brachte, wirklich das, was er hören wollte? Doch sie konnte sie nicht aussprechen. Weil sie befürchten musste, dass er sie auslachen und gehen würde.

Als sie nach einer gefühlten Ewigkeit immer noch stumm und hilflos dastand, führte er Tymon von ihr weg zur Stalltür.

»Du wolltest deine Adresse hierlassen, damit ich weiß, wohin wir deine Sachen schicken können«, rief sie verzweifelt hinter ihm her.

»Nicht so wichtig.« Er drehte sich nicht einmal um.

Sie war zu stolz, ihm hinterherzurennen, aber ihre Beine setzten sich dennoch in Bewegung. »Karol, warte! Bitte!«

Tymons glänzende Kruppe verschwand durch die Tür. Mit fliegenden Röcken hastete Charlotte die Stallgasse entlang, rannte hinaus auf den Hof und wäre fast gegen den massiven dunklen Pferdekörper gelaufen. Karol war nur wenige Schritte von der Stalltür entfernt stehengeblieben.

»Nenn mir einen Grund, warum ich mit dir über das, was passiert ist, noch sprechen sollte. Für mich sind die Dinge sehr klar.« Immer noch klang seine Stimme kalt, aber wenigstens redete er mit ihr.

Charlotte holte tief Luft. Sie wusste, dass sie nur diese eine Chance hatte. Wenn sie jetzt das Falsche sagte, das Falsche tat, war es das Ende. »Weil ...« Sie schluckte krampfhaft. »Weil ich dich liebe, Karol. Ich habe dich sogar geliebt, als ich dachte, du hättest Baldur erstochen. Ich liebe dich immer noch, und ich werde niemals damit aufhören, auch wenn du jetzt gehst und ich dich in meinem ganzen Leben nicht wiedersehe.«

Die Stille breitete sich zwischen ihnen aus wie tiefes Wasser, in dem sie zu ertrinken drohte.

»Ich liebe dich auch.«

Es dauerte eine Sekunde, bis sie begriff, was er gesagt hatte. Glauben konnte sie trotzdem nicht, dass da plötzlich wieder Hoffnung war und Licht im Dunkel.

»Was hast du gesagt?«, flüsterte sie, machte einen halben Schritt auf ihn zu und wich sofort wieder zurück, weil sie immer noch Angst hatte, er würde vor ihr fliehen, wenn sie ihn bedrängte.

»Du hast mich verstanden«, sagte er streng. »Ich war furchtbar enttäuscht von dir, aber meine Gefühle für dich haben sich nicht geändert, sosehr ich es mir auch wünschte.«

»Das ist … wunderbar. Ich bin Witwe, und wir können endlich zusammen sein.«

Sein hartes Lachen schnitt ihr mitten ins Herz. »Ich bin immer noch Pole und Katholik und arm. Eigentlich hat sich nichts geändert.«

»Doch. Alles ist anders. Ich bin erwachsen geworden. Wenn du mich willst, gebe ich das hier für dich auf, auch wenn es mir schwerfällt. Wir können uns woanders etwas Neues aufbauen. Ich gehe mit dir, wohin du willst, wenn ich Ludwig mitnehmen darf. Vielleicht …«

»Kannst du bitte mal einen Moment still sein?«

Plötzlich stand er direkt vor ihr, zog sie in seine Arme und verschloss ihre Lippen mit seinem Mund.

Als Karol sie wieder freigab, war ihr schwindelig, sie war atemlos und sprachlos vor Glück.

»Schlaf gut, Charlotte. Ich bringe jetzt Tymon in sein neues Zuhause.« Endlich konnte sie in seiner Stimme wieder die frühere Zärtlichkeit hören. Doch seine Worte erschreckten sie.

»Warum willst du Tymon wegbringen? Er kann hierbleiben. Du kannst hierbleiben.«

Er schüttelte den Kopf. »Ich bin gekommen, um Tymon zu holen, und das werde ich jetzt auch tun.«

»Aber …« Sie stockte und presste die Hand gegen ihre Kehle, durch die kein einziges Wort mehr passte.

»Ich werde darüber nachdenken, ob ich glauben kann, dass du wirklich bereit bist, all das hier für mich und unsere Liebe aufzugeben. Ob ich dir noch einmal vertrauen will. Denn ich weiß nicht, ob ich es ertragen könnte, zum zweiten Mal von dir enttäuscht zu werden. Bis jetzt sind wir daran gescheitert, dass du die Tochter eines westpreußischen Großgrundbesitzers bist. Und ich bin mir nicht sicher, ob du das nicht immer bleiben wirst.«

»Ich bin eine Bargelow, daran kann ich nichts ändern. Aber ich brauche kein großes Haus und keinen Landbesitz. Ich brauche nur dich. Und Ludwig. Bitte, geh nicht fort …«

»Ich muss nachdenken, Charlotte.« Die Zärtlichkeit in seiner Stimme machte ihr Hoffnung.

»Dann versprich mir, dass du wiederkommst. Morgen?«

Er zögerte. Dann schüttelte er langsam den Kopf. »Das kann ich nicht. Aber ich verspreche dir nachzudenken.«

»Du kannst mich nicht küssen und dann einfach gehen!« Sie musste an sich halten, um sich nicht an Karols Ärmel zu klammern.

»Lass wenigstens Tymon hier«, forderte sie.

Er schüttelte stumm den Kopf und griff ins Halfter seines Pferds.

»Gute Nacht, Charlotte. Schlaf gut.« Damit wandte er sich um und ging. Führte seinen Hengst vom Hof, ohne sich noch einmal umzudrehen. Wahrscheinlich hatte er irgendwo am Rand des Parks das Pferd angebunden, auf dem er zum Gut geritten war.

»Er kommt wieder«, sagte Charlotte mit zitternder Stimme zu sich selbst. »Er liebt mich, und er kommt zu mir zurück.«

Langsam schloss sie die Stalltür und ging unter den Bäumen zum Haus. Eine lange Nacht lag vor ihr, doch sie konnte auf den Morgen hoffen.

Danksagung

Beim Schreiben der Westpreußen-Saga wurde mir klar, dass ich in der Tradition starker, erzählfreudiger Frauen stehe. Mit ihren Geschichten bin ich aufgewachsen. Leider kann ich meinen beiden Großmüttern und meiner Großtante nicht mehr persönlich für die lebendigen Beschreibungen ihrer Heimat und ihres Lebens danken. Oma Heti, Oma Emma und Tante Millie – ich hoffe, die Geschichte über Gut Falkensee hätte euch gefallen.

Einen großen Einfluss auf diesen Roman hatten die Erinnerungen meiner Mutter an Westpreußen, die nach so vielen Jahren noch so lebhaft sind. Danke, dass ich dich zu jeder Tages- und Nachtzeit anrufen konnte, um zu erfahren, wie (und warum!) bei der Ernte Garben zu Hocken zusammengestellt wurden und wie man früher Speiseeis machte. Wenn ich trotz deiner ausführlichen Erläuterungen Fehler bei der Beschreibung des Lebens auf einem westpreußischen Hof gemacht habe, ist das allein meine Schuld.

Dir, lieber Michael, von Herzen Dank für dein Verständnis und für deine liebevollen Ermahnungen, wenn ich mal wieder viel zu lange am Schreibtisch saß. Ich werde mich an mein Versprechen halten!

Mein Dank auch an Vincent und Ramona. Ihr habt euch nie beklagt, wenn ich Einladungen und Besuche (die neue Wohnung!) absagen musste. Ich hätte gern viel mehr Zeit mit euch verbracht, das wisst ihr, und demnächst wird alles besser.

Dir, liebe Monika, danke für heiße Tipps zu alten Bahnlinien und Recherchequellen vor Ort. Ich hoffe, du bist mir nicht allzu böse, dass ich während der Arbeit an diesem Roman so lange abgetaucht war.

Ohne die Begeisterungsfähigkeit von Karin Schmidt, meiner Lektorin bei Bastei Lübbe, wäre dieser Roman niemals entstanden. Danke, dass du bedingungslos an meine Fähigkeit, eine große Westpreußen-Saga zu schreiben, geglaubt hast.

Mehrere Versionen der Endfassung von *Gut Falkensee* hat meine Lektorin Stefanie Kruschandl mit mir durchgearbeitet und durchlitten. Ich danke dir für deine Ausdauer, deine Gründlichkeit und deine Hartnäckigkeit. Und für Erkenntnisse über Freizeitrevoluzzer, inflationäre Teekränzchen in Herrenhäusern und die Tatsache, dass man echte Männer nicht mit Apfelschnitzen füttert.

Tausend Dank an Elke Seidel, die sich so großzügig bereit erklärt hat, in letzter Minute unsere Testleserin zu sein. Du warst unfassbar schnell und gründlich. Ein echter Glücksfall für Falkensee und für mich!

Bleibt mir noch, den Leserinnen und Lesern zu danken, die mit diesem Buch einen Teil ihrer kostbaren Freizeit verbracht haben. Wenn es Ihnen gefallen hat, hat sich die Mühe gelohnt.

Europas Tor zur Welt, eine junge Kaufmannstochter und der verführerische Duft von Kaffee

Fenja Lüders
DER DUFT DER WEITEN WELT
Speicherstadt-Saga
DEU
320 Seiten
ISBN 978-3-431-04125-5

Hamburg, 1912: Mina Deharde liegt der Kaffeehandel im Blut. Kein Wunder, verbringt sie doch jede freie Minute im Kaffeekontor ihres Vaters, mitten in der Hamburger Speicherstadt. Doch beide wissen, dass sie als Frau das Geschäft nicht übernehmen kann, und einen männlichen Erben gibt es nicht. Während Mina davon träumt, mit ihrem Jugendfreund Edo nach New York auszuwandern, hat ihr Vater andere Pläne für sie. Mina muss sich entscheiden: zwischen Pflicht und Freiheit, Liebe und Familie …

Auftakt der großen Familiensaga vor der farbenprächtigen Kulisse der Hamburger Speicherstadt

Bastei Lübbe

Der Zauber des Meeres und die große, leidenschaftliche Liebe

Marie Merburg
OSTSEETRÄUME
Roman
DEU
400 Seiten
ISBN 978-3-404-17927-5

Die alleinerziehende Constanze zieht mit ihren Kindern nach Rügen. Nach dem Tod ihres Mannes vor vier Jahren will sie hier nicht nur im Job, sondern auch in der Liebe einen Neuanfang wagen. Gemeinsam mit ihrer besten Freundin versucht Conny ihr Glück mit Online-Dating. Ob sich hinter Toastbrot_81, SchmusiHasi oder Cunnilingi2000 der Richtige versteckt? Während Conny sich auf der Insel immer mehr einlebt, taumelt sie von einem Katastrophen-Date zum nächsten. Aber schließlich ist sie sicher, ihren Traummann übers Internet gefunden zu haben. Alles scheint perfekt – bis ihr neuer Nachbar dazwischenfunkt ...

Bastei Lübbe